人民共和國文化與文學叢書

十 編

李 怡 主編

第 6 冊

文學史上的「失踪者」：
以四位「新時期」作家為中心

諶 幸 著

花木蘭文化事業有限公司

國家圖書館出版品預行編目資料

文學史上的「失踪者」：以四位「新時期」作家為中心／諶幸
著 -- 初版 -- 新北市：花木蘭文化事業有限公司，2022〔民
111〕
目 2+226 面；19×26 公分
（人民共和國文化與文學叢書 十編；第 6 冊）
ISBN 978-986-518-946-4（精裝）
1.CST：中國文學史 2.CST：中國當代文學 3.CST：文學評論
820.8   111009788

ISBN-978-986-518-946-4

9 789865 189464

人民共和國文化與文學叢書
十 編 第 六 冊
ISBN：978-986-518-946-4

文學史上的「失踪者」：
以四位「新時期」作家為中心

作　者　諶幸
主　編　李怡
企　劃　四川大學中國詩歌研究院
總編輯　杜潔祥
副總編輯　楊嘉樂
編輯主任　許郁翎
編　輯　張雅淋、潘玟靜、劉子瑄　美術編輯　陳逸婷
出　版　花木蘭文化事業有限公司
發行人　高小娟
聯絡地址　235 新北市中和區中安街七二號十三樓
　　　　　電話：02-2923-1455／傳真：02-2923-1452
網　址　http://www.huamulan.tw 信箱 service@huamulans.com
印　刷　普羅文化出版廣告事業
初　版　2022 年 9 月
定　價　十編 17 冊（精裝）新台幣 43,000 元　　　版權所有・請勿翻印

文學史上的「失踪者」：
以四位「新時期」作家為中心

諶幸 著

作者簡介

諶幸，湖南人，1992 年出生。2020 年北京大學博士畢業，現在任職於大連理工大學中文系，講師，研究方向為當代文學，創意寫作。

提　　要

　　通過對汪曾祺、阿城、王小波與王朔四位當代作家在當代文學史上位置與意義的解讀，探尋以「文學史」為名的「文學史觀」對「文學」的定義、轄制與規訓，揭示其使作家作品的豐富意義被馴化、窄化、矮化，最終成為「文學史」上的「失蹤者」的內在機制，由此展開對已被學科化和本質化的現代「文學史」制度的反思。此路徑不同於文學史界常說常新的「重寫文學史」，即通過不斷將「更真實」「更客觀」的文學「講入」「文學史框架」，而是將「文學史框架」本身視為解構與批評的對象。這種以「文學史」為對象的「歷史化」實踐，尤其是在這一理論視域中展開的在「作家作品」與「文學史」之間的對讀，不僅是為了增進我們對當代作家乃至「中國當代文學」的瞭解，同時，更在「反思現代性」這一席捲人文學的理論與實踐中，呈現出對「文學研究」的反思與自省。在當代文學的領域中，文學史提供的座標反而映襯出了座標之外的大多數。伴隨著現代化過程中新的載體、平臺、形式、傳播和接受方式的出現，當代文學的寫作類型也日趨多樣化，當我們面對當代文學日益豐富、複雜的作品呈現時，使用「文學史」透鏡不再是唯一有效的方法，新的視野應該被打開，也只有打開了新的視野，當代文學寫作與研究之間的活力與對話才能真正開啟。

大連理工大學人才引進項目
「當代文學史中的物與情」
DUT21RC（3）060

人民共和國時代的現代文學研究——
《人民共和國文化與文學叢書·十編》引言

李 怡

　　中華人民共和國成立七十餘年，書寫了風雨兼程的當代中國史，與民國時期的學術史不同，中國現代文學研究被成功地納入了國家社會發展體制當中，成為國家文化事業的有機組成部分，因此，我們的學術研究理所當然地深植於這一宏大的國家文化發展的機體之上，每時每刻無不反映著國家社會的細微的動向，尤其是中國現代文學研究，幾乎就是呈現中國知識分子對於新中國理想奮鬥的思想的過程，表達對這一過程的文學性的態度，較之於其他學科更需要體現一種政治的態度，這個意義上說，七十年新中國歷史的風雨也生動體現在了中國現代文學的學術發展之中。從新中國建立之初的「現代文學學科體制」的確立，到 1950～1970 年代的對過去歷史的評判和刪選，再到新時期的「回到中國現代文學本身」，一直到 1990 年代以降的「知識考古」及多種可能的學術態勢的出現，無不折射出新中國歷史的成就、輝煌與種種的曲折。文學與國家歷史的多方位緊密聯繫印證了中國現代文學研究在當下的一種有影響力的訴求：文學與社會歷史的深入的對話。

　　研究共和國文學，也必須瞭解共和國時代之於中國現代文學的學術態度。

一、納入國家思想系統的中國現代文學研究

　　中國現代文學研究伴隨著五四新文學的誕生就出現了，作為現代文學的開山之作《狂人日記》發表的第二年，傅斯年就在《新潮》雜誌第 1 卷第 2 號上介紹了《狂人日記》並作了點評。1922 年胡適應上海《申報》之邀，撰寫

了《五十年來中國之文學》，已經為僅僅有五年歷史的新文學闢專節論述。但是整個民國時期，新文學並未成為一門獨立學科。在一開始，新文學是作為或長或短文學史敘述的一個「尾巴」而附屬於中國古代文學史或近代文學史之後的，諸如上世紀二十年代影響較大的文學史著作如趙景深《中國文學小史》（1926 年）、陳之展《中國近代文學之變遷》（1929 年），分別以「最近的中國文學」和「十年以來的文學革命運動」附屬於古代文學和近代文學之後。朱自清 1929 年在清華大學開設「中國新文學研究」，但到了 1933 年這門課不再開設，為上課而編寫的《中國新文學研究綱要》，也並沒有公開發行。1933年王哲甫《中國新文學運動史》出版，這部具有開創之功的新文學史著作，最重要的貢獻就在於新文學獲得了獨立的歷史敘述形態。1935 年上海良友圖書公司出版了由趙家璧主編的十卷本《中國新文學大系》，作為對新文學第一個十年的總結，由新文學歷史的開創者和參與者共同建立了對新文學的評價體系。至此，新文學在文學史上獲得了獨立性而成為人們研究關注的對象。但是，從總體上看，民國時期的中國現代文學研究還是學者和文學家們的個人興趣的產物，這裡並沒有國家學術機構和文化管理部門的統一的規劃和安排，連「中國現代文學」這一門學科也沒有納入為教育部的統一計劃，而由不同的學校根據自身情況各行其是。

新中國的成立徹底改變了這一學術格局。中華人民共和國的成立，意味著歷史進入一個新的階段。被作為中國現代革命史重要組成部分的現代文學史，成為建構革命意識形態的重要領域，中國現代文學在性質上就和以往文學截然分開。雖然中國現代文學僅僅有三十多年的歷史，但其所承擔的歷史敘述和意識形態建構功能卻是古代文學無法比擬的。由此拉開了在國家思想文化系統中對中國現代文學性質與價值內涵反覆闡釋的歷史大幕。現代文學既在國家思想文化的大體系中獲得了建構現代民族國家的非凡意義，但也被這一體系所束縛甚至異化。王瑤《中國新文學史》的寫作和出版就是標誌性的事件。按教育部 1950 年所通過的《高等學校文法兩學院各系課程草案》，「中國新文學史」是大學中文系核心必修課，在教材缺乏的情況下，王瑤應各學校要求完成《中國新文學史稿》（上冊）並於 1951 年 9 月由北京開明書店出版，下冊拖至 1952 年完稿並於 1953 年 8 月由上海新文藝出版社出版。但隨之而來的批判則可以看出，一方面是國家層面主動規劃和關心著中國現代文學的學術發展，使得學科真正建立，學術發展有了更高層面的支持和更

大範圍的響應，未來的空間陡然間如此開闊，但是，不言而喻的是，國家政治本身的風風雨雨也將直接作用於一個學科學術的內部，在某些特定的時刻，產生的限制作用可能超出了學者本身的預期。王瑤編寫和出版《中國新文學史》最終必須納入集體討論，不斷接受集體從各自的政策理解出發做出的修改和批評意見。面對各種批判，王瑤自己發表了《從錯誤中汲取教訓》，檢討自己「為學術而學術的客觀主義傾向。」〔註1〕

新中國成立，意味著必須從新的意識形態的需要出發整理和規範「現代文學」的傳統。十七年期間出現了對20年代到40年代已出版作品的修改熱潮。1951年到1952年，開明書店出版了兩輯作品選，稱之為「開明選集本」。第一輯是已故作家選集，第二輯是仍健在的12位作家的選集。包括郭沫若、茅盾、葉聖陶、曹禺、老舍、丁玲、艾青等。許多作家趁選集出版對作品進行了修改。1952年到1957年，人民文學出版社又出版了一批被稱為「白皮」和「綠皮」的選集和單行本，同樣作家對舊作做了很大的修改。像「開明選集本」的《雷雨》，去掉了序幕和尾聲，重寫了第四幕；老舍的《駱駝祥子》節錄本刪去了近7萬多字，相比原著少了近五分之二。這些在建國前曾經出版了的現代文學作品，都按當時的政治指導思想做了不同程度的修改，向主流意識更加靠攏。通過對新文學的梳理甄別，標識出新中國認可的新文學遺產。

伴隨著對已出版作品的修改與甄別，十七年時期現代文學研究的重心是通過文學史的撰寫規範出革命意識形態認可的闡釋與接受的話語模式。1950年代以來興起的現代文學修史熱，清晰呈現出現代文學在向政治革命意識形態靠攏的過程中如何逐步消泯了自身的特性，到了文革時期，文學史完全異化成路線鬥爭的傳聲筒，這是1960年代與1950年代的主要差異：從蔡儀的《中國新文學史講話》（1952年），到丁易的《中國現代文學史略》、張畢來的《新文學史綱（第1卷）》（1955年），劉綬松《中國新文學史初稿》（1956年）。1950年代，雖然政治色彩越來越濃厚，但多少保留了一些學者個人化的評判和史識見解。到了1958年之後，隨著「反右」運動而來的階級鬥爭擴大化，個人性的修史被群眾運動式的集體編寫所取代，經過所謂的「拔白旗，插紅旗」的雙反運動，群眾運動式的學術佔領了所謂的「資產階級知識分子」的學術領地。全國出現了大量的集體編寫的文學史，多數未能出版發行，當時有代表性是復旦大學中文系學生集體編寫的《中國現代文學史》和《中國現

〔註1〕王瑤：從錯誤中汲取教訓〔N〕，文藝報，1955-10-30（27）。

代文藝思想鬥爭史》，吉林大學中文系和中國人民大學語文系師生分別編寫的兩種《中國現代文學史》。充斥著火藥味濃烈的戰鬥豪情，文學史徹底淪為政治鬥爭的工具。文革時期更是出現了大量以工農兵戰鬥小組冠名文學史和作品選講，學術研究的正常狀態完全被破壞，以個人獨立思考為基礎的學術研究已經被完全摒棄了。正如作為歷史親歷者的王瑤後來所反思的，「一次又一次的政治運動，批判掉了一批又一批的現代文學作家和作品，到『文化大革命』的十年動亂中，在『否定一切，打倒一切』的思潮影響下，三十年的現代文學史只能研究魯迅一人，政治鬥爭的需要代替了學術研究，滋長了與馬克思主義根本不相容的實用主義學風，講假話，隱瞞歷史真相，以致造成了現代文學這門歷史學科的極大危機」。〔註2〕

至此，中國現代文學的學術危機可謂是格外深重了。

二、1980 年代：作為思想啟蒙運動一部分的學術研究

中國現代文學研究重新煥發出生命力是在 1980 年代。伴隨著國家改革開放的大潮，中國現代文學迎來了重要的發展期。

新時期中國現代文學研究的首要任務是盡力恢復被極左政治掃蕩一空的文學記憶，展示中國現代文學歷史原本豐富多彩的景觀。一系列「平反」式的學術研究得以展開，正如錢理群所總結的，「一方面，是要讓歷次政治運動中被排斥在文學之外的作家作品歸位，恢復其被剝奪的被研究的權利，恢復其應有的歷史地位；另一方面，則是對原有的研究對象與課題在新的研究視野、觀念與方法下進行新的開掘與闡釋，而這兩個方面都具有重新評價的性質與意義」。〔註3〕在這樣的「平反」式的作家重評和研究視野的擴展中，原來受到批判的胡適、新月派、七月派等作家流派、被忽略的自由主義作家沈從文、錢鍾書、張愛玲等開始重新獲得正視，甚至以鴛鴦蝴蝶派為代表的通俗文學也在現代文學發展的整體視野中獲得應有的地位。突破了僅從政治立場審視文學的狹窄視野，以現代精神為追求目標的歷史闡釋框架起到了很好的「擴容」作用，這就是所謂的「主流」、「支流」與「逆流」之說，借助於這一原本並非完善的概括，我們的現代文學終於不僅保有主流，也容納了若干

〔註2〕王瑤：中國現代文學研究的歷史和現狀〔J〕，華中師大學報，1984（4）：2。
〔註3〕錢理群：我們所走過的道路——《中國現代文學研究叢刊》100 期回顧〔J〕，
　　　　中國現代文學研究叢刊，2004（4）：5。

支流，理解了一些逆流，一句話，可以研究的空間大大的擴展了。

在研究空間內部不斷拓展的同時，80 年代現代文學研究視野的擴展更引人注目，這就是在「走向世界」的開闊視野中，應用比較文學的研究方法，考察中國現代文學與外國文學的關係，建立起中國現代文學和世界文學之間廣泛而深入的聯繫。代表作有李萬鈞的《論外國短篇小說對魯迅的影響》（1979 年）、王瑤的《論魯迅與外國文學的關係》、溫儒敏的《魯迅前期美學思想與廚川白村》（1981 年）。陝西人民出版社推出了「魯迅研究叢書」，魯迅與外國文學的關係成為其中重要的選題，例如戈寶權的《魯迅在世界文學上的地位》、王富仁《魯迅前期小說與俄羅斯文學》、張華的《魯迅與外國作家》等。80 年代的現代文學研究首先是以魯迅為中心，建立起與世界文學的廣泛聯繫，這樣的比較研究有力地證明了現代文學的價值不僅僅侷限於革命史的框架內，現代文學是中國社會由傳統向現代的轉變中並逐步融入世界潮流的精神歷程的反映，現代化作為衡量文學的尺度所體現出的「進化」色彩，反映出當時的研究者急於思想突圍的歷史激情，並由此激發起人們對「總體文學」——「世界文學」壯麗圖景的想像。曾小逸主編的《走向世界》，陳思和的《中國新文學整體觀》、黃子平、陳平原和錢理群的《二十世紀中國文學三人談》，對 20 世紀 80 年文學史總體架構影響深遠的這幾部著作都洋溢著飽滿的「走向世界」的激情。掙脫了數十年的文化封閉而與世界展開對話，現代文學研究的視野陡然開闊。「走向世界」既是我們主動融入世界潮流的過程，也是世界湧向中國的過程，由此出現了各種西方思想文化潮水般湧入中國的壯麗景象。在名目繁多的方法轉換中，是人們急於創新的迫切心情，而這樣的研究方法所引起的思想與觀念的大換血，終於更新了我們原有的僵化研究模式，開拓出了豐富的文學審美新境界，讓中國現代文學的學術研究有了自我生長的基礎和未來發展的空間。與此同時，國外漢學家的論述逐步進入中國，帶給了我們新的視野，如夏志清《中國現代小說史》、司馬長風《中國新文學史》，給予中國學者極大的衝擊。在多向度的衝擊回應中，現代文學的研究成為 1980 年代學術研究的顯學。

相對於在和西方文學相比較的視野中來發掘現代文學的世界文學因素並論證其現代價值而言，真正有撼動力量的還是中國學者從思想啟蒙出發對中國現代文學學術思想方法的反思和探索。一系列名為「回到中國現代文學本身」的研究決堤而出，大大地推進了我們的學術認知。這其中影響最大的包

括王富仁對魯迅小說的闡釋，錢理群對魯迅「心靈世界」的分析，汪暉對「魯迅研究歷史的批判」，以及凌宇的沈從文研究，藍棣之的新詩研究，劉納對五四文學的研究，陳平原對中國現代小說模式的研究，趙園對老舍等的研究，吳福輝對京派海派的研究，陳思和對巴金的研究，楊義對眾多小說家創作現象的打撈和陳述等等。這些研究的一個鮮明特點，就是立足於中國現代作家的獨立創造性，展現出現代文學在中國思想文化發展史上所具有的獨特認識價值和審美價值。作為 1980 年代文學史研究的兩大重要口號（概念）也清晰地體現了中國學者擺脫政治意識形態束縛，尋找中國現代文學獨立發展規律的努力，這就是「二十世紀中國文學」與「重寫文學史」，如今，這兩個口號早已經在海內外廣泛傳播，成為國際學界認可的基本概念。

今天的人們對「文學」更傾向於一種「反本質主義」的理解，因而對 1980 年代的「回到本身」的訴求常常不以為然。但是，平心而論，在新時期思想啟蒙的潮流之中，「回到本身」與其說是對文學的迷信不如說是借助這一響亮的口號來袪除極左政治對學術發展的干擾，使得中國的現代文學研究能夠在學術自主的方向上發展，理解了這一點，我們就能夠進一步發現，1980 年代的中國學術雖然高舉「文學本身」的大旗，卻並沒有陷入「純文學」的迷信之中，而是在極力張揚文學性的背後指向「人性復歸」與精神啟蒙，而並非是簡單地回到純粹的文學藝術當中。同樣借助回到魯迅、回到五四等，在重新評估研究對象的選擇中，有著當時人們更為迫切的思想文化問題需要解決。正如王富仁在回顧新時期以來的魯迅研究歷史時所指出的：「迄今為止，魯迅作品之得到中國讀者的重視，仍然不在於它們在藝術上的成功……中國讀者重視魯迅的原因在可見的將來依然是由於他的思想和文化批判。」〔註4〕「回到魯迅」的學術追求是借助魯迅實現思想獨立，「這時期魯迅研究中的啟蒙派的根本特徵是：努力擺脫凌駕於自我以及凌駕於魯迅之上的另一種權威性語言的干擾，用自我的現實人生體驗直接與魯迅及其作品實現思想和感情的溝通。」〔註5〕80 年代現代文學研究中無論是影響研究下對現代文學中西方精神文化元素的勘探，還是重寫文學史中敘史模式的重建，或是對歷史起源的

〔註4〕 王富仁：中國魯迅研究的歷史與現狀（連載十一）〔J〕，魯迅研究月刊，1994（12）：45。
〔註5〕 王富仁：中國魯迅研究的歷史與現狀（連載十）〔J〕，魯迅研究月刊，1994（11）：39。

返回，最核心的問題就是思想解放，人們相信文學具有療傷和復歸人性的作用，同時也是獨立精神重建的需要。80 年代的主流思想被稱之為「新啟蒙」，其意義就是借助國家改革開放和思想解放的歷史大趨勢，既和主流意識形態分享著對現代化的認可與想像，也內含著知識分子重建自我獨立精神的追求。因此 80 年現代文學不在於多麼準確地理解了西方，而是借助西方、借助五四，借助魯迅激活了自身的學術創造力。相比 90 年代日益規範的學術化取向，80 年代現代研究最主要的貢獻就是開拓了研究空間，更新了學術話語，激活了研究者獨立的精神創造力。當然，感性的激情難免忽略了更為深入的歷史探尋和更為準確東西對比。在思想解放激情的裹挾下，難免忽略了對歷史細節的追問和辨析。這為 90 年代的知識考古和文化研究留下展開空間，但是 80 年代的帶有綜合性的學術追求中，文化和歷史也是 80 年代現代文學研究的自覺學術追求。錢理群當時就指出：「我覺得『二十世紀中國文學』這個概念還要求一種綜合研究的方法，這是由我們的研究對象所決定的。現代中國很少『為藝術而藝術』的純文學家，很少作家把自己的探索集中於純文學的領域，他們涉及的領域是十分廣闊的，不僅文學，更包括了哲學、歷史學、倫理學、宗教學、經濟學、人類學、社會學、民俗學、語言學、心理學，幾乎是現代社會科學的一切領域。不少人對現代自然科學也同樣有很深的造詣。不少人是作家、學者、戰士的統一。這一切必然或多或少、或隱或顯地體現到他們的思想、創作活動和文學作品中來。就像我們剛才講到的，是一個四面八方撞擊而產生的一個文學浪潮。只有綜合研究的方法，才能把握這個浪潮的具體的總貌。」〔註6〕，80 年代對現代文學研究綜合性的強調，顯然認識到現代文學與社會歷史文化廣闊的聯繫，只不過 80 年代更多的是從靜態的構成要素角度理解現代文學的內部和外部之間的聯繫，而不是從動態的生產與創造的角度進行深入開掘，但 80 年代這樣的學術理念與追求也為 90 年代之後學術規範之下現代文學研究的「精耕細作」奠定了基礎。

三、1990 年代：進入「規範」的中國現代文學研究

1990 年代，中國社會發生了很大的改變。在國家政治的新的格局中，知識分子對 1980 年代啟蒙過程中「西化」傾向的批判成為必然，同時，如何借

〔註6〕陳平原、錢理群、黃子平：「二十世紀中國文學」三人談‧方法〔J〕，讀書，
　　1986（3）。

助「學術規範」建立起更「科學」、「理智」也更符合學術規則的研究態度開始佔據主流,當然,這種種的「規範」之中也天然地包含著知識分子審時度勢,自我規範的意圖。在這個時代,不是過去所謂的「救亡」壓倒了「啟蒙」,而是「規範化」的訴求一點一點地擠乾了「啟蒙」的激情。

1990 年代的現代文學研究首先以學術規範為名的對 1980 年代現代文學研究進行反思與清理。《學人》雜誌的創刊通常被認為是 1990 年代學術轉型的標誌,值得一提的,三位主編中陳平原和汪暉都是 1980 年代中國現代文學研究的代表性人物。

進入「規範」時代的中國現代文學研究有兩個值得注意的傾向:

一是學術研究從激情式的宣判轉入冷靜的知識考古,將學術的結論蘊藏在事實與知識的敘述之中。從 1990 年代開始,《中國現代文學叢刊》開始倡導更具學術含量的研究選題。分別在 1991 年第 2 期開設「現代作家與地域文化專欄」,1993 年第 4 期設「現代作家與宗教文化」專欄,1994 年第 1 期開闢「淪陷區文學研究專號」,1994 年第 4 期組織了「現代女性文學研究」專欄。這種學術化的取向,極大地推進了現代文學向縱深領域拓展,出現了一批富有代表性的成果。如嚴家炎主持的「二十世紀中國文學與區域文化叢書」(1995 年)和「二十世紀中國文學研究叢書」(1999~2000 年),前者是探討地域文化和現代文學的關係,後者側重文學思潮和藝術表現研究。在某一個領域深耕細作的學者大多推出自己的代表作,如劉納的《嬗變——辛亥革命時期的中國文學》(1998 年),從中國文學發展的內部梳理五四文學的發生;范伯群主編的《中國近現代通俗文學史》(2000 年),有關現代文學的擴容討論終於在通俗文學的研究上有了實質性的成果;再如文學與城市文化的研究包括趙園的《北京:城與人》(1991 年)、李今的《海派文化與都市文化》(2000 年)等研究成果。隨著學術對象的擴展,不但民國時期的舊體詩詞、地方戲劇等受到關注,而且和現代文學相關的出版傳媒,稿酬制度,期刊雜誌,文學社團,中小學及大學的文學教育等作為社會生產性的制度因素一併成為學術研究對象。劉納的《創造社與泰東書局》(1999);魯湘元的《稿酬怎樣攪動文壇——市場經濟與中國近代文學》(1998 年);錢理群主編的「二十世紀中國文學與大學文化叢書」等都是這方面具有代表性的研究成果。90 年代中期,作為現代文學學科重要奠基人的樊駿曾認為「我們的學科,已經不再年輕,正在走向成熟。」而成熟的標誌,就是學術性成果的陸續推出,「就整體而言,

我們正努力把工作的重點和目的轉移到學術建設上來，看重它的學術內容學術價值，注意科學的理性的規範，使研究成果具有較多的學術品格與較高的學術品位，從而逐步成為真正意義上的學術工作。」〔註7〕

二是對文獻史料的越來越重視，大量的文獻被挖掘和呈現，同時提出了現代文獻的一系列問題，例如版本、年譜、副文本等等，文獻理論的建設也越發引起人們的重視。從80年代學界不斷提出建立「中國現代文學文獻學」的呼籲。《中國現代文學研究叢刊》1985年第1期刊登了馬良春《關於建立中國現代文學「史料學」的建議》，提出了文獻史料的七分法：專題性研究史料、工具性史料、敘事性史料、作品史料、傳記性史料、文獻史料和考辨史料。1989年《新文學史料》在第1、2、4期上連續刊登了樊駿的八萬多字的長文《這是一項宏大的系統工程——關於中國現代文學史料工作的總體考察》，樊駿先生就指出：「如果我們不把史料工作僅僅理解為拾遺補缺、剪刀漿糊之類的簡單勞動，而承認它有自己的領域和職責、嚴密的方法和要求，特殊的品格和價值——不只在整個文學研究事業中佔有不容忽視、無法替代的位置，而且它本身就是一項宏大的系統工程，一門獨立的複雜的學問；那麼就不難發現迄今所做的，無論就史料工作理應包羅的眾多方面和廣泛內容，還是史料工作必須達到的嚴謹程度和科學水平而言，都還存在許多不足。」1989年成立了中華文學史料學會，並編輯出版了會刊《中華文學史料》。借助90年代「學術性」被格外強調，「學術規範」問題獲得鄭重強調和肯定的大環境，許多學者自覺投入到文獻收藏、整理與研究的領域，涉及現代文學史料的一系列新課題得以深入展開，例如版本問題、手稿問題、副文本問題、目錄、校勘、輯佚、辨偽等，對文獻史料作為獨立學科的價值、意義和研究方法等方面都展開了前所未有的討論。其中的重要成果有賈植芳、俞桂元主編的《中國現代文學總書目》（1993年）、陳平原、錢理群等編《二十世紀中國小說理論資料》五卷（1997年），錢理群主編的「中國淪陷區文學大系」（1998～2000），延續這一努力，劉增人等於2005年推出了100多萬字的《中國現代文學期刊史論》，既有「中國現代文學期刊敘錄」，又有「中國現代文學期刊研究資料目錄」的史料彙編。不僅史料的收集整理在學術研究上獲得了深入發展，「五四」以來許多重要作家的全集、文集和選集在90年代被重新編輯出版。如浙

〔註7〕樊駿：我們的學科，已經不再年輕，正在走向成熟〔J〕，中國現代文學研究叢刊，1995（2）：196～197。

江文藝出版社推出的《中國現代經典作家詩文全編書系》，共 40 種，再如冠以經典薈萃、解讀賞析之類的更是不勝枚舉。這些選本文集的出版，現代文學研究領域的許多學者都參與其中，既普及了現代文學的影響力，又在無形中重新篩選著經典作家。比如 90 年代隨著有關張愛玲各種各樣的全集、選集本的推出，在全國迅速形成了張愛玲熱，為張愛玲的經典化產生了重要作用。

1990 年代現代文學研究的學術化轉向，包含著意味深長的思想史意義。作為這一轉向的倡導者的汪暉，在 1990 年代就解釋了這一轉向所包含的思想意義：「學術規範與學術史的討論本是極為專門的問題，但卻引起了學術界以至文化界的廣泛注意，此事自有學術發展的內在邏輯，但更需要在 1989 年之後的特定歷史情境中加以解釋。否則我們無法理解：這樣專門的問題為什麼會變成一個社會文化事件，更無從理解這樣的問題在朋友們的心中引發的理性的激情。學者們從對 80 年代學術的批評發展為對近百年中國現代學術的主要趨勢的反思。這一面是將學術的失範視為社會失範的原因或結果，從而對學術規範和學術歷史的反思是對社會歷史過程進行反思的一種特殊方式；另一方面則是借助於學術，內省晚清以來在西學東漸背景下建立的現代性的歷史觀，雖然這種反思遠不是清晰和自覺的。參加討論的學者大多是 80 年代學術文化運動的參與者，這種反思式的討論除了學術上的自我批評以外，還涉及在政治上無能為力的知識者在特定情境中重建自己的認同的努力，是一種化被動為主動的社會行為和歷史姿態。」〔註8〕汪暉為 1990 年代的學術化轉向設定了這麼幾層意思：1990 年代的學術化轉向是建立在對 1980 年代學術的反思基礎上，而且將學術的失範和社會的失範聯繫起來，進而對學術規範和學術史的反思也就對社會歷史的一種特殊反思，由此對所謂主導學術發展的現代性歷史觀進行批判。汪暉後來甚至認為：「儘管『新啟蒙』思潮本身錯綜複雜，並在 80 年代後期發生了嚴重的分化，但歷史地看，中國『新啟蒙』思想的基本立場和歷史意義，就在於它是為整個國家的改革實踐提供意識形態的基礎的。」〔註9〕一方面認為 80 年代以新啟蒙為特點的學術追求是造成社會失範的原因或結果，一方面又認為這一學術追求為改革實踐提供了意識

〔註8〕羅崗、倪文尖編：90 年代思想文選（第一卷）〔C〕，南寧：廣西人民出版社，2000 年：6～7。

〔註9〕羅崗、倪文尖編：90 年代思想文選（第一卷）〔C〕，南寧：廣西人民出版社，2000 年：280。

形態基礎，在這帶有矛盾性的表述中，依然跳不出從社會政治框架衡量學術意義的思維。但由此所引發的問題卻是值得深思的：現代文學作為一門學科的根本基礎和合法性何在？1990 年代的學術轉向，試圖以學術化的取向在和政治保持適當的距離中重建學科的合法性，即所謂的告別革命，回歸學術，學術研究只是社會分工中的一環，即陳思和所言的崗位意識：「我所說的崗位意識，是知識分子在當代社會中的一種自我分界。……（崗位的）第一種含義是知識分子的謀生職業，即可以寄託知識分子理想的工作。……另一層更為深刻也更為內在的意義，即知識分子如何維繫文化傳統的精血」。〔註 10〕這就更顯豁的表達出 1990 年代學術轉型所抱有的思想追求，現代文學不再是批判性知識和思想的策源地，而是學科分工之下的眾多門類之一，消退理想主義者曾經賦予自身的思想光芒和啟蒙幻覺，回歸到基本謀生層面，以工匠的精神維持一種有距離的理性主義清醒。

不過，這種學術化的轉型和 1990 年代興起的後學思潮相互疊加，卻也開始動搖了現代文學這門學科的基礎。如果說學術化轉向是帶著某種認真的反思，並在學術層面上對現代文學研究做出了一定的推進，而 90 年代伴隨著後學理論的興起，則從思想觀念上擾亂了對現代文學的認識和評價。借助於西方文化內部的反叛和解構理論，將對西方自文藝復興至啟蒙運動所形成的「現代性」傳統展開猛烈批判的後現代主義（還包括解構主義、後殖民主義等等）挪用於中國，以此宣布中國的「現代性終結」，讓埋頭於現代化追求和想像的人們無比的尷尬和震驚：

> 「現代性」無疑是一個西方化的過程。這裡有一個明顯的文化等級制，西方被視為世界的中心，而中國已自居於「他者」位置，處於邊緣。中國的知識分子由於民族及個人身份危機的巨大衝擊，已從「古典性」的中心化的話語中擺脫出來，經歷了巨大的「知識」轉換（從鴉片戰爭到「五四」的整個過程可以被視為這一轉換的過程，而「五四」則可以被看作這一轉換的完成），開始以西方式的「主體」的「視點」來觀看和審視中國。〔註 11〕

〔註 10〕陳思和：知識分子在現代社會轉型期的三種價值取向〔J〕，上海文化，1993（1）。

〔註 11〕張頤武：「現代性」終結——一個無法迴避的課題〔J〕，戰略與管理，1994（3）：106。

以西方最新的後學理論對五四以來的現代文學做出了理論上的宣判，作為「他者」狀況反映的現代文學的價值受到了懷疑。「現代性」作為 90 年代現代文學研究的核心關鍵詞，就是在這樣的質疑聲中登陸中國學術界。人們既在各種意義飄忽不定的現代性理論中進行知識考古式的辨析和確認，又在不斷的懷疑和顛覆中迷失了對自我感受的判斷。這種用最新的西方理論宣判另一種西方理論的終結的學術追求卻反諷般地認為是在維護我們的「本土性」和「中華性」，而其中的曖昧，恰如一位學人所指出的：「在我看來，必須意識到 90 年代大陸一些批評家所鼓吹的『後現代主義』與官方新意識形態之間的高度默契。比如，有學者把大眾文化褒揚為所謂『社會主義初級階段特色』，異常輕易地把反思都嘲弄為知識分子的精英立場；也有人脫離本土的社會文化經驗，激昂地宣告『現代性』的終結，歡呼中國在『走向一個小康』的理想時刻。這就不僅徹底地把『後現代』變成了一個完全『不及物』的能指符號，而且成為了對市場和意識形態地有力支持和論證。」〔註12〕

正是在「現代性」理論的困擾中，1990 年代後期，人們逐漸認識到源自於西方的「現代性」理論並不能準確概括中國的歷史經驗，而文學做為感性的藝術，絕非是既定思想理念的印證。1980 年代我們在急於走向世界的激情中，只揭示了西方思想文化如何影響了現代文學，還沒有更從容深入的展示出現代作家作為精神文化創造者的獨立性和主體性。但是無論十七年時期現代文學作為新民主主義革命的有力組成部分，還是 1980 年代的現代化想像，現代文學都是和國家文化的發展建設緊密聯繫在一起，學科合法性並未引起人們的思考。1990 年代的學術化取向和現代性內涵的考古發掘，都在逼問著現代文學一旦從總體性的國家文化結構中脫離出來，在資本和市場成為社會主導的今天，現代文學如何重建自身的學科合法性，就成為新世紀以來現代文學學術研究的核心問題。作為具有強烈歷史實踐品格和批判精神的現代文學，顯然不能在純粹的學術化取向中獲得自身存在的意義，需要在與社會政治保持適度張力的同時激活現代文學研究在思想生產中的價值和意義。

四、新世紀以後：思想分化中的現代文學研究

1980 年代的現代文學研究貫穿著思想解放與觀念更新的歷史訴求；1990

〔註12〕張春田：從「新啟蒙」到「後革命」——重思「90 年代」的中國現代文學研究〔J〕，現代中文學刊，2010（3）：59。

年代則是探尋學科研究的基礎與合法性何在，而新世紀開啟的文史對話則屬
於重新構建學術自主性的追求。

面對遭遇學科危機的現代文學研究，1990 年代後期已經顯現的知識分子
的思想分化在中國現代文學研究中更加明顯地表現了出來。圍繞對二十世紀
重要遺產——革命的不同的認知，不同思想派別對中國現代文學的肯定和否
定趨向各自發展，距離越來越大。「新左派」認定「革命」是 20 世紀重要的
遺產，對左翼文學價值的挖掘具有對抗全球資本主義滲透的特殊價值，「再解
讀」思潮就是對左翼——延安一直至當代文學「十七年」的重新肯定，這無
疑是打開了重新認識中國現代文學「革命文化」的新路徑，但是，他們同時
也將 1980 年代的思想啟蒙等同於自由主義，並認定正是自由主義的興起、「告
別革命」的提出遮蔽了左翼文學的歷史價值，無疑也是將更複雜的歷史演變
做了十分簡略的歸納，而對歷史複雜的任何一次簡單的處理都可能損害分歧
雙方原本存在的思想溝通，讓知識分子陣營的分化進一步加劇。當然，所謂
自由主義知識分子群體也未能及時從 1980 年代的「平反「邏輯中深化發展，
繼續將歷史上左翼文化糾纏於當代極左政治，放棄了發掘左翼文化正義價值
的耐性，甚至對魯迅與左翼這樣的重大而複雜的話題也作出某些情緒性的判
斷，這便深深地影響了他們理論的說服力，也阻斷了他們深入觀察當代全球
性的左翼思潮的新的理論基礎，並基於「理解之同情」的方向與之認真對話。

新世紀以來中國現代文學研究的推進和發展，首先體現在超越左／右的
對立思維、在整合過往的學術發展經驗的基礎上建構基於真實歷史情境的文
學發展觀，對中國現代文學研究更有推動性的努力是文學史觀念的繼續拓展，
以及新的學術方法的嘗試。

我們看到，1980 年代後期的「重寫文學史」的願望並沒有就此告終，在
新世紀，出現了多種多樣的探索。

一是從語言角度嘗試現代文學史的新寫作。展開了中國現代文學研究的
語言維度的努力，先後出現了曹萬生主編的《中國現代漢語文學史》（2007 年）
和朱壽桐主編的《漢語新文學通史》（2010 年）。這兩部文學史最大的特點是
從語言的角度整合以往限於歷史性質判別和國別民族區分而呈現出某種「斷
裂」的文學史敘述。曹著是從現代漢語角度來整合中國現代文學和當代文學，
從而將五四之後以現代漢語寫作的文學作品作為文學史分析的整體，「中國現
代漢語文學包容了啟蒙論、革命論、再啟蒙論、後現代論、消費性與傳媒論

所主張的內容」。〔註13〕那些曾經矛盾重重的意識形態因素在工具性的語言之下獲得了某種統一。在這樣的語言表達工具論之下的文學史視野中，和現代文學並行的文言寫作自然被排除在外，而臺灣文學港澳文學甚至旅外華人以現代漢語寫作的文學都被納入，甚至網絡文學、影視文學和歌詞也受到關注。但其中內涵的問題是現代漢語作為僅有百年歷史的語言形態，其未完成性對把握現代漢語的特點造成了不小的困擾，以這樣一種仍在變化發展的語言形態作為貫穿所有文學發展的歷史線索，依然存在不少困難。如果說曹著重在語言表達作為工具性的統一，那麼朱著則側重於語言作為文化統一體的意義。文學作為一種文化形態，其基礎在於語言，「由同一種語言傳達出來的『共同體』的興味與情趣，也即是同一語言形成的文化認同」，「文學中所體現的國族氣派和文化風格，最終也還是落實在語言本身」，〔註14〕那麼作為語言文化統一形態的「漢語新文學」這一概念所承擔的文學史功能就是：「超越乃至克服了國家板塊、政治地域對於新文學的某種規定和制約，從而使得新文學研究能夠擺脫政治化的學術預期，在漢語審美表達的規律性探討方面建構起新的學術路徑」〔註15〕。顯然朱著的重點在以語言的文化和審美為紐帶，打破地域和國別的阻隔、中心與邊緣的區分。朱著所體現的龐大的文學史擴容問題，體現出可貴的學術勇氣，但在這樣體系龐大的通史中，語言的維度是否能夠替代國別與民族的角度，還需要進一步思考。

二是嘗試從國家歷史的具體情態出發概括百年來文學的發展，提出了「民國文學史」、「共和國文學史」等新概念。早在 1999 年陳福康借助史學界的概念，建議「現代文學」之名不妨用「民國文學」取代。後來張福貴、丁帆、湯溢澤、趙步陽等學者就這一命名有了進一步闡發。〔註16〕在這帶有歷史還原意味的命名的基礎上，李怡提出了「民國機制」的觀點，這一概念就是希望進入文史對話的縱深領域，即立足於國家歷史情境的內部，對百年來中國文學轉換演變的複雜過程、歷史意義和文化功能提出新的解釋，這也就是從國

〔註13〕曹萬生主編：中國現代漢語文學史〔M〕，北京：中國人民大學出版社，2007：8。

〔註14〕朱壽桐主編：漢語新文學通史〔M〕，廣州：廣東人民出版社，2010：12～13。

〔註15〕朱壽桐主編：漢語新文學通史〔M〕，廣州：廣東人民出版社，2010：8。

〔註16〕參見張福貴：從「現代文學」到「民國文學」——再談中國現代文學的命名問題〔J〕，文藝爭鳴，2011（11）及丁帆：給新文學史重新斷代的理由——關於「民國文學」構想及其他的幾點補充意見〔J〕，中國現代文學研究叢刊，2011（3）等。

家歷史情境中的社會機制入手，分析推動和限制文學發展的歷史要素。〔註17〕
這些探索引起了學術界不同的反應，也先後出現了一些質疑之聲，不過，重
要的還是究竟從這一視角出發能否推進我們對現代文學具體問題的理解。在
這方面花城出版社先後推出了「民國文學史論」第一輯、第二輯，共 17 冊，
山東文藝出版社也推出了 10 冊的「民國歷史文化與中國現代文學研究」的大
型叢書，數十冊著作分別從多個方面展示了民國視角的文學史意義，可以說
是初步展示了相關研究的成果，在未來，這些研究能否深入展開是決定民國
視角有效性的關鍵。

值得一提的還有源於海外華文文學界的概念——華語語系文學。目前，
這一概念在海外學界影響較大，不過，不同的學者（如史書美與王德威）各
自的論述也並不相同，史書美更明確地將這一概念當作對抗中國大陸現代文
學精神統攝性的方式，而王德威則傾向於強調這一概念對於不同區域華文文
學的包容性。華語語系文學的提出的確有助於海外華文寫作擺脫對中國中心
的依附，建構各自獨特的文學主體性，不過，主體性的建立是否一定需要在
對抗或者排斥「母國」文化的程序中建立？甚至將對抗當作一種近於生理般
的反應？是一個值得認真思考的問題。

新世紀以來，方法論上的最重要的探索就是「文史對話」的研究成為許
多人認可並嘗試的方法。「文史對話」研究取向，從 1980 年代的重返歷史和
1990 年代的文化研究的興起密切相關。1980 年代在「撥亂反正」政策調整下
的作家重評就是一種基於歷史事實的文史對話，而在 1980 年代興起的「文化
熱」，也可以看成是將歷史轉化為文化要素，以「文化視角」對現代文學文本
與文學發展演變進行的歷史分析。在 1980 年代非常樸素的文史對話方式中，
我們看到一面借助外來理論，一面在「原始」史料的收集整理、作品閱讀的
基礎上，艱難地形成屬於中國文學發展實際的學術概念。而隨著 1990 年代西
方大量以文化研究和知識考古為代表的後學理論湧入中國後。特別是受文化
理論的影響，1980 年代基於樸素的文化視角研究現代文學的歷史化取向，轉
變為文化研究之下的泛歷史化研究。1990 年代的「文化研究」不同於 1980 年
代「文化視角」的區別在於：1980 年代文化只是文學文本的一個構成性或背
景性的要素，是以文學文本為中心的研究；而受西方文化研究理論的影響，

〔註17〕李怡：民國機制：中國現代文學的一種闡釋框架〔J〕，廣東社會科學，2010
（6）：132。

1990 年代的文化研究是將社會歷史看成泛文本，歷史文化本身的各種元素不再是論述文學文本的背景性因素，它們也是作為文本成為研究考察的對象。在文化研究轉向影響下的 90 年代中後期的現代文學研究，突破了以文學文本為中心，而從權力話語的角度將文學文本放在複雜的歷史文化中進行分析，這樣文化研究就和歷史研究獲得了某種重合，特別是受福柯、新歷史主義等理論的影響，文學文本和其他文本之間的權力關係成為關注的重點。

這樣就形成了 1980 年代作家重評與文化視角之下的文史對話，和 9190 年中後期已降的在文化研究理論啟發和構造之下的文史對話，而這兩種文史對話之間的矛盾或者說差異，根本的問題在於如何基於中國經驗而重構我們學術研究的自主性問題。1980 年代的文史對話是置身在中國學術走出國門、引入西方思潮的強烈風浪中，緊張的歷史追問後面飄動著頗為扎眼的「西化」外衣，而對中國問題的思考和關注則容易被後來者有意無意的忽略，特別在西方理論影響和中國問題發現之間的平衡與錯位中的學術創新焦慮，更讓我們容易將自己的學術自主性建構問題遮蔽。文化研究之下的權力話語分析確實打開了進入堅硬歷史骨骼的有效路徑，但這樣的分析在解構權力、拆解宏達敘述的同時，則很容易被各種先行的理論替代了歷史本身，而真實的歷史實踐問題則很容易被規整為各種脫離實際的理論構造。而且在瓦解元敘述的泛文本分析中，歷史被解構成碎片，文學本身也淹沒在各種繁複的話語分析中而不再成為審美經驗的感性表達，歷史和文學喪失了區分，實質上也消解了文史對話的真正展開。所以當下文史對話的展開，必須在更高的層次上融合過往的學術經驗。中國學術研究的自主性必須基於對自身歷史經驗的分析和提煉，形成符合中國文學自身發展的學術概念和話語體系，但是這樣強調本土經驗的優先性，特別是對「中國特色」和「中國道路」的道德化強調中，我們卻要警惕來自狹隘的民族主義的干擾和破壞；同時對於西方理論資源，必須看成是不斷打開我們認識外界世界的有力武器，而不能用理論替代對歷史經驗的分析。因此當下以文史對話為追求的現代文學研究，不僅僅是對西方理論話語的超越，更是對自身學術發展經驗的反思與提升。質言之，應該是對 1980 年代啟蒙精神與 1990 年代學術化取向的深度融合。

在以文史對話為導向的學術自主性建構中，作為可借鑒的資源，我們首先可以激活有著深厚中國學術傳統的「大文學」史觀，這一「大文學」概念的意義在於：一是突破西方純文學理論的文體限制，將中國作家多樣化的寫作

納入研究範圍，諸如日記、書信及其他思想隨筆，包括像現代雜文這種富有
爭議的形式也由此獲得理所當然的存在理由；二是對文學與歷史文化相互對
話的根據與研究思路有自覺的理論把握，特別是「大文學」這一概念本身的
中國文化內涵，將為我們「跨界」闡釋中國文學提供理論支撐。當然在今天
看來，最需要思考的問題是如何在「文史對話」之中呈現「文學」的特點，文
史對話在我們而言還是為了解決文學的疑問而不是歷史學的考證。如此在呈
現中國文學的歷史複雜性的同時，也建構出屬於我們自己的具有自主性的學
術話語體系，從而為未來的現代文學研究開闢出廣闊的學術前景。

此文與王永祥先生合著

第一章　導　言

1.1　「文學史」的觀念

　　在中國，何為文學史？回答這一問題往往從追溯「文學史」的形成開始。而追溯「文學史」本身的歷史，首先面臨的問題是：現代「文學史」形成之前，文學的觀念是如何形成的？如果不通過「文學史」這樣的裝置進行代際、歷史之間的傳遞，是否能夠構建起「文學」的概念？顯然，要回答這些問題，首先就應該看清中國「文學史」與歷史文獻中歷代文學條目之間的區別。「文學史」的誕生並非來自傳統的進化，恰恰相反，「文學史」帶給我們的文學不斷進步的觀念本身就是一種已經發生作用的知識思維模式。作為現代性學科裝置的「文學史」進入中國後，中國文學不再是散落在歷史文獻中的材料與文本，而是成為一種直線的、有方向的、不斷進化的「歷史」敘事，這樣敘事的來源，便是西方近代的文學（學科）史觀念。

　　而在起點處，「文學史」因其現代性的來源，本身就包含著現代性固有的歷史進化論內核。無論是現代文學還是當代文學，文學史的書寫都無法擺脫線性進步的現代化觀念，歷史向前發展，始終有一個更理想、更崇高的目標，經歷的歷史階段都服務於最終的目的，從而以此為前提解釋、闡釋文學史發展的過程和產生的現象。這樣的現代性歷史觀念，體現在歷史化敘事的各個方面。在《批評的諸種概念》一書中，韋勒克指出：「一個內在的文學史的問題，即進化論的中心問題。」[註1] 於是，和社會現代化同時進行的

[註1] R・韋勒克：《批評的諸種概念》，丁泓等譯，四川文藝出版社 1988 年版，第59頁。

是文學的現代化，其中「文學史」這一學科裝置的出現與演變，便是最為突出的特徵。「文學史」之下的「歷史」不再是散落在各個部分的材料與文本，也不再是籠統抽象的整體性「歷史」的某一組成部分，文學史成為了伴隨著現代性發展而不斷進化的觀念集合，成為了具有某種特定意識形態的「歷史敘事」。

柄谷行人在《日本現代文學的起源》一書中曾這樣描述在日本近代出現的這個外來的「文學史」怪物：形成於明治 20 年代的「國文學」或「文學史」本身便是一種預設，彷彿真有一種從古代走向中世紀、近世以至現代的文學「進化」「深化」「發展」的歷史似的。我們所需要的不是代替這個透視遠景提示另一個別的遠景（如「反現代」主義那樣），我們只需要注視使這個遠景成為可能，且被視為無可置疑不證自明的那個裝置。〔註 2〕

於是，在進行現代性反思的過程中，對歷史話語形成的過程本身進行反思是學科研究必然也是必要的部分。而中國的文學史建立過程同樣遵循著現代化的過程，所吸收的資源和傚仿的對象，也正是已然完成學科現代化的西方。受到西方新史學的影響，在胡適等「五四」學者的努力下，完成中國現代文學史的體裁、框架奠基後，「中國文學史」這一時刻更新的裝置逐漸成為了文學觀念形成的重要支撐。在這一視閾中，文學本身的層次、地域性、差異被忽略抹除，一切差異性歷史都難以進入敘事的主流，當差異性與歷史敘事的終極目標相衝突之時，「差異性」讓步於「同一性」成為必然。「差異性」在歷史中形成的挑戰在文學史的各個斷裂處顯現，文學史不斷「重寫」的處理，也是「新統一」的形成過程。

1950～70 年代的文學史評價、學術框架始終圍繞著「革命」「鬥爭」進行，「文學」和「歷史」雙雙被「階級鬥爭」的革命史觀所籠罩，其背後依然是對於現代化的激進追求，文學和歷史共同肩負的偉大歷史目標依然是走向現代化——無論是「理性」或是「激進」的，其方向從未改變。「文革」後文學史觀念則經歷了「革命史」向「現代啟蒙史」的轉換，歷史學家再度把中國與西方的關係理解為簡單的「傳統」與「現代」的對立，解讀為「文明」與「愚昧」的衝突，「救亡」與「啟蒙」的衝突，把中國近代的歷史描述為走向世界的進化的歷程，文明、啟蒙的理想形態以現代性的民主自由形態為載體，

〔註 2〕〔日〕柄谷行人：《日本現代文學的起源》，趙京華譯，三聯書店 2003 年版，
第 146 頁。

正如福山所說：「雖然現代化理論之間在歷史演變如何直線發展以及是否存在著現代化的替代道路等問題上存在分歧，但沒有人懷疑歷史是有方向性的，也沒有人懷疑工業發達國家的自由民主制度就是它的終點。」〔註3〕西方現代化的「終極想像」似乎也影響著文學史的寫作，這種新舊、中西的對立體現在兩部著名文學史的寫作選擇上：夏志清寫《現代中國小說史》時，一舉將王瑤的《新文學史稿》中完全不提的張愛玲、錢鍾書、沈從文抬到了文學大師的位置，給予張愛玲比魯迅更高的文學史地位。夏志清的這一文學史選擇及其背後的文學史觀念成為新時期中國文學史寫作與教學中的重要參照。「歷史的顛倒」，需要新的評述者「再顛倒過來」，這一文學史翻轉所體現的「文學史的權力」，也為我們重新理解「文學史」的功能提供了重要啟示。而到了錢理群主編的《中國現代文學三十年》，則試圖將兩者統一在「現代性」的內部，無論是「通俗小說」中表現出的現代性元素，還是作為新文學運動代表和方向的左翼、革命文學，都成為了構建中國文學現代化書寫的環節，這在以前的文學史論述中是很難出現的。錢理群作為編者希望通過兼容通俗舊文學中的「新」的一面，將之並置於「革命文學」旁邊，取消過於戲劇化的新舊文學斷裂，緩和通俗與先鋒文學的對立，更多地看到不同的文學樣態發展。也正是在這樣的融合中，張愛玲、沈從文等作家和魯迅、老舍、巴金等作家一併進入文學史而獲得某種承認和闡釋——然而新的劃分方式並沒有也不可能「一勞永逸」，這種看似包容的統一併沒有想像中穩定，並造成了新的「遺失」。現代性本身的複雜，解釋了諸多寫作脈絡與特徵的形成因由，但也正是將現代性放置在中國視域下，所帶來的矛盾與遮蓋也隨之產生，更多內容被講述進文學史的同時，也帶來了更多「篩選」後的排除，諸如「延安文藝」「土改」主題下丁玲、周立波等作家的作品就在現代文學的梳理中不見蹤影，如此書寫埋下了文學史再次「斷裂」的隱憂，這一隱憂延續進入了當代文學的研究之中。陳曉明在《中國當代文學主潮》中將當代文學的發生推前至1942年時，想要修復的便是由此引發而來的斷裂下的綿延。而當文學史寫作進入當代史之後，「斷裂」與「對立」更加頻繁地出現在文學史之中，開始了更多的衝突。

〔註3〕〔美〕弗朗西斯·福山：《歷史的終結及最後之人》，黃勝強、許銘原譯，中國社會科學出版社2003年版，第78頁。

1.1.1　問題的緣起：當代文學史的「歷史化」

　　1980 年代以來，對中國當代文學史影響最大的兩個概念，一個是從尋求整體性出發的「二十世紀中國文學」，另一個則是從更新翻案角度提出的「重寫文學史」。各方學者都希望突破新舊、左右的條條框框，開闢新局面。於是，兩次討論都致力於通過不同的講述方式，還原更真實的文學史。1980 年代，錢理群、黃子平、陳平原在《文學評論》1985 年第 5 期中發表《論「二十世紀中國文學」》，隨後《讀書》雜誌闢出專欄連續六期刊發了他們《關於「二十世紀中國文學」的對話》，其中說：「我們在各自的研究課題中不約而同地，逐漸形成了這麼一個概念，叫作『二十世紀中國文學』。初步的討論使我們意識到，這並不單是為了把目前存在著的『近代文學』『現代文學』和『當代文學』這樣的研究格局加以打通，也不只是研究領域的擴大，而是要把二十世紀中國文學作為一個不可分割的有機整體來把握。」〔註4〕討論中提出將當代文學併入現代文學視野中進行整體性考量，對文學史研究內在整體性的設想到今天依然有著深遠影響。

　　在這一由「三人談」衍生出來的整體性的「二十世紀文學」概念討論中，三人的總結既包含著對全球化下中西文學碰撞的思考，也對從二十世紀以來興起的民族意識有了一個整體性的認識，並對這一現代化過程中的中國文學的文藝基調做出了歸納。正如《文學評論》編輯部 1985 年在《致讀者》中提出的評價：《論「二十世紀中國文學」》闡發的是一種相當新穎的「文學史觀」，它從整體上把握時代、文學以及兩者關係的思辨，應當說，是對我們傳統文學觀念的一次有益突破。「二十世紀中國文學」這一概念在當時的提出，無疑對以政治分期為準則的文學史劃分方式形成了衝擊，並得到了當時如趙園、陳思和等許多學者不約而同的「呼應」，陳思和在 1985～1986 年間發表的多篇文章中，都強調了歷史的方法，強調了必須重新認識當代文學史之必要，並在《批評的追求》〔註5〕中說：「把二十世紀的文學（或稱作中國的新文學）視為一個不可分割的整體，是目下許多同行們感興趣的課題，黃子平、陳平原、錢理群、王曉明、李劼等同志正在這方面進行著極有意義的工作，我願意加入這一行列，對這門可能根本性改變當代文學研究現狀的探索性學科做

〔註4〕黃子平、陳平原、錢理群：《論「二十世紀中國文學」》〔J〕，文學評論，1985（05）：3～14。

〔註5〕陳思和：《批評的追求》〔J〕，上海文學，1986（02）：13～17。

出自己的努力。」

　　於是既是呼應，亦是發展，陳思和與王曉明隨後提出的「重寫文學史」口號，更廣泛地影響了當代文學史的研究方向，「重寫文學史」這一口號也長期被用在當代文學史的研究中。當代文學領域「文學史」的建構意識與 80 年代當代文學寫作「復蘇」的過程相伴隨，在新時期對「文革」整體性批判的政治環境下，文學批評領域也迫切需要一套新的主流標準。以文學史的方式對某一段歷史時期文學現象的評價、判斷與定論，無疑是現代性視野下文學史書寫的內在動力和固有意義。需要被重新評價、清算甚至推翻的對象則是 1959 年前後的第一波當代文學史編寫熱潮中出現的文學觀念。

　　這一時期出現了大量當代文學史著作，如佘樹森、張鍾等主編的《當代文學概觀》（1980 年），郭志剛主編的《中國當代文學史初稿》（1980 年），王瑤的《中國新文學史稿（上下）》（1982 年），王慶生主編的《中國當代文學》（1983 年），於可訓的《中國當代文學概論》（2002 年），孟繁華與程光煒合著的《中國當代文學發展史》（2004 年），董健、丁帆、王彬彬主編的《中國當代文學史新稿》（2005 年），陳曉明的《中國當代文學主潮》（2009 年）……這些著作的出現反映出當代文學在「文學史」書寫上的各方努力。其中，影響力最為深遠的則是洪子誠和陳思和分別編寫的《中國當代文學史》（1999 年）、《中國當代文學史教程》（1999 年），兩部文學史稿有效地代表了這一階段學科內部較為廣泛的文學史研究共識。

　　「重寫文學史」並不僅僅是 80 年代的文學史問題。在某種意義上，所謂的「文學史寫作」就是對文學史的不斷「重寫」。以中國新文學史的寫作為例，從「五四」時期胡適等人的文學史著述為啟蒙主義文學史觀奠基，到 30 年代中期的《中國新文學大系》確立啟蒙主義立場的新文學經典，從 30 年代開始的新文學寫作向左轉到以王瑤的《中國新文學史稿》為代表的左翼文學史觀的確立，再到 1950～70 年代的日趨激進的左翼文學史敘述；從 70 年代夏志清的《中國現代小說史》對啟蒙文學史觀的回歸到 80 年代的「重寫文學史」與「二十世紀中國文學」，中國新文學的歷史經歷著一次又一次的「重寫」，1990 年代後，這種「重寫」也並沒有終結。作為 1980 年代「重寫文學史」思想支點的啟蒙主義、自由主義從 1990 年代開始遭遇到新興的包括女性主義、新左翼、後殖民主義等在內的文化多元主義思潮的質疑，隨著普遍主義的文化霸權的動搖，「重寫文學史」再度成為文學研究的焦點，成為民族、國家、

階級、性別、種族等話語衝突和爭奪的空間，成為了形形色色的意識形態鬥爭的場域。

可以說，迄今為止，「重寫文學史」仍然是我們討論文學史問題的一種基本方式。「文革」後文學史寫作乃至整個文學批評界都進行著或整體或局部的「重寫」。看似紛繁複雜之中，其實有著相同的「靶子」，作為「新時期」的文學史觀念，其重要的前提之一便是在政治上完全否定「文革」，與「撥亂反正」的潮流相呼應。「新時期」文學史重寫所針對的是對文革文學和文革文學史觀念的「重寫」，以及向前追溯的對「十七年文學」「延安文學」甚至 30 年代「左翼文學」的反思。依據「啟蒙主義」為基礎的「政治正確」，通過重新確立「文學」的本質或總體性、重新分期或分類、重新設定「文學」與「非文學」界限等方式來接近和表述更「真實」的「文學史」。通過這種「重寫」實踐，左翼文學史建構的文學秩序被顛倒過來。不少過去被主流左翼文學史視而不見的文學現象得以浮現，許多被忽略或埋沒的作品、作家得到新的關注和評價。而左翼作家則開始「走下神壇」，被批評、反思。在不斷重讀解構經典、發掘新經典、重新界定中心與邊緣、挖掘地下寫作等等研究的過程中，文學史的權力在「文學內部」被進一步放大。

洪子誠在與賀桂梅的對談中說：「大家都在說『新文學的終結』，其實，在我看來，『當代文學』好像也已經『終結』了。」〔註6〕洪子誠對「終結」的討論包含著文學史權力本身的多重悖論，在關於洪子誠文學史的評價中，「上編」一體化的精彩和自洽程度高於「下編」中對多元化過程的描述，如此對比呈現的原因也許就是洪子誠討論「當代文學終結」的答案，一體化建構能力更貼近當代文學史在確立之初寫作的本質。「當代文學史」作為現代性學科建設的一個研究分支，自然包含著現代性內在的進步邏輯和整體解釋。表面上爭論的無休止之下，「重寫」的無止境背後，包含著「文學史」作為一種等級劃分的「權威」必然造成的壓抑和偏頗，也包含圍繞著「文學史」知識生產標準的討論，文學史成為權力與知識之間互相創造的場域。寫史模式的多元化並未突破當代文學史的權力框架，無論是「一體到多元」還是「二元對立」到超越「二元對立」，「文學史」始終在以現代性的知識生產模式加強著作為中心的權力的顯影和更替。洪子誠對於文學史寫作的警覺在於文學史

〔註6〕《穿越當代的文學史寫作——洪子誠教授訪談錄》，《文藝研究》2010 年第 6 期。

的描述一旦「為人們廣泛接受和使用，又會反轉來阻礙對文學狀況和這種狀況的生成過程的複雜性的進一步探究，對另外一些現象和問題可能造成『遮蔽』」〔註7〕。90年代以來，對於文學史話語生成機制的討論和反思是極其必要的，其中包含著對現代性知識生產機制的反思。權力本身無可迴避，但文學史所彰顯的權力結構卻可以被視為一種「話語」遺跡加以考察。

現代性話語強調的是前現代社會與現代性之間的非連續性。正像馬泰・卡林內斯庫在《現代性的五幅面孔》之中指出的那樣：「區分古代和現代似乎總隱含論辯意味，或者是一種衝突原則。」〔註8〕。在這樣的前提下，即使不斷重寫文學史，也很難突破這種對立兩分法來「認識」現實和歷史，文學史的問題也就逐漸出現了，在其中看不到差異，也就無法理解文學的多樣性。將注意力從「話語」和「知識」本身轉向「機制」和「方法」，將知識作為方法的表象而非價值的表象，成為新的文學史反思途徑。福柯的系譜學方法和知識考古學理論為文學史的讀法打開了新的視野。

1.2 研究方法

1.2.1 以「知識考古學」反思「文學史」

上世紀70年代，福柯的「知識考古學」和之後的系譜學理論問世後，作為反思現代性浪潮中一種重要的知識方法論，為現代人文科學的話語分析和權力批判提供了新的理論架構。「知識考古學」是將歷史學文本作為「遺跡」的二次探索，也就是說，文學史本身也成了和文本、作品一樣可供閱讀、闡釋甚至解構的對象。「知識考古學」的視閾中的「文學史」不再是傳統歷史學中的歷史，而是一種「元歷史」——關於歷史的歷史，其背後是對歷史形成過程的追溯以及歷史研究的方法。「知識考古學」追問的問題是，在文學史家寫文學史的時候，「他們共同設定的『默認』的公設又是什麼呢？什麼是他們可能默默地遵循的一般原則……」〔註9〕這種將歷史學作為解構對象的研究

〔註7〕洪子誠：《當代文學的「一體化」》《中國現代文學研究叢刊》，2000年第3期。

〔註8〕馬泰・卡林內斯庫：《現代性的五幅面孔》，顧愛彬、李瑞華譯，商務印書館，2002年版，第10頁。

〔註9〕〔法〕米歇爾・福柯：《知識考古學》，謝強、馬月譯，三聯書店1998年版，第205頁。

進路，不同於傳統意義上的考古學和歷史學，後者企圖還原「乾淨」「中立」「未受破壞」的歷史「真相」。福柯在《知識考古學》中說：「好像人們對溯求本源，無限追尋先源性，恢復傳統，追蹤發展曲線，設想各種目的論和不斷借用生命的隱喻等做法習以為常外，對於思考差異、描寫偏差和擴散、分解令人滿意的同一性的形式深惡痛絕。或者更準確地說，就像人們將界限、變化、獨立系統、限定體系——這些歷史學家們經常使用的概念——變成理論，從中找出一般後果，乃至派生出可能的蘊涵，有著難言之隱。就好像我們害怕在我們自己的思維時代中思索他人。」〔註10〕從這一角度看，「重寫文學史」的策略並非是一種真正面對差異化而進行的文學閱讀，而是依然在總結不同的「同一性」，再現了後文革時期將「文革」乃至「革命中心敘事」視為「他者」的主流意識形態策略——把被顛倒的歷史重新顛倒過來，將一種歷史的源頭替換成另一種歷史的源頭——從「革命」到「啟蒙」——變化之中依然沒有跳出二元對立的結構。顯然，「知識考古學」不再去追尋「起源」，不再通過斷代記錄去還原歷史的連續性，而是力圖分析特殊性和差異。「知識考古學」也不是一種新的闡釋學，去探究更深層的遺憾或未被發現的思想遺留，「考古學」將文獻、話語本身作為對象，對歷史和知識的反思和「考古」是在取消了其權力中心和正義的前提下進行的，「話語構成」代替了理性與形而上學時代下的知識「理念」，成為了「知識考古學」的研究對象。

「文學史」作為被反覆建構的話語，「考古學」視角的引入將重新考察每一種文學史評價話語形成的歷史本身，達到對文學史本身的反思和文本重新的解放。「知識考古／譜系學」視域下的歷史觀否定了歷史中立的可能性後，也就否定了新時期文學史書寫中所追求的擺脫政治觀念、制度制約的純粹歷史書寫的可能性。擺脫了從不同途徑執著追求一個歷史的更「真」之後，「知識考古／譜系學」視閾中的文學史問題關注的不是「歷史本身」，而是構造「歷史本身」的解釋、工具和方法。《知識考古學》作為福柯話語理論的階段性中心著作，一方面是福柯最為理論化的著作，另一方面福柯又在其中對理論方法進行了全面「拆解」，其中所形成的「考古學」本身成為對方法論的反思。正如福柯所說：「因此，我的目的是，確定一種擺脫人類中心主題的歷史分析方法。很顯然，我準備勾畫的理論與以前的研究有雙重關係。它是對這些著作用

〔註10〕〔法〕米歇爾・福柯：《知識考古學》，謝強、馬月譯，生活・讀書・新知三聯書店1998年版，第14頁。

於本身的或為本身而制定的工具加以概括的一個嘗試。但另一方面，它又使用已經獲得的成果來確定一種清除了一切人類中心主義的分析方法。」〔註11〕《知識考古學》考察了一個當時尚未成為分析對象的領域，即「話語生成」（discoursive formation）。福柯希望通過「知識考古學」打破中心和邊緣的價值等級區分，「不給任何中心以特權」〔註12〕，福柯強調的差異意識，貫穿了他對話語生成問題的研究過程：「我們是差異。我們的理性是話語的差異，我們的歷史是時間的差異，我們的自我是面具的差異。」〔註13〕當「迴避我們現實的差異」，「一種人類中心思想來整理圍繞著人的存在的這些問題，從而使我們迴避對實踐的分析」〔註14〕時，現代性所形成的壓抑與遮蔽也就隨之而來，不斷排斥、編織差異的同一性追求，以理性為名將人和世界的現實壓縮簡化，從而繼續加強著人類中心主義的中心位置，不斷循環。在這樣的現代理性支配下，歷史學科的話語形成過程不斷被遮蔽，而福柯打破了文本之間的界限，無論是文獻還是文學，是文學史或是作品本身，對他來說都是探索話語規則形成的「遺跡」：「一本書從來沒有斷然分明的邊界。它超越標題，超越第一行和最後一個句號，超越內在結構和獨立形式，而陷入一個與其他書籍、其他文本、其他句子相互參照的系統中。它是這個網絡中的一個結。而這個參照網絡並不是一篇數學論文、一篇正文注釋、一個歷史解釋或一個小說情節所顯示的……只有基於一個複雜的話語場，它（一本書）才得以顯示和構築。」〔註15〕就文學史的寫作而言，通過探詢這種以「文學」或「文學史」為名的話語之所以產生的條件，追問我們的文學史寫作是在哪些潛在的框架中展開的，都有哪些共同的理論預設，質詢對文學的解釋為何變成了「文學」本身，對歷史的解釋如何變成了「歷史」本身。本文一方面希望通過對「文學」歷史化研究，還原權力本身的永恆在場；另一方面，也希望通過系譜學視野下對權力的追蹤，尋找

〔註11〕〔法〕米歇爾・福柯：《知識考古學》，謝強、馬月譯，生活・讀書・新知三聯書店1998年版，第15～16頁。

〔註12〕〔法〕米歇爾・福柯：《知識考古學》，謝強、馬月譯，生活・讀書・新知三聯書店1998年版，第205頁。

〔註13〕〔法〕米歇爾・福柯：《知識考古學》，謝強、馬月譯，生活・讀書・新知三聯書店1998年版，第131頁。

〔註14〕〔法〕米歇爾・福柯：《知識考古學》，謝強、馬月譯，生活・讀書・新知三聯書店1998年版，第204頁。

〔註15〕〔法〕米歇爾・福柯：《知識考古學》，謝強、馬月譯，生活・讀書・新知三聯書店1998年版，第23頁。

更多關於文學的豐富和差異。「永恆的歷史化」作為一種方法，幫助我們將無數看似常識的文學史知識還原到其生產現場，讓我們能夠回到當時的語境，探討文學史中「想像的共同體」得以確立與建構的過程與方法。

　　現代人文歷史的形成過程都應該伴隨著反思的過程，福柯對現代人文學科造成的衝擊，也是對這些學科中僵化的「理性」作出的衝擊，而「理性」是現代性核心的概念，更是以人為中心的歷史寫作中應該遵從的信條。對理性的不斷反思不是為了追溯這些學科歷史上的源頭，而是反思在學科歷史形成過程中，理性本身如何成為了「合理性」，學科史本身如何脫離學術的開放性與效果，成為一種和歷史同謀的共生。正如劉禾在《跨語際實踐》中評價的：「如果我們從福柯那裡學到了什麼，那麼顯然我們必須要正視體制性實踐的各種形式以及知識／權力關係，這些形式和關係在將某些認知方式權威化的同時，壓抑其他的認知方式。」〔註16〕此後，福柯久負盛名的瘋癲史研究也源於如此思路。

　　文學的存在並非為了改變世界或歷史，文學本身就是世界和歷史。文學史寫作所形成的文本和文學文本共同構成了這一世界和歷史，在知識考古學的視域之下，文本所構成的「遺跡」成為我們追溯歷史的開放性領域，其中的「缺失」「磨損」和「錯位」都包含著豐富的信息，反映著時代政治、經濟和社會層面的作用因素。福柯所說：「考古學描述不建立任何的價值等級；也不作根本的區分。」〔註17〕正是通過將人作為歷史的中心的現代性歷史研究觀念打破，將一切「文本化」之後，研究者重新獲得了審視和分析「話語」和「權力」如何運作、互相生產的視域。

1.2.2 「失踪者」的角度

　　1995年，朱學勤作為一位「治思想史者」，在《思想史上的失踪者》一文中為當代因種種原因消失於思想史的學者感到遺憾，並希望能夠在思想史的書寫中，為他們尋求一席之地：「我曾希望這群人能站著進入思想史，或許能改變一下思想史上都是一些橫躺著的先逝者的沉悶格局。」〔註18〕對思想史

〔註16〕劉禾：《跨語際實踐——文學，民族文化與被譯介的現代性（中國，1900～1937）》，宋偉傑等譯，三聯書店2002年版，第4頁。

〔註17〕〔法〕米歇爾·福柯：《知識考古學》，謝強、馬月譯，三聯書店1998年版，第184頁。

〔註18〕朱學勤：《思想史上的失踪者》〔J〕。讀書，1995（10）：55～63。

上失蹤者的發掘成為一種打破「沉悶格局」的方式，在美術史、電影史、出版史等學科領域，都出現了對「失蹤者」的打撈〔註19〕。在此背景下，「文學史上的失蹤者」常常被用來描述1950～1970年代所獨有的文學現象，在「重寫文學史」的過程中，在此意義上界定的失蹤者的確打開了新時期文學史寫作的新的空間。〔註20〕

　　本文所討論的「失蹤者」現象並非僅僅出現在某個特定的時代。「失蹤者」意味著一種追蹤的意圖和追蹤的失效，在這一前提下，文學史上的「失蹤者」也就有了新的內涵與意義。文學史上的「失蹤者」，並非是無名無姓，失蹤本身包含著「存在」和「消失」兩種狀態，「存在」即「有名目」，而「消失」則是指「名目」之下的失落和難以捕捉、難以安置。他們的命名是存在於文學史之上的，而稱他們為「失蹤者」，在於命名之下的作者和作品在命名之下某些更為豐富的部分反而「失蹤」或者說「被消失」。

　　借用「失蹤者」這一概念，討論當代文學史中始終存在的這一現象成為可能。時至今天依然有大量的文本無法進入文學史的主流敘事，有許多作家作品即使有倖進入，關於其寫作的「文學史」討論依然被侷限於封閉的小空間，或游離於文學史主流之外——如果我們不再天真地相信「文學史」是對已經發生的文學歷史的客觀記錄，而是文學史家根據特定時期的文學史觀進行選擇、規訓與組織的結果，是「文學權力」的產物。「新時期文學」以「噩夢醒來是早晨」，或「告別過去，走向未來」，或「文學的回歸」「個人的回歸」以及「去政治化」「去革命化」等一整套「現代化」範式，編織起環環相扣的主流文學史譜系。在由「傷痕文學」「反思文學」「改革文學」「知青文學」「尋

〔註19〕參見多篇論文：周彥文、張競生《中國出版史上的失蹤者》〔J〕。編輯之友，1998（01）：59～62；盧仁龍：《尋找現代出版史的失蹤者——記商務印書館創始人夏瑞芳》〔J〕。讀書，2017（02）：24～34；霍亮子：《美術史上的失蹤者》〔J〕。南風窗，2008（02）：90～93；劉海龍：《「傳播學」引進中的「失蹤者」：從1978年～1989年批判學派的引介看中國早期的傳播學觀念》〔J〕。新聞與傳播研究，2007（04）：29～35；李偉銘：《尋找「失蹤者」的蹤跡：譚華牧（1898～1976）及其繪畫——兼論現代主義在20世紀中國美術歷史中的命運》〔J〕。美術研究，2004（04）：17～31

〔註20〕朱學勤：《思想史上的失蹤者》：「文學群落比思想群落幸運，從白洋淀村落到朦朧詩，從朦朧詩到崛起的詩群，再到今日之先鋒作家，這條線索始終未斷，而且頑強發展，結成了正果。這些年來，一部分文學史家正在緊緊追蹤這一線索，一些冠之以「文革時期的地下文學」的出版物正在公開發行；大學課堂已經開始講授有關這一現象的文學史篇章……」

根文學」「現代派」「先鋒小說」等組成的環環相扣的「新時期文學」中，許多作家「失踪」了。重讀這些主流之外的作品，我們其實不難發現「新時期文學」的「洞見」其實是建立在「盲視」之上。因此在這一意義上，瞭解一個時代的「文學」意義，我們或許不應該過於依賴「文學史」——不應該忘記我們今天念茲在茲的「文學史」不過是一項只有三百多年歷史的現代性「發明」。

選擇討論的四位作家汪曾祺、阿城、王小波與王朔，就是這種「文學史上的失踪者」。這裡所謂的「失踪」具有兩個層面的意義：一種是文學意義十分重要的作家和作品，被文學史忽視或很少被提及，比如本書中試圖討論的王小波、王朔；另一種則是雖然提及，甚至佔有十分重要的位置，但文學史因為要建構自己的文學史觀，窄化、肢解、壓抑甚至曲解了這些作家作品為我們提供的文學經驗。比如本書試圖討論的汪曾祺與阿城。以文學史上的失踪者反讀「文學史」，不同於不斷將文學的邊緣、地下不斷重置於中心、視野內的工作，不同於不斷追逐、追認「存在」中隱藏「在場」的真實、本質和價值的「翻案」，而是強調「失踪者」本身失踪狀態的可能性和對主流知識型的突破，「空無」和「缺席」同樣是構成「存在」的重要力量與證據，「失踪」所帶來的可能性反映出了文學史寫作的篩選機制。

在某種意義上，記憶是通過遺忘的自主選擇而組成的。沒有「失踪者」，也就不成其為文學史。文學史如果是一次面向過去的打撈、搜尋和歸置的行動，「失踪者」的存在意味著這一裝置依然在發生著「效用」，將文學史單純看作對失踪者的排斥壓抑顯然是偏頗的，文學史同樣也是生成失踪者的場域。文學史豐富性來源是不放棄對「失踪者」的下落作出討論，並感受到二者之間的空間張力與豐富生成，也就獲得了一種對現代性二元對立思維方式的超越，同時也就突破了「對抗性書寫範式的羅網」〔註21〕。失踪者在尋找的過程中並不是以獲得更高價值的評價標準為目標，對他們的討論也並非替他們找到填補位置，更不是如重寫文學史一樣為失踪者提供經典化的闡釋。失踪者的存在比文學史更長久，對失踪者的閱讀與關注，是一種對差異性的閱讀，這種閱讀所帶來的反思力量更能幫助文學本身保持豐富和開放。

探究失踪者為何會成為失踪者，瞭解這些作家作品「失踪」的過程正是瞭解文學史權力書寫的過程，這種瞭解是對文學史權力保持清醒的前提。在

〔註21〕 參見劉禾：《跨語際實踐——文學，民族文化與被譯介的現代性（中國，1900～1937）》，宋偉傑等譯，三聯書店 2002 年版。

對於他們的討論中，與其說是要更新文學史的寫法，不如說是希望能夠通過對失蹤者的研究，提供一種讀法的同時，對文學史話語建構本身做出反思，思考文學史與失蹤者之間的關係。通過對作品的細讀發掘其「失蹤」的過程，打撈「消失」背後的可能性。以知識考古學的方法和系譜學角度重新審讀文學史和文學史上的「失蹤者」，希望通過看清楚蔓延在文學史建構中的現代性的權力支配關係，從而最終使文學真正歷史化。

本文選擇的四位作家都是以「孤篇」進入「文學史」的。汪曾祺的《受戒》以清新之風衝擊著 80 年代的傷痕文學場，阿城的一篇《棋王》似乎呼應著 1980 年代開始的傳統文化熱中的「尋根」浪潮，王小波的《黃金時代》和王朔的《動物兇猛》都被視為 90 年代多元化寫作中的知青—文革記憶側寫。為什麼這四位作家都以這種單一的面孔進入「文學史」？本書是否有能力將這些作家被壓抑的「文學性」重新釋放出來？這是本書面臨的巨大挑戰。以汪曾祺為例，汪曾祺被貼上「最後一個士大夫」〔註 22〕的標籤的同時被冠以「去政治化」風格經典的評價，與同時代的傷痕反思文學回歸個人、清算歷史政治錯誤的潮流形成對比的同時，似乎承接著接下來即將開始的「尋根」文化思潮。然而汪曾祺卻極力反對將自己歸入「尋根」的先聲，文學史忽略其寫作的同時也難以將他放置在環環緊扣的文學史命名中。當《受戒》以極其清新無傷痕的姿態進入 80 年代文學視野，除了標籤中的描述，文學史無法提供更多對於汪曾祺的「印象」，文學史敘事闡釋的無力，正是汪曾祺作為「失蹤者」的力量所在，也是本文希望通過重讀四位作家及其作品，反思文學史本身建制的緣由。

1.3　文獻綜述與篇章結構

1.3.1　文獻綜述

當代文學史的寫作與出版在這 40 年來已經非常豐富，不少學者都從不同角度對文學史寫作本身作出了學術討論，討論當代文學史本身的意義與問題。

黃修己的《中國新文學史編纂史》（1995 年）中的資料性工作成果頗豐。黃修己先後梳理了以 1949 年為分界前後六十餘部相關文學史的著作，概括了

〔註 22〕陳紅軍：《汪曾祺作品研討會紀要》，《北京文學》，1989 年第 01 期。

「五四」以來不同時期的文學史著作在歷史學層面的特色和價值，其史料評述的範圍涉及廣泛，不僅著眼於大陸出版的文學史著作，還考察了港臺及海外的華文文學史研究狀況。視野廣闊，資料詳實，是非常重要的文獻資料性工作成果。黃在大量的資料性梳理、概括後，提出了中國新文學史的多種文學觀念，主要包括「進化論」「階級論」「新民主主義論」「二十世紀中國文學」。然而這些概念的提出顯然遵循著現代性的文學史邏輯，其中的淵源往往有共同之處。以「階級論文學史觀」和「新民主主義論文學史觀」為例，毛澤東提出的「新民主主義論」的史學觀實質上就是「階級論」的一種體現，和「階級論」一樣都是來自於馬克思階級鬥爭學說，不論是「階級論」還是「新民主主義論」強調的都是一種鬥爭觀念，依然遵循著現代性的二元論。

陳平原的《文學史的形成與建構》（1999 年）將「文學史」作為研究對象，「文學史」是學科建設、大學教育中的必然產物，研究文學史也就意味著從學科教育出發對文學史的課程設置進行研究。陳平原從學術著述角度出發對文學史體例進行研究，也包括在現代、後現代理論影響下的對作為知識體系、意識形態的「文學史」進行的反思。陳平原指出，「文學史」課程及著述是文學作為一門學科必然存在的組成部分，學生與知識之間往往是通過文學史這一「教育的拐杖」聯繫起來的。然而，伴隨著從教材出發的文學史寫作要求，文學史依然從課堂走了出來，成為了更為龐大的思想建制和觀念競賽的場所，形成了以「文學史」為中心的文學教育後，往往伴隨著意識形態、權力話語、經典趣味種種方面的單一化，教育是權力在社會秩序中最為溫和、持久與隱形的一股力量。在文學史之下的文學教育中，史論的概括和權威敘事往往會代替作品文本所包含的豐富，其中受益一方正是權力本身。當文學教育的重心從「詞章之學」轉為現代知識系統下的「文學史」，其背後審美趣味變化是結果而非原因，原因歸結下來還是回到了現代化進程的必然上，「文學史」作為現代性知識生產方式的一種，甚至作為知識體系本身的構成部分，在現代化過程中發揮了建構國家民族意識、開啟現代化啟蒙進程、融合中西方話語資源等重大作用。

戴燕的《文學史的權力》（2002 年），從近代「文學史」概念進入中國談起，討論了中國文學中的歷史概念和歷史主義下的中國文學史寫作，並研究了具有代表性的近現代中國文學史寫作。在書中，戴燕比較了中國歷史中文學和文學史體制建構過程中的種種不同和轉化，中西方的歷史觀念和學術思

路的區別，在近代文學史這一概念的中國化過程中一一顯影。中國的「文學史」建立，既部分地來自傳統，也包含著對西方學科建制的吸收傚仿後的改變，這一系列「文學史」在中國的百年流變，反映的正是期間中國文學史所受到的東西交融、新舊更替、種種學術分類方式、不同意識形態敘事主流和文藝思潮衝擊以及教學制度等各方面制約下的權力的「角逐」，在不同的作用力之下，才有了歷史中的和今天的「文學史」面貌。

　　陳國球在《文學史書寫形態與文化政治》（2004年）一書中，從近代學術分科與學制改革出發指出近代中西學術會通的趨向，以不同階段、不同種類的「文學史」書寫文本為對象，發掘在中西觀念碰撞過程中文學和文學史的樣貌變遷。陳國球詳細介紹了林傳甲在寫作第一部中國文學史時所面臨的中西文化衝突下的制約環境，以揭示在寫作一部文學史的過程中文學之外的因素如何作用於文學史本身的取捨。陳國球總結了京師大學堂時期文學學科分類上的矛盾，真正意義上的「文學史」的出現背後必須有「文化政治的推移」。進入民國後，京師大學堂變成北京大學，現代大學開始對包括「文學史」在內的現代學科重新定義。民族國家的建構催生出與之相適應的教育制度，文學史的寫作也因此有了支持其寫作的外部環境，文學史進入了現代性文學學科之後，開始了真正的彰顯文學史觀念的文學史寫作。

　　此外，林繼中《文學史新視野》（2000年）從傳統文學批評模式出發，提出「知人論世」與「以詩論詩」作為批評模式在不同文學史時期的流變，同時將文學批評的模式轉變與文學史的內在追求、建制方式和更新因素比照、對話，試圖討論現代文學史觀念下的傳統文學批評的發展問題。葛紅兵、溫潘亞《文學史形態學》（2001年）從文學史本體的視角出發，總結了文學史書寫的五種敘事模式，將文學史本身作為分類對象，認為實質中國現當代的文學史寫作是諸如進化論模式、循環論模式、階級論模式、修辭論模式等不同治史模式更替的過程，並在此基礎上討論了文學史寫作中「真實」與「歷史」「個性」與「共識」之間的平衡問題。李楊的《文學史寫作中的現代性問題》（2006年）將「知識考古／譜系學」方法引入文學史寫作的研究視域，通過對諸種二元對立概念和文學史常識的溯源挖掘，以解構主義的方法重新反思文學史這一現代性知識裝置，並將當代文學史引入後現代歷史學視野加以具體作品的重讀。賀桂梅在《「新啟蒙」知識檔案——80年代中國文化研究》（2010年）中以總結「思潮」的角度重新梳理了一遍文學史脈絡中的重大問

題，並對「重寫文學史」現象做出評述。賀桂梅認為，八十年代的「純文學」依然沒有脫離「去／再政治化」的中心，無論是文學史的不斷重寫還是文學內在的不斷提純，都反映著這一固有的文學史體制的內在隱憂。她在《思想中國──批判的當代視野》（2014 年）中再次反思 80 年代知識體制，總結其與「五四」、50～70 年代文學資源之間的互相影響與制約，並從「思想者」維度對洪子誠、陳平原的文學史研究做出了評述與回應。曠新年在《把文學還給文學史》（2012 年）中的上編部分，也集中討論了文學史寫作與國家意識形態的關係、「重寫文學史」背後的文學史存在的「洞見」和「盲視」，他還在《現代文學的現代性問題》一文中具體闡釋了當代文學史寫作中遭遇的現代性壓抑和內在裂化。

期刊文獻方面，對重要的當代文學史著作進行評述是大部分文學史研究論文的切入口，尤其是對洪子誠、陳思和等學者的成果進行分析評述，如錢理群的《中國當代文學史寫作筆談──讀洪子誠〈當代文學史〉》（2000 年）、陳培浩的《文學史寫作與 90 年代的知識轉型──以洪子誠的研究為例》（2018 年）、李建立的《「外國人教師」的學術反思──洪子誠文學史觀念轉型的一個節點》（2019 年）。一些論文，則針對不同版本之間的文學史進行文學史觀念比較研究，比較不同文學史觀念之間的分歧來源：如劉婧婧《在歷史的迷霧中穿行──評洪子誠、陳思和的兩部當代文學史》（2015 年）。隨著近年很多學者也從反思文學史的角度切入，對當代文學史書寫的種種新舊變革背後的意義展開討論，其中包含一些有價值的對談、訪談材料，如李楊與洪子誠的《當代文學史寫作及相關問題的通信》（2002 年）、畢光明的《「斷裂」與「關聯」：當代文學「一體化」之爭再思考──兼談「50～70 年代文學」與「新時期文學」之關聯研究的意義》（2017 年）。

一些論文將當代文學史的寫作作為學術史、學術意識形態研究的對象，作為討論文學史或學科史的支點，由點及面，整體性反思文學史話語。如王堯的《「簡單中斷」與「歷史聯繫」──中國當代文學史寫作中的問題研究》（2003 年）認為只有改變「簡單中斷」的觀點，才能實現當代文學史寫作中的「整體性」理想。湯擁華的《走出「福柯的迷宮」──從有關中國現當代文學史寫作的論爭談起》（2009 年）與文學史批評過程中出現的後現代解構思潮進行對話，提出了對以福柯為代表的歷史化方法的擔憂，認為中國文學研究必須擺脫對話語權力理論的機械化理解，對於福柯精神的真正繼承應該是建

立在對理論本身的反思之上的，所謂「理論之理論」「反思之反思」，一旦將「反思」絕對化、本質化，就會陷入懷疑虛無的「福柯的迷宮」。另一些論文則從文學史紛繁「重寫」的表徵入手，分析其背後的思想資源、觀念變遷與交鋒，再回到文學史與文學學科內部，反思其現有結構所受到的制約與影響。如劉忠的《中國新文學史寫作的觀念悖論與實踐反思》將文學史作為分析多種概念下思想實踐的場域，許多組看似相反、相斥的概念同時存在於文學史的書寫中，主體與客體、集體與個體、求真與互文、歷史與審美等等概念之間悖論不斷，作為表徵，反映出當下文學史在衝破「新民主主義革命」與「啟蒙主義」雙重限制時所面臨的挑戰，提出文學史本身應該包含動態的、多元的反思實踐；陳劍暉的《當代文學學科建構與文學史寫作》（2018 年）梳理了當代文學領域主要的斷代史、思潮研究著作，將文學史的經典闡釋權與文學學科的權威性相聯繫，認為學科權威、體制建設的內在需求成為了文學史不斷重寫、追逐經典闡釋權的動力，在這一前提下，對文學史的寫作既是激勵也是制約。

　　一些論文以文藝理論為方法，將當代文學史書寫作為分析對象。通過文藝理論批評實踐的方式，對當代文學的歷史化過程進行分析討論，也是不少文學史研究者的成果方向。如顏水生的多篇論文，如《論當代文學史研究的「歷史化」轉向》（2010 年）、《論當代文學史研究的轉向及其反思》（2010）與《文學史意識形態論──以當代文學史寫作為中心》（2020 年），以文學史為研究對象，運用馬克思主義意識形態理論，從意識形態角度、歷史化問題角度，將當代文學史內在的斷裂和延續視為可以重新歷史化的對象，重新反思文學史。葉立文、杜鵑的《論當代文學史寫作中的「知識共同體」與「文學譜系學」》（2011 年），引述了孫歌對於溝口雄三的「知識共同體」概念的論述，討論新時期以來的文學史以啟蒙意識為主旨的歷史觀念，通過解構了「十七年」及「文革」時期的文學史敘述，進而在相對於政治神話的另一維度中，以啟蒙神話的敘述形式，重構了「啟蒙的共同體」這一話語體系。吳玉傑的《20世紀 90 年代以來中國當代文學史的敘述話語》（2014 年）與蔣永影的《新歷史主義視野下中國新時期當代文學史的書寫》（2014 年）總結了新時期以來近三十年中國當代文學史書寫從政治範式到審美範式的轉變過程，認為文化範式的演變打開了當代文學史對新歷史主義精神的理解空間。此外，還有一些以海外華文研究為主要討論對象的海外當代文學史研究，從海外漢學研究中

的史論作品出發，討論海外漢學視野下中國當代文學史寫作所處的位置和啟示。如陳劍暉的《劍走偏鋒與理解之同情——評顧彬的文學史觀》（2017 年）討論了顧彬頗具爭議的當代文學史評述，分析了顧彬言論的依據和對顧彬觀點的評述，希望能從海外漢學的角度給予當代文學史的書寫以啟示；曾令存的《從夏志清到司馬長風：作為海外中國當代文學史寫作資源》（2017 年）考察了 20 世紀 70～80 年代及以後海外中國現當代文學史研究與夏志清與司馬長風的關聯，從海外中國當代文學史寫作徵用資源的角度，重新梳理夏志清與司馬長風文學史寫作中的思想資源和關注重點。

已有研究在取得豐富成果的同時也有著一些不足和可以進一步探究的空間。一方面，對文學史的本體研究和反思主要集中在理論文本和史論專著上，理論成為文學史反思的中心支點，以理論撬動文學史的過程中，很少有充分的對文學本體的論述和細讀。文學史作為歷史的前提是文學寫作的持續性與豐富變化，具體的文學文本不應該在討論文學歷史化的過程中被排除或忽略。另一方面，「文學史」反思對理論的依賴使得文學史歷史化面臨著流於空疏和虛無化的危險。在進行文學史反思的過程中，害怕深入具體文本，擔心對文本的評述細讀會導致價值判斷上的共識缺失，於是以理論為武器的文學史觀「交鋒」成為了主要的反思對話模式，招式拆解之間，對文本的迴避似乎成為了一種必然。

總體看來，文學史概述與文本細讀之間似乎很難兼容，順滑自洽的「文學史」與精緻深入的文本細讀之間彷彿「王不見王」，各在天平兩端，兩者似乎皆在尋找一種平衡而互相抵消了力量，最終被保持平衡的權力結構制約。在對「文學史」進行反思的已有成果中，反思的切入口往往是文學史理論、文學史著作，在爭奪文學史批評權的過程中，是理論對理論、史論對史論，常常是離開作品的對決。另一方面，文學批評在無法保存自身差異性的同時介入文學史，使得當代作品的批評往往止步於個性的深刻，在侷限之中大量創造，而對於影響自身「如何言語」的龐大文學史觀念缺少反思，對於決定批評顯影或遮蔽的「文學史」權力更難察覺。深刻但缺少對自身話語反思的文學批評將會面臨隨時更新的挑戰，新銳的文學史觀念離開文本細讀所得出的顛覆性觀點亦難立住。

如果概括性的文學史注定站在充滿差異的文本細讀的彼端，那麼「繞道而行」也許同樣能達到目的。所以，本文希望從「文學史」之外的「失蹤者」

出發，從外部「突圍」，從「回到文本」開始，通過對具體作家、作品的細讀，作品成為了反讀、反思文學史現代性制度的支點。

1.3.2　篇章設置

導論部分主要闡述問題的緣起和研究對象與寫作目的，最後一章為餘論總結。面對文學的知識內化為制約和解釋文學的權力，本文將著眼於在文學史環環相扣的完善中越發頻出的「失蹤」現象，通過失落於文學史敘事環節的「失蹤者」，發現「文學史」作為一種現代性知識生產模式運行所輻射的權力範圍，通過知識考古學的方法，對文學史本身的建制做出相應反思，並以文本作為直接的論述對象，呈現文學史權力之外文學對生活、現實和歷史的啟示。正文部分共分為四章，分別討論汪曾祺、阿城、王朔、王小波四位作家的作品及其寫作與文學史之間的關聯，四章中的四位作家分別對應當代文學史中傷痕反思文學、尋根文學、知青文學和先鋒大眾文學的命名，希望能夠通過作家作品細讀後發掘的特質與文學命名之間的錯位進行比照，從作品出發呈現失蹤者何以「失蹤」的過程，文學史如何產生「失蹤者」這一問題的答案。

第二章以「傷痕反思」時期復出文壇的汪曾祺為研究對象。與汪曾祺同時出現、開啟新時期文學氣象的是「傷痕文學」的集體性亮相。《班主任》等一批作品對「文革」進行了「控訴」，汪曾祺的「平淡」風格不得不說引起了文壇極大的驚異。文壇無法忽視汪曾祺，甚至我們可以發現，「文學史」在編織「傷痕反思」敘事過程中，因汪曾祺的出現打開了新的向度——某種程度上來說，汪曾祺「啟發」了文學史以「去政治化」的書寫方式撫慰「傷痕」，以正面描寫對「人民」或「知識分子」美好情感的方式，營造一種非控訴的「去政治化」的政治氛圍。於是在這一維度上，汪曾祺的「另類」在「傷痕反思」思潮的遞進發展中顯得突出但不再突兀。《受戒》作為作者「四十三年前的一個夢」，穿越時間的磨難，重新出現在八十年代，澄澈、無邪的氣氛啟發「傷痕反思」文學走向了更深入的維度、更多樣的形式。

但對汪曾祺作品的「誤讀」並沒有因為文學史敘事的多維拓展而得到澄清。汪曾祺作品的疏空與淡泊，僅僅用「去政治化」「去革命化」來解釋顯然不夠，而1980年代將「民國」懷舊式的標籤，諸如「最後一個士大夫」這一類的稱號貼在汪曾祺身上，進一步反映出了「文學史」對汪曾祺的誤解之深。

於是，這樣的認識之下，一旦深入汪曾祺除《受戒》之外的作品，便會發現「文學史」的敘事中充滿裂隙：汪曾祺並不迴避政治，甚至有著連貫的展現政治與生活的堅持。汪曾祺回顧自己參與寫樣板戲的經歷，並無過多對舊我、舊作的批駁，而晚年的諸多名篇作品如《黃油烙餅》《荷蘭奶牛》等也並不避諱書寫文革中種種悲劇與荒謬。而他和「文學史」始終「難容」之處，正是他寫作中直面歷史卻呈現的「無邪」狀態：作家如何以非主人翁的姿態克制且有效地記錄時代。對這一脈絡進行考察，必然需要談到沈從文與汪曾祺的師承關係，本章希望從沈從文的文學史評價模式說起，通過對汪曾祺舊作的重讀，重新理解汪曾祺寫作與「文學史」之間的誤解與衝突。確認汪曾祺獨特性的意義與價值，不是重複確認他作為作家個體的永恆藝術性和與時代迥異的審美觀念追求，而是發現其並非孤例的過程：汪曾祺的價值在於串連起了一種主流之外的傳統和作家自在的方式，他的寫作和本文將要討論的其他幾位作家一樣，喚醒了另一種認識歷史和文學關係的方式。

第三章以「尋根文學」之外的阿城為討論對象。阿城是這四位作家裏唯一一位享有極高「文學史」地位的作家，這既帶來巨大的聲譽，也帶了深厚的遮蔽。阿城的《棋王》被作為「尋根文學」的代表作，文學史與文學批評主要圍繞著尋根、文化、民間世俗等主題展開。普遍認為其中棋道所代表的傳統文化精神的線索是阿城寫作的核心，「三王」作為短篇小說，在內容和形式上都與八十年代文化尋根、短篇小說的熱潮頗為合拍，但形式探索上更進一步的《遍地風流》的遭遇卻與《棋王》截然相反——甚至有研究者因為其形式的碎片化、語言的特殊而將其作為散文而非小說進行評價。對《遍地風流》接受和理解的有限，再次顯示出了文學史話語的匱乏。阿城的「三王」系列可以作為知青生活中真實經驗的文學化作品、文化熱潮中傳統思想的產物，似乎與文學史邏輯有著天然的親近，而《遍地風流》所遭遇的「失踪」，反襯文學史作為一種知識話語本身的限制，而文學史對阿城的單一化印象，也反過來限制了文學史對《棋王》的認識。本章將從對《遍地風流》的解讀開始，發現文化「尋根」潮流之外的阿城。

第四章以失踪於「知青文學」的王小波作為討論對象。《黃金時代》是王小波最為著名的作品，《黃金時代》在文學史中闡釋的缺失反映出王小波寫作與文學史權力之間隱秘的對抗性。文學史的編織方式往往是以對集體或個人的「命名」實現的，王小波的知青記憶以極端私人化的方式呈現，徹底衝破

了文學史設置的歷史敘事界限，成為了有存目但無實在討論的「失蹤者」。而文學史對於王小波的吸收與接納，始終無法完整——文學史建制中的裂縫脆弱也顯現出來。本章希望通過王小波寫作的首尾兩端，從《黃金時代》入手，兼論其最早的短篇作品與最終的長篇作品，通過分析王小波作品中呈現的對歷史的遊戲態度與消解力量，發現王小波抵抗權力的方式。無論是早期變成水怪離開人類社會的《綠毛水怪》，還是《萬壽寺》中失去記憶的「我」跨越多重時空的種種變形分身在王小波作品中不斷出現，故事的分叉、身份的轉化不斷成為王小波敘事的特點，王小波的作品和他的文學意識一樣：都在避免被「命名」——這是與文學史的典型敘事方式相違背的，王小波通過對歷史的消解，完成了某種自由和逃逸。王小波不斷在雜文、小說中引用福柯的名言：「通過寫作改變自我。」顯示出的是另一種文學之於歷史的態度——文學無法被本質化，無法被定名。本章希望通過王小波寫作生涯首尾兩端的作品，討論王小波失蹤於文學史之必然，在王小波遊戲化的寫作中權威不斷被消解，文學史本質上對可能性的關閉，對啟蒙之外異質性的排斥，是王小波寫作中不斷探索的元素。

第五章以王朔在「先鋒文學」和「大眾文學」中的「失蹤」為討論對象。王朔的小說在評論界經歷了從先鋒的達達主義到大眾通俗小說的雙重指認，卻最終無處安放。一方面由於王朔小說具有明顯的現代主義、後現代主義因素，因此一些評論家在評價王朔及其作品時毫不猶豫地將他列在先鋒文學隊伍中。比如《動物兇猛》裏面的後現代元素和現代手法，《頑主》等一系列作品中虛無、荒誕、後資本主義社會的景觀，讓評論界將他與一系列現代性症候的先鋒作品同題並論。另一方面，因為王朔的自我解讀，加之投身文學劇本創作改變的選擇，參與了一系列大眾文化產品的生產，又被文學史指認為是大眾通俗作家，其宣言和以「頑主」為代表的作品成功影視化之後，其文學史定位從先鋒變成了大眾，導致了王朔在「文學史」上的形象極為曖昧含混，以致不少大牌「文學史」都不知如何安放王朔，甚至一些「文學史」棄之不顧，勉強接納王朔的文學史所抓住的部分，更多的是對王朔「背叛」文學史所引發的「躲避崇高」的人文精神討論。在這裡，王朔與其說是一位作家，毋寧說是一種現象和精神元素。

在文學史討論「先鋒」「大眾」以及 1990 年代以來文學邊緣化的趨勢中，王朔作為後塵或先聲，雖然沒有出現在 1980 年代文學思潮的潮頭，但他的作

品和風格卻經常穿插和閃現在文學史敘事的脈絡中，許多作家的寫作都與王朔形成了對話。當王朔以「媚雅」的邏輯、投稿中稿並將自己的「訣竅」大白於天下之時，他又回到了反「媚雅」的位置，文學史和文壇意識形態的裂痕顯影之後，規則反而對王朔失效了。而當他在「頑主」系列中取消文學崇高和意義內涵後看似「媚俗」墮落的同時，他的位置又在多部作品中以消解、反諷大眾趣味的行為重新「回升」。最終，王朔將敘事拉回私人的、破碎的領域，使得自己外在於「純文學」圈的文學，反叛後也並沒有如想像中在市場、商業化的浪潮中俯身為臣。本章希望從《動物兇猛》出發，展開對王朔藝術之謎的討論。《動物兇猛》與《看上去很美》作為王朔在 1990 年代一頭一尾的兩部自傳性質的代表作，其中一貫的以私人記憶為基礎的寫作方式，為何在文學史和文學評論界的境遇如此不同？文學史的知識標準在王朔身上是如何顯影的？而其中的少年形象和青春期呈現的方式，為何無法成為大眾廣泛接受的少年形象與青春期待？文本中的「懸疑」因素，顯示出了王朔對待歷史的何種觀念？本章希望通過與 2020 年金馬獎獲獎影片《少年的你》進行對比，回答王朔之所以失蹤於「大眾文學」與「先鋒文學」命名的原因。

概而言之，本文希望通過「文學史上的失蹤者」這一切入口，回歸作品，以文本細讀的方式，在知識考古學的方法論指導下反思文學史的建制問題，希望探索文學史在「歷史」與「文學」這兩種現代性制度之間如何互動，最終型塑了我們對於「文學」的理解與認知。

第二章　失蹤於「傷痕文學」：從「風物」出發的汪曾祺

2.1　20世紀80年代的「新」與「舊」

　　20世紀80年代在文學史上無疑是一段「斷裂」分明的時期。在這一時期中，「新」與「舊」共同造就了文學的轉型與復蘇。新的立場態度、新的技巧風格、新的主題題材、新的文學史命名都在1980年代開啟的「新時期文學」中迅速登場。但是，「舊」的遺跡卻不可能瞬間「蒸發」，甚至某種「舊」的復興成為這一時期「新」的來源。無論是舊時代的作家群體，或是舊作的重讀，以及舊文學史的重寫與作家的重估等，都表明新時代的確立離不開對「舊」的展現與利用。而在新舊之中，汪曾祺作為在80年代復出的作家，其寫作表面的新舊斑駁，常常使文學史無法收編他的「新」，又難以忽視他的「舊」。汪曾祺文學世界的基石和可供窺探的切口，也許就在現代性所定義的「新舊」之外。

2.1.1　「傷痕文學」與汪曾祺的「新」

　　80年代開啟的「新時期文學」，在對「文革」反思與批判中拉開序幕，「序幕」的第一縷「曙光」便是對歷史「傷痕」的展露與反思。「傷痕文學」作為80年代文學新篇章的代表，無疑是立場鮮明且情感充沛的文學潮流，其中出現的代表作品，也成了文學史劃分「文革文學」與「新時期文學」最有力的標

誌。「傷痕文學」立場之新，「新」在將文學從集體的、階級鬥爭的視角拉回到面對個體「境遇」的角度，文學史寫作從此開始了「新時期文學」某種維度上的面向「人」的回歸。

作為「傷痕文學」的經典之作，《班主任》以備受「文革」摧殘的孩子為寫作中心，無論是「好孩子」謝慧敏，還是「壞孩子」宋寶琦，都無差別地被「文革」中激進、對立的鬥爭思想所傷害，不復純真的少年心靈成為歷史「傷痕」造成個體甚是悲哀的證據。在《班主任》之後，是一批有著相似視角、表現「文革」毒害、危害，發洩歷史傷痛和反思歷史「傷痕」的作品，這些「傷痕文學」的出現反映了當時人們心情的波動與巨大歷史轉折後對舊的「錯誤」的憤怒。在這樣的氛圍下，汪曾祺的「清新」之處便不難看出。一方面，在普遍以「文革」之昏惑、瘋狂、錯誤，照應出「新時期」之反思、憤慨與醒悟的寫作潮流中，汪曾祺的小說很少出現這類新舊斷裂與交替的典型化表達，另外，汪曾祺小說圓融渾成、少風波的寫法使得汪曾祺在文學史的安置中難以進入主流。汪曾祺的「新」並非「傷痕文學」所倡導的立場之「新」，而是新在「清新」——彷彿歷史之車輪並未壓鑿其身，新在「無傷痕」，也新在其筆調似乎擺脫了歷史沉屙，宛如新生。很顯然，最典型的「傷痕文學」與汪曾祺之間有著不小的距離。另一方面，汪曾祺的《受戒》講述的同樣是一對少兒的故事——明海與小英子的世界，但與《班主任》中的好壞學生所面臨的世界截然不同。汪曾祺筆下的無傷狀態和人之初的純真，似乎幫助「傷痕文學」找到了一種可以使之容納的解釋方法，汪曾祺似乎幫助「傷痕文學」找到了深化的方向——從人性論出發的對理想人性狀態的讚美與歌頌，在反思、批判到達一定程度之後，從理想和意義價值角度重申「人」的可貴與可愛。

然而，這種頗為「辯證」的批評方式很難解釋汪曾祺寫作的重點。顯然，汪曾祺並不想直接參與到對「文革」的清算和反思中，甚至參與「樣板戲」改編的汪曾祺並沒有一味批判否定樣板戲，以獲得某種立場上的「新面貌」。汪曾祺對「樣板戲」的批判限制在其目的與方法上：「不說這是『四人幫』反黨奪權的工具（沒有那樣直接），也不說『八億人民八齣戲』，把中國搞成了文化沙漠（這個責任不能由『樣板戲』承擔），只就『樣板戲』的創作方法來看，可以說：其來有因，遺禍無窮。」〔註1〕因而，汪曾祺的新與「傷痕文學」之

〔註1〕汪曾祺：《關於「樣板戲」》，《汪曾祺全集（第二卷）》，北京師範大學出版社，1998 年版，第 325～326 頁。

「新」並不相同。汪曾祺的「無傷痕」不同於「傷痕文學」之處，是顯而易見的，也是根本性的，但他的清新作品無疑給予了「傷痕文學」一點新的啟示，開拓了「文學史」對「傷痕文學」這一命名之下作品容納與收編的空間，但有趣的是，汪曾祺自身作品的位置卻無法在這個被「啟悟」的新空間中安置。

2.1.2 「沈從文熱」與汪曾祺的「舊」

　　汪曾祺在題材上對鄉土往事、傳統風物世界的熱愛，以及其遠離意識形態熱點寫作的印象，使得文學史常常將他與尋根文學的「先聲」聯繫在一起，這兩者之間似乎存在著某種啟發的關係〔註2〕。這一印象與他從老師沈從文處繼承而來的某些特質不無關聯，而「沈從文熱」回歸的背後，則體現著評論界在「新啟蒙」視野下將師徒二人對「風物」的興趣歸為傳統士人文化流傳〔註3〕、人性與閒趣復蘇的處理方式。人們在汪沈二人的寫作中都看到了另一種頗為自在的生活態度，對二人推崇的背後卻很難擺脫文學史始終堅持的以「人」為中心的解讀。汪曾祺的「舊」似乎成為了「新時期」包含著傳

〔註2〕陳曉明：《中國當代文學主潮》第 323 頁：「尋根」可以從西方現代主義的高度撤退下來，回到熟悉的民族本位，甚至再回到以現實主義的手法書寫鄉村生活，而並不一定會失去現代主義的藝術性質或水準，這是中國作家豁然開朗領悟到的一個境界。老一輩作家默默的寫作被重新評價，也使中國的文學創新與傳統的緊張關係有所緩解。汪曾祺的小說主要講述家鄉記憶，在平淡自然中寫出明亮的鄉土意境。汪曾祺小說中的人和事都平淡無奇，沒有大的衝突和矛盾，只是抹不去的一種思念、惦記，在淡泊中有一種絲絲入扣的旨趣。他的《受戒》講述故鄉往事，具有濃厚的懷舊情調，寫得渾樸自然，在清淡委婉中表現出和諧的意趣。汪曾祺遠離當時的意識形態熱點或時代精神，他的作品只是自己人生經驗和回憶的表達，這在 80 年代中期熱鬧的中國文壇，像是一泓清泉在山間流淌，格調高遠，也給青年作家以別樣的驚喜，讓他們意識到，原來回到傳統，回到舊時的事物中的文學另有一種意味。

〔註3〕汪曾祺長期在公共討論、出版中被描述為「中國最後一個純粹的文人，中國最後一個士大夫」，這甚至逐漸成為汪曾祺身上的一個標籤。這一說法源於《北京文學》一九八九年第一期刊登的《汪曾祺作品研討會專輯》，其中李慶西提出汪曾祺寫作中「士大夫氣」的說法得到一部分與會者的同意。林斤瀾在《〈汪曾祺全集〉出版序言》中說：「汪曾祺生前，大約只有過一次作品討論會……會上很有學術氣氛，有的論點經久越見影響。比如北大的幾位年青學者，『定』了個『位』，大意是士大夫文化薰陶出來的最後一位作家。」孫郁在 2014 年出版的關於汪曾祺的閒談集則用的《革命時代的士大夫》。「士大夫」是一個非常複雜的概念，這一提法在學界向來也包含著爭論，很顯然「士大夫」氣質很難「覆蓋」汪曾祺的寫作和生涯。雖然這一提法下的內涵有著不同解讀，但評論界與讀者似乎接受了這一說法中汪曾祺身上的「士大夫」印象。

統寧靜的證明，因而「新時期」文學能夠以更為理性與包容的面貌復蘇，再次與之前近乎瘋狂的激進文學時代劃清界限。與汪曾祺的復出同時發生的是沈從文文學史價值的重估。1980年代「沈從文熱」出現，沈從文以重讀舊作的方式進入文學史討論的視野。師徒二人的重新回歸不妨看做文學史主流敘事的又一次「重寫」與「翻案」。這一場看似顛覆的「重寫翻案」，延續的依然是舊有的文學史批評模式，在沈從文身上起作用的，在汪曾祺身上同樣發生了作用。

沈從文進入當代史後，其後半生投筆從「物」，開始了文物研究，從文學的「紅樓夢」走入文物的「大觀園」。沈從文在現代文學史重寫後獲得的位置與他在當代文學史中選擇退出之間存在著巨大的縫隙，「新時期」文學史重寫過程中對沈從文的重讀，將他的前半生與後半生割裂看待，後半生的失蹤成為了文學史斷裂的「證據」，其中被文學史提及的部分成為了「新啟蒙」「人」的文學的基礎。與建國後的農村題材寫作比較，其作品區別於50～70年代主流寫作觀念已是常識，而80年代以來「重寫文學史」浪潮中發掘出其作品中的人性美、現代派風格、去政治化等標籤顯然也並非新論——以「去政治化」的方式反思激烈的「文革」政治化記憶，還原、修覆文革創傷之後重新強調個人的重要性——不禁讓人疑問，沈從文在80年代能夠回歸文學史大師地位的「支撐」是否依然是某種知識分子立場下對現代個人的強調？

文學史對其前半生作品重新強調的同時，是對沈從文後半生「失蹤」去向的忽視。文學史無法在新時期「人」的文學的框架下，講述沈從文最終的美術工藝研究選擇與最初的文學理想之間的關聯。而這一關聯，正是汪曾祺80年復出後最為堅持的「舊」——一種與沈從文近似的看世界的方式，加深了自身與時代主流間的異質性，使得文學史以延續安置沈從文的方式，同樣「安排」與「解讀」了汪曾祺復出後的寫作。我們不妨從文學史對沈從文的「重讀」中發現這一批評方式的不變。

對沈從文來說，文學本身並不意味著一種現代性覺醒下的知識與文明，而沈從文自我的認同也從根本上有異於這種現代性自我的生成。後半生中，沈從文離開文學，意味著對這種現代性文學「知識」與「文明」話語的放棄，文學通過「經典」被知識化後，文學史作為一種知識建構，始終是一種權力賦予下的判斷和劃分。沈從文說：「事實上如把知識分子見於文字、形於語言的一部分表現，當作一種『抒情』看待，問題就簡單多了。因為其實本質不

過是一種抒情。」〔註4〕沈從文的「抒情」並非以人為中心，人反而成為了某種「情」的力量的載體，「抒情」是人作為這一中介的存在狀態，「情」的不受控制顯示出權力的暫時失效，沈從文又說：「觀念計劃在支配一切，於是有時支配到不必要支配的方面，轉而增加了些麻煩……偉大文學藝術影響人，總是引起愛和崇敬感情，決不使人恐懼憂慮。」〔註5〕「觀念計劃」下的文學顯然已經顯示出了某種權力的蔓延，這一過程並非是激進的50～70年代才開始的，而是在中國激進現代化過程開始時就已經啟動。權力內化成為文學的一部分後「使人恐懼憂慮」，也取得了一呼百應的社會效應。沈從文對「抒情」認同的前提是對知識權力的懷疑，知識塑造的主體也就成為了文學史的主體。在以「人」為中心的現代社會中，對文學史主流的認同是對以人為中心的權力觀念的認同，沈從文筆下，理想的世界往往是去中心化的，萬物組成了比「人」更廣闊的世界，這一寫作哲學也成為他始終無法和主流達成共識的原因。

現代文學史對於沈從文的評價往往是在風格技巧上承認他的特異性，這一批評角度甚至掩蓋了其作品更深層次的意圖。例如司馬長風在1978年出版的《新中國文學史》中評價沈從文：「他對於文學具獻身的虔誠，在創作時不睬文學以外任何東西。他連說兩個『要獨斷』，表示執之甚堅。他沒有受過多少教育，在小說創作上有這樣大的成就，與他這種純潔和虔誠大有關係。他在寫作時，沒有牽擾，可以專心凝志，不像魯迅篇篇要考慮是否合乎『揭出病苦』的尺度。」〔註6〕1985年出版的《中國現代文學史叢書·中國現代文學史》中說：「沈從文的文字永遠是他獨自風格的文字，永遠新鮮活潑，不落他人的窠臼。雖然他是拿小品散文的筆法寫故事，於描寫於結構，都刻意安排，可是，他總喜歡信筆揮灑，毫不著意，想到那裡，他的筆鋒也就到了那裡，這就形成了他輕飄、空虛、浮泛的文風，苦心的安排無用了，左右逢源、運用自如的技巧反而成為致命的累贅。」〔註7〕沈從文在傳統文學史的敘事下因為缺少「揭出病苦的尺度」而缺少社會影響層面的深度，這樣印象中的沈從文的特異性被簡化成一種藝術風格，藝術之外沈從

〔註4〕沈從文：《沈從文別集：抽象的抒情》，嶽麓書社1992年版，第12頁。

〔註5〕沈從文：《沈從文別集：抽象的抒情》，嶽麓書社1992年版，第12頁。

〔註6〕劉洪濤、楊瑞仁：《沈從文研究資料》，天津人民出版社2006年版，第396頁。

〔註7〕王長水：《中國現代小說史》，山東文藝出版社.1985年版，第262頁。

文看待世界的眼光被這種特異性遮蔽了，沈從文對現代知識話語造成的根本性衝擊被排除於文學史之外。而在錢理群的《中國現代文學三十年》中，評價沈從文的一段話，似乎也成為當代文學史為汪曾祺在「傷痕文學」潮流中呈現特異性的解釋的參考：「（沈從文）他沒有從社會革命和階級解放途徑來追尋原因，卻從改造民族的角度寄託他的文學理想……對都市的批判也是屬於一種使文明趨於健康的文學警示。正是對中國社會現代文明的歷史進程中民族品德的消失、人性的墮落、人類不可知的命運的憂患意識，以及重造民族的不懈追求，構成了沈從文創造的內在動力與思想內核。這可以上溯到『五四』文化運動中關於『人的文學』和『國民性改造』以至『美育代替宗教』的傳統，兩者的合流，即沈從文的人性立場。」而到了當代，汪曾祺的文學史評價則落在了以人性之美回歸「人「的文學，以樸素自然的鄉土記憶，區隔瘋狂激進病態的社會狀況，汪曾祺成為了「傷痕」潮流外在的補充，也被塑造成了一種具有安撫性的、「去政治化」的政治立場的代表。在這樣的文學史批評邏輯下，無論是汪曾祺還是沈從文似乎都是以「另類」的方式回應著主流立場，文學史再次巧妙地將他們「統一」進入現代文明啟蒙話語的內部。

而程光煒在《中國現代文學史》中對現代文學中矛盾的心態做出分析時，提到了沈從文對於現代性的警惕和矛盾心態，並將老舍對傳統市民社會的矛盾態度、周作人對現代文學的矛盾態度與沈從文構築湘西世界時對現代文明的矛盾態度歸納到一處，遺憾的是程光煒沒有具體探究沈從文這種態度背後的精神支撐和意義。在他的《中國現代文學史》中，對沈從文的討論依然圍繞著作品中的人性，從作品技巧、流派影響和浪漫化敘事的文體家角度進行評析。在這樣的討論框架下，作家對文明現代化所體現出的敏感與懷疑成為了作品的一種題材，一種創作角度，甚至成為了「現代性」寫作本身的表徵——「敏感」與「懷疑」本身被規訓於文學史和文學評論的知識建構中。而沈從文晚年走出文學，走向文物，就是以自己的方式延續了這一懷疑。沈從文從一開始就對以「啟蒙革命」話語為代表的現代化文學觀念疏離而始終對生命本真狀態抱有好奇，基於具體的生命體驗和生活經驗，他的文學具有連續性的「自我追求」，這種與眾不同的「無邪」狀態在文學史上的影響與共鳴是始終存在的。這一種看似「舊」的「無邪」，正是汪曾祺在復出時呈現出的獨特狀態。

2.1.3　新舊之外的「風物」無邪

　　無論是在「傷痕文學」之下看出汪曾祺的「新」，或是在延續對沈從文的批評模式下強調汪曾祺的「舊」，都將汪曾祺牢牢綁在了現代「新舊」交替的必然之下。汪曾祺和沈從文一樣，不同於文學史不斷強調進步、以「人」為中心的敘事視角，在寫作的視野中保留了一份給予無生命、無資格、無聲者的關照，這種反思與差異被文學史內化為文學內部的選擇，被評價為一種風格、審美化的差異後，也成為了文學史忽略和盲視他們的原因之一。

　　汪曾祺在當代文學中遭遇的，正如現代文學史重寫過程中沈從文遭遇的：將他們寫作的「技巧」和「風格」看做亮點，強調其作品的審美力量，繼而將之作為現代化過程中的多元化表現，於是被主流文學史承認。這一評價角度在汪曾祺處，依然有效，也因此「失效」。有效之處在於，獨特的風格和技巧選擇成為了當代汪曾祺評論的主要切入口。在汪曾祺的研究中，不少研究者從題材、風格、技巧等文學內部方面著手研究，發掘汪曾祺寫作的特質，從不同角度肯定汪曾祺在文學道路中自我探索的價值。例如，李國濤《汪曾祺小說文體描述》、楊志勇《論汪曾祺小說的文體意識》、肖莉《回憶和氛圍：汪曾祺小說文體的詩意建構》等研究文章，都從文體出發，著眼於汪曾祺某一或所有時期的小說文體探索，討論其在文體上的復古或先鋒。季紅真的《汪曾祺小說中的哲學意識和審美態度》、摩羅的《悲劇意識的壓抑與覺醒——汪曾祺小說論》等研究論文則從美學角度分析汪曾祺不同於時代主流的審美觀念和生命意識。汪曾祺研究中的主題、風俗和名物民俗研究也是非常重要的一個方面：劉琳的《汪曾祺筆下的「手藝人」》、華瑉朗的《汪曾祺作品中的植物書寫》、季紅真的《汪曾祺文學風俗畫中市井風情的初始場景》、翟業軍的《「更有一般堪笑處，六平方米做郇廚」——「美食家」汪曾祺論》等文章，分別從手工藝人、動物植物、風物風俗、飲食吃食等主題角度進入汪曾祺的文學世界，「士大夫」式的懷舊風格與生活的審美化成為了汪曾祺身上重要的標籤。

　　而這一批評方式「失效」之處也在於此：其作品對於現代化懷疑的面向在作品論中尚能看見，但其作品一旦進入文學史的編織則常常陷入一種現代人性論與前現代審美間的對立。在這樣的考察中，汪曾祺與主流疏離的精神部分便很難被討論。正如沈從文的精神內核在 80 年代的回歸熱潮中被作為一種人性回歸，解讀為充滿了與前一時代文學話語相對的另一種強調：對審美、

對個人、對「去政治化」的文學寫作的全面肯定，從而重新落入了他們一再想要逃離的現代知識權力結構。汪曾祺與沈從文共鳴的「舊」，本身包含著對現代知識權力的懷疑與逃逸，「文學史」作為現代知識生產的裝置之一，顯然很難接納這一頑固的「舊」。汪曾祺的特質是因為難容於文學史中的新舊分割，繼而被某種懷「舊」、敘「舊」所命名。但也正是因為這一點「舊」，使得汪曾祺的寫作在「傷痕文學」的旁邊顯得「無傷痕」。而「無傷痕」的「去政治化」表象，被文學史處理為更新、深化的「傷痕文學」，顯然又是一次遠離其本意的文學史闡釋：汪曾祺所繼承的「無邪」狀態，正是因為超越了基於現代性的新舊判斷。

「文學史」的斷裂與綿延似乎在汪曾祺身上得到了充分地體現，但也正是這種新舊雜糅的狀態，揭示了汪曾祺外在於「文學史」的原因。不論是將汪曾祺看做「傷痕」之外的清流，「尋根」之前的「珍貴」〔註8〕，抑或接續起前時代文學傳統的陌生化「復刻」〔註9〕，其實都沒有離開以人為中心的「文學史」考察脈絡。汪曾祺「無邪」的審視，是在人類中心之外的，本質上回歸生活風物的閱讀。正如《邊城》中我們感受到的「人情」，除了其中人物之間朦朧純淨的愛戀和遺憾，還有對於「邊城」，這樣一個物的空間深的依戀。在《邊城》中，黃狗、磨坊、渡船、山城、長河，萬物皆有生命，人和人的背景分享同樣的重要性。汪曾祺對於民間手藝、風物的喜愛，對手藝匠人的熟悉，小說中看似「新」的無傷，看似「舊」的重現，實則超越新舊，以風物為中心後的寫作，讓現代性之下的「人」的文學無法講述其中的歷史。文學史作為人類歷史進步中「文學」的分支，汪曾祺與文學史相互排斥之處並不是因為他的「非典型」，而是因為他正是「文學史」之外的寫作「典型」——離開了鬥爭、更替的人的文學知識，汪曾祺工匠式注目於物的眼光延續了沈從

〔註8〕 李陀在談論《受戒》時說，「當時沒有人想到這樣一篇清清淡淡的小說會有什麼革命性，相反，人們喜歡它正是因為它『無害』，有如充滿火藥味的空氣裏的一股清風。」汪曾祺在那個時代是「幸運的」，因為此時的朦朧詩正在陷於「鬥爭」，「傷痕文學」依然在「戰場」，而李陀認為汪曾祺的珍貴就在於他所屬的「尋根」脈絡：「使中國大陸的文學告別了毛澤東所創造的『工農兵文藝』的時代而進入一個全新的境界。」

〔註9〕 將汪曾祺視為一種傳統的復歸似乎是安置他的有效方式。錢振文在閱讀《受戒》後認為汪曾祺所顯示的所謂「另類」：「只是一種文學的傳統在湮沒幾十年之後在一個特定的歷史時刻「復現」時所表現出的陌生化效果，在這種文學傳統逐漸由邊緣回歸到主流之後，汪曾祺日後的紅火也就成為必然。」

文作品中的「無邪」之處。因其「無邪」，故脫離了激進化的歷史思潮與文學主流，也正是這一特質，注定了汪曾祺作品重寫後依然難以安放的狀況。現代性種種思潮之下的文學史命名都包含著激進的判斷，「思無邪」的文學打開的可能性是當代文學史邏輯成立之時關閉的。在汪曾祺有別於現代空間的文字編織中，一切風物都保持了故事背後歷史的可能性，個體的、典型的人未必是小說的視覺中心，一種生活對另一種生活的規訓、啟蒙也不復存在。汪曾祺筆下的人情世界、風物背後的世俗人生中，並無啟蒙、被啟蒙的身份差別，保持著對世界「無邪」的崇拜，這成為了其小說世界人物的共識和作者創作的前提。

　　汪曾祺復出後的短篇小說，很像一座紙上的民間風物博物館。進步發展、啟蒙革命等現代性主流歷史話語之外，由風物、工匠、前現代的傳統生活種種側面所構成的相對無言的歷史，自成空間。大量風物的描寫讓敘事的節奏慢下來，甚至變得沒有敘事的曲折與高潮，取而代之的是風物作為中心的停頓，汪曾祺小說中對「風物「的強調，以「人」為中心的文學史敘事難以處理的原因之一，也是汪曾祺散文化風格形成的原因之一。小說的節奏往往會通過「主題物」一類的線索和道具被作者所控制，作者對中心對象加以具象化說明，幫助其意義的豐富、細緻描摹，從而節奏上會形成一種「停頓」，故事情節的時間雖然停止了，但是關於故事本身的空間卻在不斷打開並豐富。汪曾祺小說散文化風格下的諸種以「舊物」為題的小說，形成的正是如此效果。1996 年的小說《百蝶圖》中寫貨郎小陳三與繡女小玉的愛情因為母親的不接受而破滅，故事很簡單，一句話就可以概括的情節顯然不是小說的中心。汪曾祺很多筆墨都花在了風物上：「小玉從小就學會繡花。手很巧，平針、亂羽、挑花、納錦都會。繡帳簷、門簾、枕頭頂，都成。她能出樣子、配顏色，在縣城裏有些名氣，打子兒、七色暈……白緞地子，平金納錦飛龍。難的是龍的眼睛，眼珠是桂圓核殼釘上去的。桂圓核殼剪破，打了眼，頭髮絲縫綴……白地、金龍、烏黑閃亮的龍眼睛，神氣活現。」〔註 10〕，小玉針線下的「繡品」是小說時空真實感的來源，故事的節奏緩慢具有了濃郁的生活日常感，在故事的最後也就隨即拖出荒誕的家庭悲劇。風物手藝本身也是關於小說主題、人物呼應的所在：《百蝶圖》是小玉繡工的巔峰，而小陳三的媽媽正是因

〔註10〕汪曾祺：《汪曾祺全集》（第二卷），北京師範大學出版社 1998 年版，第 482
　　　頁。

為看到了這樣巧奪天工的繡品，最終拒絕小玉入門：「她湊近去細看了《百蝶圖》，越看越有氣⋯⋯小玉太好看，太聰明，太能幹，是個人尖子。她的家裏，絕對不能有個人尖子。她不能接受，不能容忍！」〔註11〕「物」成為了故事轉折的關鍵所在，沒有「物」，人物之間的張力與衝突也就沒有了依託，沒有整體性的環境，悲歡離合本身也就缺少主觀之外的物的支撐，也就缺少了故事的另一層真實。

「物」的建構所帶來的陌生化，也體現在汪曾祺的作品中。汪曾祺在《受戒》中，不斷將一種不同於現代城市的鄉鎮生活呈現在小說裏，為此故事的敘事性幾乎消失，無論是小說中的空間，還是作者的故事本身，線性時間的作用都微乎其微。主導整個故事的與其說是人的情感，不如說是空間中存在感極其強烈的風物種種。《受戒》一開頭介紹時作者的主觀便是抽離的，雖然整個故事來自作者的一個夢，但整個故事彷彿都與敘事者無關，風物本身成為小說的中心。

於是閱讀汪曾祺的作品時感受到的敘事視角，與文學史基於「人」的中心之下的現代性敘事視角兩者間的差異，為讀者帶來了清新的震驚體驗，這種「震驚」背後正是看待世界、看待個體視角的轉化。如果始終依照文學史遵循的現代性邏輯，對文學作品登場後出現的「震驚」時刻進行解釋，那麼其邏輯往往會陷入以新舊、中心邊緣的區分侷限。無論是對汪曾祺《受戒》中風物人情世界的「震驚」，還是對汪曾祺散文化敘事風格的「震驚」，文學史捕捉到「震驚」的同時，往往將這種「震驚」時刻解釋為異質性的證明，無論是接受包容，還是忽視壓抑，都難以真正調整視角。文學史視角的侷限正是在此，將「震驚」的成因歸結為對方而非自身，無論對於對方是讚美或是貶斥，所反映出的依然是文學史視角下對自身反思的缺失。

何偉亞的《懷柔遠人：馬嘎爾尼使華的中英禮儀衝突》展示了1793年英國馬嘎爾尼使團訪華的事件。其中，乾隆帝以中國禮儀要求英國使團行三跪九拜禮遭到英方拒絕的細節廣為人知，被看做「閉關自守」的「證據」，甚至成為某種歷史批判下的「笑柄」。這種「可笑」的時刻，無非源自歷史中的某一「震驚」體驗，正如《紅樓夢》中，劉姥姥進入大觀園後，感受到物的驚奇，感受到另一種生活方式之下事物、人情之不同所帶來的震驚，也同樣惹出了一

〔註11〕汪曾祺：《汪曾祺全集》（第二卷），北京師範大學出版社1998年版，第484頁。

連串笑話。當現代社會的讀者看到《受戒》中的世界，目睹那些風物中的人事，陌生感正如劉姥姥進入大觀園後的衝擊——新鮮的物的感覺，先於符號、象徵層面的身份、時代、階層差異。汪曾祺「抖包袱」體現在明子進廟裏學習：「哪有不認字的和尚呢！於是明子就開蒙入學，讀了《三字經》《百家姓》《四言雜字》《幼學瓊林》《上論下論》《上孟下孟》，每天還寫一張仿。村裏都誇他字寫得好，很黑。」〔註12〕如同劉姥姥用秤砣來形容鐘擺，用濃淡來區分老君眉茶的味道一樣。如果將「震驚」視為傳統中國與先進西方之間的優劣代表，將《紅樓夢》中劉姥姥的笑話視為階級差異的表現，無疑陷入了一種單向的視角。而文學史在評價汪曾祺的作品時，強調其清新、獨特之處，將他筆下的世界與現代生活相比較，將他的散文化敘事與主流敘事相對照，文學史結論中的汪曾祺越是獨特，其「震驚」背後的意義越是蕭索。正如羅素對馬嘎爾尼使華事件的評價：「人們只有等到不再認為乾隆所言甚為荒謬時才會理解中國。」〔註13〕汪曾祺的意義應該是以文學的方式建立更多元的視角，「震驚」時刻也許會得到更加豐富的解釋，汪曾祺的「獨特」被理解而變得不那麼獨特的時刻反而是文學史單一化的解讀模式被突破的時刻。

2.2　舊作重寫與風物再現

　　1988 年，遠在美國的張愛玲讀到了汪曾祺的《八千歲》，一眼認出了其中的「草爐餅」。兩年後張愛玲寫下了《草爐餅》一文，刊發於臺北《聯合報》。過去街巷上叫賣的小吃從一篇小說中清晰浮現，無論是臺北的讀者，還是張愛玲本人，都感到舊日時光伴隨著舊物復蘇，感官記憶被喚醒。張愛玲寫道：「這些我都是此刻寫到這裡才想起來的，當時只覺得有點駭然。也只那麼一剎那，此後聽見『馬……草爐餅』的呼聲，還是單純地甜潤悅耳，完全忘了那黑瘦得異樣的人。至少就我而言，這是那時代的『上海之音』，周璇、姚莉的流行歌只是鄰家無線電的噪音，背景音樂，不是主題歌。」〔註14〕草爐餅讓張愛玲忘記了「黑瘦得異樣的人」，重新回到了當時世界。汪曾祺使用「物」作為引子，引出的「背景音樂」挑戰著文學史主流敘事線索的聲音，當「聲

〔註12〕汪曾祺：《汪曾祺全集》（第一卷），北京師範大學出版社 1998 年版，第 323 頁。

〔註13〕〔英〕羅素著：《中國問題》，秦悅譯，學林出版社 1996 年版，第 38～39 頁。

〔註14〕張愛玲：《聯合報》副刊 1990 年 2 月 9 日，臺北。

音」來自四方時，話語的權力中心也面臨著挑戰。

汪曾祺和張愛玲都出生於 1920 年，兩人可以說完完全全是同齡人。物質記憶上，他們對於同一個時代的「主題歌」，自然找得到共鳴。張愛玲是個「愛物」的作家，她對時代的記憶衣服在具體而切實的衣食住行之物上，對文學的把握也常借助著物象以鋪陳轉喻，她讀汪曾祺的小說第一眼便看見其中的「物」很是正常。記有草爐餅的《八千歲》是汪曾祺 1983 年的一個短篇，小說的故事圍繞著一個以八千錢起家的米販，寫他起起落落的一生，脆弱艱辛地在亂世求生存。汪曾祺的小說給人以「平淡」的印象，與散文的邊界亦模糊。原因之一就在他的晚期風格中，作者主觀的感情很淡，心思常常從故事「飄」到故事周圍的背景陳設、行業職事，其中人物吃的每一口粥都有名字，交的每一筆錢都有名頭，喝的茶有品種，吃點心有門道，所以在小說主人公八千歲的坎坎坷坷經歷後，汪曾祺把小說的結尾定在了一句：「是晚茶的時候，兒子又給他拿了兩個草爐燒餅來，八千歲把燒餅往帳桌上一拍，大聲說：『給我去叫一碗三鮮麵！』」

2.2.1 汪曾祺的「無邪」：離開「人」的中心

文學史在處理汪曾祺時，強調其「傳統」話語資源的同時，也嘗試將他整合進入「尋根文學」的先聲〔註15〕，這成為 80 年代尋根轉向的一個啟示。評論界在追溯汪曾祺的文學師承上，也通常將汪曾祺的這種紀實性、非虛構的寫法歸為「散文化」的風格，並上溯為一種對「散文文體方面的建樹」，認為他「溝通了中國文章學的淵源」〔註16〕無論是對晚明小品的繼承，還是對傳統散文的融會貫通，甚至汪曾祺在自己的文論中也提到歸有光對他的影響〔註17〕。而當汪曾祺評價歸有光是「最有現代味兒的一位中國古代作家」時，

〔註15〕 參加陳曉明：《中國當代文學主潮》，北京大學出版社 2009 年版，第 330 頁：「老一輩作家默默的寫作被重新評價，也使中國的文學創新與傳統的緊張關係有所緩解。汪曾祺的小說主要講述家鄉記憶，在平淡自然中寫出明亮的鄉土意境……遠離當時的意識形態熱點或時代精神，他的作品只是自己人生經驗和回憶的表達……也給青年作家以別樣的驚喜，讓他們意識到，原來回到傳統，回到舊時的事物中的文學另有一種意味。」

〔註16〕 季紅真：《論汪曾祺散文文體與文章學傳統》〔J〕，文學評論，2007（02）：86～90。

〔註17〕 汪曾祺：《談風格》，《汪曾祺文集：文論卷》，江蘇文藝出版社 1993 年版，第289 頁。

我們除了思索「歸有光」如何被繼承，怎樣在 80 年代重新發掘書寫傳統之外，更應該思考的是汪曾祺如何在歸有光身上看到了這種「現代味兒」。汪曾祺的「散文化」風格，對敘事的停滯，對物與感官的復蘇，以對「物」的感覺進入記憶的寫作方式，並非全然來自前現代的傳統，和懷舊或經典的回溯，而是源自「物」的開始，打開了另一種反思文學史敘事的角度。

在普魯斯特的《追憶似水年華》中，故事的開始並非是單純的一個層面，而是存在著多個層面對記憶的開始。最初，男主以事件的形式回憶自己的童年。一個有訪客意外到來的夜晚，媽媽的吻被迫推遲了，於是在床上難以入睡。在這樣一個夜晚，男主第一次陷入了回憶。但另一處更著名的故事的開始，不再是一個事件、一位不速之客、主觀的某一行為，而是「瑪德蓮小蛋糕」，這一塊著名的糕點，成為了普魯斯特真正記憶的閘門。德勒茲在評論福柯時，強調福柯所揭示個體的純粹差異的「特異性」，同樣談到瑪德蓮小蛋糕在《追憶似水年華》中的作用，客觀之外在私人記憶中所激發的強烈感覺，不需要對主觀情緒大肆渲染，也不需要靠理性的邏輯推理獲得記憶，在這碗茶水中含納了既非常識（senscommun，共同的意義或感受）也非情理（bonsens，良善的意義）所可解釋之物。「物」所存在的位置和存在本身，就成為了超越時空最堅固和豐富的「開始」，此時的敘述者和作者，都成為了「身體」，成為了感覺、記憶、歷史、情緒的載體，於是所有對單一主體所假設的同與道德化的善都不復存在，唯一將出現的是純粹而差異化的特異性（singularité）。〔註18〕《八千歲》中的「草爐餅」就是這樣的一個來自「物」的感覺的開始。《八千歲》不是汪曾祺復出後廣為人知的作品，但卻有著典型的汪氏風格。一方面，汪曾祺對舊時代小商販群體的關注，對小人物起起落落的生活充滿細節的復原，對職業行當、風俗人情的熱衷，勾勒出舊生活的面貌。另一方面，汪曾祺未從文化的角度去拯救傳統的吉光片羽，他沉潛在世俗人際間，在生活的表面、對象琳琅中克制著主觀的介入，而全力保留記憶中的舊生活。他晚期的作品中，常常有著相似的結尾，一種回歸日常的溫情和平淡，如《歲寒三友》中大年三十老友們相聚的一桌飯、《異秉》裏圍爐夜話後蹲茅坑時的一次自我檢查、《受戒》中小英子和明海逐漸嘹亮的嗓子和蘆葦叢的「撲魯魯魯」水聲，以及《八千歲》中的叫了兩個草爐燒餅後還要一碗麵的八千歲。

〔註18〕〔法〕吉勒·德勒茲：《德勒茲論福柯》，楊凱麟譯，江蘇教育出版 2006 年版，第 17 頁。

　　由此看來，汪曾祺的特異性體現為兩點，其一在於他在以個人為中心、不斷強調回歸個人的時代，把同樣的關注留給了人物之外的風物的世界。不同於集體主義對個人的壓抑，汪曾祺在個人之外並置了同樣重要的世俗空間，以風物支撐的生活方式圍繞著個體的人，吃喝行止，都是實在摸得到的東西，如同那熱騰騰的草爐餅。其二是汪曾祺小說寫作中主觀的有意疏離。汪曾祺的散文化風格與詩化傾向，指向了一種現實主義的冷靜，他推崇的契訶夫與屠格涅夫的偉大之處在於靜水流深的沉鬱和含蓄。另外，「抒情」出現在汪曾祺的大量創作談中，正如主流批評在接受汪曾祺的復出時，不斷強調他寫作的私人和個人性，強調其中人性永恆、人性復蘇的部分。這種接受有著時代潮流不可避免的特點。而對於汪曾祺的讀法，張愛玲的眼睛清晰地捕捉到了重要、甚至更為鮮明的部分。閱讀汪曾祺時不可避免會遭遇舊物林立的世界——一個生活氣息豐厚的舊時代，在啟蒙、革命的曙光或烏雲下努力討生活，不斷生衍創造的世俗空間；也會驚異於汪曾祺的樂觀——他往往在結尾處為動盪時代中的人物添上一抹生氣，汪曾祺的樂觀讓故事都安然落地。而汪曾祺的風格未必是文學史常規意義上的「抒情」，汪曾祺小說中主觀、個人意識強烈的抒發情志很少，在後期作品中甚至因為過於日常的散文化口吻，讓小說的文體在他筆下也有了「變格」。在閱讀汪曾祺時，與其說感受到他的抒情，不如說感受到他的「反抒情」——他時時刻刻從主觀敘事者位置疏離，對「人」的中心有意去除，把重點、把話語權利、把表現力的源頭留給了故事中「無情」之物的部分，其中的人物也隨著最為日常化的處理而失去虛構中常有的高潮與衝突。這種寫法，與主流文學史所塑造的人的「抒情」相去甚遠。或許，觸動張愛玲的部分便是他無法進入文學史主流的異質部分。

2.2.2 《異秉》的變化

　　1980 年，隨著《受戒》的發表，汪曾祺重新提筆創作小說。《異秉》和《受戒》無疑是汪曾祺最具代表性的兩篇小說，它們皆是舊作重寫。重寫的過程伴隨著作家新的追求，也伴隨著他歷經洗禮後的世故與技巧，在汪曾祺身上，我們能看到時代對他的影響，也可以看見他對自己寫作風格的把握與選擇。重寫的過程，伴隨著隨時代改變的文學形式探索方向，以及在歷經生活後對舊材料反思後的慎重，幾十年的變遷起伏，反而最終都走向了一種平淡而溫暖的風格。《受戒》改寫自 1946 年的《廟與僧》，《異秉》改寫自 1948 年的同

名作品。在談到《異秉》的創作緣由時，汪曾祺強調自己「八十年代的感情」：
「我曾經忽然心血來潮，想起我在三十二年前寫的，久已遺失的一篇舊作《異
秉》，提筆重寫了一遍……舊社會的悲哀和苦趣，以及舊社會也不是沒有的歡
樂，不能給今天的人一點什麼嗎？……四十多年前的事，我是用一個八十年
代的人的感情來寫的。」〔註19〕

　　如何用一個40年代的故事表達80年代的感情，如何在80年代的書寫中
體現40年代故事的苦趣，成為汪曾祺的重寫中重要的問題。克羅齊在《歷史
學的理論和歷史》中以一句「一切歷史皆為當代史」廣為人知：「當生活的發
展逐漸需要時，死歷史就會復活，過去史就變成現在的。」〔註20〕「因此，
現在被我們視為編年史的大部分歷史，現在對我們沉默不語的文獻，將依次
被新生活的光輝照耀，將重新開口說話。」〔註21〕歷史的材料在當代的重寫
過程裏將會揭示本身屬於歷史的部分，當代的眼光和視角是歷史材料富有光
暈的顯影裝置。當代歷史闡釋的意義在此，文本重寫的意義也同樣在此，認
識記憶與表達時代是一體兩面的存在。新時期，汪曾祺寫作中的「唯物主義」
之於文學，正如克羅齊觀念上的「唯心主義」之於歷史。讀出汪氏小說中的
史筆春秋，他所撐起的角落、繼承的傳統才會被納入視域，並全面理解。正
如克羅齊的唯心主義歷史觀念在某種程度上是列寧所說的「聰明的唯心主義」
一樣，即跟「愚蠢」的唯物主義相比，更接近「聰明」的唯物主義。

　　1981年發布的《異秉》寫的是關於一個鹵肉鋪的小老闆王二如何發家致
富、如何每天在藥材鋪子裏和鄰人朋友談天說地的故事，看似是平常的半生
奮鬥，但故事最終落到了一個夜晚的談天場景上，小說裏唯一的主角似乎是
王二，但各路群眾卻都有著各色人生。小說的基調似乎是樂觀歡快的小人物
奮鬥發家史，但除了這一人較幸運外，剩下的每個百姓們各有各的離合與辛
酸。簡簡單單一個「王二」串聯起一條街上的空間：自家的鹵肉鋪，肉鋪後的
源昌煙店，以及晚上大夥兒聊天的保全堂藥店。王二周圍的人物也形成了群

〔註19〕汪曾祺：《汪曾祺全集》（第六卷），北京師範大學出版社1998年版，第336
　　　　頁。
〔註20〕轉引：克羅齊、田時綱：《一切歷史都是當代史》〔J〕，世界哲學，2002（06）：
　　　　6～22。原載Teoria e storia della storiografia, 第3～54頁, Laterza, Roma-Bari,
　　　　1976年。
〔註21〕轉引：克羅齊、田時綱：《一切歷史都是當代史》〔J〕，世界哲學，2002（06）：
　　　　6～22。原載Teoria e storia della storiografia, 第3～54頁, Laterza, Roma-Bari,
　　　　1976年。

像：保全堂上上下下都是討生活的人。汪曾祺留給陳相公的筆墨很少，但不可謂不心酸。陶先生和陳相公都是藥店裏低等的夥計，生活很窘迫。以陳相公來說，藥店裏的各種碾藥、裁紙、擦燈罩、攤膏藥的活都在他一個人身上，睡覺的地方是狹窄的廂屋。除此之外，他總是挨打，學生意的人沒有不被打的，但他因為不聰明，被打得叫人可憐。挨了打，無處哭，一個人躲著想故鄉的母親。此處的心酸，確實與契訶夫《凡卡》中的心酸相似。小說中王二說自己的成功憑藉的「異秉」是上廁所時「大小解分得清」，結尾的最後一句正是陶先生發現陳相公蹲在廁所裏，而這時候並不是他們解大手的時候。

　　一方面，《異秉》和汪曾祺同時代的作品一樣，發表時都受到了不小阻力。林斤瀾把汪曾祺的這篇小說推薦給《雨花》，卻引發了編輯部的極大爭議和討論〔註22〕，編輯很難定奪其中涉及的題材「模糊」問題，以至於需要以編輯部討論的形式在其後附文。《異秉》寫作與投稿的時間早於《受戒》，但發表卻在《受戒》（1980）年發表後的第二年才在《雨花》上發表。另一方面，和《受戒》中最後純真且青春的欣悅只是屬於小英子與明海兩人之間的欣悅一樣，《異秉》中陳相公和陶先生的荒唐與可憐，也只是小說最終完成的一個收束——汪曾祺寫風俗、舊物、舊人、舊職業，未必是意在沛公有什麼深意和隱喻，他所寫的是對象的表面，沒有任何借歷史之名申揚的大義，而這些所寫的對象就構成了汪曾祺的寫作目的。正如他的自問：「對於今天的生活所從來的那簡舊的生活，就不需要再認識認識嗎？舊社會的悲哀和苦趣，以及舊社會也不是沒有的歡樂，不能給今天的人一點什麼嗎？」〔註23〕他要讓讀者認識的與其說是永恆的哀樂，不如說是哀樂的「當時」。《受戒》中的故鄉物是人非，之所以如世外桃源，正是因為那種生活方式的徹底消失。再無荒唐和尚，再無剪紙繡花種荸薺的自然生活，「哀樂」的情緒脫離了當時的風物，被提煉成為永恆的「哀樂」，失去的是人情的真實基礎，人的感情被抽象、廣泛地理解後，風物世界中的豐富被懸置，私情的力量隨之被消解，革命化抒情的年代大量飄蕩蔓延的正是這一類無「物」的、抽象的激烈抒情。

　　《異秉》前後兩篇變化之一是視角的轉移，舊文中作者的目光集中在王二身上，新文中王二是群像的一部分，燒鹵攤子是街景各種商鋪的一部分。

〔註22〕《北京文學》編輯部：《編餘漫話》，《北京文學》1980年第10期。
〔註23〕汪曾祺：《汪曾祺全集》（第六卷），北京師範大學出版社1998年版，第336頁。

1946 年的《異秉》寫的是王二個人的奮鬥史，寫作的年代與小說中的年代相隔不遠，汪曾祺把目光聚焦在了人物身上，花了很多筆墨寫人物對話，寫王二如何有了自己的攤面，又有了自己的店鋪名號。重寫的《異秉》中，王二更像是一個時代的切面，一個透鏡，通過王二的鹵肉攤子看開來，汪曾祺重寫的不是王二，而是王二所處的時代，小說中群像的分量不斷增加，風俗的、散文化的元素不斷增加，甚至讓小說變得不那麼像小說。所以變化之二是小說敘事上的「散文化」比例有所不同。汪曾祺的文字的散文化傾向是始終存在的，甚至可看做早年他在現代派小說風潮中習得的一種技巧，對於細節的追求，細緻的描寫，在舊《異秉》中同樣可以看到。早期《異秉》的不同，在於其中小說技巧的鮮明，散文化作為一種語言風格，和汪曾祺早期喜歡的意識流敘事方法糅合使得《異秉》在描寫一位小人物奮鬥的風俗鄉情過程中，有著鮮明的現代派風格。舊一篇的開頭就顯示出了這種現代派風格的傾向：「一天已經過去了。不管用甚麼語氣把這句話說出來，反正這一天從此不會再有。然而新的一頁尚未蓋上來，就像火車到了站，在那兒噴氣呢，現在是晚上。晚上，那架老掛鐘敲過了八下，到它敲十下則一定還有老大半天。對於許多人，至少在這地的幾個人說起來，這是好的時候。可以說是最好的時候，如果把這也算在一天裏頭。更合適的是讓這一段時候獨立自足，離第二天還遠，也不掛在第一天後頭。」〔註24〕隨後，小說的敘述方式也從插敘開始，倒敘追溯王二的發家歷程，小說的最後回到了開頭所說的大夥兒常在夜晚聚談交心：「照例的，須跟某幾個人交換這麼兩句問詢。說是毫無意思自然也可以，然而這也與吃飯不可分，是一件事，非如此不能算是吃過似的。這是一個結束，也是一個開始。」〔註25〕在這些充滿變化和跳躍的文字中，我們可以看見汪曾祺精心建構的現代派意象和結構，而汪曾祺晚年風格轉向了完全相反的方向，轉向了一種甚至有些童稚、樸素的無邪記錄白描。新的《異秉》變得異常簡單，和舊作長長的現代派風格開頭不同，新《異秉》的開頭只有一句話：「王二是這條街的人看著他發達起來的。」〔註26〕簡單一句中包含

〔註24〕汪曾祺：《汪曾祺全集》（第六卷），北京師範大學出版社 1998 年版，第 197 頁。

〔註25〕汪曾祺：《汪曾祺全集》（第六卷），北京師範大學出版社 1998 年版，第 197 頁。

〔註26〕汪曾祺：《汪曾祺全集》（第六卷），北京師範大學出版社 1998 年版，第 319 頁。

了整篇小說的關鍵元素：已經發達的王二，他在的這條街，和看著他發達的街上的其他人們。結尾以極其簡單的方式完成了頗為心酸的故事，簡短交代陳相公和陶先生在廁所的相遇，只是揭示了這一條街上最苦命的兩個人，在聽聞了王二成功的異秉之後，多麼希望自己也有如此異秉，能有成功的一天。汪曾祺重寫時表現出的自然狀態，是從形式到內容，把小說中的主觀元素盡可能降低，小說作者安排好一切，但努力讓讀者看不出作者試圖加入的映像和寓意，原原本本將小說的情境還給小說。

　　汪曾祺始終對身上被外界加上的「尋根」「鄉土」的標籤保持著清醒與距離，唯獨對自己的師承很是強調，在談到沈從文對自己的影響時從不保留。沈從文晚年從文學走到了文物研究，不可謂不是一種「救物」的轉型。對汪曾祺來說，沈從文的影響更讓自己落到了實處，其中既有文學技巧性的實處，也有文學作為一種生活理想實踐的實處。汪曾祺在《菰蒲深處》序言中坦然其中所寫皆是故鄉舊事，但又不願意被冠以「鄉土文學」的名號：「這些小說寫的是本鄉本土的事，有人曾把我歸入鄉土文學作家之列。我並不太同意。『鄉土文學』概念模糊不清，而且有很大的歧義。舍伍德‧安德森的小說算是鄉土文學，斯坦因倍克算是鄉土文學，甚至有人把福克納也劃入鄉土文學，但是我們看，他們之間的差別有多大！中國現在有人提倡鄉土文學，這自然隨他們的便……我的小說有點水氣，卻不那麼有土氣。還是不要把我納入鄉土文學的範圍為好。」〔註27〕汪曾祺在這段自序中，不願被歸為鄉土作家的理由在於形式與技巧上的自我認知，包含著現代派與傳統小說形式的「對抗」。形式影響甚至決定內容，汪曾祺對於小說內容層面的自述十分平和，對於自己的小說，汪曾祺以為多半都實有其人，無論是《異秉》中的王二，《受戒》中的和尚師傅，大小英子，都是基於人生中真實看見、聽過的人事。把現實放入虛構的小說，在汪曾祺看來並不是技術的「短處」，他的虛構建立在真實可觸的材料之上，恰恰是對於自己技藝的自信。

　　新《異秉》中汪曾祺放棄了小說敘事特有的掌控時間的「特權」，用說書人極其平常的一種方式，重新講述了一遍王二的發家故事，在開篇第一句奠定的基調下，汪曾祺寫作的焦點也從一個人物彌散到了一條街所包含的世情。而對於王二日子逐漸好了起來的寫法，新作更像散文，從外部入手，省去了

〔註27〕汪曾祺：《汪曾祺全集》（第六卷），北京師範大學出版社1998年版，第313頁。

王二主觀的部分，舊作中王二得到了店鋪新名號的喜悅，新名號的由來，王二跟兒子之間的種種對話，都不見了。再寫王二漸漸富裕起來，寫的是王二去看戲，去賭錢，筆墨落在「戲」和「賭錢」上。戲是怎樣的玩意兒，在舊時生活中有怎樣的意義，賭錢對於當時人們的娛樂來說又是怎樣的存在，這些問題都可以在汪曾祺的小說中找到答案。新《異秉》中汪曾祺一五一十地交代手藝和流程，反覆詳細地描繪鹵肉鋪，寫燻燒攤子〔註28〕，正是他此時寫作的中心：自然地呈現這些細節，而不再把呈現細部當做對小說的形式探索。舊世界中舊生活的點滴，無關評價，沒有判斷，「舊」的存在不是為了襯托或批判「新」，細節的描繪也並非對現實主義形式上的突破與發展，汪曾祺所秉持的小說理念也正是他的歷史觀念，對他來說小說所承擔的並非傾向性的呼喊或反思，小說本身是生活面貌的呈現，也是他還原歷史的方式。文學史對小說中人物的典型想像，對小說應該被解讀出的「意義」往往有著清晰的期待，汪曾祺的方式在這個層面上反而是「模糊」的，比人物更豐富的「風物」細節，使得將作為主體的「人」不再是被突出的部分，不是被平反或啟蒙的主體，人和物在歷史時空中共同呈現出汪曾祺文學的記憶。和啟蒙主義強調的現代性覺醒後，「自我」不再被壓抑，因而看見豐富的世界相比，汪曾祺的方式更近似於以小說突破「自我」的侷限，在離開「人」的中心的過程中，看見更豐富的世界。

2.2.3 新的開始：從「風物」看世界

20 世紀 80 年代，汪曾祺小說受到廣泛討論，在強調「人」的年代，文學史看見其中人物的私情與天真，新鮮的個性化的面目，一種和上一個十年的

〔註28〕汪曾祺：《異秉》，「他把板凳支好，長板放平，玻璃匣子排開。這些玻璃匣子裏裝的是黑瓜子、白瓜子、鹽炒豌豆、油炸豌豆、蘭花豆、五香花生米。長板的一頭擺開「燻燒」。「燻燒」除回鹵豆腐乾之外，主要是牛肉、蒲包肉和豬頭肉。這地方一般人家是不大吃牛肉的。吃，也極少紅燒、清燉，只是到燻燒攤子去買。這種牛肉是五香加鹽煮好，外面染了通紅的紅麴，一大塊一大塊的堆在那裡。買多少，現切，放在送過來的盤子裏，抓一把青蒜，澆一勺辣椒糊。蒲包肉似乎是這個縣裏特有的。用一個三寸來長直徑寸半的蒲包，裏面襯上豆腐皮，塞滿了加了粉子的碎肉，封了口，攔腰用一道麻繩繫緊，成一個葫蘆形。煮熟以後，倒出來，也是一個帶有蒲包印跡的葫蘆。切成片，很香。豬頭肉則分門別類的賣，拱嘴、耳朵、臉子，——臉子有個專門名詞，叫「大肥」。要什麼，切什麼。到了上燈以後，王二的生意就到了高潮。」（汪曾祺：《汪曾祺全集》（第一卷），北京師範大學出版社 1998 年版，第 313 頁。）

集體主義面目截然不同的自在。這種「看見」同樣包含著盲視：文學史看見汪曾祺小說中「人」的同時，放大了這種「人」的特別，風物作為人的襯托，成為一種趣味而非角度，很難進入文學史的主流視野。跳出 80 年代和重寫文學史的語境，會發現汪曾祺小說造成的更大震動，是用小說重現了一種生活，顯示出生活的永恆相對於歷史的永恆、文學記憶的永恆所具有的不同的力量。汪曾祺看似毫無野心的「生活家」態度，用自己的舊夢，點破著「新夢」形成中的單調，打破了單一卻強大的敘事。汪曾祺持之以恆、悠然在外地關注著日常生活，未必不是一種不合時宜的「先鋒」，哪怕這種「不合時宜」常被以「出世」「懷舊」形容。

《受戒》如果沒有小說中自然乾淨的環境，結尾處小和尚與小英子的青春悸動還能具有如此強大的魅力嗎？正如張愛玲被《八千歲》結尾處的兩個草爐餅「攝魂」，勾起食物的相思與悵然，汪曾祺的一系列重寫其實回答了這個問題，如果沒有具體世界風物的支撐，人情是無可依附的，而當客觀的生活空間在小說中，被作為和人物同等重要的存在，虛構與非虛構之間的界限走向模糊，未必不是一種更理想的文學形態。

汪曾祺身上一直有著「抒情」的標籤，但回到汪曾祺的作品，會發現如果將汪曾祺對生活的熱愛概括為「抒情」，那麼這一概括下被忽略的，反而是汪曾祺對主觀抒情的克制。「抒情」常常指的是某種從主觀而來的情感宣洩，將情感主觀抽象、獨立出來，形成對龐大對象或群體的指涉，用王小波的話來說，這是一個熵增的過程，而汪曾祺的冷靜與平淡，讓人感到人情可貴，其方法和途徑是反抒情的，也就是反熵增的。人情的激動和溫暖未必直接來自作者，作者提供的小說世界越是客觀具體，讀者感知的人情基礎才越是踏實，讀者對於汪曾祺小說的抒情感源自一種自身情感的折射，小說在此時是不摻入作者主觀立場的裝置，是技藝精湛的小說家最終的作品。因為作者的主觀保持著抽離，作者的「抒情」不再，反而使得每一個讀者都可以自己獲得一份「情」的索引。以「情」聞名的小說，總會在「情」的背後有著龐大的時代風物世界的支撐網絡。例如，《紅樓夢》中寶黛悲劇的情感線索，支撐起「情」的光暈的正是風物世界的光暈，如果風物失去了獨特、豐富、詩意的光暈，或者小說中作者主觀化的敘事掩蓋了客觀世界與時代風物，人情也就沒有了根基。無論是「草木」還是「金石」，捧玉還是撕扇，每一處情的登場，都伴隨著物的顯現，那麼具體，如此生動。汪曾祺的師承除了沈從文，在他

的自述中同樣還有老舍，而無論是沈從文還是老舍，都可視作汪曾祺這一寫作特質的師承源頭。老舍《茶館》中松二爺最動人的一句臺詞是：「我餓著，也不能讓這鳥餓著！」第一幕中的爭執也正是因物而起：丟了鴿子的北京人起了爭執，由物所構成的此種生活方式還在，人為之受活、受苦、維持這種實在的日常，與當時生活風物的客觀面貌相輝映。其動人所在，也正是風物、風俗的客觀存在，如此獨特，如此頑強。沈從文《邊城》中愛情的動人和微妙能夠成立，正因為小說直面的不是「愛情」，而是「邊城」，是整個邊城空間的建構——真實的黃狗，老船，以及基於這個生活空間而形成的風俗，讓翠翠和二老的感情有了必需的舞臺和背景，有客觀世界的支撐後，情是含蓄、未說出口的，每個人都能從中讀出各自理解的「人情」。

　　在汪曾祺的《受戒》中，我們感動於結尾處小和尚與小英子天真活潑的情感悸動，它是最後的興發。在這一點初戀般動人的人情引起讀者心動之前，依然是那個具體、豐沛、生動的無邪世界，正如張愛玲第一眼看見了「草爐餅」。隨著草爐餅往下追溯，風物之下的生活，是汪曾祺最為獨特的呈現。《受戒》中憒懂的青春可愛在結尾處的閃現，正是因為汪曾祺用盡了筆力，鋪陳了整整一篇的背景與細節，完成了舊物與風俗的復現。寫的是「受戒」，「戒」是克制，唯有克制才能將私情得以夾帶進入小說，汪曾祺說自己的故事都有現實原型：「《受戒》所寫的荸薺庵是有的，仁山、仁海、仁渡是有的（他們的法名是我給他們另起的），他們打牌、殺豬，都是有的，唯獨小和尚明海卻沒有……小和尚那種朦朦朧朧的愛，是我自己初戀的感情。世界上沒有這樣便宜的事，把一塊現成的、完完整整的生活原封不動地移到紙上，就成了一篇小說。」最後嫁接進來的一點「私情」，因為汪曾祺寫作整體的克制顯得自然。這樣看來也就能理解為什麼汪曾祺最早並無發表《受戒》的打算，因為私情留在私領域，是最安全的處理方式。一方面來說，老作家看似技巧全無的簡單拼貼，想要私人記憶的重現在公共閱讀中而不肉麻，所需要的是更細密的當時風物作為基礎。另一方面來說，有了平實的基礎，也就使得私人記憶能夠引發人們對於天真欲望的共情。由此而來的共情，不是抽象的感情共鳴，也不是概念堆砌的對人性的理想願望，而是具體、切實的舊物，是汪曾祺筆下復現的舊時生活，成為這一共情的想像性前提。對一種生活方式的消逝有真正體認是寫作的基礎，心中有所失落，才能在這一空洞周圍建造、虛構和覆蓋。

　　席勒把詩人分為兩類：天真型詩人與感傷型詩人。天真的詩人脫胎於自

然，不願修飾，顯示出樸素而率真的詩歌風格。似乎理智與思索在其文學中占比很少，與時代中心和突出的主題本能地相遠離，自有一派清新。天真的詩人渴望使用普遍化的言語將自然的表達和詩意與世界的普遍性之間建立聯繫。能夠再現永恆，也能再現永恆的意義。與「天真型詩人」對立的是「感傷型詩人」，「感傷」意味著反思和焦慮，在面對現實的理智層面的思考，詩人通過技巧、策略，調整感知與理智之間的比率、轉換看待世界與自身的角度，嚴格要求自己表達意義的精準和豐富，以達到理想境界。不同於天真型的詩人在「物我兩忘」的時刻更容易獲得完美的藝術作品，善於反思的「感傷型」詩人不斷以諷刺、幽默、懷疑的態度思考自我與世界間的關聯，同樣獲得一種詩性的啟發。汪曾祺在文學史上的評價總是伴隨著簡潔的雋語：比如「世故的天真」〔註29〕一條，何為世故的天真，在席勒的理論下，大可理解為是兼具「天真」與「感傷」的靈魂。具體看來，不妨回到張愛玲最初對汪曾祺那篇小說的印象，張愛玲在汪曾祺的小說裏看見的是草爐餅，這種「看見」便是汪曾祺晚期風格以無情之物捕捉歷史人情、記錄私情的成功所在。這裡無疑與張愛玲的晚年寫作形成了最為鮮明的對比，張愛玲的晚期風格轉向了私情的直接抒發，同樣從重寫開始：《金鎖記》的屢次改編與重寫，都不順利，而英文小說《雷峰塔》與《易經》正如王德威所評論的，在不斷地自我「迴旋」中陷入往事〔註30〕，無法再在作品中展現個人譜系以外的更多世界，「情」本身走向了深刻而複雜的私人領域。同樣的晚期風格，汪曾祺小說中無情之物的風物譜系，反而給予了「人情」更開闊的空間。汪曾祺在小說之外，對於文章承載的意圖並非諱莫如深，在《孤蒲深處》序言中說：「我的小說多寫故人往事，所反映的是一個已經消逝或正在消逝的時代。我們家鄉曾是一個比較封閉的小城。因為離長江不太遠，自然也受了一些外來的影響……但是在商品經濟社會中保存一些傳統品德，對於建設精神文明，是有好處的。我希望我的小說能起一點微薄的作用。」〔註31〕老年汪曾祺已經從

〔註29〕「世故的天真」，參見王安憶《汪老講故事》，《揚州文學》，2006年第5期：「正好與如今將簡單的道理表達得百折千回的風氣相反，他則把最複雜的事物寫得明白如話。他是洞察秋毫便裝了糊塗，風雲激蕩過後回復了平靜，他已是世故到了天真的地步。」

〔註30〕參見：王德威，王宇譯：《雷峰塔下的張愛玲：《雷峰塔》、《易經》，與「迴旋」和「衍生」的美學》〔J〕，現代中文學刊，2010（06）：74～87。

〔註31〕汪曾祺：《汪曾祺全集》（第四卷），北京師範大學出版社1998年版，第273頁。

藝術形式的觀念中解放出來，更加直接地訪問現實。汪曾祺提到的「商品經濟社會」，正如他曾經生活的年代遇見過的種種對具體之物的威脅一樣，並非無妄之災。汪曾祺在面對老師沈從文後半生的文物轉型時，曾有這樣一句話：玩物從來非喪志，著書老去為抒情。「抒情」被作為一個動詞，成為「人情」的一種表達方式。研究沈從文和汪曾祺的學者一般會認為他們所在的脈絡是文學史上相對於「說理」的「抒情」脈絡，但其實「抒情」這個詞中包含的主觀性，並不是他們寫情的基礎。他們的「人情」，來自一種有意識克制的無邪狀態，也就是依靠風物、器物等無情之物的支撐，形成的清新、天真的本源。「草爐餅」的意義，就在於汪曾祺努力在「物」的世界中構築起人的世俗空間，人和物的背後復現出當時生活，而這種空間的構建正是汪曾祺小說藝術上達到的精微。

2.3　風物之上，歷史之下

　　洪子誠在談到 80 年代尋根小說、現代派藝術探索、市井鄉土小說的書寫時，都提到了汪曾祺，但最終將汪曾祺安置在了「群體、流派之外」這一章節。洪子誠的態度無疑是極其審慎的，從而也顯示出文學史努力想要講述汪曾祺，但最終無法將其收編的難處。以文學史的邏輯解釋汪曾祺作品的受歡迎程度和被熱烈討論的原因，會發現汪曾祺的寫作態度與時代情緒之間的距離，因而文學史對他的評述都在主流敘事邏輯之外，延續了文學史在處理沈從文時的視角，在文學層面的技巧、風格、題材中找到汪曾祺的流派位置。然而閱讀汪曾祺，感受到的文學筆法是第一印象，但細讀其作品會發現汪曾祺對於政治和社會變動，並非不著筆墨，汪曾祺的舊作重寫不僅是藝術上的修煉，更是在反覆重寫中顯示出自己文學中的歷史和政治觀念。而對於汪曾祺的小說來說，「政治」不是一個被迴避的問題，汪曾祺筆下的「政治」與「社會」體現為對生活面貌的記錄，其小說中呈現的生活方式更替，人事、對象的變遷，正如洪子誠的感受：「風格從平淡轉向蒼涼。」「蒼涼」背後所呈現的是汪曾祺包含歷史、社會維度的寫作，而這一部分的汪曾祺在文學史中被隱去了。

　　「文革」後，一方面文學對極左政治路線的控訴達到高潮，以「傷痕文學」為先聲，暗中延續了斷裂前的政治內核與腔調，重新強調了知識分子精

神和啟蒙主義立場。另一方面，隨著「尋根文學」等命名的出現，民間立場帶來的文化資源與思想解放帶來的外部思潮湧入共同作用，向後開啟了多個方向的寫作，政治之外的文化資源與文學形式探索相結合，成為另一股潮流。汪曾祺在斷裂與轉型期的獨特，承接了他在「文革」中堅持的立場：面對「激進的時代精神」和「激進的文學形式」時，選擇了同時「避讓」。避讓是不合時宜的，《沙家浜‧智鬥》中阿慶嫂最著名的那句：「壘起七星灶，擺開八仙桌」，靈感來自蘇軾的「大瓢儲月歸春甕，小勺分江入夜瓶」，在當時激進的破舊浪潮中，汪曾祺夾帶這類「私貨」無疑危險，但他堅持了這一「趣味」。汪曾祺在 80 年代寫作的《受戒》《異秉》《大淖記事》等的小說，除了精神上與知識分子立場不同，題材選擇上的出世、懷舊與瑣碎，也繼續了他以「避讓」「逆行」於時代的寫作方式。當代文學因為其與政治緊密連接的傳統，題材的選擇表明了寫作的態度和立場，而汪曾祺的題材選擇，既不同於同時代的「傷痕」「尋根」，也有異於之後的「新歷史」「新寫實」，正如他在非常時期拒絕主流意識形態一樣，在新時期的文學道路上，他也拒絕了將時代精神和症候作為寫作中心，而題材常常決定了作品在文學史中的位置。

　　汪曾祺的選擇不僅是文學上的，而且是政治上、生活現實層面的選擇。汪曾祺從 40 年代開始創作，真正停筆的時間並不長，在 60 年代「樣板戲」開始之後，他是為數不多的以公開形式呈現自己作品的作家之一。如果只有「去政治化」的汪曾祺才能被納入文學史的編織，那麼汪曾祺通過小說所傳達的歷史與生活態度也會被扁平化為一種「平淡」的風格。汪曾祺對生活本身的推崇、將文學不斷推入生活的努力被文學史視為一種美學選擇的同時，也就遮蔽了非常重要的一點：他的文學觀念服從於他的生活觀念，而他的觀念就是他對於歷史、現實的主張。文革期間汪曾祺在惶惑中寫道：「我願意是個瘋子，可以不感覺自己的痛苦……我愛我的國家，並且也愛黨，否則我就會坐到樹下去抽煙，去看天上的雲。」〔註 32〕這種情緒與其老師沈從文在建國初期的「瘋狂」是近似的，而他們所希望的並非是與時代脫離，承受孤獨的安寧，在他們的藝術探索中有一種嘗試，一種在現代性權力建立的二元對立的暴力結構中，何以保全個人的卑微，如果不做啟蒙者，不做更先進的人，一個保守的、以現世生活為綱領而不是以理念為追求的個體，如何能夠存於這個激進化的社會。為此，汪曾祺貢獻了自己的寫作，在他的寫作中表達了

〔註32〕汪曾祺：1958 年小字報《惶惑》。

他對現實政治的熱情，這種熱情就是他對生活、生命的投入，對他而言，文學並非政治化的表達，但以文學的方式表達生活是最直接的政治實踐。

2.3.1　《歲寒三友》的新舊憂傷

　　20 世紀 30 年代中期，蔣介石開始倡導「新生活」運動。1981 年的《歲寒三友》改寫自 1946 年的舊作《最響的炮仗》，最初故事的男主角是在這場運動中遭受生活困厄的小手藝人。而汪曾祺講述的故事是一個炮仗店老闆在外部環境越來越惡化的時代，生意走向沒落的故事。改寫後，單人遭遇成為多人經歷，時代中「蒼涼」的部分被某種暖意襯托得更顯著，個體在政治運動中被碾壓，生活被改變的感覺，不決刺痛，但飽含個體頑強的力量。汪曾祺在重寫中進一步完整了這一時代鏡頭。1935 年，蔣介石在南昌發表《新生活運動之要義》中說：「改革過去一切不適於現代生存的生活習慣，從此能真正做一個現代的國民」〔註33〕、「使我們全國國民的生活，都能合乎禮義廉恥，適於現代的生存……表示出我們全國國民高尚的知識與道德，再不好有一點野蠻的落伍的生活習慣。」〔註34〕政治原則和當權者行政律令對於知識青年的影響可能只是概念之間的碰撞，對廣泛人民來說，則是深入日常毛細血管中的改變。在內憂外患的時代，領導人為何要介入民間生活，改造日常，開展以政治理想改造具體日常的「新生活」運動，是值得反思的。「新生活」運動從市民生活、世俗空間中的衣食住行入手，凸顯的是這一部分「日常」對於大敘事、大時代、國家經濟的重要和難以「馴服」。更為普遍的是政治政策釋放出的「理想生活」的概念不斷碾壓、改造舊生活的局部，以抽象的概念干涉甚至毀滅具體的事物的過程。日常生活是政治力量與意識形態最渴望征服與駕馭的領域，日常生活中充滿具體的人與物，庸俗世情下人情的千緒萬端，以自在自足的方式抵禦著外在的、「先進的」改造，也因為其「自給自足」而脆弱。「新生活」運動出現在汪曾祺的《歲寒三友》中，就直接影響小說主人公陶虎臣焰火店的命運，也引發了一連串百姓的生活悲劇。小說中的三位主角都兼有生意人的身份，在生意之外又有著另一種取樂和生活的「特長」。

〔註33〕蔣介石：《新生活運動二週年紀念之感想》《革命文獻：第六十八輯新生活運動史料》蕭繼宗主編，「中國國民黨中央委員會」黨史委員會 1975 出版，第 46 頁。

〔註34〕蔣介石：《新生活運動之要義》《中華民國史檔案資料彙編：第五輯》，中國第二歷史檔案館編，江蘇古籍出版社 1994 年版，第 785 頁。

汪曾祺最為關注的陶虎臣，所從事的職業是相當艱難的一種：小手藝人。在當時，這種職業面臨著政策和經濟的雙重挑戰，而陶虎臣的快樂都建立在自己手藝之上，手藝創造為他的生活帶來了豐富的詩意，也難逃被改造的命運。人們生活面臨著行政暴力干涉，面臨著現代性「進步」之名下的入侵，這是個讓人無法適應而發生悲劇的歷史時期，汪曾祺以小說的形式記錄了其中的哀樂。

當《最響的炮仗》被重寫之時，也正是當代生活再次面臨生活模式轉化的時刻。這一生活模式的轉化，是任何個體在任何時代都可能遭遇的威脅，汪曾祺記錄的時代傷痕絕不是在迴避某一時代，也並非一種借古諷今的轉喻，汪曾祺對歷史的態度正是在這樣的前提下落實到寫作中去。1981 年的《歲寒三友》和《異秉》的重寫相似，故事的視角再次從一個人，變成了群像，其中差異也如前文所述，有了不少視角、主次以及情感上的變化。小說圍繞著三位小商販的人生展開敘述，分別是開絨線店的王瘦吾，開炮仗店的陶虎臣和開畫鋪的靳彝甫，三位都是朋友。王瘦吾最開始是絨線店的老闆，家庭生活越來越困難，王瘦吾一心想要賺錢致富，摸索了各種生意，吃盡了苦頭後終於看準商機，開了一家草繩廠，草繩廠的生意不錯，日子也慢慢好起來了。陶虎臣是炮仗店老闆，因為試炮仗瞎了一隻眼睛，他富有童心，給孩子們帶來了歡樂，自己的生意一直不溫不火地維持著。靳彝甫是個介於畫家和畫匠之間的「畫畫的」，雖然是店老闆，但更像個隱士，有三塊珍貴的田黃石章，喜歡鬥蟋蟀。那一年，大家的日子都日漸興旺，王瘦吾的廠子生意很好，轉行幹起了草帽廠，一帆風順，陶虎臣因為鄉上河運平了漕，舉鄉慶祝，接到了很大一筆焰火生意，而靳彝甫也因為大畫家季匐民的賞識，去外地雲遊賣畫去了。王瘦吾和陶虎臣仍在家鄉開店，靳彝甫一去就是三年。三年裏王瘦吾的生意引來了同行惡霸的嫉妒，壓垮了他的工廠，從此王瘦吾重病纏身，家裏的積蓄全做了藥費。因為「新生活」政策，蔣介石禁止鞭炮的政令，陶虎臣的生意做不下去了，家裏日漸貧困，甚至到了賣女兒的程度，女兒被賣後備受侮辱凌虐，陶虎臣甚至想要自殺。靳彝甫回來了，他回來發現昔日老友的生活已經如此破敗不堪。故事的最後，靳彝甫將珍視如生命的三塊田黃給大畫家季匐民送去了，換作資助朋友的兩封洋錢。大年三十的酒樓上，三人重新聚首，一切暫時回到了溫馨的氛圍中。

《歲寒三友》寫的正是這種自給自足中日常生活的背影，富有意趣但無

比脆弱的生活方式，面臨威脅。蔣介石在當時提出的「新生活」理想，繼承著「五四」除舊迎新的傳統和復興民族國家的願望，演講中說：「能滌除舊污，刷新精神，以復興我民族而建設現代國家……我們所倡導的新生活運動，乃是『昨死今生』的運動，亦即一種『起死回生』的運動，是因為國民的精神道德和生活態度實在太不適合於現代，而整個民族的生存亦即發生了嚴重的危險，因此要想從根本上改造國民的生活，以求民族之復興。」〔註35〕汪曾祺的文學並非脫離歷史的私人情懷與趣味，其寫作的歷史意義，同樣體現在於其小說的重寫中。而對照汪曾祺筆下的人物，《歲寒三友》中的三位老友在臘月三十相聚，屋外大雪，迎接的是「歲寒三友」指向的「經冬不凋，春暖花開」，還是歷史與現實殘酷的必然與磨難？總歸很難是更好的「新生活」。無論是抱有樂觀生活態度而積極擁抱現代新生活的「舊人」，還是遭遇生活改造後，被迫成為的「舊人」，都需要經過更新：更新分為內與外兩個方面——在八十年代以來的知識分子心靈史書寫傳統下，「內心」的更新與掙扎被呈現得更多，外在的客觀世界反而被忽略了，這些不屬於知識分子心靈史的「外」的方面正是汪曾祺筆下，一個舊時代的謀生者、生活家，失去舊物、舊生活方式消逝的過程。《歲寒三友》絕不是曲折地表現文化所具有的情感溫度和拯救能力，文化作為一種殘存的影子，這點晦暗的線索，不是汪曾祺的終點，他之所以無法被劃歸到文化「尋根」中的原因正是如此。汪曾祺是在借文化的網，歷史塵囂中打撈注定逝去的「舊物」，復現已經逝去的舊時代生活與生產的街市，紀念脆弱、頑強充滿舊時風物的民間。

　　靳彝甫在《歲寒三友》中，是離去又歸來的一個，他的文化者身份讓他在傳統經濟凋敝的時代浪潮中，保留了一絲尊嚴和生存空間。汪曾祺對舊時代的深刻體悟，使得《歲寒三友》中人物的典型既符合人情與身份，亦體現時代的症候。而《歲寒三友》中陶虎臣急轉直下的生活狀況，直接源自政治層面的干涉和變動。陶虎臣在短短三年裏，就從紅紅火火的生意到了「連稀粥也喝不成了」的程度：頭一年，因為四鄉鬧土匪，連城裏都出了幾起搶案，縣政府和當地駐軍聯名出了一張布告：「冬防期間，嚴禁燃放鞭炮。」炮仗店生意本來就指望著過年，然而蔣介石的「新生活」運動下，根本取締了鞭炮。

〔註35〕蔣介石：《新生活運動二週年紀念之感想》《革命文獻：第六十八輯新生活運動史料》蕭繼宗主編，「中國國民黨中央委員會」黨史委員會1975出版，第46頁。

炮仗店紛紛倒閉，陶虎臣只能靠做「黃煙子」和「蚊煙」過活。汪曾祺對這些東西的描寫是詳細的他詳細地介紹「黃煙子」「蚊煙」是什麼﹝註36﹞，這種與故事情節推進無關，卻與故事發生時代具體相關的描寫正是汪曾祺感受歷史的切入口。文學史在強調政治影響、干涉文學的同時，汪曾祺看見了世界中更難以修復的部分。意識層面的「文化」在未來尚有通過反思得以修復與復蘇的可能，抽象的政治理念對具體世俗生活的毀滅打擊卻不可能再恢復。汪曾祺在目睹了舊風俗、舊風物的徹底打擊後，清晰地看見日常之物與建築在日常之物上的世俗生活一旦毀滅了，便是真實的毀滅，一種謀生、生存和生活方式的徹底消失。然而汪曾祺並不想把這種消失等同於某種文化失落，提煉成某種文化的分支，在汪曾祺筆下，這種消失就是一種舊的物理層面的「生活」徹底的消失。

汪曾祺小說中風物的永恆，同樣還原了另一種歷史敘事，用文學讓彼時風物在小說中復活，也是用文字讓一種生活世俗重新被看見。正如「得魚忘筌」的意義，汪曾祺沒有傳承、改革文化的使命感，他感到的是真實生活的重要性，以及生活本身應該有的真實感與包容。汪曾祺著墨頗豐之處，不是關於靳彝甫的畫，不是作為民間藝術家的身份，更不是那些山水寫意背後的文化意蘊。靳彝甫的身份序列不是一種高於生活的文化傳承與欣賞者，而是和陶虎臣他們一樣，是舊生活中組成物質環境、創造物質生活並在自己的創造中創造詩意的職業者，帶有前現代經濟的脆弱和頑強。正如汪曾祺說自己的筆下無壞人，卻個個有職業。

2.3.2 不同結尾的不同底色

2018 年，首屆寶珀理想國文學獎頒給了王占黑的《空響炮》。王占黑和汪曾祺一樣是江蘇人，同名短篇小說《空響炮》同樣講述了一個跟炮仗有關的故事，其中的故事主線、群像結構和《歲寒三友》有著異曲同工之處。在王占

﹝註36﹞汪曾祺：《歲寒三友》「也像是個炮仗，只是裏面裝的不是火藥而是雄黃，外皮也是黃的。點了撚子，不響，只是從屁股上冒出一股黃煙，能冒半天。這種東西，端午節人家買來，點著了扔在床腳櫃底熏五毒；孩子們把黃煙屁股抵在板壁上寫「虎」字。蚊煙是在一個皮紙的空套裏裝上鋸末，加一點芒硝和鱔魚骨頭，盤成一盤，像一條蛇。這東西點起來味道很嗆，人和蚊子都受不了。這兩種東西，本來是炮仗店附帶做做的，靠它賺錢吃飯，養家活口，怎麼行呢？——一年有幾個端午節？「(汪曾祺：《汪曾祺全集》(第一卷)，北京師範大學出版社 1998 年版，第 281 頁。)

黑的故事裏，汪曾祺的《最響的炮仗》與《歲寒三友》似乎以一種新的方式被融合重寫：在上海禁燃令的背景下，炮仗店賴老闆的生意在年關口走到盡頭，王占黑也描寫了改變後的檔口生活者的群像：沒了炮仗的大年初一這一天裏，各路小人物的生活切面在作者筆下徐徐展開。最後的場面是處在同一空間中的人們同時聽見了「爆炸聲」，王占黑以一幅富有想像張力和詩意的動態景觀作為了小說的結尾：「瘸腳阿興揮舞著螺絲刀，像公園裏玩打槍似的，擊破眼前密密麻麻的氣球。砰，砰，響聲在河面迴蕩，飄遠。戳破的氣球皮飛起來，又落下去，像幾百響的電光炮，點完了，安詳地鋪在地上。小孩子呼喊著，扒開大人的腿，朝氣球衝過去。」原來，聲音源自氣球被大量戳破的爆炸。

　　不同時代的小說，都感知到了一種「威脅」的襲來。生活中炮仗多用於迎新賀喜，在小說中，燃放的炮仗成為了發洩主觀悒鬱的表現，成為了舊人舊物聊以慰藉的依託。王占黑的創作中不斷談到「男保女超」的設定，特指在九十年代下崗潮之後，一個家庭單位中，常常是男性去當保安，女性去超市收銀，以繼續生活。王占黑看見經濟轉型期個體生活方式的轉變，雖然她年輕而語調憂傷，不經意顯露的「矯情」正是出對於這種改變過程的復原，個體雖然無奈但最終接受的過程，懷念與感慨多過絕望與沉默，這依然是社會上升期才有的陣痛，一種新的生活方式普遍化過程中的矛盾，作者在處理這樣的矛盾時，往往會設置一個小奇觀，像標地上的一面小紅旗，作為矛盾的暫時化解。《空響炮》中戳破氣球，製造劈裏啪啦響聲的場景，和賈樟柯在《江湖兒女》的結尾，遙想未來世界，讓趙濤飾演的巧巧在曠野起舞一樣，是一個富有想像力的詩化景觀。正因為「男保女超」本身是一種出路和生活模式的延續，是浪潮中一次震動，在現代化生活的全面鋪開中記錄了一處皺褶，這是尚有希望的生活。身處時代洪流中的人常常會把很大力氣花在結尾上，因為不曾看見這一種生活方式的真正終結，故而以一個結尾作為想像的收束時，奇觀化是常見的。

　　和奇觀化結尾相對應的，是汪曾祺小說結尾的平淡。結尾處抖出「包袱」而形成小高潮，在汪曾祺的小說中也有經典例子。不過與其說是「小高潮」，其效果不如說是「反高潮」的，與其說是抖落出「包袱」的幽默，不如看做是幽默之下辛酸的總結。汪曾祺的寫法和王占黑的處理相反，《歲寒三友》的結尾非常平淡。和景觀化的想像，奇思與精巧的裝置性結尾不同，《歲寒三友》中的結尾很安靜：靳彝甫笑了笑。那兩個都明白了：彝甫把三塊田黃給季匋

民送去了。靳彝甫端起酒杯說：「咱們今天醉一次。」

那兩個同意。

「好，醉一次！」

這天是臘月三十。這樣的時候，是不會有人上酒館喝酒的。如意樓空蕩蕩的，就只有這三個人。

外面，正下著大雪。〔註37〕

王占黑終歸寫的是現代生活的進行時，氣球劈裏啪啦炸掉宛如炮仗聲，熱鬧的結尾指向客觀上的希望。圍觀的群像中每個人的生活都有新的可能和生存方式：換一種生意做的香燭店老闆，回老家的清潔工，不斷接到新任務的社區管理員，他們確實在變化，身在其中的人感到矛盾與留念，歸根到底是精神與習慣上的不捨。如果文字中有一絲憂傷，憂傷的本質是作家主觀對這個世界變化的感知與感慨投射，而非客觀世界迅疾的翻天覆地。筆下結尾平淡的汪曾祺，一直在強調「樂觀」的氣氛，所面臨的時代變遷卻更加「重大」，所處的位置更是現代化過程中，時代矛盾密集爆發的所在。80後作家筆下《空響炮》中的生活依然在繼續，汪曾祺《歲寒三友》中小販的生活已經終結。青年作家在書寫時代中處理舊生活與舊空間的威脅時，結尾頗讓人感到沉重，而晚年重寫的「歲寒」故事的汪曾祺卻頗具暖意，給予故事一個平靜樂觀的反高潮式結尾。這種差異不僅反映了不同的時代階段，也反映了作者之於時代的位置與關係。結尾的不同的藝術處置方式，折射出的是不同的寫作中心與原則。當年輕作家努力呈現時代皺褶下暗處的小人物時，時代向上的洪流讓悲情的姿態充滿矛盾，誇張與卡通化的結尾給讀者一個小的驚喜與高潮，失落的表層下是此種日常的堅固；汪曾祺的努力在於回憶難以重現的生活，他筆下的樂觀、平淡寫出的反而是更徹底的「失去」，其小說人物面對的是即將消失的生活景觀。汪曾祺曾經評價阿城小說中的人物說：「他們沒有流於憤世嫉俗，玩世不恭。他們是看透了許多東西，但是也看到了一些東西。這就是中國，和人。中國人。他們的眼睛從自己的腳下移向遠方的地平線。他們是一些悲壯的樂觀主義者。有了他們，地球就可以修理得較為整齊，歷史就可以源源不絕地默默地延伸。」〔註38〕汪曾祺所說的「悲壯的樂觀主義

〔註37〕汪曾祺：《汪曾祺全集》（第二卷），北京師範大學出版社1998年，第363頁。

〔註38〕汪曾祺：原載1985年3月21日《光明日報》；初收《晚翠文談》，浙江文藝出版社，1988年3月。

者」同樣可以用來理解他的小說結尾。《歲寒三友》的結尾，按汪曾祺的在 80
年代的重寫是在時代的矛盾之外，最為脆弱，底色是徹底的失落。《歲寒三友》
中的每一個人物，每一種職業都面臨著真正的威脅，這種意識形態、文化浪
潮或者政治變革、政權更迭的威脅，最不可逆轉的威脅，便是他們生存方式
的空前絕後。八十年代的汪曾祺目睹了人們謀生方式一代又一代的改變，伴
隨的物的創造、毀滅，最終作用在汪曾祺感情的寫作方式上。汪曾祺的「情」
不是在奇觀化的情景設置中被強調，也絕不依靠主觀渲染去抒發，汪曾祺的
「情」再次以「無情」的形式表現出來。以克制的方式寫「情」，是汪曾祺從
老師沈從文處習得的最重要的寫作觀念。

　　汪曾祺對小說中風物的重視，正是克制主觀抒情的結果。面對舊世界的
逝去，生發出無可把握人生的悲壯，是汪曾祺「樂觀」的基礎，而汪曾祺「樂
觀」的表現，並非以抒情的方式重新強調主觀的失落，而是以一種零度情感
的方式寫作，主要體現在他的散文化風格，天真與出世、至淡至淺的語言。
「小說」是一種充分發揮作者創造欲望的文體，使用「小說」時，作者面對是
然的世界可以作出不同方向的應然改變。小說可以改變的虛構的無限空間，
與散文中不可改變的非虛構的現實空間，都是文學性的來源，在小說中融入
了大量散文語言的作家，是在欲望之中保留了不可改變的克制。汪曾祺的「有
情」蘊藏在他的樂觀中，體現為他對生活風物的熱情，而他「樂觀」的寫作基
礎是細節豐富的風物世界，他所構築的世俗人間。世情小說中的「悲壯感」
底色，正如魯迅在評《紅樓夢》中將其論定位為「人情小說」，又提出其對於
賈寶玉「悲涼之霧，遍被華林」的評價。世俗、日常之物因脆弱、易逝的價值
所在，使得人情世事有著悲涼之感作為基礎，對文學而言，悲壯或悲涼都需
要建立在對萬物的感知也就是對世界客觀「無情」的書寫之上。魯迅在晚期
的《這也是生活》中有一句廣為人知的話常被引用：「無窮的遠方，無數的人
們，都和我有關。」脫離語境，這不免被誤認成為一句理想主義的格言，但回
到文章本身，會發現魯迅晚年的心境反映出的是理想主義之下的抽離。魯迅
的本意落到了眼前日常上，文中回憶自己病時的一天夜裏，想要借光看看周
遭的日常雜物，卻無人理解，第二天重新審視，寫道：「第二天早晨在日光中
一看，果然，熟識的牆壁，熟識的書堆……這些，在平時，我也時常看它們
的，其實是算作一種休息。但我們一向輕視這等事，縱使也是生活中的一片，
卻排在喝茶搔癢之下，或者簡直不算一回事。我們所注意的是特別的精華，

毫不在枝葉。」〔註39〕沒有日常細節的支撐，「無窮的遠方，無數的人們，都和我有關。」的抒情是經不起推敲的。魯迅早年對於《紅樓夢》「蓋敘述皆存本真，聞見悉所親歷，正因寫實，轉成新鮮。」〔註40〕的評價就已經說明「人情」建立在無情之物的本真上，才有隨後的詩意與悲涼。

魯迅的《在酒樓上》和汪曾祺的《歲寒三友》同樣以一場雪景作為小說的結尾，鋪陳了回到故鄉的種種景色與物象後，呂緯甫和「我」的交談中，也順次訴說了這幾年一點點走向消沉的經歷與事情。同樣是結尾的雪景，汪曾祺寫的是一場安慰的團聚，小人物在寒冬中團簇在一處靜候寒冬過去。魯迅寫的是呂緯甫與「我」的分離，知識分子各自孤獨：「我獨自向著自己的旅館走，寒風和雪片撲在臉上，倒覺得很爽快。見天色已是黃昏，和屋宇和街道都織在密雪的純白而不定的羅網裏。」〔註41〕能否真的迎來暖春，正如孤獨的雪中人在密雪的羅網中看不清楚前路，汪曾祺在《歲寒三友》中描寫的三位小人物未來的生計也是一個問號。這何嘗不是一幅比知識分子更苦悶的普通民眾「在酒樓上」的定格畫面。在持續動盪的年代，舊生活被推翻，新生活只是幻影。知識分子付出代價後落得無聊的歎息和空虛的悲哀，從理想高處落下後尚有日常的無聊包圍他們，尚有回歸庸碌生活的退路。底層百姓面對的問題更實在也更尖刻，寒冬過後，醉一次的痛快過後，生活的惶惑與艱難，失去便是再無重獲的失去。對百姓而言，生活的實在是過時的草帽，被禁燃的焰火，交換成錢幣的石章，交出後精神上再重建也是枉然。他們曾經緊緊握住創造收藏的日常，便是隨著一椿椿、一件件事物更改、消失而被改變。

汪曾祺經歷過生活模式的斷裂，在大的威脅和破壞來臨之時，汪曾祺回到了「無情」之物的細微處，私人記憶在被作為書寫材料時，以一種平淡的方式回歸日常，是最本真的面目。超越概念、超越意識形態的「無情」之物，是「情」被感知和折射的基礎。我們重讀汪曾祺時會發現，正如晚年魯迅的感慨：「刪夷枝葉的人，決定得不到花果。」〔註42〕他不斷重寫的都是舊故事，

〔註39〕魯迅：《這也是生活》，《魯迅雜文全集》（二），中國友誼出版公司2018年版，第320頁。

〔註40〕魯迅：《摩羅詩力說》，《魯迅全集》第一卷，人民文學出版社，2005年版本，第77頁。

〔註41〕魯迅：《在酒樓上》，《魯迅小說全集》，中國友誼出版公司2018年版，第112頁。

〔註42〕魯迅：《這也是生活》，《魯迅雜文全集》（二），中國友誼出版公司2018年版，第320頁。

但加入了更多的現實「枝葉」，這種舊不僅在於民國生活之於共和國生活的舊，還在於「文革」時期計劃經濟生活之於市場化生活的舊，這些舊日的影子最終以堅實的風物與空間復現的方式呈現在小說中，因而在汪曾祺的小說中，以「枝葉」支撐起的「花果」是更接近生活的文學收穫。

2.3.3 「非典型」的《八月驕陽》

在汪曾祺眾多「不合時宜」題材的小說中，《八月驕陽》是一篇特殊的應時之作。甚至頗有命題作文的意味，1986 年是老舍逝世二十週年，許多作家和評論者都寫了紀念文章。《八月驕陽》的寫成一方面顯示出小說作為文學介入歷史的方式，對於歷史真實所具有的關照能力，另一方面也提供了一個理解汪曾祺小說意義的絕佳角度。正如黃子平在評論《八月驕陽》時這樣說：「熟悉他的作品的人，會認為他那簡潔平時含蓄的筆墨似乎不太適合與探討諸如『作家之死』這樣複雜的主題。憑他與老舍之間的交往，他的筆調可能更易於回憶錄而不是小說。可他這一篇卻確實是小說。人們以往注意到汪曾祺的小說如何模糊了小說與散文的界限，可是從這類最適合與散文的題材的處理上，我們又見出了小說畢竟是小說的道理。」〔註 43〕《八月驕陽》中汪曾祺所顯示的寫作觀念，處理歷史事件題材的態度，串聯起了汪曾祺散淡、和諧風格的內在邏輯，汪曾祺的小說實踐，對於文學、歷史雙方，都是一次在枷鎖之內，超越邊界、尋求更多自由的嘗試。

在梳理與汪曾祺文學脈絡有關的現代作家時，除了沈從文、魯迅、趙樹理之外，老舍同樣是一個不可忽視的作家。《八月驕陽》是一篇紀念老舍之死的小說，從篇章結構上就充滿了致敬意味。《八月驕陽》寫了太平湖公園這片野水這一空間裏發生的故事，三個片段，正好三天，人物一共三位。這一設置與老舍《茶館》中的三幕，三天，三位老人一樣，都是從在時代拐角的時刻，在微小個體身上看見風暴。老舍用三天去截取三個時代轉折點上小小茶館的飄搖，戊戌變法後的市民鬥毆，賣兒賣女，袁世凱倒臺後的茶館裏的混亂與危險，以及最後抗日戰爭後三位老人無法過好這一輩子的最終哀歎。汪曾祺則用三位老人三天的對話完成了對老舍所創造的符號世界、所身處的現實世界、死後所留下的想像世界的一一拼接。《八月驕陽》開篇的第一句中：

〔註 43〕黃子平：《千古艱難唯一死——讀幾部寫老舍、傅雷之死的小說》，《讀書》，1989（04）：53～63.

「張百順年輕時拉過洋車，後來賣了多年烤白薯。德勝門豁口內外沒有吃過張百順的烤白薯的人不多。」〔註44〕汪曾祺給出了很多信息。德勝門，是老舍對於北平城最初的記憶，也是他小說的重要起點：老舍第一部長篇小說《老張的哲學》，寫的地方便是在德勝門附近。老舍自沉地點的選擇，讓後人不斷猜測，也成為文學史對這一事件回溯時的關鍵符號。在舒乙對父親的回憶中，也強調了這一個地名的分量。〔註45〕

老舍作為代表北京的作家，真實的地點對於老舍一生來說是很重要的。這一點在同系列的紀念作品中，也都有不同方式的強調。例如，蘇叔陽的《老舍之死》在一開頭，就花了大量的筆墨去描繪地點，甚至有了考究之意。借老舍靈魂之口，寫了許多選擇此地自沉的原因。在老舍和小說之間，這種處理顯然讓作者橫亙其中，小說與人物之間有著深深阻隔。同樣類型的還有劉心武的話劇《老舍之死》，復生的靈魂，戲劇化的處理方式，典型、誇張化過程中是揮之不去的作者身影，是作者假借作品發聲的。汪曾祺明白在對地點的敏感上他和老舍是貼近的，汪曾祺本人對於北京的地名非常熟悉，也格外喜歡在小說裏直接使用，無論是《天鵝之死》中的「玉淵潭」，還是《有用》裏的「牛街」「珠市口」，汪曾祺的小說對現實的直接援引，與老舍風格呼應著，讓小說虛構的邊界模糊。細節的精準讓多個世界的鏡象重疊。小說的虛構更像一個容器，保護歷史可能的真相。

汪曾祺的小說往往在敘述語言的層面，打破虛構與非虛構的界限，讓歷史場景以自然的方式融入虛構的情節中。開頭很長的一段，只是不緊不慢介紹了北京公園的常有樣態，散文式的語言讓人物的出場在真實與虛構之間徘徊，小說裏虛構的三位老人，始終處於一種散文式的敘述語言中。正如《黃油烙餅》（1980 年）、《荷蘭奶牛肉》（1988 年）等一系列和「文革」記憶有關

〔註44〕汪曾祺：《汪曾祺全集》（第二卷），北京師範大學出版社 1998 年版，第 231 頁。

〔註45〕舒乙：《我的父親老舍》，遼寧人民出版社 2004 年版「太平湖悲劇發生十二年後，有一次，我偶然打開一張解放前的北京老地圖，竟一下子找到了父親去太平湖的答案。太平湖正好位在北京舊城牆外的西北角，和城內的西直門大街西北角的觀音庵胡同很近很近，兩者幾乎是隔著一道城牆、一條護城河而遙遙相對，從地圖上看，兩者簡直就是近在咫尺。觀音庵是我祖母晚年的住地，她在這裏住了近十年，房子是父親為她買的，共有十間大北房。她老人家是一九四二年夏天在這裏去世的。我恍然大悟：父親去找自己可愛的老母了。」

係的小說一樣，汪曾祺表現出了對當時的「環境」與當時的「人物」同樣的重視，甚至他對人物的再現方式就是通過對整體環境的再現。郜元寶在《汪曾祺論》中說：「他小說偏偏不喜歡突出什麼，人物一個接一個出場，看上去很隨便，沒有主要人物或中心人物，更沒有叱吒風雲的英雄人物（「文革」以後變相的英雄人物在文學中並未絕跡）。樣板戲喜歡寫大事件，他偏偏不喜歡，甚至連大事件的背景也虛化了。」〔註46〕在《故里三陳》（1983年）裏，汪曾祺寫了三位姓陳的人物，《陳小手》在尾處才顯山露水的寫法，讓陳小手在眾多婦產習俗介紹後登場，結尾處毫無徵兆，沉沉死在聯防隊長背後放的那槍下；《陳四》一篇中，關於故鄉迎神賽會長篇閒談，幾乎成為了暢談鄉土風俗的散文，直到小說的尾聲處，汪曾祺才寫出陳四沒趕上賽會，最後一次扮演向大人的經歷。這種結構方式讓小說的敘事重點被打散甚至消失，在經歷了文革期間「三突出」，寫焦點極端突出的英雄人物和敘事結構後，汪曾祺的寫法恰恰是反結構，反敘事的，但他絕不是反小說的。當人們在這種「隨便」中感到小說與散文、虛構與非虛構界限模糊時，更全面地得到了一個小說中的世界，充滿枝蔓與細節，富有歷史、風俗的肌理，而非抽象的情感導向與強烈的情節牽引。在《日本現代性的文學起源》中，柄谷行人反對夏目漱石將寫生文作為反「小說」的東西來認識，認為夏目漱石應該看到寫生文中小說發展的萌芽與新方向。柄谷行人與夏目漱石認識的不同，不也是汪曾祺通過寫作中文體模糊想探究小說邊界的自問麼？

《八月驕陽》裏，汪曾祺不急不慢地寫三位旁觀者的來歷，汪曾祺典型的小說結構再次出現：開篇散漫，節奏平緩，鋪陳了許多看似無關緊要的生活，情節不是中心，關於時代生活的描寫才是。「文革」帶來的，正是對一種生活狀態的衝擊和替代。正如「很多養魚的都把魚『處理』了，魚蟲、苲草沒人買，他就到湖邊摸點螺螄，淘洗乾淨了，加點鹽，擱兩個大料瓣，煮鹹螺螄賣。」〔註47〕汪曾祺把老舍藏在日常風幕之後，見不到其人，但總是有影子讓你追溯到另一個世界。在老舍未完成就已經顯出巔峰語感的《正紅旗下》中，隨處可見的是這樣熟悉的「衝擊」。《正紅旗下》中主人公「我」大姐的公公是一個閒散、講究、愛動物的舊人，他遛鳥看貓，變法的樣子總是模糊的，

〔註46〕郜元寶：《汪曾祺論》，《文藝爭鳴》，2009（08）：112～127。
〔註47〕汪曾祺：《汪曾祺全集》（第二卷），北京師範大學出版社1998年版，第209頁。

衝擊也是模糊的，此中危險尚不如一隻窺伺許久的貓更具體危險：「籠子還未放下，他先問有貓沒有。變法雖是大事，貓若撲傷了藍靛頦兒，事情可也不小。」四千字的《八月驕陽》，不斷以互文的方式重現老舍藝術生命中的代表形象和文學生涯中對時代提出的困惑。在結尾處，張百順與顧止菴的對話中出現了更為有趣的一幕。

「您等等！他到底是誰呀？」

「他後來出了大名，是個作家，他，就是老舍呀！」張百順問：「老舍是誰？」

劉寶利說：「老舍您都不知道？瞧過《駱駝祥子》沒有？」

「匣子裏聽過。好！是寫拉洋車的。祥子，我認識。——『駱駝祥子』嘛！」

「您認識？不能吧！這是把好些拉洋車的擱一塊堆兒，搏巴搏巴，捏出來的。」

「唔！不對！祥子，拉車的誰不知道！他和虎妞結婚，我還隨了份子。」

「您八成是做夢了吧？」

「做夢？——許是。歲數大了，真事、夢景，常往一塊摻和……」〔註48〕

汪曾祺筆下的張百順忽然一下位移，進入了《駱駝祥子》的世界，從小說虛構的老舍之死的現場，進入了老舍作品的第二重虛構世界。一句「做夢？——許是。歲數大了，真事、夢景，常往一塊摻和。」讓人不由地想到汪曾祺在《受戒》的最後，留下的那句：「一九八○年八月十二日，寫四十三年前的一個夢。」汪曾祺懂得文學的自由、脆弱和珍貴就在於對於歷史精準歸約外的逃逸式書寫，文學的意義可能就如同一個混淆、多重、展示矛盾的「夢」。老舍死時在太平湖遺留下的碎紙殘片，讓老舍之死出現了眾多說法，不論其中文字細節到底含義為何，猜測的限度在哪裏，其行為都達到了一種符號的意味。老舍通過與小說中人物同樣的行為符號，讓人生最後時刻的自己，與自己筆下的藝術世界並置了。《茶館》中王利發等三位老人在舞臺上的最後一幕，和在湖邊將抄寫《卜算子·詠梅》紙片灑向湖面的老舍，進入了同一空間。老舍受到的英國唯美派的影響也許難以在文字上直接舒展，王爾德所言的「不是藝術反映生活，而是藝術最終影響生活」，在特殊的年代，老舍這種

〔註48〕汪曾祺：《汪曾祺全集》（第二卷），北京師範大學出版社 1998 年版，第 218 頁。

自弔儀式的完成，讓人生以藝術化的結局得以完成。汪曾祺深刻體悟到了這一生命與藝術的強烈共鳴，在死亡的時刻，完成統一，汪曾祺用虛構的方式將「統一」再次包裹。老舍身上存在著市民和知識分子兩種身份立場，他筆下的人物，掙扎於時代，也最終面臨著死亡與頹敗的威脅。無論是茶館中的王利發，四世同堂中的祁家老人，還是駱駝祥子裏的祥子，這些人艱難地活下去，又在活下去最後的關頭頹然倒下。一方面，這是老舍文學世界中人物的命運。另一方面，在老舍人生的最終時刻，這便也是他的人生選擇的一種可能性出口。汪曾祺在虛構之中，重疊了藝術生命與生命藝術，讓多個虛構世界忽然並置，小說中的張百順、顧止菴、劉百利和小說中的老舍之間，小說中的老舍與現實中的老舍之間，現實中的老舍與老舍筆下的藝術世界之間，都被打通了界限。以非虛構的散文筆法進入小說虛構，再從小說虛構進入一個作家完整的文學世界，兩次穿越後，回到作家之死的虛構現場，同時給出了作家之死的可能性——生命與藝術之間無限種相遇的可能方式，以證明生命藝術本身的意義與價值。汪曾祺懂得老舍，也瞭解小說語言的邊界，如同維特根斯坦所說的那樣，「凡可訴說，皆無意義。」〔註49〕小說於邊界處止筆。現實，或者說歷史本身的真相，往往有其無法直視的沉重和複雜，在用歷史的方式還原現場常會得到更加難以辨認的雜亂，政治口徑下的歷史又不得不處理這種雜亂，將之抽象化歸一。當老舍之死可以被解釋的時候，「傷痕」本身也面臨被規訓的危險，意外、荒誕被必然、合理所代替，歷史常充當這種秩序建立者角色。真相不可追溯，作為歷史的一部分，小說反而以多樣的答案完成暫時總結。

2.3.4　回到歷史現場

汪曾祺小說對於虛構、非虛構的處理，顯示出了小說這一題材同歷史類寫作相比另一種樣式的「精準」，也揭示出歷史與小說，某種意義上的同構性。汪曾祺寫小說時的「不卑不亢」，體現在對虛構之於小說，既不過分強調其虛構形式的魅力，也極其重視小說虛構的技藝。這種「不卑不亢」同樣可以看做他對待真實之於歷史的態度，既不過分強調真實所帶來的權力，追求更「真實」所帶來的「優越感」，但也極其重視歷史真實蘊藏的無限豐富。在虛構與真實的雜糅中，文學史直接的概括與清晰的方向卻往往是對這種「不卑不亢」

〔註49〕〔奧〕維特根斯坦：《維特根斯坦全集（第一卷）》，河北教育出版社 2003 版，第 187 頁。

的取消，更新的文學潮流命名所需要的是更清晰的立場與特質，因而作家作品的複雜性被不同程度地剝離，在任何文學史的敘事中都難以避免。

汪曾祺在小說中將歷史與虛構的直接並置，正如《八月驕陽》體現著小說與歷史始終存在的互文性，再次提示著史論的寫作者和閱讀者，小說本身蘊含著和歷史研究相似的把握虛構與非虛構的能力，小說不僅是供「史觀」編織的「文本資源」，小說本身就是「歷史」的某種形態。因而在這一維度上，文學史作為現代學科教育的某種知識權威來源，反而很難兼容這一早已存在的共識，這一機制所造成的對於作家、作品的必然疏漏，恰恰成為了文學史本身存在的基礎。汪曾祺則通過小說的形式，早於文學史作者，更豐富地還原了某一歷史的現場，幫助後來的讀者接近那一段記憶。

1999 年，傅光明將十餘年的採訪記錄，整理成《老舍之死口述實錄》，試圖從口述史的角度還原「老舍之死」的歷史現場，記錄下經歷者的記憶。老舍縱身一躍的理由已經沉入太平湖底，正如圍繞著空蕩湖面的四周垂柳，圍繞著「老舍之死」這一核心，口述史工作給讀者展示著發生現場、前後時刻、親身經歷者的言說、解釋、回憶和猜想。傅光明的口述史呈現出的羅生門場景，作為不可忽視的學術研究成果，成為地標的同時似乎成為了一個暫時的句號。小說的自由對應著歷史書寫的真實有序。進行歷史演繹時，作者可以決定細節，決定事件場景出現的角度和順序，決定登場人物形象和故事講述方式等等。基於歷史原型式的書寫對小說的限制，並非在歷史事件本身，而在於作者立場的選擇——虛構帶來的浸入式體驗，讓虛構對「真實」富有責任。小說家在虛實之間穿行留下精彩與模糊，構築起小說中眾說紛紜的歷史場景，口述史走向的羅生門，歷史的顯性書寫往往將問題置於每個人面前，又期待能得到一種符合當下權力邏輯的回答。而小說或者說文學，所帶來的意義是重新把問題放到每個新時期讀者的面前，呈現悲劇藝術的方法在於以小說眾聲喧嘩的特質，攪動歷史中心，讓不確定的漣漪往四周的邊界擴散得更遠一點。在《八月驕陽》的公園場景中，三個人的對話指向三個不同的方向。汪曾祺借人物之口說出的感慨，與文學史上對老舍之死的三種認識方向無疑是內在契合的。先是：「我認出來了！在孔廟挨打的，就有他！您瞧，腦袋上還有傷，身上淨是血嘎巴！——我真不明白。這麼個人，舊社會能容得他，怎麼咱這新社會倒容不得他呢？」

顧止菴說：「『我本將心託明月，誰知明月照溝渠』，這大概就是他想不通

的地方。」〔註50〕

　　結尾處：張百順擴了兩根柳條，在老舍的臉上搖晃著，怕有蒼蠅。

　　「他從昨兒早起就坐在這張椅子上，心裏來回來去，不知道想了多少事哪！」

　　「『千古艱難唯一死』呀！」

　　張百順問：「這市文聯主席夠個什麼爵位？」

　　「要在前清，這相當個翰林院大學士。」

　　「那幹嗎要走了這條路呢？忍過一陣肚子疼！這秋老虎雖毒，它不也有涼快的時候不？」

　　顧止菴環顧左右，沉沉地歎了一口氣：「『士可殺，而不可辱』啊！」〔註51〕

　　將《八月驕陽》中出於人物之口的「我本將心託明月，誰知明月照溝渠」與「知我者謂我心憂，不知我者謂我何求」對照來看，就可以瞭解第一種路徑，老舍之死在於明志，在於中心化走向邊緣後，無法消除的幽憤。在傅光明對老舍推演的三種死因中，這一種理由被歸納為第一種，即「抗爭說」。當張百順說：「那幹嗎要走了這條路呢？忍過一陣肚子疼！這秋老虎雖毒，它不也有涼快的時候」——正是冰心、草明在採訪中所說秉持的態度，老舍因過分順遂，無法忍耐，之後許多知識分子都曾遭遇此種劫難，但也有不少忍過、渡過此劫的，此為第二種「脆弱說」。最後，是顧止菴說的：「千古艱難惟一死呀！」，這句詩多被用來形容王國維式的必死選擇。也正是傅光明與之後學界比較認同的一種觀點，老舍在 20 世紀這場漫長的文化大變局中無法安放自身，統一內在自我與外在環境。這三種觀點都在汪曾祺小說的結尾借他人之口說了出來。在傅光明口述史之前，文學對此的書寫要先於歷史，某種程度來說，文學有著比歷史編織更快去觸碰真實的能力。而汪曾祺 1986 年試圖用小說的方式處理、紀念這一事件，圍繞著不可捕捉真相所建構的言語虛構，將自己的小說作為了歷史真相可能性的容器。在《八月驕陽》中，老舍作為故事的中心，其實是一個虛空，老舍沒有自己的想法、表達，只有描寫，寫他可能看見的湖面景象：

〔註50〕汪曾祺：《汪曾祺全集》（第二卷），北京師範大學出版社 1998 年版，第 212 頁。

〔註51〕汪曾祺：《汪曾祺全集》（第二卷），北京師範大學出版社 1998 年版，第 216 頁。

粉蝶兒、黃蝴蝶亂飛。忽上，忽下。忽起，忽落。黃蝴蝶，白蝴蝶。白蝴蝶，黃蝴蝶……〔註52〕

除了這一句寫老舍坐在湖邊的意識流的插入，汪曾祺沒有對老舍加之任何主觀心理上的補充，小說畢竟是小說，就在於此一中空。汪曾祺沒有多一筆去寫老舍的內心，他把老舍的內心留給了空白，最真實的、不可能被外來者、後人填滿的空白。他用三位過路人（口述者），建構了小說的「壺」，讓歷史本身成為了壺中的「空」。顯然汪曾祺沒有辜負虛構這一方法，小說中的細節從始至終都在觀照老舍一生，也時刻捕捉老舍留下的藝術光暈和悲響餘音。他確實以小說的方式，完成了更為豐富的回憶錄寫作和最終的「口述史」側寫。「看似尋常最奇崛，成如容易卻艱辛」汪曾祺不僅以這種方式面對虛構，也在用這種方式和歷史保持著距離，以給予歷史盡可能的真實。汪曾祺的經營讓小說內部充滿了孔隙。其中既讓作者意圖拓展開來，也讓讀者的閱讀能夠進入，有所創造。米蘭·昆德拉在討論《堂吉訶德》時說，現代小說中世界是曖昧的：「需要面對的不是一個唯一的、絕對的真理，而是一大堆互相矛盾的相對真理，所以人所擁有的、唯一可以確定的，是一種不確定性的智慧。做到這一點同樣需要極大的力量。」〔註53〕

在這篇只有四千餘字的小說中，讀者不斷遭遇汪曾祺為我們重現的老舍世界（既包含當時的物理世界，也包含老舍文學中的意象世界），唯獨沒有寫老舍的內心。汪曾祺沒有嘗試填滿真相的內核，卻通過對當時風物的建構，打開了多種可能性的空間。海德格爾在解釋物的概念時，用了一隻「壺」作為比喻，構成水壺的物質使水壺成為水壺，但它的意義和性質最終的決定，是它內在的空無。水壺中間的「虛空」成就了一隻水壺最終的完整，所以這種虛空、缺失和空白，就不再是「不足」的概念，而是一種引誘、協商、可能性和豐富。《八月驕陽》像一個容器，如同一個自然環境的整體呈現，內部不是真相屍體的保存，歷史材料是土壤，虛構人物交織的話語是空間中漂浮的多種猜想、想像，有如填充歷史內核的種子。在小說的第一幕，劉百利轉述了他在孔廟前看到的批鬥老舍的場景，老舍這一場批鬥是極不堪的慘烈，火

〔註52〕汪曾祺：《汪曾祺全集》（第二卷），北京師範大學出版社1998年版，第216頁。

〔註53〕〔捷克〕米蘭·昆德拉：《小說的藝術》，董強譯，上海譯文出版社2004版，第6頁。

焰，毆打，捆綁，都是激進革命時代中情感濃烈的一筆。

「寶利，您說要告訴我什麼事？」

「昨兒，我可瞧了一場熱鬧！」

「什麼熱鬧？」

「燒行頭。我到交道口一個師哥家串門子，聽說成賢街孔廟要燒行頭——燒戲裝。我跟師哥說：咱們瞧瞧去！呵！堆成一座小山哪！大紅官衣、青褶子，這沒什麼！『帥盔』『八面威』『相貂』『駙馬套』……這也沒有什麼！大蟒大靠，蘇繡平金，都是新的，太可惜了！點翠『頭面』，水鑽『頭面』，這值多少錢哪！一把火，全燒啦！火苗兒躥起老高。燒糊了的碎綢子片飛得哪兒哪兒都是。」〔註54〕

　　火燒戲裝這樣激烈的場景，再次體現了汪曾祺從「風物」角度出發的特點。如此激烈的場景，不寫人，反寫物，看似抽離的背後正是汪曾祺寫作歷史題材的方式。在描述劉百利這樣一個唱戲入迷的武生時，汪曾祺沒有去描寫那些瘋狂的人群和跪下的身影，轉而羅列了那些在大火中毀掉的名物，這是劉百利這樣一個昔日武生會定睛細看的部分，更是這一場景真正的中央。將人心的激憤悲切轉移到了物的毀滅上，細數出一個詞一個詞的人是最知道這些名物、名詞背後的珍貴分量的。汪曾祺冷漠嗎？絕不。他是一個對傳統名物有極深厚感情的人，孔廟批鬥的場景，不直奔寫慘烈，寫場面中人被折磨的面目，繞到無生命的火焰中寫物，此時的哀人與哀物，已經成為一體。汪曾祺做到了表面上的克制，語言之海上浮動的冰山需要的是克制與經營，隱藏洶湧的情感與主觀判斷，轉移保存至冰山一角下的巨大冰川中。博爾赫斯談史家吉本的《羅馬帝國衰亡史》時說：「他並不特別推崇煽動的激情，以為這會摒棄更加必要的理解和寬容。」在整個時代將老舍之死看做一齣悲劇時，時代也將老舍與那個時代的知識分子群像綁在了一起，或者說老舍成為了一個典型化代表。而汪曾祺對老舍之死的認識反而回歸到了普通個體的最終選擇，普通人見證的死亡，把老舍之死從歷史的「典型」之中解放出來。

　　汪曾祺的寫作，很少以強烈的主觀意志表達批判與不平。汪曾祺探尋過現代主義的寫作技巧與方法，也深受伍爾夫等意識流作家影響，但在創作的後期，他總在讚賞和援引屠格涅夫的一句比喻：菌子已經沒有了，但是菌子

〔註54〕汪曾祺：《汪曾祺全集》（第二卷），北京師範大學出版社1998年版，第210頁。

的氣味留在空氣裏。美國評論家特里林評論契訶夫的《三姊妹》時，同樣深刻體會到這種氛圍〔註55〕。契訶夫對於生活很少有愉悅的期望，但仍保有全部的依戀，在他人生的最後階段中，他不再熱衷於理性或審慎地判斷人生，而是基於之前的經驗習慣不作任何超驗的判斷，契訶夫寫下「冬季將至，一切都將被雪所覆蓋」，正如汪曾祺以小說的方式接近歷史，《八月驕陽》中的最後一句是：「劉寶利說：我去找張席，給他蓋上點兒。」被雪所覆蓋的大地正如文學所「覆蓋」的歷史，也如被小說覆蓋的「屍體」或「傷痕」，止筆處是真實的無限性，而歷史本身也因為文學的存在而時刻更新著。

2.3.5 《八月驕陽》中汪曾祺的歷史觀念

汪曾祺在小說中體現出的看待、處理歷史的方式，大量應用的散文筆法，與自然主義寫作脈絡有著互相借鑒之處，而這種「呼應」，在汪曾祺的文學中，體現為從風物、環境等客觀角度進入歷史，他對歷史的保護正是源於對作家主觀性判斷和主觀抒情的克制。歐美自然主義寫作傳統以達爾文的生物宿命論為哲學出發點，文學在一開始，是進入博物世界的途徑而非對象，在文學沒有獲得中心地位的時期，外部世界與萬物自然本身被放在了更重要的位置。現實主義與現代主義興起之後，自然主義的寫作角度開始走向文學邊緣，甚至備受批評。換句話說，自然主義寫作一方面被逐漸冷落，另一方面則轉向以客體自然為中介，浪漫化、主觀化寫作的新文學潮流。自然主義本身作為一種寫作方式，遺留在的現代文學寫作流派中，其意義在於提供另一種眼光，將人類中心的視角讓位於關照萬物，處於敬畏和探索之中的作家個體，不再抱有絕對進步的觀念，反而為個體存在的方式提供了更多種選擇。汪曾祺多次坦言讓自己有所收益的外國作家中，契訶夫是最重要一位，無論是《萬尼亞舅舅》裏，劇終處索尼婭對舅舅激昂的安慰，還是《櫻桃園》最後依然保有的希望，契訶夫都是在極大的時代困境和現代化威脅下，繼續自然主義的寫作。

汪曾祺在《隨遇而安》中寫道：

有人問我：「這些年你是怎麼過來的？」他們大概覺得我的精神狀態不錯，有些奇怪，想瞭解我是憑仗什麼力量支持過來的。我回答：「隨遇而安。」丁

〔註55〕參見（美）萊昂內爾·特里林：《文學體驗導引》，劉佳林譯，江蘇教育出版社 2006 年版，第 76 頁。

玲同志曾說她從被劃為右派到北大荒勞動，是「逆來順受」。我覺得這太苦澀了，「隨遇而安」，更輕鬆一些……「遇」，當然是不順的境遇，「安」，也是不得已。不「安」，又怎麼著呢？既已如此，何不想開些。如北京人所說："哄自己玩兒"。當然，也不完全是哄自己。生活，是很好玩的。〔註56〕

其中所說的「遇」，是人不可離開的生存環境，寫作無法脫離的客觀時代，是對自然客觀本身的敬畏和承認。從 20 世紀 80 年代開始，「新啟蒙」影響下主體意識的加強表現在文學時的裏裏外外，「無名時代」降臨，個體為中心的寫作狂飆突進，在時代中汪曾祺總是異數，從「共名時代」到「無名時代」，最終走向了文學上的「無我」境界——在啟蒙主義的洪流中保持自然主義的抽離冷靜，在個人意識強烈的年代保持收斂鋒芒的傳統形式。

汪曾祺的人生與寫作最終走向了生機處：「我是一個樂觀主義者。對於生活，我的樸素的信念是：人類是有希望的，中國是會好起來的。」〔註57〕這種樂觀的土壤，可以結合他的基於「風物」之上的寫作方式進一步理解：人的飛揚必然需要堅實大地作為基礎，脫離這種基礎的寫作必然走向死亡，這是文學的宿命，也是人的宿命。無論是引用林斤瀾的話說：「單單活著不算數，還活出花朵叫世界看看，這是皮實的極致。」還是「我當了一會右派，真是三生有幸。」〔註58〕的自嘲，當汪曾祺說「生活，是很好玩的。」時，絕不是輕鬆之語。他強調的是：現實的「更豐富」，因而「更重要的是客觀」，是現實本身的磕磕碰碰，讓人生形狀得以塑造。主觀的自我變得輕盈，讓他能夠將自身的看見和際遇，都視為一種自然碰撞的結果——最終所面向的是「更豐富的現實主義」。當汪曾祺將自然和現實放在極重要的位置之上，將作者的主觀列序置於其後，懷有慈悲地面對人事時，他也就在和諧中接受了自由必然要面對的限制，並在其中獲得生機。這種選擇所帶來的寫作上的特質便是一種「無傷痕」的隨遇而安，汪曾祺並非拒絕面對歷史的傷害，《八月驕陽》中的老舍之死是時代和文學史不可迴避的創傷記憶。「傷痕文學」的潮流之外，汪曾祺的徘徊不是因為其作品的題材與時代，也並非汪曾祺的譜系輩分難以

〔註56〕汪曾祺：《汪曾祺全集》（第五卷），北京師範大學出版社 1998 年版，第 118 頁。

〔註57〕汪曾祺：《汪曾祺全集》（第五卷），北京師範大學出版社 1998 年版，第 120 頁。

〔註58〕汪曾祺：《汪曾祺全集》（第五卷），北京師範大學出版社 1998 年版，第 118 頁。

和當時的青年作家列為同輩。最終決定了汪曾祺和文學史之間關係的，正是汪曾祺的歷史態度，他對歷史的態度注定了他與文學史主流的背離，文學史顯示了一部分的汪曾祺的同時，也在以現代化的知識權力模式遮蔽了他的另一部分。

在汪曾祺的小說中，他的歷史觀念決定了他寫作的方式，而這一特殊的歷史觀念並非是屬於「歷史」的，而是屬於「小說」的。在《八月驕陽》中，我們可以看見汪曾祺以寫小說的方式表達自己對於歷史的觀念，以小說的方式完成想像歷史的責任，他堅持的正是一種與「文學史」的歷史觀念不同的歷史觀。同樣，在風格上與主流文學的差別，也正是因為與「傷痕文學」這類以「人」為中心的敘事方式保持距離，對汪曾祺來說，更豐富的現實主義在於離開唯一的進步的人類中心，回到更開闊的世間風物與萬象中。他對於生活的投入跨過了文學知識和文學史權力本身，將主觀的自我讓渡給更豐富的歷史、社會、風物和種種生活情境作為寫作中活力的來源，現實主義中最核心的部分不是來自文學，而是來自生活，因此文學史上種種進步的觀念反而成了一種不必要的橋樑。分享崇高、絕對的文學理想，成長為一個進步、徹底的現代人，對汪曾祺來說是難以接受的。他的平淡風格作為保守的表象，與激進化的現代化過程之間拉開了巨大的距離。文學史邏輯之下對人的主觀反思性的強調，注定使得「隨遇而安」的汪曾祺，在以「無傷痕」的風格呈現歷史中的傷痕時，走不進文學史的敘事脈絡，成為了文學史之上的「失蹤者」。

第三章　失蹤於「尋根文學」: 青春「物」語下的阿城

　　文學史對阿城的評價始終和「尋根」的命名緊密地聯繫在一起，阿城被認為是尋根文學理論上的源頭之一。尋根文學作為「知青」寫作在 1980 年代的深化與探索，其主體性回到了更大的傳統之中——尋覓的困惑和對苦難的訴說也在進入更宏大主題後變得更為冷靜。

　　從這一層面來看，「知青」寫作者的內核某種層面決定了「尋根」的面貌。而在這一前提下，對於阿城《棋王》的闡釋未必是一種對宏大文化的回答與新思，其引人注目處在於個人記憶的創造性演繹，傳統文化與知青歲月之間的表裏關係，在阿城的寫作中互為支撐，精神意涵與內容形式之間互為表裏，相互影響。文學史往往將「尋根」視為「知青」寫作的一種進階、轉型和昇華，從而在對待《棋王》和阿城的其他作品時，都將「傳統文化」這面大旗蓋在了他的寫作之上，在這樣的文學史標籤下，阿城的多維度不得不簡化為一種知青文學的轉型標誌和尋根文學的初試啼聲。陳曉明在評價阿城時，將《棋王》《孩子王》視為「知青文學的變種」，而支撐這種轉變的正是「傳統文化」中「淡泊沉靜的文化意味，似乎直逼莊禪境界。」[註1]陳思和則將阿城與韓少功相對應，將他看做對待傳統文化時多方態度中的一方代表，認為「小說《棋王》和《爸爸爸》分別體現出了不同類型的文化尋根意識: 前者對傳統文化精神的自覺認同而呈現出一種文化的人格魅力，後者則站在現代意識的角度，對民族文化形

〔註1〕陳曉明:《中國當代文學主潮》，北京大學出版社 2009 年版，第 334 頁。

態表達了一種理性批判，探尋了這種文化形態下的生命本體意識。」〔註2〕文學評論綜合出的觀點所組成的「共識」，也正是文學史發展過程中的引導與發明。這樣的文學史敘事無疑將對「中國傳統文化精神的認同」作為了描述阿城的核心。文學史將「尋根文學」作為回歸、反思傳統文化的潮流去認識和講述時，使得「傳統文化」本身面臨被本質化和簡單化的危險。文學尋根的過程，是重新認識傳統話語資源、重新定義「文化的根」的過程。在評價「尋根文學」作品時，不可避免的會對於作品中反映出的文化傳統、作家處理文化符號的方式與態度做出概括和評價，二元認識論以多種形式重新進入人文思潮的討論。對於「尋根」文學的緣起，往往都將尋根作為文學史中某一時期的二元論階段。無論是文學史中認為的《棋王》對道家精神的宣揚，《爸爸爸》中對傳統文化中愚昧凝滯狀態的揭露，《商州初錄》中對於商州文化所代表的古樸、渾厚風格的欣賞，或者《小鮑莊》中體現的儒家精神的正反兩面……都沒有脫離一種二元論的評價。被納入「尋根文學」這一概念的文學作品，在文學史的敘事下，無疑是將文化的「根」作為對象，不斷通過文學的方式認識和呈現，在這種回顧的方式下，其中反思、復興的前提依然是基於現代性時間觀念下的進步與懷舊。

　　對於阿城的評論也多圍繞著「尋根」下的傳統文化、「知青」文學以及二種身份之間、同一思潮、命名下不同作家的比較進行。如許子東的《尋根文學中的賈平凹和阿城》以比較的方式比較了兩位風格迥異的作家在尋根文學中的位置與意義，徐燕的《自為的民生、民智空間的探求——阿城小說世俗性之再解讀》則從民間出發，重新討論阿城不斷強調的世俗空間中的人生存的可能性。李曉紅的《論阿城小說的傳統意蘊》、蘇丁和仲呈祥的《論阿城的美學追求》、陳仲庚《阿城：對道學精神的完整體認》等文章從傳統文化、道家美學等方面討論阿城的創作。楊曉帆的《知青小說如何「尋根」——〈棋王〉的經典化與尋根文學的剝離式批評》從知青身份和知青寫作出發重新討論「尋根」作為知青文學的延伸，「尋根」話語之下有著怎樣的「知青」內核。胡河清的《論阿城、馬原、張煒：道家文化智慧的沿革》、王曉明的《不相信的和不願意相信的——關於三位「尋根」派作家的創作》等作家群論將阿城作為尋根思潮、傳統文化復興、反思思潮中的代表進行討論。對阿城進行「知青文學」角度的研究近年來可以說得上豐富。從這一角度來看，許多涉及到知青文學的研究都將「三王」系列納入作為解讀文本。如趙園的《地之子》

〔註2〕陳思和：《中國當代文學史教程》，復旦大學出版社2008年版，第283頁。

中，就花大量的篇幅討論阿城知青題材的寫作中文體語言、反英雄主義風格、精神資源等問題。在劉忠的《20世紀中國文學主題研究》中，理解知青群體以及他們在尋根之前的寫作成為理解尋根文學的基礎，知青身份成為尋根文學的譜系和精神歸屬的中介之一。

對於阿城來說，「三王」系列的基礎其實依然是自己的青春歲月，是個人青春與時代坎坷碰撞過程中青春本身的求索過程，並非歲月回首處具有宏觀視野與文道企圖的主觀昇華。因此阿城寫作最內核的部分關涉的是個體「青春」的狀況：艱難歲月中被消磨的青春，目睹過的青春。阿城以《棋王》問世，踏入文壇時，不是從高處思考人類文化的狀況，而是從生命經驗中開始尋找出路。當文學史將《棋王》評價為以昇華、轉型的方式併入追根溯源的主體身份認同與傳統文化反思時，對阿城筆下個體生命經驗記錄的部分則有意忽視了。從文化道義的高度看青春，不免走向一種感召和規訓，從青春發生處記錄青春則充滿了個體經驗與主流敘事間的齟齬。阿城在「尋根」中越是經典化，《棋王》之外作品所具有的後一面向越是難以被討論，進一步使得《棋王》之內的阿城也被侷限和印象化了。

同樣，阿城作品情緒上和「知青文學」的差異也是巨大的。在「知青文學」的認定標準和知青歷史的回顧中，「情感」的濃度是非常重要的一個標誌——無論是無怨無悔的奉獻，還是充滿悔恨的憤怒，都指向寫作中強烈的情感和情節的波折。阿城的冷靜老沉使得他難以被納入「知青文學」，因此《棋王》之外的《遍地風流》在文學史的選擇中失蹤了。《遍地風流》是一部反映知青生活、充滿個性片段的小說集，在主題上與「尋根」無關，在情緒上則被排除在了「知青文學」之外。無論是從「尋根文學」進入也好，還是從「知青文學」進入也好，討論阿城時，《遍地風流》都成為了被忽略的文本，也許是形式風格過分標新立異，文學史和文學評論界對於這部作品注意很少。但《遍地風流》作為阿城唯一一部完整的小說故事集，對於作家與時代都是不可不見的注釋和考古。

3.1　文學史之外的《遍地風流》

3.1.1　文學史中的「青春」失蹤

文學史中的青春樣態往往與「啟蒙」聯繫在一起，「青春」如同楚河漢界，

一場資格的突圍，經歷青春、跨過青春，才能最終獲得某種身份，進入合理
大秩序成為其中的先進分子。青春個體與時代之間發生某種呼應，繼而成為
文學史邏輯的有效例證。當我們回顧八十年代以來思想界倡導的「回歸人本
體」（人文主義思潮）時，具體的「人」從抽象的「人民」「階級」中被解放，
新主體的回歸讓「情」的生發有了新起點。對集體主義時代錯誤的清算是迅
猛的，罪魁禍首被寫入歷史後，曾經的受害者回到了啟蒙者的位置，曾經被
打壓的知識譜系、文化傾向開始逐漸被重新提倡。而對於剛剛過去的歷史「錯
誤」，被劃歸到了未來歷史發展的對立面，面臨著「無情」批判的命運——「傷
痕文學」「反思文學」正是這種權利位置顛倒，但權力關係並未突破的表現。

　　《班主任》作為「新時期」傷痕文學的代表作，延續了「十七年時期」的
《青春之歌》中青春成長類題材的同時，也延續了一種沒有被突破的權力結
構。林道靜在愛情道路上的選擇，與政治信仰上的選擇是高度一致的，「革命」
為「愛情」作證，在「革命」中失去信仰的人，也失去了被愛上的資格——
「情」的主體雙方是需要資格的。《班主任》中，張俊石作為班主任，要拯救
的是流氓學生宋寶琦和班長謝慧敏，這種老師對同學的愛和拯救，將前一時
代中革命小將對知識分子的「無情」，反寫變成了知識分子對「迷途」少年的
「有情」。這一「有情」的規訓過程，規訓對象不僅納入了「壞分子」宋寶琦，
也納入了之前作為歷史主人公的好學生「謝慧敏」，這是《班主任》的突破，
但引起轟動的同時，我們會發現對「情」的結構和通道並沒有實質上的改變，
「情」的施受雙方依然處於一種二元結構之中，新故事帶來的是新的權力關
係，而非對權力關係的根本突破。阿城的特別之處在於《遍地風流》中提供
了一種有別於《青春之歌》與《班主任》的眼光，他從「物」的角度切入細寫
青春，細看歷史，借「物情」復蘇「世情」，借「不情」之物寫「情」，以嘗試
超越固有的知識權力關係。「物」的非人是一種對人類中心主義的克服——無
論是動物般的生氣，或是器物之上凝結的珍重，都以一種新的方式呈現出來。

　　《遍地風流》是一本寫「青春」的集子，理解阿城對青春期的強調，也
就理解他為何在雜文中反覆提到相對於「文化」概念的「武化」概念。八十年
代新啟蒙主義背後的激動與失落，始終都圍繞著人文精神下個人中心話語的
建立而產生。阿城則把目光從中心轉向了四野，從討論中心的文化理想，轉
向了雲泥之間的世俗空間和其中的個體境遇。阿城說：「當然我要界定一下我
說的文化。我說的文化，是相對於武化，也是文化的初意。現在文化這個詞，

已經到了包說百義的地步了……文化，初意是說人與人之間的關係，族群與族群之間關係，階層與階層之間關係，要『文』，而不要『武』。要到什麼程度呢？要到『化』的程度。化的意思就是裏裏外外、上上下下、方方面面都如此的意思。」〔註3〕如果沒有「武化」作為不可逃避和消除的先在，文化的存在無非是各種文化內部的等級制度更換，不可能達到「裏裏外外、上上下下、方方面面都如此」的整體包容和個體自在。貫穿阿城故事的不是善惡是非兩方的較量，他不寫強權壓倒民主，專制消滅自由的悲歌，也絕不讚美啟蒙帶來成長，理性召喚文明前後的傳奇。《遍地風流》裏，他寫「年輕」，始終強調「青春」在漢語寫作中的意義，正是因為對青春的重視，直面秩序之下的無序，承認文明之下野蠻元氣的永恆存在，讓阿城處理歷史問題時，有了更豐富的感覺和開闊視野。八十年代以來知識分子回到導師的位置上對青年人進行召喚與規訓，顯示出了另一種步調一致的政治化方向——青年重新回到軌道，成為理性文明、知識生產中的一個環節。青春和啟蒙，並非師徒之間的追隨關係，兩者的相遇更不是必然帶來理性與文明。青春的迷惘、野蠻、抗拒秩序化，與啟蒙的權威、文明理性，本身是構成矛盾的。「五四」啟蒙的敘事，因為在「救亡」的變奏過程中，抹去了很多內在的衝突。而在「新啟蒙」被提出時，如果繼續忽視這種反人類中心的「動物性」元氣的存在，新啟蒙話語的可靠性同樣值得懷疑。啟蒙的思索不止是「尋根」對於傳統文化的批判反思，「新歷史」對歷史的再敘事，更在於要完成五四未完成的對人和世界的思考——從萬物到個人，每一個環節、每一種視角都應該平等保留。

3.1.2　《遍地風流》中的青春書寫

　　阿城對知青時代青春的回憶，抵禦著這種知識分子「感召」和啟蒙邏輯下的文明建構，他對這一特殊時代的記憶更明確的指向了一種青春的無判斷狀態。什麼是「判斷狀態」？當「上山下鄉」運動被否定的同時，知青的青春或以「苦難」的方式敘述，或以「無悔」的昂揚情緒被紀念，都帶來了一種或對或錯的判斷，這便是包含著判斷的歷史記憶狀態。在否定一項政策的過程中，一起被否定的往往是個人細微的情感和成長，鄉村中艱辛的體驗，在鄉村中消磨時光的感覺，這些異質性的東西無法被文明邏輯下的個人成長所包容，也與進步的未來圖景相割裂，遂被掩蓋。知青的「痛苦」「犧牲」和「樂

〔註3〕阿城：《因為與人有關》，《華夏人文地理》，2004年第2期。

觀」「不悔」，都沒有脫離歷史線性發展的敘事模式，前者完成了一次現代性意義上的從鄉村回歸城市後個人的進步，後者則被注入一種樂觀的英雄主義。知青文學並非「青年文學」，更像是被扼殺「青春」或回憶「青春」曲折衷的「老年」聲音，用回憶中的材料建設一種「專制」的現代性視角——知識青年的未來和成長源於「知識」，而非成為「青年」的過程。阿城與知青文學類寫作最大的差異，在於一種將政治、時代背景當做自然背景的處理，其中如果有苦難，如任何時代的青春一樣是屬於個人青春的苦難，其中如果有不悔，也一定是任何時代中青春具有的包容和達觀。阿城有著文武之間的慈悲，不以文明的優越感去憐憫、啟蒙以至於判斷，在阿城的回憶中，知青時代中的波折、創傷、遺憾和荒誕都不是一種依靠文化理性去做判斷的理由，而是「文化」必須面對的亙古存在。

故事的發展無法離開二元對立的敘事模式，但在二元敘事之外對萬物共情，對自身感官的解放，同樣是文學存在的意義。阿城筆下青春狀態的可貴之處便是不能被二元結構歸納的部分——不幸時代中夾雜著的無名欣喜，野蠻中召喚的是個體本能的陶醉，同樣具有魅力。《天罵》講述了一個看似悲慘的故事。到吳村插隊的王小燕，農村有很多她初來乍到聽不懂的聲音，房東不能理解她下鄉的原因，她想要開口解釋再教育道理之際，只聽見某個姨婆的聲音響徹村莊。如同無法聽懂雞叫一樣，此刻的小燕無法聽懂這人聲叫喊——房東說，這是在天罵：「原來若誰家丟了什麼少了什麼，或有何事故怨屈，則當家的女人就到房上扯開喉嚨吼，詛天咒地，氣勢雄渾，指斥爹娘，具體入微，被詛咒者受不了這天罵，只得將拂去之物悄悄還回。」〔註4〕在一聲聲「天罵」中，小燕通過聆聽原本不懂的天罵，長大成人。嘹亮的天罵中，是對萬物初始的解釋，天倫規則、男女人倫、生活禁忌在一陣陣天罵中被小燕學習——小燕從沉默懵懂走向另一種成熟時，小燕沒有怨懟，甚至懷有期待：「小燕有一次想到若自己到房頂去罵，可會如此嘹亮，如此機智，如此富於想像，如此經驗老到，如此氣吞太行，如此嫵媚？小燕後來在村裏嫁漢生子，早晨起來，生火造飯，聽著誰家女人在屋頂主持現場廣播，任灶膛的火光在臉上撩來撩去，默默地等待自己於太行山的第一次天罵。」〔註5〕在阿城的小說中，如果我們把留在鄉村的女知青看作時代殘酷、命運悲慘的證據，作為

〔註4〕阿城：《遍地風流》，江蘇鳳凰文藝出版社 2016 年版，第 23 頁。
〔註5〕阿城：《遍地風流》，江蘇鳳凰文藝出版社 2016 年版，第 26 頁。

歷史錯誤的一個注腳，也就意味著我們無法真正去理解那段青春。阿城筆下的「啟蒙」，不是走進啟蒙者站在歷史回首處劃定的理想領域，而是承認每一種成為自己的方式，《天罵》中的野蠻召喚同樣具有魅力。

　　《天罵》中小玉難以言表的期待反映出阿城對「微妙」的重視。對歷史中個人微妙感覺的還原，是小說對個體真實的理解和尊重。微妙細微的感情和愛憎分明的情緒，阿城盡最大努力還原前者，排除後者。微妙，是盡可能消除區別的同時又有獨立的堅持。只有在這樣的視角下，才會有《兔子》這樣的作品。《兔子》寫的感情很微妙，寫一場知青之間的夜談。故事的氛圍如《十日談》一般開始，這是一群男男女女知青躺在大開鋪講黃段子的夜晚，這個夜晚的故事笑話說完，好像每個人都成熟了一些，也更懂得了一些。「我認識李意的時候，不知道他是『兔子』。我們都是十七歲，他小我七個月。」〔註6〕於是在那個圍爐夜話的晚上，大夥說了不少愛情故事，從愛情故事說到黃段子，說到太監的笑話，開了同性戀玩笑。而就在黎明到來前，「窗紙濛濛亮的時候，我醒了一下，立刻覺得有人和我在一個被窩裏，從位置判斷，我知道是李意。這一夜的故事情節和各種對那個的推測一下都具體到我的後背上了。李意睡得很死，鼻子裏的氣弄得我的脖子濕耷耷的。黎明是冷的。我一直沒動，一直沒敢動。天亮的時候，李意離開了。我悄悄側過頭去，看著逐漸清晰起來的他的少年人的臉，想著昨晚一屋子的各種笑聲，我真不該講那個太監的故事。唉，少年人，怎麼辦？」〔註7〕人在最純真的時候，是最敏感的，在這樣粗糙的年代，卻體會和擔憂一個玩笑對另一個人的感受是否有傷害。這是少年才會有的小心翼翼，絕不是政治暴力加之於個體時，個體的敏感，在時代都在強調後者時，阿城很珍重地把前者寫下來。

　　阿城筆下的世界彷彿沒有經歷那三十年，和《棋王》頗有戲劇張力的結局相比，《遍地風流》等作品都以平淡的口吻回憶那一非常年代。這種「平淡」如果被視為一種風格，被貼上「道家」氣韻，納入「尋根」的精神彰顯似乎很是自然，但如果將「平淡」本身作為一種體驗上的懵懂、判斷上的遲疑甚至對於理性啟蒙本身的模棱兩可的態度，則自然和文學史敘事中的時代潮流拉開距離。1980年代開始的對上一時期的回憶寫作中，寫作的角度各異，但態度上顯然是明確的：如果直接面對「文革」題材、「知青上山下鄉」運動，文

〔註6〕阿城：《遍地風流》，江蘇鳳凰文藝出版社2016年版，第66頁。
〔註7〕阿城：《遍地風流》，江蘇鳳凰文藝出版社2016年版，第67頁。

學史中呈現的態度必然明朗；如果選擇「去政治化」的方式寫作，則必然從題材上和時代拉開距離，又或依附於或傳統、或外部的文化資源。阿城的選擇不同於二者，他直面的是迫近的政治年代，而對於他「去政治化」印象的來源則在於他寫作這一時期題材時態度的「不明朗」——所謂「不明朗」不妨看做一種「不判斷」，即一種看待自我與世界、過去與現在時的平等眼光。阿城曾經將高校與返城知青的關係比作孔子與弟子之間的關係，阿城談到：「其實我覺得，孔子跟他三千弟子就是這個關係。孔子這個人很有意思，他的學生啊，我看都是社會油子，除了顏回。顏回就是從高中上來的。」〔註8〕阿城讚賞孔子的「平等觀念」，讚賞其中的參差多態，阿城將人情的微妙從政治話語統一的時代中剝離出來，同時也不願讓自己陷入新時代啟蒙的二元對立中。在知青下鄉的這段歷史中可貴的青年教育與成長，都包含了這樣無分別心的「思無邪」。《論語》中「各言其志」的場景，在其他弟子都想成為秩序中的某個執行者，獲得權力的力量或者發揮禮教的作用時，曾點的理想成為了孔子最讚賞的一種：「暮春者，春服既成，冠者五六人，童子六七人，浴乎沂，風乎舞雩，詠而歸。」——這是一種青春狀態，不是成為理想秩序中的一部分，而是在懵懂中成為自己。青春狀態的通道通向很多方面，也接收著多方面的刺激。文明與野蠻，理性和感覺的召喚在此時同時存在，在青春狀態中互相衝擊，證明著人和萬物之間都有的限制和衝動，正是這樣矛盾共存但被慈悲包容的空間才有了與萬物共情的基礎。世界的墮落，正是由具有等級差異的分別造成的。《天罵》中小燕對於天罵的期待，和在天罵中獲得的「啟蒙」，未必是歷史創傷的證明，同樣也可以成為自身感官解放與蘇醒，成為一個正在成長的個體與萬物天地共情的開始。對萬物共情的基礎是對「感覺」的敏銳，阿城對「感覺」的重視，正是他強調青春意義的一個方面。他對歷史的記錄，更直接來自於感覺。《遍地風流》中沒有先在於體驗的觀念，對於結局好壞各異的青春和人生，也沒有判斷。阿城注意的是青春狀態本身的「反敘事」，「敘事」常常被「革命」或「啟蒙」敘事收編，阿城則在提示我們對「青春」本身的低估和忽略。

　　「青春狀態」不是個體成熟理性狀態的「我思故我在」，更可能是一種「我不思故我在」的開放狀態——沒有絕對的判斷，從確定的權力關係中逃離。

〔註8〕阿城：《八十年代訪談錄》，查建英主編，三聯書店出版 2006 年版本，第 230 頁。

因而當文學史這一具有「知識權力」生產的敘事裝置在處理「青春」類寫作時，越是真的貼近「青春」狀態的作品，越難以處理。阿城的《遍地風流》如果有一絲無奈，呈現的正是生命個體本身，被納入進各種宏大敘事後被遮蔽的無奈，感覺被忽視了，取而代之的是抽象的是非判斷和因果解釋——正如海子那首詩所說：「所有的日子都是海上的日子／窮苦的漁夫／肉疙瘩像一卷笨拙的繩索／在波浪上展開／想抓住遠方／閃閃發亮的東西／其實那只是太陽的假笑／他抓住的只是幾塊會腐爛的木板：房屋、船和棺材。」〔註9〕以「青春」為名的革命、鬥爭、反叛、啟蒙在風起雲湧的年代中席捲而來，概念和運動互為動力，轟轟烈烈之下，是「太陽的假笑」和「腐爛的木板」——阿城所寫的抽象歷史概念下清晰的個體，這些「彼時正年輕」的個體，才是海中生命，也同樣應了詩的結尾：「和成群游來魚的脊背／無始無終／只有關於青春的說法／一觸即斷」。《遍地風流》中大量的筆墨留給了「感覺」「身體」和無始無終的「情緒」，好的文學一定是能夠表達「感覺」而非「觀念」的文學，在朱天文《炎都之下》的序言中阿城說：「在我看來，對感覺有感覺，才是最重要的書寫發端……天才這種東西，人人都會在各方面或多或少有一些，其實天才不是那些或多或少，而是總能把握住。」〔註10〕阿城評價朱天文筆下的蒼老之所以能夠成立，就在於其獨特「感覺」的捕捉和把握能力。《遍地風流·自序》裏，阿城這樣形容青春：「青春這件事，多的是惡。這種惡，來源於青春是盲目的。盲目的惡，即本能的發散，好像老鼠的啃東西，好像貓發情時的攪擾，受擾者皆會有怒氣。」〔註11〕青春期中人物的行動開始並不需要明確的目的，在混沌中升起欲望，自我與世界霎時內外難分。正如汪曾祺年輕時的那句「我與夜都像是清池裏升起的水泡，一個破了的夢的外面」。阿城記錄的正是這種目的不明的「生氣」，沒有目的但具有破壞力的衝擊，協同內在情感，外在推動，在水裏鑿出一個個坑洞，又迅速被抹平。對感覺的重視構成了共情的基礎，共情讓阿城的視角從二元對立的權力結構中出來。阿城對「知識青年」的記錄，讓「知識」從崇高處下來，讓「青年」回歸歷史舞臺中央——人的回歸，是逃離「知識」帶來的分異，也就是權力所帶來的對

〔註9〕海子：《海上》，《海子詩全編：把自由和沉默還給人類》，西川編，三聯書店上海分店1997版，第116頁。
〔註10〕阿城：《脫腔》，江蘇鳳凰文藝出版社2016年版，第210頁。
〔註11〕阿城：《遍地風流》，江蘇鳳凰文藝出版社2016年版，第9頁。

立。在運動頻發的時期，「知識」常常是劃分等級的基礎──「知識」的有與無，「知識」的立場和類型，「知識」決定了很多人的來去甚至生死。為了改變一種文明的「勢利」而造成的另一種「勢利」，讓「觸及靈魂的革命」重新追溯和規定人們的出身、階級和等級，一切人與人的關係被網羅進入權利關係之中。於是，在這樣的時代中，對於敵人的態度，必然是「無情」的，被指認為對立面的「人」，不再獲得任何「人」的權利。阿城看到了對立中人的困境，筆下寫出試著取消的這種對立的年輕人，對「無情」者有情，讓自己在權力關係中暫時解脫。

《秋天》寫的是一群知青下鄉後在農村抓「流氓」批鬥的事情，主人公雖然意外獲得了旁觀的位置，那個秋天卻成為他永遠愧疚的一段記憶。主人公曉重被鄉村秋天的落日感動，在鄉下拿出石頭篆刻，不料把手割破。第二天，知青隊伍裏發生了批鬥農村流氓：「聽得一聲烏鴉叫，忽然就有女人尖利地喊，臭流氓，吊起來，吊起來再說！接著村裏的狗就開始叫了。曉重聽出是同村的女生的京腔，普通話。」〔註12〕為首的女生叫宋彤，發現自己房東的老婆在老公的同意下賣淫，對於這種前現代丈夫與妻子之間的默許的營生，沈從文在《丈夫》中也寫過。於是把知青們領著進了院門：「宋彤用皮帶指著女人說，我琢磨她好幾天了，一到晚上，就有男人進去，她和男流氓在炕上，她丈夫弄個狗皮睡在炕下，真不要臉！一個男人才給他兩分錢，真不要臉，臭流氓！」〔註13〕在女紅衛兵的喝令下，農民夫婦被綁了起來，曉重因為手指的受傷，沒有直接參與到這場私刑中。雖然沒有直接參與綁人，曉重永遠愧疚於自己當時的逃避，他看見：「媳婦的髒襖慢慢敞開了，兩隻奶凍得縮著，奶頭青紫。抻長了的腰掛不住個棉褲，忽地落下來，露出男生們第一次面對的部位，房東蹦著跑過去，給自己的媳婦往上提褲子，臉上挨了宋彤一皮帶。從這天以後，村裏很靜，靜得知青們害怕。年底分紅的時候，村裏每個勞動力，每人分到六分錢。曉重後來說，一次兩分錢，四個月嘞。」〔註14〕很簡單的一句「一次兩分錢，四個月嘞。」所表現出的同情，超越了權力規定的「同情」範圍，這種對「壞人」的同情，與其說是革命年代思想動搖的曖昧表現，不如說是青年狀態中的一種慈悲──在大環境將人劃歸為三六九等，將

〔註12〕阿城：《遍地風流》，江蘇鳳凰文藝出版社 2016 年版，第 98 頁。
〔註13〕阿城：《遍地風流》，江蘇鳳凰文藝出版社 2016 年版，第 99 頁。
〔註14〕阿城：《遍地風流》，江蘇鳳凰文藝出版社 2016 年版，第 102 頁。

一些人不當人來看待、不分享「階級感情」時，給予了這些「階級敵人」「壞分子」「異己者」同樣的理解的青年人，保有的正是青春狀態下，還未被權力等級所限制的慈悲。

阿城回憶當時的寫作狀態，說：「多數人其實也不會寫什麼，也就是互相看看日記。當時不少人寫日記就是為朋友交流而寫的。」〔註15〕日記、書信，這兩類文體，作為當時青年之間互相交流、創作的主要形式，體裁上意味著一種對世界的直言，這種直言在成熟狀態、完全社會化後將難以繼續。私密的寫作形式，意味著在集體中、在公共領域保留一個私人判斷的空間。寫作的不公開狀態有可能因私密的前提而成為主觀情緒發洩的出口，但也可能成為保留和時代主流不同聲音的機會，阿城顯然是後者，在當時的政治召喚下，主流所提倡的「明辨是非」「敵我二分」正是阿城在《遍地風流》中不斷取消的邏輯。

阿城在《秋天》中寫私刑，反映了青年作為運動的主體面臨權力意識的建立時不同的兩種方向，有人走向敵我、善惡、是非的劃分，也有人停在保留判斷的共情曖昧處——兩者都是那個時代的真實存在。而在另一篇沒有「壞人」的知青小說中，阿城用另一種方式處理非常時代下的「青春」判斷。《小玉》〔註16〕寫了一個城裏女孩下鄉的故事。會彈鋼琴的小玉，被很多男孩喜歡，美麗而不自知。下鄉時想把鋼琴運到農村，然而因為鋼琴被拆開後運丟了零件，再也沒組裝起來，小玉對此沒有表現出悲痛或者遺憾，一貫淡然地對扛琴的村民說：「扔了吧」，小說的最後一句話：「拉弦鋼板靠在隊部的牆上，村裏的小孩子用石頭扔，若打中了，嗡的一聲。」阿城筆下的女生沒有怨氣，也沒有分別心。她們沒有想要操縱周圍的人，也沒有想要操縱自己的命運，這種輕盈的態度，是小玉面對青年的調笑，鎮定說出：「不信你們摸。」是她在寒冬臘月、路途遙遠的運琴的過程中，村里人嫌小玉的行李沉，看著扛琴的人辛苦，淡然說「不要了，扔了吧」，而別的知青怕老鄉知道是琴，騙老鄉扛著的是抽水機，但小玉卻一定堅持說：「那是琴，扔了吧。」誰知道村里人「沒見過這麼大的琴，愈發要扛回去。」這扛琴和扔琴的回合中，文化概念下「有用」和「無用」的分別反而被沒有文化的一群人抹平了。小玉不以所攜

〔註15〕阿城：《八十年代訪談錄》，查建英主編，三聯書店出版 2006 年版本，第 230 頁。

〔註16〕阿城：《遍地風流》，江蘇鳳凰文藝出版社 2016 年版，第 67 頁。

是琴而自珍，村里人不因所扛是琴而棄之無用。小玉的淡然是她對扛琴的村民說「扔了吧」，鄉村的包容也在「愈發要扛回去」的過程裏消弭了文明與野蠻的二元對立。阿城筆下青春狀態的「無差別」，是「思無邪」。在充滿好奇和富有生命力的青春期，外界的變動、波折並沒有構成怨氣，而是讓他們的選擇看上去更加無辜。

3.1.3　知識與感覺

　　阿城一直強調自己知識來源的「紛繁蕪雜」，因為沒有統一的知識訓練和來源，阿城感受到同時代個體在知識結構上天南地北的差異。他回憶那時返城後的學校：「我遇到不少那個時候在大學裏做教師的人，他們都說剛開始很討厭這批插隊考回來的人，太難教了！但是，這批人畢業走了，開始正常了，高中畢業就可以上大學了，他們又很懷念這批人，說上課沒勁了……返城知青，真的人人一肚子故事，都有經歷，追著老師討論，什麼都不怵。那真是挺特別的一個時期。」〔註17〕這種差異延長了他們的「元氣」——沒有被規訓，自我找尋的氣質。阿城對於「元氣」這個詞的使用，常常與他喜歡的藝術與藝術家相聯繫，他所欣賞的藝術類型，一定要有著飽滿的生命力，這種飽滿來自於「青年」，「青年」在權力網格之下暫時逃離得以釋放的天性，即使回到了課堂，也保持著對權威反叛的習慣——這種習慣的可貴不應該因為一個錯誤時代的概括而被抹殺，阿城在努力捕捉這樣具有「元氣」的個體和瞬間。把阿城的寫作納入知青文學的地圖時，會發現他的重點不是在「知識」，而是在「青年」。

　　阿城把逐漸成熟的過程比作「揉麵」，成熟的開始是思想開始進入感覺，感覺與思想之間能夠平衡，不再互相感到排斥，也沒有完全被一方佔據。所以「青春狀態」和「成熟狀態」之間，並非從一種信念，換成另一種信念，是「醒」的過程中伴隨著的「發」，一種富有元氣的動態。這種元氣十足的狀態正如他在自序中寫的：「『遍地風流』『彼時正年輕』及『雜色』裏的一些，是我在鄉下時無事所寫。當時正年輕，真的是年輕，日間再累，一覺睡過來，又是一條好漢。還記得當年隊上有小倆口結婚，大家鬧就鬧到半夜，第二天天還沒亮，新媳婦就跑到場上獨自大聲控訴新郎倌一夜搞了她八回，不知道是

〔註17〕阿城：《八十年代訪談錄》，查建英主編，三聯書店出版 2006 年版本，第 256 頁。

得意呢還是憤恨。隊上的人都在屋裏笑，新郎倌還不是天亮後扛個鋤頭上山，有說有笑地挖了一天的地。這就叫年輕。」〔註18〕

　　這樣旺盛的精力和年輕元氣在《遍地風流》裏也被換了種方式記錄了下來。《專業》寫的是一群青年在下鄉時精力充沛的「噴空」場景。年輕學生到了鄉村，是最熱衷於討論「無用」抽象的一群人，但他們偏偏進入了最講究實用的鄉土空間，農忙無暇：「一畝粟，一人是種，十人也是種，卻不會因十人種而產十倍粟。奪口中糧，貧下中農，不但貧下中農，隊裏，大隊裏，公社裏，縣裏，地區裏，都不情願再教育一下這些腸胃正旺的知識青年。」〔註19〕沒人管理，無人教育的青年們在農村土炕上，還是高談闊論，聊得火熱的是最抽象最專業的議題：「張王李趙林聚在鄭村的炕上，點一盞油燈，胡扯永恆的主題。愛情不在嘴上，於是談政治，論經濟，談論政治經濟學。講相對論，分廣義、狹義，題目都很大。理解不太相同，於是爭，站起又坐下，下炕復上炕，聲震屋瓦，穿牆透壁，引得鄭村的狗吠成一片。兩三里外楊村的狗亦警覺，也吠成一片，漸吠漸廣，幾成燎原之勢。」〔註20〕而當他們為這些抽象無用的「知識」爭吵時，鄉村成了最大的旁觀者。鄉村不在乎這些被討論的「知識」誰對誰錯，學生們的爭吵在他們眼裏是「看著不要錢的戲」，老鄉建議他們去找另一處的大學生聊聊。於是小說的結尾，一行人找到北京大學的學生，沒想到眼前的大學生頗為掃他們的興：「張王李趙林問，怎麼大學生也插隊了？北大的穿著衣服，說，沒有呀，我們是分配工作，劉少奇的女兒劉濤，分在大同嘛。張王李趙林問，那你什麼專業，分到這兒挖煤？北大的正繫鞋帶兒，聽問，仰起臉兒，說，我？我符合專業，我讀的是地球物理。」〔註21〕「挖煤」和「地球物理」兩個迥異的詞在這個故事裏被看似荒謬的放在了一起，而貫串這兩個詞的，是這一夥年輕人不停歇的生氣。如果把這個故事讀成大材小用的荒謬，或是知識青年的苦難，都忽視了其中不�的那個部分——名物之間，抽象理想和艱難實踐之間，高深莫測的知識和貧下中農的再教育並沒有高下之別，脫離「啟蒙」權威和清算的角度，阿城呈現的是一個更平等的世界：精力旺盛的青年眼中，「知識」不是重點，求知的元氣，

〔註18〕阿城：《遍地風流》，江蘇鳳凰文藝出版社2016年版，第98頁。
〔註19〕阿城：《遍地風流》，江蘇鳳凰文藝出版社2016年版，第120頁。
〔註20〕阿城：《遍地風流》，江蘇鳳凰文藝出版社2016年版，第115頁。
〔註21〕阿城：《遍地風流》，江蘇鳳凰文藝出版社2016年版，第124頁。

翻山越嶺折騰的勁兒是中心——他們不是專業的知識分子，也不是專業的下鄉勞動力，但他們是「專業」的「青年」。

《彼時正年輕》一章中的人物性格、形態、處境各異，組合起來卻是一副有輕有重、色彩濃烈的青春「浮世繪」。無論是《天罵》中的小燕，《兔子》中的「我」，《秋天》中的曉重，《小玉》中的小玉，《專業》中的張王李趙林，他們的「忍耐等待」「小心翼翼」「同情愧疚」「淡然達觀」「狂熱激進」並不是屬於某一個時代，而是屬於個人的青春狀態。他們作為青年有著對時代的懵懂困惑，也有著青春狀態特有的共情感覺。《遍地風流》中的少年男女都很清淨，懂得「繪事後素」，也就理解阿城對如何用看似輕巧的內容超越權力關係，並開始接收對整個世界的感覺——一種元氣和活力凸顯出來，成為阿城世俗理想的重要基礎。

對阿城來說，《遍地風流》中對於知青年代的記錄有的野心，不是為了在「知青文學」這個概念中增加更多維度的意涵，更不是在為即將來到的「尋根文學」做出鋪墊。《遍地風流》的寫作跳出這個框架，在俗世鄉野、天地萬物間，時代的政治和反政治潮流之外，記錄一點永恆流動的、廣泛的「風流」。如果只在《遍地風流》裏讀出對時代的諷刺和對共和國的戲謔，僅僅從知青創傷和深化尋根的角度去看阿城的寫作，則抹去了太多他本身具有的維度，忽視了阿城提供的另一種回顧歷史的方式。他寫出「青春」狀態的存在，在文學史寫作難以突破權力結構和結構自身的更新時，寫出世俗風流的存在，對整個穩定的、規訓的、向上的、主流的秩序發出另一種聲音。

對於阿城來說，青春對於個體是尚未被消磨的反叛、混沌和尚未規訓的動物心性，而世俗社會，是空間化的「青春期」，對於整個社會的文化結構，只有世俗生活源源不斷提供生機，整個文化系統才有活力。回看1980年代的寫作浪潮，阿城一出手便是老道洗練的風格，既沒有陷入「去政治」的政治潮流中，也避免自己徹底滑入因「尋根」而起的文化政治。他預見到世俗生活面臨著的威脅和背後巨大的代價，只有真正以「青春」的方式處理「知青記憶」，以「青春狀態」消解革命、政治和任何抽象概念下的二元結構，世俗空間才可能得以重建。阿城有他悲觀的一面，通過世俗的空間保留永恆的「青春」啟發，是阿城在《遍地風流》裏做出的努力。但其中大部分是世俗生活被毀滅的片段，被阿城以「遺照」的形式保存。這些故事，離開阿城的1980年代，似乎再無可能出現。這是阿城感到悲觀的地方，也是他隨後轉向了電影

創作的重要原因之一。在他看來，文字記錄時間的方式，對於世俗空間的拯救有限，寫作的動機在脫離了純然自發後其文學的真實性就難以判斷，作為文學這一形式的價值也值得懷疑。文學在脫離作者自身之後不得不依附於外界的期待與標準，或作為記憶的保存方式，個人時間成為歷史整體化敘事中的一部分。用文學表達難以描述的東西，有著極大的誤入歧途與被利用被誤解的危險，而電影也許可以更直接復興、構建一個有限時間內的想像空間。

　　無論是在《遍地風流》的序言中，還是之後的多次訪談中，阿城都反覆提到王朔的寫作，以及他認為最重要的《動物兇猛》，阿城在序言中評價：「青春小說在中國，恕我直言，大概只有王朔的一篇《動物兇猛》，光是題目就已經夠了。」〔註22〕阿城對於王朔的惺惺相惜也許就在於兩人同樣的原點——《遍地風流》也好，《動物兇猛》也好，其寫作的原點不是基於「知青」身份為時代記錄，也不是通過文革片段寫時代荒誕。時代作為背景，作為故事發生的外因，特殊的是具體的個人。時代無情，個體的感官格外敏銳，他們都是以「不分明」的青春狀態還原時代的寫作者，《動物兇猛》中馬小軍愛上的是莽撞、邪性的欲望，是超越自己理解的「米蘭」想像，「米蘭」作為一個單方面的幻想，對他來說是殘酷的，本身就是青春善惡、價值尚未分明的證明。阿城說：「青春難寫，還在於寫者要成熟到能感覺感覺。理會到感覺，寫出來的不是感覺，而是理會。感覺到感覺，寫出來才會是感覺。這個意思不玄，只是難理會得。」〔註23〕在阿城看來，不同於很多批評者對王朔市場化寫作的批判，阿城覺得王朔的可貴，是在消費主義時代全面來臨前記錄了一段個人在世俗生活中的成長歷史。於是，阿城和王朔對青春的深情皆自於對「青春」的敬畏——無法評判，唯有感受。阿城談到八零後青春寫作作家群中的語言師承問題，無論是郭敬明用京腔寫《夢裏花落知多少》，還是韓寒小說的雜文特質，都在指向王朔的俗化影響。而當代的青春書寫之所以面臨著成為了陳詞濫調的風險，青春抒情有著無病呻吟的大眾印象，物情難尋，戀物癖和消費主義的物化寫作卻甚囂塵上。青春的無秩序表現出的是審美上的「雅俗不分」，1990年代以來青春寫作在文學史上的失蹤，轉變成文學史之外野蠻生長的寫作主題，顯示出文學史在處理「青春」這一主題時顯示出的單一標準。面對「知青」身份的歷史遺產，阿城所做的文學嘗試是避免陷入個人與時代、

〔註22〕阿城：《遍地風流》，江蘇鳳凰文藝出版社2016年版，第11頁。
〔註23〕阿城：《遍地風流》，江蘇鳳凰文藝出版社2016年版，第11頁。

與集體的對立，文學史能夠講述《棋王》的原因包含著對這種對立結構的偏好，無論將王一生看做對抗者或者出世者，英雄或草根傳奇都暗和了文學史建構過程中所需要的前後斷裂，二元對立。《棋王》包含著青春，《遍地風流》同樣生長於「青春」這一土壤，《遍地風流》難以被文學史講述，對阿城來說也許正是因為現代化過程中世俗化生活的逐漸消失，這種消失不僅是物質層面，更包含知識話語層面權力的全面入侵。世俗生活中的「雅俗」混淆，為「青春」這一狀態提供了有效空間，是社會生活不可缺少的「青春」生命力，「世俗性」本身能夠突破現代性知識所賦予的經典定義與價值標準，而當二元結構的文學史敘事作為文學話語的統攝，反秩序的「青春」必然失踪於文學史秩序下的解讀。

3.2 《遍地風流》：「情不情」的選擇與「物情」線索

在《紅樓夢》中，寶玉作為大觀園的中心，「情不情」的角度讓他對園內、園外的生機和衰敗都慈悲，阿城也有他的大觀園理想——描述「世俗空間」和其中的青春狀態。對於世俗空間的強調，阿城不僅從青春的角度進行了講述，還包括對「物情」的發現與典型書寫。當代個體面臨著消費文化、市場經濟的長期影響，世俗空間異化成為刻奇與奇觀，「物情」逐漸被異化為對物的無限佔有與戀物，和現代消費主義下戀物癖不同，另一種「人」與「物」之間的關係在《紅樓夢》中有著相當經典的表述，其中人與物的相處方式，也許不失為一種保存了雙方生命力與完整性的途徑。在《紅樓夢》中賈寶玉著名的毀物場景有兩處：一處是兩次「摔玉」，另一處則是為晴雯撕扇。這兩處情節表面上是對物的損毀與破壞，但寶玉的破壞之中不無對物與人的解放。雖然以「毀物」的方式呈現，但不失為一種「愛物」的表達。以晴雯撕扇的情節為例，曹雪芹是這樣寫的：「寶玉笑道：『你愛打就打，這些東西原不過是借人所用，你愛這樣，我愛那樣，各自性情不同。比如那扇子原是扇的，你要撕著玩也可以使得，只是不可生氣時拿他出氣。就如杯盤，原是盛東西的，你喜聽那一聲響，就故意的碎了也可以使得，只是別在生氣時拿他出氣。這就是愛物了。』」〔註24〕

寶玉有關「物」的觀念的三點要素便是：「這些東西原不過是借人所用」，

〔註24〕參見曹雪芹：《紅樓夢》第三十一回。

「你愛這樣，我愛那樣，各自性情不同」，「只是別在生氣時拿他出氣」。從第一點看，寶玉主觀上是以人為中心的，要做到以人為中心，就應該看到第二點必然的人與人、人與物、物與物之間的差異：你愛這樣，我愛那樣，各自性情不同。這種差異性其實就是一種「觀物」「用物」的差異性，每個人看待客觀世界，閱讀世界以至於適應、改變世界的方式都是充滿差異的，尊重個人的前提是尊重「物」本身蘊含的無限可能。海德格爾說過：「如果對上手用具的任何知覺都已經是有所領會，有所解釋，如果任何知覺都尋視著讓某某東西作為某某東西來照面，那麼它豈不是說：首先經驗到的是純粹現成的東西，然後才把它作為門戶，作為房屋來看待？這是對解釋特有的展開功能的一種誤解，解釋並非把一種『含義』拋到赤裸裸的現成事物頭上，並不是它貼上一種價值。」〔註25〕寶玉的實踐暗合了這一理論所指，拿撕扇子來說，在「扇風」的人看來，是不愛物，而在「聽聲」的人看來，物的用途正是如此。後者可以用扇子演奏，呈現出樂器的功能。在寶玉的眼裏，扇子既是扇風的；又不是扇風的，但還是扇風的，杯盤既是盛東西的。又不是盛東西的，但還是盛東西的，不定名，「物」則不受「名」所困。賈寶玉在撕扇的過程中，與其說是在破壞扇子本身，不如說是在破壞扇子固定用途的規則——合理化撕扇的行為，也就是在恢復每一件物品多樣性的可能，物如此，人亦然。寶玉陳述的最後一點：「只是別在生氣時拿他出氣」，則從物的可能性轉向了主觀的取消。前文中所說的如果對物的毀壞是為了發洩一種主觀的感情，這種移情本身就帶有了超越人、也超越物的破壞性，變得不可控制。在瘋狂時代中，為了一種抽象的觀念、某種虛幻的革命理想，對具體器物的破壞、對真實具體人情的背叛，都是一種「拿它出氣」的壞的移情。

《遍地風流》中「物」作為線索，也時刻體現著阿城類似的對於「物」與「人」之間關係的認識。《褲子》〔註26〕一篇說的是老萬，一個喜歡囤積舊衣服的人，囤著各個時代的褲子，時尚是個輪迴，他的舊褲子總能翻出來穿上，又踩上新潮流。老萬人生最高光的時刻是自己引起了一次時尚——他把日本進口的化肥袋子做成了褲子：「穿了在村裏走，屁股上是「尿素」兩個字，褲腳下還看得見「株式會社」幾個字，白花花的，支棱著。眨眼間，化肥褲就興

〔註25〕〔德〕馬丁・海德格爾：《存在與時間》，陳嘉映譯，生活・讀書・新知三聯書店 2006 版，第 301 頁
〔註26〕阿城：《遍地風流》，江蘇鳳凰文藝出版社 2016 年版，第 122 頁。

起來了。小孩子穿上，村里人再也不怕孩子們撒野磨壞了褲子。後生穿上，多髒的地裏營生也不怕費褲子，泥乾了自己會掉。」化肥袋子和褲子之間，存在著功能的差別，但正如老萬隨著時代選擇褲子的自在一樣，化肥袋子做成的褲子穿在老萬身上也讓他感到了一種自在——物為人所用，物有無數可能——物在使用和理解的層面被解放的時候，物從單一的定義、名字中解放出來的時候，人也獲得了更大的自在。《遍地風流》中人物的生死哀樂繼承了這種「人」與「物」之間的關係。而這種關係之下的「情」的觀念，成為阿城與文學史抒情之間最大的區別。阿城所關心的與其說是抒情空間是否存在，不如理解為能否在世俗空間中並置「無情」物和「有情」者，當代生活能否保留一種「有情」文明之外的，無情與下流者的世俗空間。其中《舊書》〔註27〕一篇，寫的是一位舊書鋪的學徒吳慶祥，在 1950 年上吊自殺了。大家都不能理解吳慶祥的自殺：「對於吳慶祥的自殺，相熟的夥計誰也搞不明白為什麼。按說是新社會了，吳慶祥也不是老闆，只是個大夥計，成分不能算壞。有什麼怕的呢？取締窯子？也不至於，新社會了，到處都是新氣象，希望正大，怎麼一個大男人就尋了短見？百思不得其解，百思不得其解。」對於吳慶祥生平的敘述很簡單，他認識一些因為送書服務而熟絡的大文人，越來越懂得書的版本學問，敏感於找書買書的事兒，生活寂寞便有了嫖娼的癖好。除此之外，當「北平一九四九年解放，改回原來的名兒，又叫北京」時，沒人理解他為什麼要選擇自殺。

在「三王」中，阿城寫了民間高手和傳奇，知識分子人群外的英雄瞬間，浪漫和悲壯之間，傳奇性沖淡了悼念的色彩。回到《遍地風流》，回到小人物，我們能夠更清楚的看見阿城對世俗的記錄與哀悼，一系列卑瑣人物的毀滅和消逝，反映出的是世俗空間的真實，阿城筆下人物看似「無因」的自殺，包含了阿城對這一世俗時空的哀悼。《舊書》中的吳慶祥，如同一個生活在長久穩態的自然環境中的動物，無法適應環境的消失——這種舊的世俗生活，是可以跟一些有名的文人做買賣，攀談熟絡，形成要好的主客關係，是沒有章法的學徒生涯，是幫老闆做活同時「伺候著來買書的主兒，眼睛睜著，耳朵開著，凡有關書的事，都先強印在腦子裏，手腳還得勤快」的成長方式，是感到寂寞就想去有人氣兒的地方，甚至是嫖娼「染上了梅毒，找人治了，治好了。治好了，再去嫖妓」的隨意生活。對於吳慶祥來說，這樣的生活無所謂正確

〔註27〕阿城：《遍地風流》，江蘇鳳凰文藝出版社 2016 年版，第 123 頁。

與否，無所謂高尚與否，更無所謂先進現代與否，只他生存的應然方式。吳慶祥的生活瑣碎、卑微，說不上是「有情」個體的體面人生，更不可能達到「抒情」的崇高個人，然而，這樣的空間面臨著壓抑和摧毀，吳慶祥也就隨著生活的消失而選擇了死亡──他的死亡未必代表著世俗空間的死亡，但一定代表著世俗空間面臨的威脅。阿城在《遍地風流》中出現的無情與下流，展示的是在過渡時期中「世俗空間」的切面和消亡。

　　正如紅樓夢中「人」與「物」的關係最終指向的是曹雪芹對於「情」的理解預處理方式，阿城在《遍地風流》中不斷以物為線索，最終確立的同樣是另一種「抒情」之外的「情」的樣態，《遍地風流》在文學史上的匿跡不是「抒情」的消亡，是「情」之存在方式單一化的表現。《紅樓夢》中有一張以「情」來排序小說中主要人物的「情榜」，林黛玉的評語為「情情」，賈寶玉為「情不情」，寶玉為首，黛玉次之。「情情」可理解為「鍾情於有情者」，在《紅樓夢》中，便是黛玉只對寶玉一人鍾情。而「情不情」的解釋則是：「凡世間之無知無識，彼俱有一癡情去體貼。」〔註28〕即「有情於無情者」，在賈寶玉身上，便是他對大觀園中的一切人與物、生與滅都有感情。與需要身份確認、有條件的「情情」相比，「情不情」的境界更為廣闊。《遍地風流》體現了同樣「情不情」的態度和境界的開闊，小說集從「無情」天地寫到「有情」青春再回到「無情」之物，正是復蘇了對物的感知，獲得了萬物共情的視野。

　　阿城在《遍地風流》的雜色篇裏寫「物」，寫那些不合時宜、帶有私人色彩的物在時代中的變遷。這些對象在戰爭革命中往往代表著舊的文化、階級和趣味，常常被指認成為落後意識和腐壞生活的符號。在「情情」的資格判斷中，這些「物」往往應該隨著無資格的舊時代一起被剔除，是不具有被懷戀、被喜愛資格的客體。盧梭在《愛彌兒》中提出的人的理想狀態是一種與萬物共情的狀態：「置我們自己於身外，把自己與落難的動物同一起來，離別我們的存在，可說是為了體味他的存在……因此，只有當人的想像被激發起來並使人忘卻自己時，人才能敏感起來。」〔註29〕《遍地風流》和阿城的觀念裏，時代的真與美，並非完全建立在文明、知識和現代化優越性的環境下，

〔註28〕曹雪芹：《脂硯齋評：脂硯齋評石頭記》，上海：三聯書店，2011年版，第120頁。

〔註29〕〔法〕讓・雅克・盧梭：《愛彌兒》，彭正梅譯，上海人民出版社2011年版，第448頁。

所需要的還有對萬物的敏感。「無情之物」在非常時期下成為人的一種依託，映照出人類永恆的情感需求。《寵物》〔註30〕中的金先生解放那年六十來歲，家裏養了隻狼狗，被舉報，給滅了，隨後養了隻花貓，三年自然災害，貓走了。貓走之後，家裏有了耗子，耗子產下小耗子，竟然形成了一種微妙的共存關係，新出生的小耗子讓金先生家變成「產科」，金先生怕小耗子凍著，來回把小耗子安頓好，又發現大耗子瞪著自己。小說裏沒說金先生什麼出身，當時處於怎樣孤立的環境，只說：「大耗子躥上床，一隻一隻地把小耗子叼走。小耗子在娘的嘴裏四腳兒亂蹬。金先生在外面歎氣了，說，連耗子也不信咱們，這人也真做得沒意思了。」金先生的寂寞，非常時期人與人關係的疏離，都在和耗子們共住中被映照了出來。同在一個屋簷下的人與物，顯示出了非常時期難得的和諧：「自此金先生在家裏輕手輕腳，像個房客，生怕驚動了洞裏的房東。……冬日的陽光照進來，金先生睡著了，寵物們一隻一隻地出來了。」

同樣的，在《提琴》〔註31〕中，阿城寫的是歲月變遷裏一個木匠和一把琴的關係。對人來說提琴不僅是物，更是自己一生歷史的見證和轉折，是捉摸不透的時代浪潮中一顆清晰的錨。木匠老侯會做細木工也會修樂器，機緣巧合碰上了一把西洋提琴，便開始關心起在時代革命中這把修過的「提琴」的命運。在河北鄉下的國外教父手上第一次修提琴，除了新鮮，沒有覺得這把提琴的意義與他平時面對的桌椅板凳有何不同，在手藝人的眼裏，人是平等的同時，物也是平等的：「神父就把提琴拿來讓老侯試試，是把意大利琴。老侯把琴拿回家琢磨了很久。粗看這把琴很複雜，很複雜，到處都是弧，沒有直的地方。看久了，道理卻簡單。就是一個有窟窿的木盒。明白了道理，老侯就做了許多模具，蒸了魚膘膠，把提琴重新黏起來。」在與舊物重逢時，老侯懷著有情的目光看見無情之「物」，找到自己在亂世中一點安穩的感覺：「北京解放了，老侯就做了樂器廠的師傅，專門修洋樂器。一天有個幹部模樣的拿來一把提琴，請老侯修。老侯一眼就認出是神父那把琴，老侯沒有吭聲。老侯知道，跟教會沾關係，是麻煩。因為是修過的東西，所以做起來很快。幹部來取琴的時候，老侯忍不住說，您的這琴是把好琴。幹部說，不是我的，是單位上的。老侯說，就是不太愛惜，公家的東西，好好保護著吧。

〔註30〕阿城：《遍地風流》，江蘇鳳凰文藝出版社 2016 年版，第 107 頁。
〔註31〕阿城：《遍地風流》，江蘇鳳凰文藝出版社 2016 年版，第 112 頁。

是把好琴。」運動開始了，老侯沒有擔心某個人，反而開始擔心那把琴，「運動」對老侯來說，是對人的三六九等的劃分方式，這種劃分一旦成立，和更「正確」、更「中心」的人相比，剩下的人便是「異物」般的存在，在這樣的時代，反而是「物」給予了老侯更持久的安慰，讓老侯感到自己以「人」的方式存在著。老侯無視物身上的符號意義和等級判斷時，也就逃逸出「人與人」權利關係的人與物的關係，一把提琴給予了小人物在運動頻發的年代以自在的感覺。於是老侯四下去尋找那把提琴的下落，文革開始後，到處抄家砸東西，老侯依然惦記那把琴，於是憑記憶尋到那個單位去。小說結尾處，老侯發現小提琴已經被拆做了漿糊盒子：「琴面板已經沒有了，所以像一把勺子，一個戴紅袖箍的人也正拿它當勺盛著糨糊刷大字報。老侯就站在那裡看那個人刷大字報。那人刷完了，換了一個地方接著刷，老侯就一直跟著，好像一個關心國家大事的人。」對老侯來說，關心「一把琴」彷彿在「關心國家大事」，大詞小用之中是將老侯的物情抬到幾乎「崇高」的程度，人與「無情」之物產生了關聯，懷有「物情」如同懷抱一個崇高的「秘密」，卑微者、無情物都可能是「情」的對象，文化而產生的區隔帶來的是「情」之主體的等級劃分，一把提琴未必藏有極大哀痛，但文化過分區分人與人之間的差別，人與物之間的差別時，混雜而富有生機的世俗空間將會毀滅。「自在」狀態受到威脅是大事，是「國家大事」。與其用象徵的方式去解讀「提琴」的象徵意義，不如從老侯自身的完整上去理解老侯的尋找，他想要找到那把提琴，無非是想在集體性的瘋狂中，通過「物」的座標確定自己是誰，試圖獲得一份不被納入權力關係的自在。

　　《大水》〔註32〕寫的是個農民的故事。農民叫木石頭，姓「木」只因為他愛「物」愛得有些荒唐，他去攆兔子，卻為踹自己家狗的兔子叫好，見了好把式，為兔子喝彩，是由衷的欣賞──看見弱者漂亮的反擊拍手叫好，甚至忘記自己捕食者的身份。被老婆喊去砍豬草，見到草長得好，空手回來，捨不得砍草。甚至到了發大水的時候，他太留戀自己整潔的田埂，而不捨離開。石頭在公社地上幹活，大家已逃命，石頭還在頗為得意的欣賞自己剛剛整治完的田埂，而轉眼，洪水來了，夾雜著死人，然而除了死人之外，還有許多動物的屍體，對於這一切：「木石頭抱住樹，連連說，可惜了，可惜了。」《大水》寫的是非常殘忍的題材。在知識分子都在清算和反思50～70年代政治運

〔註32〕阿城：《遍地風流》，江蘇鳳凰文藝出版社2016年版，第119頁。

動的對錯之時，知青、傷痕、反思種種寫作潮流中很少有作家觸及當時的農村。但阿城在這樣短的一篇裏留下了驚心的一筆：「一九七二年發大水，淹了京廣線，火車只好慢慢地開，讓車上的人瞧清楚了水裏的脹屍，逆心得過了鄭州還吃不下供應的盒飯。大水初發時，石頭正在地裏打田埂。」阿城在這一句插敘之外，「木石頭」依然是一個快樂、愛物、愛自然的農民，他努力在寫一個富有好奇和生命力的農民——農民在當時的處境是掙扎於生死邊緣，在人與非人之間求生存。阿城多次表達過自己對知青寫作的不滿，有話語權的人往往太自戀。陳述自己的苦難時，沒有寫出當時的鄉村：「下去才知道，原來鄉下窮得揭不開鍋了。我們在華僑面前覺得是窮人，到了鄉下，才知道真窮的在鄉下呢。用窮來形容，客氣了，鄉下的同志根本就是在生死線上掙扎。鄉下要繳公糧，也就是農業稅，硬指標。新中國的工業，輕工業、重工業、核工業，都是中國農民積累起來的，全世界罕見，獨一份，而農業稅的免徵，才是幾年前的事。凡是插過隊的知青，都不要歧視甚至欺負農民工，他們是生死線上來的人。」〔註33〕

　　阿城寫人對「物」的感情，跳出了知識分子頗為風雅的戀物，也不是借物以抗爭時代的某種主流。他對器物、對象的描寫中體現的感情，多集中在匠人、百姓的趣味，甚至是表現那些有些猥瑣的愛物者，阿城對物的喜愛是基於世俗空間中的共情和包容的：於是困難時期中寂寞而謹慎的老人將一窩耗子看成「寵物」，木匠可以在技藝的維度關心一把西洋琴，農民同樣也有趣味優先、怠慢生計的時刻。無論是《提琴》中老侯的「堅持」、《寵物》中金先生的「溫柔」、《大水》中石頭的「迷戀」，這些「情」的生發並不是出現在人際之間，而是以有情之人面對無情之物，他們是阿城寫「物情」的一部分，更是他世俗理想的一部分。《遍地風流》裏寫的都是俗世狀態，阿城用一個「俗」字保護了在非常時期中人和人之間難得的微妙情感。革命風雲年代不容私情的氛圍，有資格的「情情」二元結構，影響著1950～70年代的寫作，也讓1980年代以來的小說潮流很難突破「情」所建立的對立，隨著市場經濟的興起走向濫情、怨情甚至無情的「大開大合」，人的私人生活與私人感情長時間無法脫離時代風雲，感情本身的微妙與真實也就難以表達。有俗便有情，對於阿城來說，俗是支撐其保護外殼的空間，情不是抒發的對象，阿城寫情，寫的是隱情，因為其隱，才是真。阿城記錄公共話語中「無私情」的時代，寫其中

〔註33〕阿城：《盲點》，《文史參考》，2010年9月（下），第18期。

的「私情」，在以新啟蒙話語為主導的「情情」時代，寫了一部「情不情」的成套故事集。

3.3 《棋王》的另一面向

　　將阿城與「尋根」綁在一起，《遍地風流》被遮蓋的同時，《棋王》中阿城的豐富同樣在文學史的解讀中趨於單調。《棋王》和《遍地風流》中短篇的同源之處構成了阿城對文學史敘事秩序的挑戰。《棋王》中，王一生追求的東西僅僅是選擇了「下棋」這一形式來表現，而並非想要自己成為「棋」文化的代表，《棋王》暗中埋藏的人情線索在「歷史秩序」之外以「無字」的方式被感受、被傳承。而這一點，顯然是「尋根」思潮難以發掘的個人體驗，阿城在其中埋入的「私情」和「感覺」，正是青春記憶和世俗空間中最難寫的部分。

　　阿城支持「尋根」，但對於「尋根」所提倡的內涵，阿城始終以「圈外人」的立場評論。在被納入尋根譜系的同時，阿城說：「尋根的命名是韓少功的貢獻。我只是對知識構成和文化結構有興趣。」〔註 34〕自己捲入「尋根」的浪潮並成為了代表反而像是一種巧合——《棋王》發表時其中的傳統文化元素與尋根潮流中的文化反思「連上了」。阿城認為：「尋根」派的尋找「有點像突然發現一個新東西。原來整個在共和國的單一構成裏，突然發現其實是熟視無睹的東西。」〔註 35〕「文化」之於「尋根」並沒有構成內在的突破，整個尋根運動反而因為圍繞著文化的線索，或正或反侷限在了文化層面，將社會和歷史中的種種劫難與幸存回歸到了文化資源的重讀之中。阿城的立場和興趣始終在文化之外，在和查建英的訪談中，他說：「《詩經》《論語》《道德經》什麼這那的，只能是文化知識的意義。可以清談，做學術，不能安身立命，前人讀它是為了安身立命。」〔註 36〕文化所滋養的安身立命、生活生產的特定時空已經隨著中國社會獨特的現代化方式消失，阿城清醒之處就在於將這一歷史現實作為其思考的前提。阿城的知青經歷讓他看見了中國真正底層的樣

〔註 34〕阿城：《八十年代訪談錄》，查建英主編，三聯書店出版 2006 年版本，第 264頁。

〔註 35〕阿城：《八十年代訪談錄》，查建英主編，三聯書店出版 2006 年版本，第 266頁。

〔註 36〕阿城：《八十年代訪談錄》，查建英主編，三聯書店出版 2006 年版本，第 265頁。

態，相對於文化層面的「尋根」，其基礎在於知識階層所具有的「豐富空間」，文化制約人類之處在於文化在發揚文化滋養的豐富空間之外，對人類的另一空間中的生命存在形式卻是一種遮蔽：「中國的知識分子其實是既得利益階層，因為從經濟上他們起碼享有福利待遇，這個問題我以前不知道，是我插隊以後，從農民身上反過來才知道。農民沒有醫療保險，連土地都不是他們的，真的是什麼都沒有，任由他們生滅。但你是一個城里人的時候，你已經跟利益沾邊了，所以大家要爭，要多一點。知青後來的返城運動，說起來就是要返回利益集團，起碼要回到吃商品糧的那個圈子裏去。……中國作協是部一級的單位，往下可以類推，省的，市的，都是利益集團裏的，所以中國哪有文壇？只有官場。」〔註37〕討論文化的過程依然是被權力制約的過程，文化所構成的權力，決定了歷史的敘事方式，反過來以意識形態的方式加強了權力本身，文化並非突破意識形態的途徑，無論是批判國民性還是珍視文化遺產，都回到了「五四」問題的起點，「尋根」的侷限之處正是阿城問題的起點。「尋根，造成又回到原來的意識形態，而不是增加知識和文化的構成，是比較煩的。」「所以，尋不尋根，不是重要的，重要的就是要改變你的知識結構。」〔註38〕知識結構背後是權力結構，更新知識結構的過程，也是在尋求權力壓抑下，生活方式的另一種解放道路。阿城不斷重新挖掘中國的世俗空間，尤其是小說之於世俗的意義，並非屬於尋根潮流中文化這一脈絡的分支，而是在其外的探索。

　　阿城的《閒話閒說：中國世俗與中國小說》中的談到中華之道復歸，並非是文化層面的「道」，更是一種自古以來的世俗生活空間與生命力的不斷絕，阿城提到了頗多文化研究的角度和例子：「這些年來大陸興起的氣功熱、特異功能熱、易經熱，都是巫道回復，世俗的實際需要……以道教來說，還真應了《棋王》結尾那個禿頭老兒的大話：中華之道，畢竟不頹。」〔註39〕其中的生生不息之物，是與生存、生活互相滲透的實用方法，所期待的復興，正是生活空間的復興。常說中國文化只剩下一個「吃」，本身就是對世俗價值的

〔註37〕阿城：《八十年代訪談錄》，查建英主編，三聯書店出版 2006 年版本，第 272 頁。

〔註38〕阿城：《八十年代訪談錄》，查建英主編，三聯書店出版 2006 年版本，第 266 頁。

〔註39〕阿城：《閒說閒話：中國世俗與中國小說》，江蘇鳳凰文藝出版社 2016 年版，第 167 頁。

回歸。《棋王》中「吃」作為重要的線索，並非是一種文化層面的符號，指向的是世俗生活本身，指向超越文本符號、文化象徵的活生生的生活。《棋王》在文學史中被視為彰顯道家文化的作品文本，然而對於阿城的寫作本意來說，王一生與無字棋，撿紙片老頭之間的關係，並非一種領悟道家文化的開悟者與啟蒙人的關係，更不是道家文化的重新發現過程。

從這一角度理解《棋王》中的「吃」，就理解了王一生對「餓」的較真，「飢餓」是一種反省，時刻謹記個體的基本生存，區別於時代的整體反省，時代的反省是沒有反思主體的，詰問本身作用在歷史之上，被吸收進歷史敘述的話語之中，在無形中反省被消解。《棋王》中反覆提到的飢餓狀態，則是在不斷提醒這樣一種自然的概念：自然即本然，本然包含著飢餓、匱乏和隨之而來的人類選擇。《棋王》討論的問題之一，是「飢餓的人在匱乏狀態下如何追求自由」。「飢餓」是人自然的一部分，「匱乏」同樣是自然的常態，《棋王》對自由的討論，離開了西方啟蒙話語與傳統文化復興，從生命存在本真的「無」的原點出發，「飢餓」和「吃」都是在存在、實用性層面的永恆存在。理解了「餓」的意義，從而也就理解了他對「好故事」評價的標準，理解他對傑克‧倫敦與巴爾扎克的故事顯示出的「不以為然」。王一生所記的是生命的「飢餓」，而非文化層面上的啟發，不是為了吃得更好，吃出藝術的饞，不是為了某種目的、利益而發生的禮尚往來、關係互助。不同於長腳的吃和禮物，王一生擁有的飢餓記憶和母親的禮物是生命生存過程中親情倫理中的犧牲與紀念，以「無字棋」的形式留存下來，文化並非中介物，更不是他的追求，而他所奉行的生命、生活方式與態度是「中華之道，畢竟不頹」的原因。

王一生這一人物在車站表現出來的「不近人情」和他理想中的人倫基礎與人情狀態是分不開的。故事開始時「我」責備王一生：「你妹妹來送你，你也不知道和家里人說說話兒，倒拉著我下棋！」〔註40〕這句責備的出發點，是肯定送別時刻應有的禮節與套路，但這些禮節、套路本身正是王一生已經突破了的。王一生在生活中的情感交流方式，以超越庸常禮節的方式進行，是脫離文化修辭的，甚至可能是「沒禮貌」的。對於車站熱鬧的離別氛圍，王一生毫不客氣加以否定，模式化的話語讓真正的交談消失：「你哪兒知道我們這些人是怎麼回事兒！」王一生與親人、朋友的交流在小說中無言棋局、無

〔註40〕阿城：《棋王》，《棋王‧樹王‧孩子王》，江蘇鳳凰文藝出版社2016年版，第7頁。

字棋子甚至最後的車輪大戰中，逐漸展現，而這些部分王一生對他人表現出的好奇、熱情和依賴，顯然突破了傳統的禮節性交往，展現出人情的本真性狀態。

王德威評論「三王」系列的作品時認為阿城在這一時期還沒有脫離「烏托邦懷想」式的寫作：「善則善矣，但仍然未脫微言大義的框架。」〔註41〕在王德威看來，阿城的「大義」體現在「三王」中的理想主義者形象的樹立上，無論是「棋王」王一生、孩子王「我」還是樹王「肖疙瘩」都包含了阿城青年時期的烏托邦理想。然而，正如「微言」是阿城「脫腔」的自覺，而非藝術形式上有意識的探索，阿城作品中的「大義」彰顯也未必是其小說的目的。讀阿城小說的有趣之處正是發現「大義」之下的「微情」——「三王」系列中直接描寫人際關係間的情感互動很少，王一生對母親的感情，肖疙瘩對樹王的掛念，以及孩子王裏「我」面對學生頗為複雜的心情，都處於一種單方向、隱秘，甚至悱悱然的狀況。阿城的「情」並不抒泄，這種克制力量的來源正是《棋王》所要展現的超越文化的樸素生命力本身。

讀阿城的《棋王》，很容易被其中駁雜的思辨抉擇和理想氣氛吸引，而忽略了阿城在寫「情」上付出的克制，這種「反抒情」的方式直面的依然是生活與生命的本真狀態，規避著文化所帶來的修飾與誇張，阿城克制的寫法保護了小說中「情」的真實。在「三王」系列的《樹王》《孩子王》中，人物之間的感情線索，甚至不止一條，因為這些非常時代下短暫、微妙的情誼存在，且始終如細流暗湧一般流動，給予了小人物在特殊時代精神生活的憑依與給養。若沒有人物之間的情感聯繫，人物對內在原則的堅持和對時代的超脫將變得毫無根基。通過人與人之間情感聯繫的建立強調世俗空間生命力的頑強，從俗世生活而非文化復興層面理解阿城的和諧理想，也就理解了《棋王》中「中華之道，畢竟不頹」背後的多重意義。阿城寫「情」並非抒情，情感的隱秘性保護了私情存在的土壤，讓「情」本身脫離了公共領域的審視和審查，更可能保持其生命力。世俗保護下的私人空間裏有了私人情感留存的餘地，個人對於情的或抒或發，或含或隱，讓個體有了多樣選擇的可能——阿城對情感處理方式的選擇和他對於世俗空間抱有的理想是一致的，他回到了「含情」狀態，這種克制的、留白的處理方式反而給了「情」本身最大自由。《棋

〔註41〕王德威：《世俗的技藝——閒話阿城與小說》，《遍地風流·序》，作家出版社1998年版，第14頁。

王》中的故事是一群男青年的故事，阿城曾坦言自己將「同性關係」埋入《棋王》小說中，而具體指涉的部分並無詳說。在《棋王》中，「我」與王一生的步步交流，漸漸相熟，過程中可見情誼生發的端倪。小說的開始，「我」與王一生相遇時互不順眼，逐漸相識，在知青途中，我開始給王一生講故事，王一生喜歡《熱愛生命》，作者傑克倫敦是個同性戀者，我和王一生之間的瞭解也隨著講故事的過程逐漸加深，從故事談到作者，從作者的身世談到自己的身世，兩人在物質條件匱乏的環境下，精神交流卻十分豐富。以至於後來「我」到了知青的村子，心裏總想著王一生：「山上活兒緊時，常常累翻，就想：呆子不知怎麼幹？那麼精瘦的一個人。晚上大家閒聊，多是精神會餐。我又想，呆子的吃相可能更惡了」〔註42〕，再到王一生來「我」的知青點找我，本來大家都以為是小毛的男友：「於是滿山喊小毛，說她的漢子來了。小毛丟了鋤，跌跌撞撞跑過來，伸了脖子看。還沒等小毛看好，我卻認出來人是王一生——棋呆子。於是大叫，別人倒嚇了一跳，都問：『找你的？』我很得意。」〔註43〕在「我」的生命中，王一生並不是一位異人棋手，而是「我」那一段知青生活中實實在在交往、熟悉彼此瞭解的一個人，「我」對「王一生」的記錄不只是寫作一段歷史的注腳，展現一個高蹈脫俗的人物形象，而是記錄了許多包含了私人細節的生活，在低微俗世的交往中，在反覆回憶回味的個人記憶中，逐漸認識這樣特別的一個人。

在《棋王》中比較明顯的兩處跟「性」或者說「身體」相關的描寫，一處是畫家在溪水邊為這群男知青畫裸體寫生，這也是個富有意味的畫面。對情節來說，無必要，而如同一個紀念，一張合影一樣，故事的發展在此處暫停。這段描寫將這群青年坦誠的狀態徹底呈現了出來。在畫家畫完大家的裸體寫生後，阿城把畫面給了王一生：「這時已近傍晚，太陽垂在兩山之間，江面上便金子一般滾動，岸邊石頭也如熱鐵般紅起來。有鳥兒在水面上掠來掠去，叫聲傳得很遠。對岸有人在拖長聲音吼山歌，卻不見影子，只覺聲音慢慢小了。大家都凝了神看。許久，王一生長歎一聲，卻不說什麼。」〔註44〕而另

〔註42〕阿城：《棋王》，《棋王‧樹王‧孩子王》，江蘇鳳凰文藝出版社 2016 年版，第18頁。

〔註43〕阿城：《棋王》，《棋王‧樹王‧孩子王》，江蘇鳳凰文藝出版社 2016 年版，第18頁。

〔註44〕阿城：《棋王》，《棋王‧樹王‧孩子王》，江蘇鳳凰文藝出版社 2016 年版，第42頁。

一處「我」與王一生情誼已然深入的體現，是在象棋大賽的結尾處，我為王一生擔憂緊張時，在一邊舉著涼水：「我找了點兒涼水來，悄悄走近他，在他跟前一擋，他抖了一下，眼睛刀子似的看了我一下，一會兒才認出是我，就乾乾地笑了一下。我指指水碗，他接過去，正要喝，一個局號報了棋步。他把碗高高地平端著，水紋絲兒不動。他看著碗邊兒，回報了棋步，就把碗緩緩湊到嘴邊兒。這時下一個局號又報了棋步，他把嘴定在碗邊兒，半響，回報了棋步，才咽一口水下去，「咕」的一聲兒，聲音大得可怕，眼裏有了淚花。他把碗遞過來，眼睛望望我，有一種說不出的東西在裏面游動，嘴角兒緩緩流下一滴水，把下巴和脖子上的土衝開一道溝兒。「我」又把碗遞過去，他豎起手掌止住我，回到他的世界裏去了」〔註 45〕——正如當初王一生媽媽留給他的是一副無字棋一樣，最終我與王一生的情誼也盡在不言中。

《棋王》的結尾，根據李陀 2003 年的回憶口述，本來的結尾很是灰暗，大概是：「『我』從陝西回到雲南，剛進雲南棋院的時候，看王一生一嘴的油，從棋院走出來。『我』就和王一生說，你最近過得怎麼樣啊？還下棋不下棋？王一生說，下什麼棋啊，這兒天天吃肉，走，我帶你吃飯去，吃肉。」〔註 46〕，當時被《上海文學》編輯部要求換成亮一些的結尾，最後便是今天看見的：「夜黑黑的，伸手不見五指。王一生已經睡死。我卻還似乎耳邊人聲嚷動，眼前火把通明，山民們鐵了臉，肩著柴禾林中走，咿咿呀呀地唱。我笑起來，想：不做俗人，哪兒會知道這般樂趣？家破人亡，平了頭每日荷鋤，卻自有真人生在裏面，識到了，即是幸，即是福。衣食是本，自有人類，就是每日在忙這個。可囿在其中，終於還不太像人。倦意漸漸上來，就擁了幕布，沉沉睡去。」〔註 47〕兩個不同結尾不止是調性上的走向悲觀與否，同樣也涉及到「微情」的留存。在灰暗版本中，我與王一生的再次相遇時，王一生說：「這兒天天吃肉」，顯然和之前一群知青吃乾淨一條蛇、窮凶極惡吃飯的狀況大不相同，某種飢餓的底色消失了，當時的情誼也隨之瓦解。結尾的調子很像姜文對《陽光燦爛的日子》結尾的處理：在高級敞篷轎車上，迎風奔馳在

〔註 45〕阿城：《棋王》，《棋王·樹王·孩子王》，江蘇鳳凰文藝出版社 2016 年版，第51 頁。

〔註 46〕李陀口述，參見王堯《1985 年「小說革命」前後的時空——以「先鋒」與「尋根」等文學話語的纏繞為線索》，《當代作家評論》2004 年第 1 期。

〔註 47〕阿城：《棋王》，《棋王·樹王·孩子王》，江蘇鳳凰文藝出版社 2016 年版，第54 頁。

長安街上，畫面卻變成黑白。最終的結尾與其說被改得更光明，不如說讓小說停留在了特殊的時空，使得微妙的感情得以留存於一個大戰後平靜的夜晚。阿城在一個匱乏的年代，保留了情感最基本的要素，在一個還「飢餓」著的時代，寫出了一種人與人之間俗而清澈、淡卻幽微的感情狀態。他用一個「俗」字，保護了在非常時期中人和人之間難得的微妙情感，革命風雲年代不容私情的氛圍，影響著 20 世紀 50～70 年代的寫作，也讓八十年代的小說潮流在其影響下，極端化走向濫情、怨情甚至無情的「大開大合」，人的私人生活與私人感情長時間無法脫離時代風雲，感情本身的微妙與真實也就難以表達。有俗便有情，對於阿城來說，「世俗」是支撐其保護外殼的空間，小說是世俗空間的一種顯現。

阿城在《威尼斯日記》中對小說的看法依然圍繞著世俗性展開：「中國傳統小說的精華，其實就是中國世俗精神。純精神的東西，由詩承擔了，小說則是隨世俗一路下來。《紅樓夢》是第一部引入詩的精神的世俗小說……中國古典小說中，宋明話本將宿命隱藏在因果報應的說教下面，《金瓶梅》鋪開了生活流程的規模，《紅樓夢》則用神話預言生活流程的宿命結果，這樣成熟迷人的文學，民國有接續，例如張愛玲，可惜後來又斷了。」〔註 48〕阿城對張愛玲的欣賞也由此而來。世俗生活的魅力來自衝突的融合，而消亡的過程中伴隨著衝突帶來的分裂。對普通人的生活來說，大部分衝突都很瑣碎，並不悲壯激烈，未必是《樹王》中的肖疙瘩對抗堅持砍樹知青的方式，相反，大部分衝突都會以喜劇的方式呈現，以妥協的結果收場。

例如《遍地風流》中《結婚》〔註 49〕一篇，寫一對人物，老右派老林，和每天把「Ｘ 他媽」掛在嘴上的大劉。兩人都在廢品站工作。小說一開始就充滿了衝突，老林在職業教育會上提出異議：「到廢品站工作，第一件事，是職業教育。嚴格區分廢品和垃圾的不同，確立廢品的地位，不要一個國家工作人員，自己看不起自己。廢品是喪失其原始使用功能，但其某些部分，一般地說，仍有其可利用的價值，與垃圾有本質的不同。老林問，既然手冊裏規定垃圾是完全喪失利用價值，為什麼還有撿垃圾的呢？大家的頂，經這五雷一轟，都說，是呀，為什麼還有撿垃圾的呢？」而在廢品站工作了十幾年的大劉，面對老林：「大劉把煙叼在嘴角上，誰都不看，嘶嘶地說，我 Ｘ 他個

〔註 48〕阿城：《威尼斯日記》，江蘇鳳凰文藝出版社 2016 年版，第 120 頁。
〔註 49〕阿城：《遍地風流》，江蘇鳳凰文藝出版社 2016 年版，第 102～110 頁。

廢品的媽！我說老林哪，要不你怎麼成了右派呢，看把你獨立思考的。上大學，學什麼？學獨立思考？老林說，不是呀，我的專業是音韻。」這個問題就算完了。衝突以喜劇化的「岔開」結束。同樣的，對於大劉喜歡「國罵」的現象，小說寫：「大劉是粗人，X 字當頭，什麼都罵，X 姥姥，X 姥爺，X 舅舅，X 大小姨子，X 大小舅子。不但母系，還父系，X 奶奶，X 爺爺，X 爹，X 叔，X 姑，X 兄弟姐妹，都 X，碰上什麼 X 什麼。」老林也讓這一充滿火氣的衝突，在自己的解釋下消解，老林說：「大劉 X 得這麼普遍，有深刻的道理。X 母系，是母系社會血統的確認與反確認，X 父系，也是同樣的道理。君臣父子，講的是政治和血統中的次序，大劉說我 X 你媽，就是向對方嚴屬確定雙方在血緣上的次序，我是你爸爸嘛。……大家認為老林分析得對，都說，怪不得大夥兒累了，悶了，就喊大劉，大劉哇，來，X 一段兒聽聽。」這種衝突和化解的方式，就是世俗空間的魅力，一種不純淨狀態下互相的妥協和制約。

　　如果說沈從文在湘西寫作和民間敘事中，通過死亡和殘忍向讀者展示過超越文明之外的純淨，這種純淨之中不僅僅有美，也包含著純淨的恐怖，那麼阿城在世俗空間中看出的則是超越文化的複雜，這種複雜來自模糊、開放、不絕對的生存空間，灰色地帶下，生氣與潰敗並存，藏污納垢與孕育精華的能力並存。《結婚》的結尾，大劉要為老林牽線搭橋介紹對象，成功了：「都弄齊了，老林結婚了。大家吃了喜酒，鬆了一口氣，好像自家說不上媳婦的兒子終於成了家。不到一個星期，老林申請離婚了。老林說，兩個人睡覺，鞋子，枕頭，擺法各不一樣，彆扭。獨身幾十年了，又都不願意改，何必呢？商量了一下，就算了吧，做個分開住的朋友吧。大劉愣了，之後，了一段兒，說，沒瞅見過這麼認真的，要不怎麼他們成了右派呢！倆廢品。」《結婚》的結尾以文明離婚的收場結束，阿城不置可否，當現代規範和規則一點點構建起個人概念和行為邊際時，世俗空間帶來的模糊的灰色地帶也會越來越少，衝突的解決方式不再通過有缺陷的邏輯達成和解與包容，在強邏輯下絕對的分離將真正消解「世俗」存在的意義。一切絕對化之後，一切有理有據之後，「下流」被驅逐，「文明」的壓抑則可能全面襲來。文明的壓抑體現在「有情」的規則中，正如木心所說：無知者最無情，知識帶來的文明，文明帶來的純淨、規範，預示著一個充滿公民理性自由的社會，在當代中國的現代化過程中逐漸取代世俗物象中的「無情」空間。

　　回到王德威對阿城小說「烏托邦懷想」式寫作的評價，王德威將「人情」

和「文化」相聯繫，沒有離開「尋根潮流」中的文化標籤，王德威在評價阿城時認為其創作秉持著「世俗的、抒情的、技藝的小說觀」，於是王德威將阿城小說納入了「抒情」範疇，並將沈從文熱的回歸、阿城「三王」的發表、「尋根文學」體系的出現等現象作為這一「抒情傳統」的復蘇，繼而認為九十年代以來的「先鋒文學」，鄉土文學，包括莫言的早期作品（《透明的紅蘿蔔》《大風》《紅高粱》），蘇童、余華、格非的早期作品，都具有這種抒情面向。

　　王德威「抒情」概念的提出背後契機之一是中國當代文學風格在新時期的轉變。首先是文本中敘事性的降低，文本節奏的緩慢與矛盾衝突的淡化，顯然和50～70年代年文學中小說中那種節奏緊湊、敘事為主的文學範式形成了鮮明對比。再者是這一時期文學寫作中生活日常與市井題材的「進場」，文學化的日常進入寫作後，王德威對抒情性的概括就包含文學所帶來的詩意感受和詩化生活。王德威認為王安憶的《長恨歌》前40頁中關於弄堂的俯瞰是一種抒情傳統的復蘇，金宇澄的《繁花》以人間煙火細部描寫呈現抒情的片刻時，他在細節處看到了「視為當然的事物、理念陡然出現另一種深度」，他感受到的反差打開了另一種「視角」，並希望通過重提「抒情傳統」形成的新文學史敘事。上世紀50～60年代，海外一些漢學家如陳世襄、高友工等人提出「抒情的現代性」，他們認為中國的抒情傳統不應該被簡單地嫁接到西方的審美現代性上。王德威作為這一理論思路的重要代表，強調「抒情傳統」作為現代文學史被「發明」的概念，本身是一種現代文學史研究者看待文學歷史時提出的角度。王德威說：「一再強調，抒情傳統不應只是一種文類或一種對文字的琢磨，它也代表一種看待生命的態度，一種自省自為的態度，甚至可能是一套價值體系，可能是一種政治立場等等——甚至是涵納在革命文學、左翼敘事裏的傳統。」〔註50〕「革命啟蒙」作為現代白話文文學的基礎無法迴避，但也正因為其無法迴避，王德威的「抒情」打開了看待這一主題變奏的另一個角度來，但是當文學史的研究和敘事角度依然不斷在「革命」「啟蒙」兩端折返，「抒情的現代性」為這一「折返」提供了新的合理性，但並未打破這一文學史立論的閉環。

　　李澤厚同樣是將「情」納入理論視野的代表人物，和王德威的現代性理論的面向不同的是，李澤厚在吸收了一定的海德格爾的存在論後重新強調中

〔註50〕王德威、陳國球、陳曉明：《再論「啟蒙」「革命」與「抒情」》，北京大學座談會〔J〕，文藝爭鳴，2018（10）：89～106。

國世俗空間中的生命力的重要性。20 世紀 90 年代，李澤厚在其中國思想史研究中，肯定了中國文化中對於以樂感為追求的真實日常生活的重視，認為具體、真實的個體生活是哲學意義的真正基礎。當海德格爾走向以「無」定義存在物，發展出向死而生的士兵本體論後，李澤厚進一步回到中國本身的實用傳統，李澤厚這樣評價海德格爾與中國傳統的差異：「海德格爾通過死亡來規定生的意義，所以我說他的哲學公式與孔子相反，孔子是『未知生，焉知死』，而海德格爾則是『未知死，焉知生』。」〔註51〕而更傾向於在此「無情」基礎之上哲學與美學建構的努力，李澤厚承認海德格爾關於「無」對於存在的定義作用，進一步認為對於中國文化和文學，動人之處正是呈現了一個從「無情」到「情」本體的建構過程。李澤厚多次討論《紅樓夢》，曾說：「《紅樓夢》問題確實是為什麼活，怎樣活等存在問題，而不是反封建這類意識形態或一般男女愛情之類的問題。」〔註52〕曹雪芹一再強調人必死，席必散，好必了，無論是妙玉說出范成大的詩句：「縱有千年鐵門檻，終須一個土饅頭。」還是風月寶鑒中的粉紅骷髏，曹雪芹正是面對生命本身和死亡本身，面對這個「未定的必然」，他才覺得不應當在短暫的人生中為了那些功名利祿而爭得頭破血流，才看出「唯有金銀忘不了」的荒誕，才有《好了歌》。在此基礎上李澤厚回歸到了世俗生活的層面，從樂感文化的中國傳統出發，理解世俗空間、衣食住行本身對於「情本體」觀念的支撐作用。樂感文化以「情」為中心強調人所必需的感性生存，本能情緒的原始狀態是動物性的死亡恐懼，隨後轉化為多種藝術、審美中的情感，故情本體理論中的「情」並非天生可「抒」，反而是倫理、精神、道德之外的生命力未受控制時的體現。

　　阿城在小說中呈現出人與人之間的「情」和「情」背後的關係，與王德威的「抒情傳統」無法連接，阿城直面生命時其著眼點在於文化秩序之外的世俗空間，更接近李澤厚情本體論中的「自由天地」中生發出的生命力量。阿城所說的「中華之道」並非一種文化層面的發現與所指，無論是對饑餓的記憶還是親人之間的饋贈，其背後支撐的既不是一種不同於「革命啟蒙」的文化史觀，也不是將抒情原則視為善與美表現技巧的創作觀。阿城與文學史敘事邏輯的差異更加典型地體現在了《遍地風流》的寫作與其相關的文學批評上。文學史對阿城的概括評價為出道便是老練寫手的「尋根」先聲，其中

〔註51〕李澤厚：《李澤厚對話集·與劉再復對談》，中華書局 2014 年版，第 205 頁。
〔註52〕李澤厚：《李澤厚對話集·與劉再復對談》，中華書局 2014 年版，第 207 頁。

—98—

的遺跡與失蹤，變形與簡化背後的意圖，既包含了文學史對知青現代化身份塑造的努力，也包含文學史重啟新時期啟蒙敘事的期待，文學史再次獲得一種集體抒情的方式，並藉以知青、尋根的「聲音」反思、超越了舊歷史。在這樣的集體抒情中，文學史自然無法將《遍地風流》納入其敘事。阿城以克制、私人的書寫方式保持了主流秩序、主流文化之外的生命的未成熟狀態，阿城關於「情」的寫作記錄了這樣的狀態，一方面，這樣的狀態在汪曾祺的寫作中同樣可以找到，另一方面，也與王朔的青春書寫形成呼應。

第四章　失蹤於「知青文學」：
「遊戲」中的王小波

4.1　「文學史」中的王小波

4.1.1　從「身份」中逃逸：王小波的「座標」

　　隨著王小波代表作《黃金時代》經典化地位的確立，王小波在文學史中與「知青文學」掛鉤的印象也逐漸形成。王小波的「知青」經歷成為《黃金時代》中故事的基礎，而安置王小波「另類」的知青書寫，則讓文學史在 20 世紀 90 年代得以進一步拓展「知青文學」的反思空間，深化了文學史自身多元進步的寫作邏輯〔註1〕。「知青」歲月作為傷痕反思文學、朦朧詩等當代文學史思潮共同的記憶資源，「知青文學」對歷史和個人的態度與文學史上的眾多命名是「同源」的，文學史在「知青文學」中尋求到更多維度的對「知青」歲月的反思和對「文革」歷史傷痕的撫慰方式，正如洪子誠在《中國當代文學概說》中將「知青文學」的演變作為 20 世紀 80 年代開始的「後文革」寫作的重要脈絡，「知青文學」的最初階段與當時文學主潮中的情緒、立場保持一致，洪子誠在書中列舉的許多作品便是「傷痕文學」之中的「知青題材」，如

〔註1〕洪子誠：《中國當代文學史》，北京大學出版社 1999 年版：「當然，對『當代』歷史，包括『反右』『文革』等事件的反思性主題，在 90 年代的其他作品中也有繼續，如李銳的《無風之樹》、《萬里無雲》，王朔的《動物兇猛》，王小波的《黃金時代》等。」

盧新華的《傷痕》、鄭義的《楓》、遇羅錦的《一個冬天的童話》、竹林的《生活的路》、孔捷生的《在小河那邊》、葉辛的《蹉跎歲月》、陳建功的《萱草的眼淚》、老鬼的《血色黃昏》等等〔註2〕。被視為知青文學代表的作家，如張承志、史鐵生、王安憶等等，我們都可以在他們的寫作中看到明顯的階段性特徵，「知青文學」對他們而言既包含著廣泛共通的情緒，也代表著一個寫作的階段，正如當代文學思潮的不斷更替一樣，這一批最為典型的知青作家之後都摸索出了各自截然不同的道路，新道路的向前探索無疑也是一種對於「知青歷史」的徹底告別。文學史對於「知青」這一話語資源的持續關注，正是因為「知青文學」在 20 世紀 80 年代確立時便已經確立的情緒基調——無論是憤怒、遺憾或是不悔、懷戀甚至是感悟、昇華，「知青」經驗本身似乎固定成為「新時期」寫作中必然要面對的「舊」歷史，而 20 世紀 80 年代開啟的「新」歷史則是對上一時期的告別。

20 世紀 80 年代重啟的「啟蒙」話語下，不同的文學潮流圍繞著個人主體性的復歸進行著不同表達，「知青文學」中對青春的失落追悔或犧牲不悔，對個人終於脫離時代、集體、政治性的壓抑獲得某種自由而歌頌或反思，「知青文學」中表現出的激動情緒與焦慮陰鬱，和時代的、外界的運動緊密關聯，年輕心靈困境的產生與非常的歷史時期之間建立起牢不可破的關係。但王小波作品的異質性偏偏在於這一「關聯」的取消。正如《黃金時代》中表現出的「性」的本真狀態，並無「新」歷史對「舊」歷史的隱喻或嘲諷，也無「新時期」的「我」對「知青」歲月的「我」的評判，《黃金時代》中的「性」與「身體」，僅僅是彼時彼刻的「性」與「身體」本身。因而，王小波作品中對「自由」的描寫，並不建立在對時代困境的突破、批判或是服從之上，王小波始終在追求更為永恆的東西〔註3〕，也揭示著超越時代的人的困境。

〔註2〕參見洪子誠：《中國當代文學概說》，北京大學出版社 2010 年版。

〔註3〕李銀河：《王小波研究資料》，天津人民出版社 2009 年版，第 11 頁：他們的出發點是政治鬥爭，而王小波是純純粹粹地去寫小說。純粹地寫小說，擺脫了意識形態，當然他會在小說裏涉及好多東西，比如會涉及「文化大革命」什麼的，但是「文化大革命」不是他寫作的出發點。所以我特別討厭有人說他的小說是知青文學或是「文革」文學，這太可笑了。這不是他的出發點。他的出發點不是寫「文革」，不是寫插隊，他的小說是那些永恆的主題，愛啊、死啊、所有的性啊，這些都是跨越了所有的政治、所有的意識形態的，所以他的創作是我們中國比較少見的，尤其是這幾十年比較少見的，是一種真正的純文學。

王小波與《黃金時代》的另類由此可見,在看似合理的收編過程中,文學史找到了王小波的寫作和「知青文學」之間在經歷、題材上的共性,但王小波對記憶素材的開掘與「知青文學」整體氣質上的巨大差異,使得文學史即使提及了王小波,也很難恰當地對其作品進行概括,王小波和他的作品依然是「失蹤」的。正如朱偉在當時讀到所感受到的前所未有的「真」〔註4〕,王小波的「真誠」是一種「毛茸茸」的真誠,這種「毛茸茸」的「真」一旦套入「輪廓」,便不再具有「毛茸茸」的質感——而這種質感是文學的獨特性所在,王小波使用「小說」這一裝置復現人之困境與自由,所挑戰的正是文學史突出「輪廓」的復現方式。

4.1.2 從「事件」還原:王小波的文學史啟示

王小波的猝死成了當代文學史上著名的「作家之死」事件之一。「死亡事件」讓王小波具有了某種被紀念的資格,然而在大量的紀念文章中,王小波對於文學史的意義很少也很難被提及。王小波在文學史中的討論常常被定格在「知青文學」的框架和話題下,其背後複雜、豐富的寫作意圖卻始終游離在文學史之外。面對永遠不完美的文學史寫作,已有的文學史建構成為一種資源,也是一種遺產。遺產本身即帶來權威和邊界,在不斷的歷史書寫中幫助未來的人們理解文學史和時代文學,同時承載著文化審美、常識共識、社會政治等多方面的意義。遺產也不斷面臨新觀念下的重新評估和技術更新後的重新發掘,在面對新的探索與回顧時,其本身也可能成為一種侷限。王小波在《紅拂夜奔》中寫李衛公的一生絕頂聰明,證明出了費爾馬定理後,幫助皇帝建立了新的長安城,並設計了一整套長安城運行下去的制度。最終李衛公為此付出了半生的代價,也為紅拂留下了豐厚的「遺產」——他自己被困在了自己設計的都城中,功成名就後的「裝傻」不是為了證明自己有聰明

〔註4〕 朱偉:《王小波研究資料》,天津人民出版社 2009 年版,第 120 頁:「而當時的知青小說,要不是虛偽的「暴風雪」,就是帶「血色」的控訴……小波喜歡的是別人對他小說中黑色幽默的評介,說他的性愛故事背後是深刻的黑色幽默,而我以為,他所震撼我的是在那種壓抑得人只有窄小的生活空間、不允許有任何個人選擇的社會中,對個人舒展、張揚的生存方式暢快淋漓的嚮往。在王小波看來,一棵小草的生長與一匹公馬的發情都沒有目的性,人生存的許多欲望都是極為自然的事情,人要能自然並按自己意願而不被別人束縛地活著,就能把自己舒展在午後的陽光下,所以他覺得草長、馬自然地發情才是「偉大的真誠」的基礎。這其實是《黃金時代》最重要的價值。」

的智慧，而是要證明自己有裝傻的智慧——如何處理自己聰明的「遺產」，讓「遺產」本身不再成為囚牢。

和整理歷史「遺產」相對應的，是理解「死亡」。正如歷史的遺產面臨著新的審視一樣，歷史對於不斷累積的「死亡」同樣有著不同的處理方式。在小說中，王小波這樣描述李衛公的猝死和他死亡的意義：「衛公死了，這就意味著從此可以不把他當作一個人，而把他當作一件事。一件事發生了以後，就再沒有變化的餘地。現在我們談到衛公騎在馬上東倒西歪，再不是談那個人，而是談那件事。」〔註5〕與此同時，因為李衛公的猝死，決定自殺殉夫的紅拂在申請自殺指標批准前，已經提前成為一個事件。王小波寫道：「她只管等到一個良辰吉日死掉就可。而且這一點也和她沒有什麼關係：不到那個日子，她想死都死不了，到了那個日子，她想活也活不成了。這就是說，雖然紅拂暫時還是活著的，但是我們已經可以把她當作一件事了。」〔註6〕文學史的形成和人的歷史化過程有著內在的同構性，死亡的事件化讓歷史有了講述、積累和編織的資源，也面臨著生命本身被壓抑、死亡意義被固化、多維度真相被掩蓋的危險。對於個體如此，對於文學和文學史來說同樣如此。

王小波在《紅拂夜奔》中寫得最濃墨重彩的不是私奔，而是紅拂殉夫，在李靖設計的程序下，殉夫變得無比漫長複雜。最終，紅拂想要抵抗的不是死亡，她要抵抗的是單一的、官僚的、乏味的、機械的事件化過程，她不想作為「一件事」死亡，而是作為一個人。正如紅拂在《紅拂夜奔》中想要將自己的死亡從成為「一件事」中拯救出來一樣，文學史嚴密的敘述邏輯是不斷將作品、作家以及某種狀態下的寫作在「事件化」之後編織成鏈條，清晰的因果關聯和前後迭代中包含著事件化本身的壓抑。文學希望掙脫文學史，文學史捆綁或放逐某種文學，兩者之間就包含著權力交鋒，文學希望能夠從文學史的「生死判斷」中還原自身的可能性，以打開更開闊的空間。王小波便是一個典型，在文學史中《黃金時代》被一筆帶過，其中的文學價值因為難以事件化，難以與當時的環境、歷史結合而只能成為與知青寫作相關聯並佐證文革反思潮流的作品。王小波之死被看作是中國第一個自由主義知識分子的意外死亡，意識形態和與主流價值之間衝突或共鳴的部分成為了事件的中心，

〔註5〕王小波：《紅拂夜奔》，北京十月文藝出版社 2017 年版，第 47 頁。
〔註6〕王小波：《紅拂夜奔》，北京十月文藝出版社 2017 年版，第 67 頁。

王小波作為文化界的象徵被賦予歷史意義的同時,他作為一個人的「死亡」本身被悄悄替代了,被大眾記住的是他作為自由主義者的姿態,在文學史中卻無法找到他作品的位置。在歷史留下的遺產下,整合出新的文學內部與外部的要素和線索,可以讓文本從「事件」中還原,並重新審視和反思文學本身的建構機制。

　　一方面,文學史的寫作就是在分辨、整理、認定具有歷史意義事件的過程。歷史的方法是描述事件發生的前因後果,說明事件能夠進入歷史的重要性和原因。在當代文學的建構中,每一個時期都有相關聯的重大事件和事件背後所倡導、抵制、喚醒和壓抑的時代精神。當代文學史的事件包括各種會議、運動和論爭,包括作家的出現與死亡,無論是前三十年中「社會主義現實主義」寫作綱領的一步步確立與加強,還是「新時期」以來人道主義、主體論之後的文化大討論。這些名詞、潮流、綱領、紀要和概念都是文學史內在建構的產物,事件和事件之間的連接組合成了歷史的結晶體,當歷史材料和文本作為歷史化的一塊「磚」,文學史的材料處理和寫作便走向了一種固定的製造機制。另一方面,不斷歷史化的意義也在於抵抗將文學史中的文本完全事件化。20 世紀 50 年代以革命為中心的文學評論綱領帶來了一種基於革命階級政治的、二元化的文學寫作和評價模式,20 世紀 80 年代的啟蒙轉向則與之前集體性革命話語呈現截然不同的思潮方向並建立起新的二元結構。每個時代的事件都帶來了後果、影響和遺產。現代性興起以來,現代人的狀態成為眾多問題的中心,無論國內外,伴隨著兩次世界大戰,理性主導下的人類發展與思維的方向都有著不斷二元對立的趨勢。對於中國來說,自「五四」文學革命開始,這種二元論的思維方式一直影響著中國文學史的寫作和對於文學本身的理解。在這樣的前提下,不再基於思潮和已有的文學史命名,重新基於作品和文本所歸納出的歷史化思路,是否可以提供一種將歷史從「事件」中還原的視角,是王小波重寫歷史背後文學之於歷史的拯救。同樣,以新的維度重新梳理現代文學在當代史階段的傳承與發展,是否可以將文學從事件、概念的命名中還原,同樣是王小波給予我們的啟示。

　　從王小波的《黃金時代》開始,關聯起王小波寫作的最初與最終,對照王小波在文學史上收穫的評價與誤讀,也許就能重新理解王小波作品無法進入文學史的原因,從而對文學史本身進行反思。

4.2 無緣主流的「知青史」：《黃金時代》下的「失蹤」

4.2.1 作為「失蹤者」的王小波：何為《黃金時代》？

王小波的《黃金時代》在內地輾轉多家出版社，直到 1994 年才在多方的幫助下由華夏出版社出版。和《黃金時代》在現實出版過程中的曲折對應的是《黃金時代》在文學史上的扁平化處理，《黃金時代》在當代文學的大眾認知中稱得上名篇，慕名而來的讀者眾多，解讀也頗為豐富。然而在文學史的敘事中，《黃金時代》總是被簡單地放置在一些文學潮流、思潮的命名之下，知青文學、新歷史寫作、「文革」反思同時鮮有闡釋，《黃金時代》甚至稱得上是被忽略的一部作品。文學史對《黃金時代》命名的共同之處在於將黃金時代緊緊按入那個特殊的「時代」，作為歷史的另類旁證，將作品中的「時代」與集體身份提煉出來編織進入文學史。這些闡釋與《黃金時代》獲得的大量閱讀、豐富討論很難匹配，《黃金時代》作為詞條被文學史提及的同時也被文學史抹除了其文本打開的可能性。「時代系列」中，《黃金時代》作為寫作時間最長的一篇小說，跨越二十年的寫作過程包含著時代已然發生的變遷，小說的寫作包含著 20 年的時間，其中所指向的絕不是短暫的題材下的「知青」和「文革」歲月，「時代」之外的「黃金」如何得以顯現和存在，是文學史始終沒有解答的問題。

《博聞強記的富內斯》〔註 7〕是博爾赫斯的一篇小說，講述了一個天賦異稟的記憶天才的故事，一次意外的墜馬後烏拉圭青年富內斯擁有了無人可比的記憶力，他被人稱為「未加斧鑿的查拉圖斯特拉」，是「超人的先驅者」，因為可以記住生命中的一切：「我一個人的回憶抵得上開天闢地以來所有人的回憶的總和。」而也因為他「應有盡有」的記憶力，他的記憶「正如垃圾傾倒場。」文學的「真」與歷史的「真」之間的差別正是在於對記憶的處理方式。文學化的極端是走向無數差異化的細節，回歸差異的個體記憶。而這些千差萬別的細節和個體正如富內斯腦海中無法組成「思維」的所有具體物一樣，正因為這種豐富和蕪雜，富內斯的記憶永遠無法歸類，也無法形成任何對抽象概念的知識，形成概括細節的思維能力。博爾赫斯寫道：「他思維的能力不是很強。思維是忘卻差異，是歸納，是抽象化。在富內斯的滿坑滿谷的世界裏有的只是伸手可及的細節。」〔註 8〕文學史能否成為文學的「真」與歷史的

〔註 7〕博爾赫斯：《杜撰集》，上海譯文出版社 2010 年版，第 1 頁。
〔註 8〕博爾赫斯：《杜撰集》，上海譯文出版社 2010 年版，第 6 頁。

「真」同時存在的通道並形成雙方的交流與平衡,這一問題本身似乎就充滿了悖論。對於歷史來說,有效記憶的基礎是遺忘的必然,必須包含有選擇的遺忘,才能編織成為有效的歷史。而文學所抵禦、打撈的是「遺忘」,所質疑和不斷推翻、突破的正是「記憶」何以有效的標準。在這一基礎上,我們回到王小波的寫作,會發現對於王小波來說,「知青」身份下的私人記憶,正如同富內斯腦海中無比蕪雜「滿坑滿谷的世界」,因為過於豐富、特異、生動具體而與主流話語中編織整理、清晰歸類的集體記憶話語迥異,以至於當文學史無法忽略王小波的同時,必須將他「拆解」,必須忽略他細節中的「難容之處」。

尼采在《道德的譜系》中並置了遺忘與記憶的關係,遺忘本身包含著對記憶的肯定:「遺忘,並不像平庸膚淺的人們所相信的那樣是一種簡單的怠惰,反而是一種……提供沉默的積極能力,是為無意識所提供的潔淨的石板,為新來者騰出空間……這些妙用就是我所說的主動遺忘。」〔註9〕正是「失蹤者」的存在保證了清晰可辨的文學史,在尼采看來,遺忘之於記憶具備了客觀確認的功能,而非表面上的拒絕和排斥,這一思路在福柯的考古學中有了更深入的發展與集成。失蹤者的必然是為了製造完整的記憶,被剔除、選擇忽略的文學史代表著文學史的此種觀念,此路之外,歷史和文學都包含更多可能。《黃金時代》提示著忽略、遺忘與被歸約的文學的存在:文學史總結的匱乏與文本巨大的個性張力之間的縫隙反而打開了文學史上「失蹤者」海洋的視域。在富內斯的記憶裏,個人經驗的細節和差異,使得尋找共性、尋找主流的記憶分類難以完成,在《黃金時代》中令人震動之處是與歷史的集體記憶截然相反的私人感覺。在反思傷痛、彷徨困惑,或是不悔昂揚、高歌理想的知青史的情緒基本盤中,《黃金時代》的細節糅合的情是時代之外的,複雜之處、具體之處借用肉體的愉快、性愛的遊戲在小說中形成了新的空間。正如同樣身為知青的阿城對青春感覺的強調一樣,王小波的「知青」回憶寫作是一種面向私人記憶而非集體記憶的寫作,這一寫作打開的是「富內斯」的世界,對歷史而言,富內斯是難以求證的奇人;而對於文學來說,富內斯代表的是「生命經歷的一切」。王小波的身份如同博爾赫斯,轉述的是無法被轉述和不可能再現的時代「傳奇」和生命感覺。

「知青文學」在文學史上被熱烈討論時,同時間王小波的創作卻超越了

時代中常見的知青情緒，短篇的豐富與探索，個人經驗的內化與變形。大部分評論者都很關注王小波的後期作品，而對於前期作品很少討論。天才的偏差往往是從起點開始的，王小波的早期創作預示著王小波的思路與文學史的邏輯之間「貌合神離」的關聯從一開始似乎就已注定。王小波早期小說提供了足夠多的線索，讓我們能夠看清楚文學史之外的「失踪者」領域。《黃金時代》在文學史中被簡單化與歷史本身在小說中被消解形成了一次文本內外有趣的互動，這種互動之中來來往往的既包括文學史話語的層層建構，也包含王小波從不成熟到成熟所堅持的「己見」，文學史內選擇的文本組成了一種文學史觀念，而文學史觀念最終以權力觀念的等級標準顯現出來，最終又回到對文本的闡釋。通過王小波的「失踪」反讀文學史，其中最隱秘的文本往往帶來最明顯的對照。《黃金時代》被選擇而無闡釋甚至充滿誤讀的背後所顯示出的文學史邏輯正是《黃金時代》的遭遇所反射出的歷史書寫對於文學的「阻隔」與「壓抑」，我們如何撬動《黃金時代》這一槓桿，以掀起文學史權力的一角？王小波的早期作品是非常值得使用的槓桿支點。

對於文學史，王小波不應該是一位「孤篇」作家。孤篇的精彩遮蔽了王小波更深邃開闊的創作，也往往讓人忽略了一個作家完整的成長和思想歷程，對於作家的討論，文學史不可能面面俱到，而對王小波早期作品的再閱讀，卻可以幫助我們撐開整個過程，其中既包含對王小波本身的閱讀，也包含著文學史在《黃金時代》寫作的這 20 年中建立起的知識化標準。《黃金時代》成為孤篇的文學史遭遇如同起點與終點的重疊，王小波的生命終點也正是其文學騎士形象的起點。而當追溯王小波文學生涯至 20 世紀 70 年代時，我們會發現，和 80、90 年代的文學熱潮、人文討論相比，文學史的 20 世紀 70 年代屢屢在視野邊緣，像是一個交錯混沌的銜接段落，是黎明前的黑暗、黑暗中又充滿光明的騷動，當「騷動」還來不及被仔細分辨，反思歷史的文學思潮開始推動文學復興，熱鬧和光明的期待裏 20 世紀 70 年代的蟄伏與沉默成了鋪墊與背景。王小波的文學起點和他逝世後暢銷文學騎士的終點中間有著二十餘年的「沉默」，在打破沉默之前，20 世紀 70 年代的作品如風暴瓶（Storm Glass）反映著時代開放過程中的氣候。王小波曲折的出版經歷、籍籍無名的小說家生涯以及死後的絕對沉默對照出接受界的遲到和不再有作者回應的喧囂，這些都成為一種印證和索引。對王小波的閱讀往往是回溯式的，他寫作「時代系列」，無論是《黃金時代》中的個人情愛經歷，《青銅時代》中重寫唐

傳奇的高蹈與異想，還是《白銀時代》中對未來的顯影，似乎都預示著他作為小說家，外在於「時代」，卻寫下了「時代」另一面的企圖。20 世紀 70 年代對王小波的寫作來說是一個稚嫩的開始，時代本身充滿了變動，無論是外部環境還是個體境遇。在他的「少作」中，可以看見個體超越於時代的自由，也可以看見中國當代文學在逐漸走向開放的過程裏，寫作者最初面臨怎樣的環境，如何沉默，又如何言語。對照著王小波後期「不懷好意」的「複雜」、技巧成熟的虛構，他在 20 世紀 70 年代的寫作則有著超出時代的清澈、有力、豐富。在這些風格、題材各異的短篇中，顯露出王小波面對不同時代和知識權力下的自我身份反思，從「知識青年」到「知識分子」，王小波對「知識」所持有的複雜態度，使得對王小波的閱讀大大超出了文學史的闡釋，其中存在著大量的未盡之處，早期作品的集體失蹤成了《黃金時代》孤篇精彩的基礎，而《黃金時代》與王小波早期作品之間的聯繫，也會幫我們打開一個整體性的視野。

4.2.2 「偏題」的王小波：文學的陰陽兩界

　　20 世紀 70 年代的當代文學在小說題材上依然延續了對「重大題材」的偏好，文學之於現實，依然需要表現出高度的觀照能力。20 世紀 70 年代末出現的作家作品中，無論是劉心武、王安憶，還是蔣子龍、王蒙，寫法上雖然各異，但對於重大時代變革和重大事件的反映依然是直接和清晰的。程光煒認為「重大題材」的偏好到了 1985 年才有了明顯轉折〔註10〕，這一轉折也僅僅是「表面式微」，是伴隨著文學主體性的不斷確立，「題材」有了更多呈現方式的過程，小說虛構的藝術技巧不斷提高，藝術能動性與歷史能動性共同推動著小說題材的邊界和寫法的革新。在 1998 年出版的王小波早期作品中，只有《天長地久》在此之前正式發表過，可以看出當時文學發表體制對題材選擇的嚴格。1980 年，王小波的處女作《天長地久》刊登在《醜小鴨》雜誌上，這是王小波寫作年表中唯一一篇「按時」發表的作品。知青生涯中的寫作給了王小波在匱乏中自我紓解的途徑，而他對於「知青」歲月的真誠回憶，又讓文學史找到了暫時安放他的位置。《天長地久》常常被看作是《黃金時代》的前傳和實驗，作為一篇有著「傷痕」（女主角「邢紅」之死）和「反思」（個

〔註10〕程光煒：《當代文學七十年的分期、研究和史料建設》，《文藝報》，2019-06-24（002）。

體「我」的反抗）思想的知青小說，無疑是符合當時文學評論界期待的。將《天長地久》納入知識分子話語體系中被考察，可被認為是「知青文學」潮流下的一篇習作。

同時存在的不願意過多介入時代主題的作家，如汪曾祺，其作品同樣難以歸入種種潮流中，1986 年汪曾祺正值其寫作的「衰年變法」，一方面開始轉向聊齋傳奇故事的新寫，另一方面，隨著八十年代中後期，傷痕、反思等直接控訴「文革」的小說逐漸退出主流，汪曾祺卻回頭寫起了歷史，同樣不妨看作一次小逆動。其中有一篇以《虐貓》為名的微型小說，寫的一群孩子在「文革」中變著法子虐待貓，直到其中一個孩子的父親跳樓被抬走，一群孩子也放走了手裏的慘叫的貓。有趣的是在大約十年前，王小波 70 年代的作品中同樣有一篇以虐貓為題材的短篇小說《貓》。王小波的《貓》寫於尚未被歷史正式給出判斷的非常時期裏，王小波寫作的角度是普遍的個體情緒——面對「虐待動物」事件的內在感受與人的爆發。這一角度的選擇顯示出王小波處理現實題材的偏向——寓言化的故事，尋找「感受」「知覺」上的共同與共通，小說提供的不是具體的時空，但提供了具體生動的恐懼場景和情緒狀態。王小波的處理方式在當時頗有先鋒性，對一場浩劫中個體的恐懼，刻畫得深入卻克制。兩篇相差十年、主題相似的作品都反映著「文革」結束前後在「重大題材」之外的寫作方式，而王小波作品之於文學史的錯位和遲到，正如汪曾祺之於文學史的游離與獨特。王小波在題材選擇上「業餘」，寫作方式「先鋒」，和時代中文學開放與豐富的節奏相比更快了一些。

與此同時，20 世紀 70 年代王小波文學青年的身份與當時的出版體制和評論機制顯然無法對接。「計劃經濟」模式下的文學制度有著嚴格的邊界，對文學作品的控制因為某種開放而更加細緻，文學空間從「噤聲」走向復蘇的同時，20 世紀 70 年代的小說面臨著非常嚴苛的發表規則。小說的發表、作家的身份都在嚴格的體制內產生與流動。作品除了層層審稿，還有官方體制的作家協會以確認寫作者的身份，作家身份的認同首先需要經過層層審稿取得作品發表的資格，然後獲得官方批評機構的認同和廣大群眾讀者的重視，最終被納入作家協會或者獲得一定的行政身份。對於作品的修改也是極其常見的事情，無論是大的主題、情節，還是小的細節、手法。對於當時未能成名的作家來說，讓自己的作品面世出版，本身就是一項艱巨的任務——在其過程中，很可能與原本的創作意圖相去甚遠。這對於王小波來說是最初

的文學體驗,而不惑之年的王小波,逐漸走入創作的成熟時期時,《未來世界》《2015》《2010》《白銀時代》等後期作品小說情節中不斷出現的審查制背景、體制化的作家、持證創作和研究的文科從業者、不斷重寫和被刪改的故事等情節,將王小波與喬治·奧威爾等政治諷刺作家相聯繫之餘,也應該發現 70 年代以來作者真實經驗的存在。20 世紀 70～80 年代這一過渡時期中文學逐漸開放多元的主流認知下,一直有著准入的「潛規則」,王小波的個人寫作史體現著單一的壓抑逐漸消失,取而代之的是外在於主流的被放逐:寫作和發表,構成了王小波的陰陽兩界。除了《地久天長》,王小波早期作品中的篇目,都從不同方面體現著王小波創作傾向和題材選擇上異於時代。《綠毛水怪》寫的是「我」與水怪的懵懂愛情;《戰福》寫的是一個農民被戲弄變成狗的悲慘;《這是真的》裏寫了一個村幹部在夢裏變成一頭驢又醒來的荒誕與權力的悲哀;《歌仙》寫了劉三姐傳說的新演繹;《這輩子》和《變形記》類似如今的「魂穿」題材,一個穿越到了上輩子,一個男女靈魂彼此調換;《貓》虛構了一個時空,並在其中看見貓被虐待;《我在荒島上迎接黎明》則是一篇對生活的抒情詩。顯然這些作品都沒有「發表意圖」,也很難在當時被更多人讀到,甚至對於同時代的「地下寫作」,王小波的寫作依然是偏離文學史追認的主體範圍的。文學史對 20 世紀 70 年代的整理圍繞著政治環境的變更,對作家、作品的注意力集中在時代變革下知識分子處境的轉換,追溯「文革」後期的地下寫作、手抄本小說對於傷痕、反思文學的啟發,追溯 70 年代末期知青群體與白洋淀詩群、朦朧詩、知青文學命名之間的關聯,而外在於此的王小波和他創作的「手抄本」很難歸入此中範圍,也正是這種全方面的異質性,讓我們閱讀王小波的同時也就理解了文學史的知識篩選、命名機制。

　　《歌仙》便是題材上頗為特別的一篇。其故事源於劉三姐的傳說,王小波對權威與傳奇進行解構演繹的偏好在這一部短篇小說中已見端倪。王小波對劉三姐故事的熟悉與當時 60 年代歌舞片《劉三姐》風靡全國不無關係,民間傳說被借用為階級話語,劉三姐從神女歌仙轉變成用山歌對抗地主的農民少女,王小波的解構是雙重的,他把劉三姐從階級鬥爭中的壯族女孩還原成為傳說中縹緲難尋的「歌仙」,而又將傳說中神化的「歌仙」解構成一出人間永恆的孤獨悲劇。這種對政治權威、歷史傳說的雙重解構態度,在王小波之後的歷史小說中都可以找到進一步發展,無論是《萬壽寺》還是《紅拂

夜奔》，王小波在小說中並置歷史與現實的交錯時空，都讓故事被解放後，
開啟了多種結局和空間，藝術所衝擊的不僅是權力關係下當代世相的僵化，
還有對歷史、傳奇祛魅式的重讀，以及重讀中對值得被開掘解放的精神的喚
醒。王小波在政治變動的時期保持著對藝術和人性限度的遐想與思索，在題
材的選擇上保持著一種多樣的天真，這與沈從文在 20 世紀 20 年代對文學的
探索是相似的。1926 年完成的《龍朱》是沈從文頗具傳奇巫神色彩的一篇和
諧短作，寫的是少數民族地區一段因歌生情的故事，正如沈從文對人性真善
美探索的極致詩化，王小波則風格鮮明地指向人性的另一種矛盾。比照沈從
文的《龍朱》來理解《歌仙》，將王小波在 70 年代題材上的探索，和沈從文
在 20 世紀 20 年代的寫作相對照，可以看見兩者在大環境之下，都保持了獨
特的寫作角度。

　　劉三姐的傳說本身是一個女性版本的《龍朱》，但王小波改寫後的《歌仙》
卻是一個反寫了《龍朱》的悲慘故事。不同於《龍朱》中沈從文塑造的「完美
的美」，龍朱的歌聲和形態皆如神選，《歌仙》中的劉三姐卻是醜的極致，外
表與歌聲形成的反差超出人想像。在《龍朱》中，因為擁有極端的美，龍朱不
得不面對孤獨：「任何種族的婦人原永遠是一種膽小知分的獸類，要情人，也
知道要什麼樣的情人為合乎身份。」〔註 11〕所有女人都自知配不上龍朱，龍
朱成了傳說中的符號，絕美和平庸之間有著難以逾越的間隔。而《歌仙》中，
劉三姐的孤獨是因為極端的醜陋：「長得可怕萬分，遠遠看去，她的身形粗笨
得像個烏龜立了起來，等你一走近，就發現她的臉皮黑裏透紫，眼角朝下耷
拉著，露著血紅的結膜。臉很圓，頭很大，臉皮打著皺，像個乾了一半的大西
瓜……」〔註 12〕極致的醜陋使得劉三姐被不斷放逐，從離開家，到離開土樓
流落荒野。和龍朱因為太美的非人與成神相比，劉三姐代表了另一種極端，
太醜陋的非人化，成了不被人類社會接受的存在：「從此之後，劉三姐在這個
土樓上也待不住了。她從家裏逃到這個土樓上，但是無端的羞辱也從家裏追
了來。可是她有什麼過錯呢？就是因為生得醜嗎？可是不管怎麼說，人總不
能給自己選擇一種面容吧！」〔註 13〕

〔註 11〕沈從文：《龍朱》《沈從文全集》（第 8 卷），北嶽文藝出版社 2002 年版，第
　　　　323 頁。
〔註 12〕王小波：《歌仙》，《綠毛水怪》，北京十月文藝出版社 2017 年版，第 48 頁。
〔註 13〕王小波：《歌仙》，《綠毛水怪》，北京十月文藝出版社 2017 年版，第 45 頁。

在沈從文的筆下，龍朱的孤獨最終有同樣一個配得上他的女子替他解除，龍朱獲得了類似公主與王子一般的愛情：「十天後，龍朱用三十隻牛三十罈酒，做了黃牛寨寨主的女婿。」而在《歌仙》中，劉三姐的孤獨是無可消除的：「阿牛正在心裏描繪劉三姐的容貌，猛然，在金光閃耀的山頂，一叢小樹後面，伸出一張破爛茄子似的鬼臉來，而且因為內心緊張顯得分外可怕：嘴唇拱出，嘴角朝上翹起，吊眼角都碰上嘴了！馬上，江上響起了落水聲，八隻魚鷹全都跳下水去了。阿牛瞠目結舌，一屁股坐在竹排上，被江水帶向下游。此後，人們再也沒看見劉三姐。」〔註14〕雖然和《龍朱》一樣來自民俗傳說，富有自然情調，相似的追愛過程，雙方隔山對歌生情，在沒見面時都將歌聲視為情愛的唯一介質，結局卻迥異。王小波將小說命名為《歌仙》，「歌仙」非人，只留歌聲：「最初，人們在江面上能聽見令人絕倒的悲泣，之後聲音漸漸小了，變得隱約可聞，也不再像悲泣，只像游絲一縷的歌聲，一直響了三百年！其間也有好事之徒，想要去尋找那失去蹤跡的歌仙。他們爬上江兩岸的山頂，只看見群山如林，灕江像一條白色的長縷從無際雲邊來，又到無際雲邊去。頂上藍天如海，四下白雲如壁。」〔註15〕不同於沈從文筆下的「神子」在凡間收穫幸福的《龍朱》，《歌仙》寫的是醜女「非人化」後離開塵世「成仙」，最後都留下自然草木一派生機，不同的是寧靜之中有喜有悲。沈從文曾說：「你們能欣賞我故事的清新，照例那作品背後蘊藏的熱情卻忽略了；你們能欣賞我文字的樸實，照例那作品背後隱伏的悲痛也忽略了。」〔註16〕也同樣可以用來形容王小波的寫作，《龍朱》的結局是夢幻般完美的，背後卻有著始終存在的龍朱的孤獨與人在愛欲前的渺小，《歌仙》的結局頗為荒誕，徹底逆轉了傳說的完美，解構神話後的破碎中，王小波同樣在努力表現著生命的熱情和愛欲的強大，以及個體在群體中存在的極端狀態——劉三姐不斷追求愛，克服孤獨的過程，最終毀滅消失，徹底脫離人間社會。

　　和沈從文筆下不留時代痕跡的寫法相似，王小波在20世紀70年代的作品表面同樣是遠離時代主題的，用王安憶的話說：「七十年代是壅塞著許多大事的十年，這些大事是曲折地波及到處在局部的個人生活。」〔註17〕而王小

〔註14〕王小波：《歌仙》，《綠毛水怪》，北京十月文藝出版社2017年版，第51頁。
〔註15〕王小波：《歌仙》，《綠毛水怪》，北京十月文藝出版社2017年版，第41頁。
〔註16〕沈從文：《沈從文全集》（第13卷），北嶽文藝出版社2002年版，第222頁。
〔註17〕王安憶：《康莊》，《成長初始革命年》，譯林出版社2019年版本，第30頁。

波的不少作品，既沒有直接反映和捲入這些時代大事，也沒有從局部的個人生活出發——他借用傳說，再造傳說，寫的是不見時代符號的「懸空」故事。如此選擇之下，王小波的 20 世紀 70 年代注定成為他的私人記憶。但也正因為作品的潛伏「狀態」，讓他身上的異質性更加堅固。也正是 20 世紀 70 年代以來的長期蟄伏，讓王小波的風格可以得以保留——他的獨特性因為沒有「按時」進入文學場域，終於在 20 世紀 90 年代能夠以比較完整的面貌進入批評界，雖然歷經曲折，王小波作品發表歷程無不體現著時代中文學觀念的變化，也正是這種遲到注定了文學和文學史之間必然的鴻溝。

遵循當代文學史的主流敘事邏輯，王小波無論是在哪個時代，都很難說成功進入了主流文壇。《黃金時代》被簡單歸為知青文學和「文革」反思，《青銅時代》等最核心的作品最終出版於 20 世紀 90 年代，也已然錯過被文學史確認為「經典」的機緣，文學和時代都匆匆來到了下個路口，作者本人已離開，其身後聲譽與地位更多來自新世紀以來廣泛的雜文讀者與文化傳媒界。王小波的寫作從 20 世紀 70 年代開始，在最早的地下小說作品和私人寫作中他所表現出的趣味，成為他未來風格的預兆，重新審視這一批 20 世紀 70 年代的作品與當時文學史中心的距離，正是理解王小波失踪於文學史中心的開始。對於王小波而言，政治的宣傳建構和反政治的話語解構未必構成真正的正反兩面，真正的分野，恰似他理想中的嚴肅文學和文學史話語圈之間的關係，才是真的「陰陽兩界」。

4.2.3 「變形」的意義與黑色幽默

王小波創作於 20 世紀 70 年代的短篇小說雖然數量有限，但細讀之後不難發現其中高度相似的「變形」元素，王小波的遊戲化風格來源於「變形」的多種形式：變形的不僅僅是情節、人物、故事背景，還包括文本、寫作形式、記憶和各種抽象之物。王小波對這一小說裝置的喜愛，也預示著他未來的「黑色幽默」風格形成的前提。

王小波有著自己的小說標準，他很長一段時間，以文學圈外人的姿態寫著不斷追求文學精度的「嚴肅文學」，他在雜文中說理想小說的特徵：「真正的小說家不會喜歡把小說寫得像電影。我記得米蘭‧昆德拉說過，小說和音樂是同質的東西……小說該寫人內在的感覺，這是沒有疑問的。但僅此還不夠，還要使這些感覺組成韻律。音樂有種連貫的、使人神往的東西，小說也

該有。既然難以言狀，就叫它韻律好了。」〔註18〕而王小波對自己早期的作品並不滿意，按照他在四十歲後對於小說的標準，早期的短篇作品似乎都不夠有韻律，更像有著情緒需要發洩的青年，一股腦進入了小說世界：「我身上總有一股要寫小說的危險情緒。插隊的時候，我遇上一個很壞的傢伙（他還是我們的領導，屬於在我們這個社會裏少數壞幹部之列），我就編了一個故事，描寫他從尾骨開始一寸寸變成了一頭驢，並且把它寫了出來，以泄心頭之憤。後來讀了一些書，發現卡夫卡也寫了個類似的故事，搞得我很不好意思。」〔註19〕王小波自述中提到的這篇有真實隱射的小說是《這是真的》，寫的是上山下鄉運動中的一位有些權力的幹部，夢見自己變成了一頭驢，在夢中作為一頭驢，被同一公社的小孫使喚來去。在變成驢的夢中，人們對老趙的不滿在夢中對變成驢的老趙發洩了出來，而在老趙夢醒之後，旁人聽了老趙訴說自己的夢後，都在心中感歎「如果這是真的該多好」，而老趙因為能夠聽見大家心中的「聲音」，在現實中狠狠報復了夢中使喚自己的小孫。〔註20〕王小波寫的是權力施暴的無理與殘酷，「變形」之後的日常，與卡夫卡的《變形記》一樣，給予了故事一個荒誕的前提，「變形」主題帶來的荒誕與間離效果，延續在王小波後期的創作中。在擴寫《紅拂夜奔》的故事時，人物從傳說，到小說，從短篇到長篇，不斷變形，長篇《紅拂夜奔》的第八章，王小波在提要中說：「本章的內容受到了卡夫卡《變形記》的影響。這位前輩大師的人格和作者極為近似。」〔註21〕《未來世界》中，王小波再次提到《變形記》：納博科夫說：「卡夫卡的《變形記》是一個純粹黑白兩色的故事。顏色單調是壓抑的象徵。我舅舅和F的故事也有一個純粹黑黃兩色的開始。我們知道，白色象徵著悲慘。黃色象徵什麼，我還搞不大清楚。黑色當然是恐怖的顏色，在什麼地方都是一樣的。」〔註22〕故事因不斷變形而變得豐富，《萬壽寺》中薛嵩和紅線面對刺客，在鳳凰寨中出現了不同種類的應對方式，刺殺行動有著截然不同的展開途徑，故事有著不斷變化的結局——王小波將「變形」的意識

〔註18〕王小波：《蓋茨的緊身衣》，《沉默的大多數》，北京十月文藝出版社2017年版，第204頁。

〔註19〕王小波：《我為什麼要寫作》，《沉默的大多數》，北京十月文藝出版社2017年版，第148頁。

〔註20〕王小波：《戰福》，《綠毛水怪》，北京十月文藝出版社2017年版，第69頁。

〔註21〕王小波：《紅拂夜奔》，北京十月文藝出版社2017年版，第112頁。

〔註22〕王小波：《白銀時代》，北京十月文藝出版社2017年版，第138頁。

貫穿在自己寫作的始終，作為前提的「變形」，帶來的是故事內容的荒誕；敘
事過程中不斷故事的「變形」，則帶來了故事形式和意味的多樣——這種多樣
性構成了王小波文學上的幽默。

此外，「變形」也宣告著王小波作品一貫存在的悲哀的黑暗底色。《戰
福》〔註23〕是一個顛倒的《變形記》故事，和變形記的「無因果」相比，
《戰福》相對傳統地解釋了「變形」背後的恐怖與殘酷。六十年代的農村一
片凋敝，戰福是石溝裏一個村年輕落魄的17歲農民，爹爹死後，戰福和哥
哥相依為命，因為哥哥娶了媳婦，戰福被排擠出門。更加落魄之後無意中來
到了村裏的供銷社徘徊。供銷社常年無人問津，售貨員們百無聊賴，售貨員
看著落魄邋遢的年輕農民並無同情，只想戲弄一番，售貨員小蘇看似樸實
可愛，實際上頗為風騷，想要拿戰福散心解悶。戰福是個缺少關愛也毫無戒
備的青年，面對小蘇忽然熱情的招呼腦中一片空白：「戰福小心翼翼地朝她
走去，好像一條野狗走向手裏拿著肉片的人。」戰福被圍觀著，供銷社裏的
人哄笑著，成為一個奇異的景觀。大家都起哄戰福和小蘇之間有些什麼，這
惹惱了小蘇，而戰福則在一陣陣笑聲中察覺出寒意。誰知此後，戰福更是有
了幹勁，下定了決心要改變現在的生活，小蘇已然成為戰福心裏唯一的幻
象，他開始想像關於小蘇的一切畫面，小蘇成為包含著各種欲望的美好形
象。哪怕被嫂子羞辱，戰福依然夢遊一般走到了供銷社，供銷社裏的人添油
加醋繼續起哄。村里人看見了戰福的改變，流言蜚語像瘋了一樣傳開，戰福
在其中只感到夢幻，感到小蘇的可親。最終，小蘇感到了無比的羞辱，在戰
福依然得意洋洋的時候，找到了戰福厲聲呵斥，甚至拿著針，扎進了戰福的
臉上。小蘇是給他一點希望的人，也是最終把希望掐滅的人。小說的結尾，
戰福不見了，變成了一條沒主的黑狗：「全身斑禿，瘦得皮包骨頭。每逢趕
集，就站在戰福站過的地方。沒有人看見它吃過東西，也沒有人看見它天黑
後在哪裏。它從來也不走進供銷社的大門。過了幾個月，人們發現它死在二
來子的院子裏。」〔註24〕

《戰福》中的殘忍和麻木不免讓人讀出魯迅的氣息，魯迅在《吶喊》中
寫出的眾多群像在《戰福》裏有著經過變形的重現：麻木愚昧的底層農民，
宗族權威中心的家長與壓迫者，無聊殘酷的旁觀者，如革命如情愛一樣撩人

〔註23〕王小波：《戰福》，《綠毛水怪》，北京十月文藝出版社2017年版，第60頁。
〔註24〕王小波：《戰福》，《綠毛水怪》，北京十月文藝出版社2017年版，第69頁。

的幻想,脆弱的希望和希望的幻滅⋯⋯他在寫一個「變形」的超現實故事,「變形」更像一個折射裝置,一個照出細節的鏡子,通過超現實的方式,記錄王小波對現實的細緻體認。正如卡夫卡通過《變形記》寫出現實的人際關係冷暖變化、資本主義社會運作的殘酷,王小波作品中的現實是根基,是變形世界的來源,而他荒誕、超現實的變形是基於現實土壤生發的枝葉,風格與美感是枝葉上的花與果實。「變形」的使用也讓王小波把《戰福》這樣的故事從「國民性批判」的傳統問題中解放了出來,具有了更加開闊的現代性反思。深刻即荒誕,魯迅晚期作品《故事新編》的徹底轉向顯示了現代白話文小說藝術對於歷史與現實的黑暗內核時以荒誕的形式表現時的張力,而王小波從形式上將「變形」放入自己的故事,則讓其中的「荒誕」超越了基於國家民族立場的批判,也超越了啟蒙話語,戰福身上包含的問題除了農村凋敝下的麻木、愚昧,人群的冷漠、殘忍,這些荒誕所帶來的深刻揭示,指向了更複雜的內核。王小波的黑暗底色根植於此,這種黑色底色包含了作者本身對世界的洞察。正因為這一底色的存在,讓王小波的寫作本身成為挑戰不可能的事情,才有了悲觀之上生發出來的「幽默感」和對寫作豐富性的追求。

「變形」的故事架構,首先滿足的是視角的轉換,從而帶來了豐富的可能性,文學的基礎是對現實之外可能性的發掘。王小波將真實中無能的憤怒通過「變形」更直接地轉化為荒誕的無奈,「無奈」作為敘事的前提,讓每個人物都接受眼前的困境,開始講述接下來的故事。在王小波的早期作品,直接以《變形記》命名的一篇,寫的是一對情侶,交換了彼此身體後,對自我的各自審視。王小波的藝術視野超前在他的「變形」主題中也體現了出來。隨著 20 世紀 50 年代以來女性主義的全球性興起,男女互換身體的設定,在 21 世紀眾多歐美大眾文化產品中都可看見其蹤影,近年來現象級的日本動漫《你的名字》糅合的就是時空交錯和男女魂穿的元素,以男女交換身體為設定前提。「穿越」設定是 21 世紀網絡文學興起後最蔚為大觀的一種架構故事的方式,《這輩子》寫的是穿越時空的故事:這一輩子的「我」是農民,而依稀想起上輩子「我」的意識是從一個城里人穿越而來的。《變形記》和《這輩子》不同於《這是真的》《戰福》中的直接變形,其中的主人公並沒有異化成為某種動物,而是完成了跨性別、超時代的「魂穿」。這種敘事前提的建立,轉化殘酷、痛苦的方式,同樣體現著王小波「黑色幽默」風格的開始。

在於艾曉明的通信中,王小波這樣評價卡夫卡:「我有一種比較中庸的說

法：寫一部小說，或是作者操作了一些什麼，或是作者自身被操作了一番；我贊成的是後一種。我以為像卡夫卡、卡爾維諾這樣的作家，都是後一種。通俗作家都是前一種。」〔註25〕王小波贊同卡夫卡的寫作態度，正是在於卡夫卡將自己放置於現實之中，將作家自認為高深的念頭都放入「世界」裏。王小波「黑色幽默」中悲觀和謙卑的地方正是他認為自己是「嚴肅文學」的原因之一，王小波寫黑色、荒誕的世界，自己也是黑色、荒誕的一部分。因此在他眼中，卡夫卡和昆德拉是兩種不同的小說家：「我很喜歡昆氏能把人性的不足玩乎於指掌之上，但我以為，作為真正的小說家他有些不足。真正的小說家把寫作看作是一種極端體驗，用這種體驗來構造世界。用福柯的話來說：通過寫作來改變自我。昆氏寫小說的態度，多少有點玩一把的意思，就如錢鍾書寫《圍城》那個樣子。這種態度是我不喜歡的。」〔註26〕所以在王小波的眼裏，昆德拉的寫作是面向通俗的，而卡夫卡則背負自身的黑暗寫作，在寫作中成為自己，而不是在寫作中評判世界。

與「變形」情節相對應的是王小波對「黑色幽默」的堅持。「黑色幽默」作為王小波借用來的一個技巧性的詞彙，本身也代表著一種哲學觀念，王小波通過寫作，用作品闡釋著這一觀念的變形。王小波從革命年代中的文藝樣板中叛逃，反抗的是一種抽象的思維，這種抽象的思維把參差多態的現實之物，統統抽象成為某種單一、規約內的概念，「鮮花毒草」脫離了本身的意義，成為一種抽象的文類，再抽象為一種危險的傾向。物本身的特別都被抹殺。王小波抗爭的正是這種抽象化的思維，避免直面而又與之對抗的態度正是黑色幽默。王小波曾經分享過自己閱讀到的一個掌故，名為「奸近殺」，說的是有一位才子，在自己的後花園裏散步，看到一對螞蚱在交尾。忽然從草叢裏跳出一個癩蛤蟆，一口把兩個螞蚱都吃了，才子大驚失色，如夢方醒，而作者的感慨非常出乎王小波的意料，也正是王小波「沉默」多年與之保持距離的一種結論：「作者的感慨是『奸近殺』啊。由此可以重新解釋這個故事：這兩隻螞蚱在籬笆底下偷情，是兩個墮落分子。而那隻黃裏透綠、肥碩無比的癩蛤蟆，卻是個道德上的義士，看到這樁姦情，就跳過來給它們一點懲戒——

〔註25〕王小波：《我為什麼要寫作》，《沉默的大多數》，北京十月文藝出版社 2017 年版，第 148 頁。

〔註26〕王小波：《致艾曉明》，《我的精神家園》，北京十月文藝出版社 2017 年版，第 177 頁。

一把它們吃了。」〔註27〕如此解釋成為主流,使得王小波感到了「黑色幽默」的必要性。「黑色幽默」中悲觀的部分在於承認生活困境的永恆,而幽默在於視角永恆的變化——變化中創造,創造中豐富,意義豐富後歧義叢生的地方,正是幽默開始的地方,包容這種幽默也就意味著包容豐富。扼殺「幽默」的思維,便是「奸近殺」故事中顯示出的「黑暗」。對於這種思維模式固舊的不滿處,正是王小波的幽默開始處:「(故事)寓意是好的,但有點太過離奇:癩蛤蟆吃螞蚱,都扯到男女關係上去,未免有點牽強。我總懷疑那隻癩蛤蟆真有這麼高尚。它頂多會想:今天真得蜜,一嘴就吃到了兩個螞蚱!至於看到人家交尾,就義憤填膺,撲過去給以懲戒——它不會這麼沒氣量。這是因為,螞蚱不交尾,就沒有小螞蚱;沒有小螞蚱,癩蛤蟆就會餓死。」〔註28〕王小波轉述故事的過程裏就包含著他習慣性的視角轉化,他的立場忽然從人轉移到了動物身上——蛤蟆與螞蚱身上,這一轉化而造成的滑稽與幽默感,正是在他早期小說的「變形」主題中顯現出來的一種習慣。王小波的幽默和文學史的嚴肅姿態之間,顯示出的是二者背道而馳的方向,王小波希望能夠通過變形逃離主流秩序單一的闡釋和規定,而文學史所要做的是將一種現實、一類邏輯從文學作品中無數「變形」「變形」的無限中捕捉、還原,成為唯一的、堅定的敘事材料。

　　以「黑色幽默」的方式追求「有趣」是王小波的一種習慣,通過不斷轉化視角使得主觀「變形」,讓王小波能夠在任何時刻都盡力創造豐富,王小波曾說:「有人問一位登山家為什麼要去登山——誰都知道登山這件事既危險,又沒什麼實際的好處,他回答道:因為那座山峰在那裡。我喜歡這個答案,因為裏面包含著幽默感——明明是自己想要登山,偏說是山在那裡使他心裏癢癢。」〔註29〕王小波讚賞的登山家回答,便是將視角從主觀的意願,轉化為客觀存在的描述,在這樣的轉化中,主觀和客觀都被納入進視野之內,肉麻的抒情被克制,取而代之的是多視角下產生的幽默。在一次訪談中,王小波說過這樣的話:「我覺得生活裏的事情發生以後,大家的感觸都是一樣的。

〔註27〕王小波:《奸近殺》,《沉默的大多數》,北京十月文藝出版社 2017 年版,第 52頁。

〔註28〕王小波:《奸近殺》,《沉默的大多數》,北京十月文藝出版社 2017 年版,第 52頁。

〔註29〕王小波:《我為什麼要寫作》,《沉默的大多數》,北京十月文藝出版社 2017 年版,第 148 頁。

你所說的感觸可能是由於我的寫作風格所致。我自身的體會是，寫起東西來還是應該舉輕若重，舉重若輕。一個感情很重大的事情你不需要去渲染它，你只要把它很樸素地寫出來，讀者自然會體會。你要是把它渲染了以後呢，倒是有一種「濫情」的嫌疑〔註30〕。」王小波在小說中用熱力學的角度來看待這個世界，狂熱、單調的行為無疑是一種熵增，熵增會使世界走向熱寂。王小波讚賞登山家之處還在於他喜歡登山家幹的事，一個人沒來由地往懸崖上爬。哪怕它會導致肌肉疼痛，哪怕冒著危險，所以一般人儘量避免爬山，在王小波看來這是個「減熵」的行為，減熵往往帶來的是對趣味與文明的保護。面對經歷過的歷史真實，真實中的人們往往趨利避害，趨於普遍的瘋狂，增熵帶來的機械化、同質性無疑是最為「無趣」的。王小波反對「無趣」，讚賞「減熵」，都來源於他早年記憶中的真實。當人們不再自由地轉化視角關注這個世界，就會陷入一種單向度的狂熱。王小波到中年後在雜文中說出的感慨，年輕時並無明確表達，但是在寫小說上，王小波對於抒情的克制卻是從早年作品中就已經有所意識。幽默是一種「減熵」的工具，幽默保護豐富，又不使之走向混亂：「據我的考察，在一個寬鬆的社會裏，人們可以收穫到優雅，收穫到精雕細琢的浪漫；在一個呆板的社會裏，人們可以收穫到幽默——起碼是黑色的幽默。就是在我待的這個社會裏，什麼都收穫不到，這可是件讓人吃驚的事情。」〔註31〕一個社會如果連黑色幽默都無法存在，無疑會失去控制進入熵增的過程，從而走向瘋狂。

這種幽默也存在於其最著名的小說中，但文學史對其中的「幽默」卻很難講述。《黃金時代》的寫作長達二十年，90年代王小波寫了不少雜文回憶自己寫《黃金時代》的種種，其中他說：「在我的小說裏，真正的主題，還是對人生存狀態的反思。其中最主要的一個邏輯就是，我們生活有那麼多的障礙，真他媽的有意思。這種邏輯就叫作黑色幽默。我覺得黑色幽默是我的氣質，是天生的。」〔註32〕王小波對「黑色幽默」的借用擴展了這個專有名詞的範圍——他想表達的是一種生存或者說生活態度，在《黃金時代》的出版後記

〔註30〕黃集偉：《王小波：最初的與最終的》，《王小波十年祭》，李銀河編著，江蘇美術出版社2007年版。

〔註31〕王小波：《自序》，《沉默的大多數》，北京十月文藝出版社2017年版，第10頁。

〔註32〕王小波：《從〈黃金時代〉談小說藝術》，《一隻特立獨行的豬》，北京十月文藝出版社2017年版，第68頁。

中，他再次換了一個說法來表達同樣的觀點：「本書的三部小說被收到同一個集子裏，除了主人公都叫王二之外，還有一個原因，那就是它們有著共同的主題。我相信讀者閱讀之後會得出這樣的結論，這個主題就是我們的生活。」〔註33〕對王小波而言，生活本身的哀樂苦難未必是有更好的明天可以去拯救的，但當個人失去視角轉化的能力，失去跳出主觀世界的機會時，這是一種主觀上的「失敗」與「放棄」，一種對無聊生活的妥協，人內在可能的詩意被扼殺的同時，這個世界的豐富也遭遇威脅。

4.2.4　《黃金時代》與《綠毛水怪》：「怪」與「破」的詩意

　　《綠毛水怪》是王小波早期作品中最著名的一篇，其中那句「我們就像在池塘的水底，從一個月亮走向另一個月亮」與多年後《三十而立》裏那句「走在寂靜裏，走在天上，而陰莖倒掛下來」遙相呼應，和早期的純情相比，中年的王小波對世界的感知更加豐富，寫作的領域也越來越深入和擴大。王小波對「詩意」的熱愛從未消滅——語言上精巧的浪漫，人物上富有生命力的行動，都從不同方面展現著王小波的「詩意」，「詩意」本身就是一種背負著「可能性」的對主流的「反叛」。《綠毛水怪》一方面用一種簡單、純真的風格開啟了這一王小波創作的母題。另一方面，當評論者將這篇小說放入文學史的脈絡中，會發現它身上的雙重異質性：《綠毛水怪》最早寫於1972年，以手抄本的形式在朋友中流傳，與可公開閱讀的文學相比，無疑是一種異質的存在；而《綠毛水怪》最終發表在1998年，王小波去世後才得以在《花城》發表，20世紀50～70年代文學整體上已經成為新的邊緣與異質，「新時期」以來文學本體論的各種探索和知識分子立場的再度確立下，王小波早期小說中的童真的生命力和烏托邦召喚再次不合時宜。《綠毛水怪》雖然有著多重「特異」，文本本身是一個相對簡單浪漫的故事：「我」是陳輝的好友，在公園的長椅上，陳輝向「我」講述他和楊素瑤從童年就開始的故事，那時他們剛剛五年級，因為能識破老師和同學的心思，機敏而直言，被老師們認為他們都是很「複雜」的小孩，於是一個被叫作「怪物」，一個被叫作「人妖」，而陳輝從此就稱楊素瑤為「妖妖」。在老師和同學共同的排擠下兩個孩子逐漸產生了珍貴的友情，一起讀書，一起買書，有著非常快樂的回憶。「文革」開始後兩

〔註33〕王小波：《〈黃金時代〉後記》，《沉默的大多數》，北京十月文藝出版社2017年版，第68頁。

人各奔東西，斷了聯絡。一天陳輝偶然發現妖妖兩年前留下的字條，決定尋找妖妖，到她家後方才知道，她有一天去海裏游泳，一去不回。從此懷念妖妖的陳輝經常到海邊散步，一天，在海中的一塊礁石上他竟然發現了妖妖，然而她已經完全變成了深海水怪，進入了綠種人的世界。同時，陳輝決定變成水怪，追隨妖妖的旅程，妖妖很開心，決定去海底尋找變成水怪的藥水，兩人商定第二天在礁石會面。誰知陳輝意外生病，未能按時到礁石赴約，從此再也沒有了妖妖的消息。

　　《綠毛水怪》以聆聽回憶的方式復盤兩個「異類」相愛的故事，「我」聽陳輝講述兩人特別的童年，轉而以陳輝的口吻進行第一人稱敘事：「我在當初被認為是超人的聰明，因為可以毫不費力看出同班同學都在想什麼，哪怕是心底最細微的思想……我經常把老師最寵愛的學生心裏那些不好見人的小小的虛榮、嫉妒統統揭發出來，弄得他們求死不得，因此老師們很恨我。」〔註34〕同樣的，妖妖也是老師和學生眼中的異類，在面對老師的質問時，她也可以一語中的地說出老師的臺詞：「陳輝，楊素瑤！你到這兒來削鉛筆來了嗎？你知道我為什麼叫你來？」妖妖收起鉛筆，嚴肅地說：「知道，孫主任，因為我們兩個複雜！」隨後，他們一起看書，去中國書店的舊書門市部，那裡如同一座城市的地下交易場所，流通著「地面上」的世界中並不包容的書。兩個孩子中的異類，進入了童年世界的異域，兩人在這個無人監管的地方，讀著當時被認為是「異端」的書籍——和《班主任》中一樣，《綠毛水怪》中陳輝也讀到了《牛虻》，除了《牛虻》還有很多外國小說，被班主任沒收了高爾基的《在人間》後，陳輝也被班主任孫老師看作是「小流氓」了。「小流氓」詩歌頗有威懾性的稱呼，帽子扣上後，陳輝自然成了學生中的壞孩子——被看作是壞孩子後可能就不會被當作「孩子」看待，陳輝被嚇住了：「我猛然想起書裏是有一點我不懂得曖昧的地方，看起來讓人覺得有點心跳。可是我對小流氓這個稱呼堅決反對。我甚至哭了。」〔註35〕校長化解了這一場衝突，而劫後餘生的陳輝感歎：「你看學校就是這麼對付我們，看見誰稍微有點與眾不同，就要把他扼殺、摧殘，直到和別人一樣簡單，否則就是複雜！」〔註36〕王小波多次提到君特·格拉斯的《鐵皮鼓》對他影響很大，說：「君特·格拉

〔註34〕王小波：《綠毛水怪》，《綠毛水怪》，北京十月文藝出版社 2017 年版，第 2 頁。
〔註35〕王小波：《綠毛水怪》，《綠毛水怪》，北京十月文藝出版社 2017 年版，第 6 頁。
〔註36〕王小波：《綠毛水怪》，《綠毛水怪》，北京十月文藝出版社 2017 年版，第 9 頁。

認為是「破鞋」的陳清揚也是「怪物」，而他們偏偏創造「詩意」——在黃金時代中，變形甚至不需要如《綠毛水怪》中的奇幻元素加入，現實本身造成了個體的必然「殘破」，在無論是經濟還是生活都困難重重的時代中，「性」與「愛」的結合是極其奢侈的事情，而在飢餓的環境中個體如何安置自我，繼而意外獲得了附屬於「性愛」之上的自由，故事帶來的啟示本身便是對現代歷史觀念發出的巨大挑戰。主流的現代性進步觀念「啟蒙」讀者必須依靠理性的進步，才能獲得更美好生活的自在，王小波則在《黃金時代》中描繪出了一種在後山裸身望月，踏著熱帶紅土乘風而來的無辜的快樂，陳清揚雖然面對著的是荒涼的雲南，樹林中金蠅飛舞、陽光正烈，雖然被叫作「破鞋」，但她無比渴望，渴望與世界交談，心裏快樂異常。她經歷了絕望後又感受到了真實：「這就是所謂的真實。真實就是無法醒來。」因而，陳清揚說：「那也是她的黃金時代。」她感受到的「快樂異常」並非是因為知道了什麼，反而是因為她最終「一無所知」，因為一無所知，她對加諸於身的罪孽都「不知罪在何處」，黃金時代中，她只剩下感覺，「感覺」成為最令人懾服之物。《黃金時代》中「性愛」如同一面旗幟，在每次個體突圍的時刻被揚起，正如王小波所說：「眾所周知，六七十年代，中國處於非性的年代。在非性的年代裏，性才會成為生活主題，正如飢餓的年代裏吃會成為生活的主題……如果得不到，就成為人性的障礙。」〔註38〕知青時代中面對的「飢餓」是多層面的，主流知識界在看待「飢餓」時，常常將「飢餓」昇華與簡化為精神層面的「飢餓」，似乎任何物質、身體上的匱乏最終都會以「精神匱乏」的形式顯示出來，從而八十年代的「新啟蒙」如此迫切且必要，「知青經驗」成為意識形態備受壓抑的知識分子「新啟蒙」前史。八十年代如果代表了某種豐富，解救了這種知識、精神層面的「飢餓」，那麼寫了二十年的《黃金時代》中王小波體驗到的「飢餓」始終沒有結束。這種「飢餓」永恆存在於時代的匱乏中，匱乏越是顯影，時代對共性的要求越是強烈，異質性的個體越是獲得對自身的確認。不放棄自己的「怪異」並彰顯出來，造成的「黃金」體驗，並不是一種精神層面的高價值，而是放棄對「破鞋」背後的道德、知識權力進行爭論、鬥爭、思辨之後，回到了「清白無辜」的狀態，回到了將「出格」「反叛」都看作「偉大友誼」的時刻，才是真的「黃金時代」的到來。「黃金時代」的定義並不是

〔註38〕 王小波：《從〈黃金時代〉談小說藝術》，《一隻特立獨行的豬》，北京十月文藝出版社 2017 年版，第 38 頁。

面向未來的積累後的豐富,複雜中的精妙,而是回到了無法再現的「性」與「愛」的純粹,在不被外界所定義之下的「偉大友誼」逃亡中,陳清揚收穫了她的「黃金時代」。

在匱乏年代中,主體的完整性往往面臨著「閹割」。在故事一開始,這種對自我的「割讓」就在王二的口中說了出來:「至於大家為什麼要說你是破鞋,照我看是這樣:大家都認為,結了婚的女人不偷漢,就該面色黝黑,乳房下垂。而你臉不黑而且白,乳房不下垂而且高聳,所以你是破鞋。」〔註39〕陳清揚從一開始就面臨被指認為「破鞋」的壓抑,而陳清揚的「破鞋」經歷顯示著王小波對「自由」的追求方式,自我心甘情願踏進「怪」與「破」的命名之下,王小波保持著清醒的認識:以「怪物」或「破鞋」的方式被放逐,其中亦包含著自由。而怪異與破碎之物被定義被排斥,是長存於任何時代之中的,時代與之共存的方式,是一種永恆的對怪異、破碎之物的「視而不見」和放逐。在《黃金時代》中,兩次權力的失效都發生在「破鞋」的名實合一處,第一處是陳清揚開始頻繁、明目張膽地和王二搞在一起,而周圍人對此毫無辦法,「破鞋」的罵名不再成為陳清揚的困擾,於是「大家對這種明火執仗的破鞋行徑是如此的害怕,以致連說都不敢啦」。就此命名「破鞋」的權力反而失效。第二處則是黃金時代後半部分的「認罪」,不斷出鬥爭差,最終陳清揚在反思材料中坦白自己對王二的「愛」:「陳清揚說,那一刻她感到渾身無力,就癱軟下來,掛在我肩上。那一刻她覺得如春藤繞樹,小鳥依人。她再也不想理會別的事,而且在那一瞬間把一切都遺忘。在那一瞬間她愛上了我,而且這件事永遠不能改變。」〔註40〕於是,兩次權力失效的時刻就這樣發生。第一處陳清揚承認了性,第二處陳清揚承認了愛,向世界承認性與愛便是承認在極度匱乏的時代獲得了超越時代的豐富,陳清揚說這就是她真實的罪孽,而只要背負著這樣的罪孽,生命中的任何摧殘都不再成為摧殘,而成為一種代價——以種種名義、規則、制度運行的權力在面對生命本身時驟然失效。當破鞋之「名」所代表的道德規則、知識概念無法規定、定義主體時,權力也就失效了。

歷史將「知青」時代描述為普遍壓抑與無言放逐的狀態,彷彿反抗只可能存在於「知青」時代結束之後。在將整個「文革」記憶打入對立面之時,也

〔註39〕王小波:《黃金時代》,北京十月文藝出版社 2017 年版,第 4 頁。
〔註40〕王小波:《黃金時代》,北京十月文藝出版社 2017 年版,第 55 頁。

將在瘋狂年代就已經開始的反抗者、勇敢者、堅持者在歷史的主流中也一併
抹去。在啟蒙者的敘事中，幸存者必然包含著懺悔與愧疚，反抗者似乎只能
是沉默與犧牲，王小波在《黃金時代》中的長達二十年的記憶所證明的逃逸
路徑被排除在了歷史之外，王小波談到《黃金時代》中的「性」時說：「這本
書裏有很多地方寫到性。這種寫法不但容易招致非議，本身就有媚俗的嫌疑。
我也不知為什麼，就這樣寫了出來。現在回憶起來，這樣寫既不是為了找些
非議，也不是想要媚俗，而是對過去時代的回顧。」〔註41〕王小波對時代的
記憶本身包含著以「怪」與「破」的方式存在於時代之中，而這種「怪」與
「破」的樣貌與「正經」的知識分子、啟蒙者之間存在著距離──王小波被
視為另類的處理方式，正是「辯證」看待他作品之後，去掉了其中頗為「怪」
與「破」的部分，《黃金時代》中的「性愛」既不是噱頭，也並非媚俗，更不
是一種故意的政治隱喻和道德挑釁，王小波理解自己作品被閱讀、接受的有
限程度：「小說會失去一些讀者，其中包括想受道德教育的讀者，想看政治暗
喻的讀者，感到性壓抑、尋找發洩渠道的讀者，無所事事想要消磨時光的讀
者；剩下一些真正讀小說的人。」〔註42〕所謂真正的讀者，恰恰是文學史之
外的讀者──不尋求歷史與文學之間呼應、不再將文學作為人性樣本的讀者，
更可能是王小波心目中理想的讀者。

　　王小波完成了一種從幽默到詩意的轉化，這一方法與風格的延續性不僅
開始於《綠毛水怪》，集中展現在他的代表作「時代系列」(《黃金時代》) 中，
《舅舅情人》等多篇中篇歷史題材的小說，也都成為呼應。《綠毛水怪》中的
奇幻元素，《黃金時代》中「文革」「知青」的歷史背景，《舅舅情人》中的古
代傳奇題材，幫助小說的奇觀化場景得以實現，也使得小說語言富有更誇張
自由的想像力。在這些小說中，王小波最終的落腳點是個人生存、愛欲發生
的狀況和日常，回歸私人領域的自由始終是王小波連續的寫作中心。王小波
小說中人物對詩意的保存方式是將詩意保存於自己的私領域，70年代末開始
的朦朧詩潮所主導的詩意復蘇正是將個人主義的浪漫成功地融入時代，從而
走向公共領域，繼而成為文學史上的一連串的文學思潮概念。王小波的詩意

〔註41〕王小波：《從〈黃金時代〉談小說藝術》，《一隻特立獨行的豬》，北京十月文
　　　　藝出版社 2017 年版，第 38 頁。
〔註42〕王小波：《從〈黃金時代〉談小說藝術》，《一隻特立獨行的豬》，北京十月文
　　　　藝出版社 2017 年版，第 39 頁。

背後是私人秘史與荒誕變形，這樣的書寫對概念化和公共化是有所牴觸的。對他來說「名字對我無關緊要。我不希望人們知道我的名字，因為我的勝利是屬於我的。」〔註43〕王小波顯然是時代的逆行者，這種逆行貫穿了他的文學生涯，文學史將私人記憶引入公共經驗的過程，正是王小波逃逸的原因，他不想成為一個「事件」，成為某種意識、立場的象徵，他是一個愛智慧、有趣和自由的個體，其中的豐富性在於他對私人記憶領域的珍視。

除了《唐人街故事集》中《青銅時代》的三篇原型小說，王小波的另外兩篇唐代背景的短篇小說同樣展現了王小波的寫作方式。在王小波的《舅舅情人》中，故事的起因是皇宮中皇帝的一樣貼身對象被盜，全國搜捕，滿城風雨，而結局卻落到了長安城中一個小小捕快和年輕女賊之間愛情上，一切只是女飛賊尋找「綠色之愛」所設的遊戲。小說一開始，唐高宗的手串被盜，手串對於高宗承載了眾多意義，它是一位外來遊僧送給皇帝的禮物，帝國宮廷的壯麗奢華與皇帝在位者的乏味單調是無可突破又永遠並存的一堵牆壁，困住了高宗。遊僧來到皇宮中謁見皇上，談天說地，讓幽居宮中的皇帝感受到了真正的萬物生氣與豐富。王小波最擅長的鋪陳體現了出來，在想像的世界中王小波能提供極豐富的現實感。王小波寫僧人的見聞：「他說月圓的夜晚航行在熱帶的海面上船尾拖著磷光的航跡。還說在晨光熹微的時候，在船上看到珊礁上的食蟹猴。那些猴子長著狗的臉，在礁盤上伸爪捕魚。他談到熱帶雨林裏的食人樹。暖水河裏比車輪還大的蓮花。南方的夜晚，空氣裏充滿了花香，美人魚浮上水面在月光下展示她的嬌軀。」〔註44〕語言成為構築現實感的材料，同時也在小說世界中享有自由的修築方式，與《舅舅情人》同時創作的另一篇小說《夜行記》中，王小波同樣用對異域奇觀、寶藏異物的描寫支撐起了整篇小說。王小波鋪陳物象的能力，語言的韻律和奇異的想像，讓對象、環境、想像中的現實成為一種奇觀，奇觀對現實的衝擊力之大就在於奇觀的擬像具有超現實的現實感，而王小波通過語言構築起的奇觀世界，正如遊戲代碼最終模擬出比現實世界更富有吸引力的代入感的遊戲空間。《夜行記》的情節簡單，兩個各懷鬼胎的人一路上作伴聊天，天馬行空，說盡了世間詭異的人物。《夜行記》中，狂妄的書生和狡猾的和尚同行聊天，上路時

〔註43〕王小波：《我在荒島上迎接黎明》，《綠毛水怪》，北京十月文藝出版社2017年版，第118頁。
〔註44〕王小波：《夜行記》，《夜行記》，北京十月文藝出版社2017年版，第11頁。

月亮爬上山頭，王小波寫：「車馬行過市集，走上山道，太陽已經落山，一輪滿月升起來，又大又圓，又黃又荒唐。月下的景物也顯得荒唐。山坡上一株枯樹，好像是黑紙剪成。西邊天上一抹微光中的雲，好像是翻肚皮的死魚。馬蹄聲在黑暗中響著，一聲聲都很清楚。和尚的大禿頭白森森，看上去令人心中發癢。書生真想撲過去在上面咬一口。」〔註45〕王小波在想像中對真實世界的描摹伴隨著邏輯推演與詭辯幽默，加工著每一處奇觀的現實感，書生跟和尚聊大天，談見識，越談越離譜，卻被嵌入了非常嚴密的邏輯演繹，王小波寫書生心裏嘀咕：「（如果有人聽去）一定要說這是兩個牛皮精在比著吹牛皮。倘若如此，那可冤哉枉也！我那射雁、射雕、射雉、射雀，全是真事兒，不比這禿驢射蒼蠅、射蚊子、射跳蚤，純是信口胡吹。別的不要說，捉個跳蚤來，怎麼分辨它的牝牡？除非跳蚤會說話，自稱它是生某某或者妾某某。縱然如此，你還是不知道它是不是說了實話，因此你只能去查它的戶籍——這又是糟糕，跳蚤的戶口本人怎能看見？就算能看見，人也不識跳蚤文。所以只好再提一個跳蚤當翻譯。你怎麼能相信這樣的翻譯？跳蚤這種東西專吸人血，完全不可信。因此分辨跳蚤的牝牡，根本就不可能。」〔註46〕王小波筆下每一樣誇張、超現實的事物，都因為這種認真推演而真實起來，無論有或者無，物本身的特徵、存在的邏輯都被作者一一展開。順著這樣的想像，王小波在想像的世界裏繼續自己的邏輯鏈條和推理，他順著荒誕的前提，不斷拓展語言對於奇觀世界塑造的能力。正如王小波在《生活和小說》中所說：「羅素先生曾說，從一個假的前提出發，什麼都能夠推論出來，照我看這就是小說的實質……在一本小說裏，不管你看到什麼千奇百怪的事，都不應該詫異，更不該指責作者違背了真實的原則，因為小說就是假的呀……所以我選擇了與真偽無關的職業——寫小說。憑良心說，我喜歡千奇百怪的結果——我把這叫作浪漫。」〔註47〕

從幽默到詩意，王小波的小說形成了特有的浪漫。因為「浪漫」往往包含著無數可能性，所以「浪漫」之下常常會產生「愛」的感覺，當評論界將「愛欲」作為王小波寫作的母題時，更應該看出「愛欲」所代表的可能性的

〔註45〕王小波：《夜行記》，《夜行記》，北京十月文藝出版社 2017 年版，第 35 頁。
〔註46〕王小波：《夜行記》，《夜行記》，北京十月文藝出版社 2017 年版，第 38 頁。
〔註47〕王小波：《〈黃金時代〉後記》，《一隻特立獨行的豬》，北京十月文藝出版社 2017 年版，第 39 頁。

打開。「可能性」的復蘇讓人的存在有了嶄新的體驗，王小波希望在小說中復蘇的「富內斯」式的存在體驗正是他對「可能性」追求的證明，而在《舅舅情人》中，他進一步揭示出「可能性」豐富的前提。在《舅舅情人》中存在著兩個世界，皇帝在宮中只能通過手串感受世界，捕快王安成天奔忙在人間只為追尋皇帝的失物，救出妻子。物的奇異和皇帝對於手串意義的深厚承載不同，小女賊盜取手串的目的只是讓一個叫王安的公差「追逐」自己，給自己「綠色的愛」。在王小波的故事裏，抽象的愛是不存在的，愛欲落在具體的物與身體上，是王安濃密得讓人想摸一把的大鬍子，是乳房上的七顆痣，王安老婆比喻夫妻的愛是水和舟，是一種抽象的、比喻的關係。小女賊不同意，因而偷盜皇帝心愛之物只為證明她想要的「綠色的愛」。「綠色的愛」是什麼？用綠色形容愛的前提便是「愛」的具體。王小波這樣寫：「那女孩說，她體會到的愛和她很不同。從前她在終南山下，有一回到山裏去，時值仲夏，悶熱而無雨，她走到一個山谷裏，頭上的樹葉就如陰天一樣嚴絲合縫，身邊是高與人齊的綠草，樹幹和岩石上長滿青苔。在一片綠蔭中她走過一個水塘，淺綠色的浮萍遮滿了水面，幾乎看不到黑色的水面。女孩說，山谷裏的空氣也絕不流動，好像綠色的油，令人窒息，在一片濃綠之中，她看到一點白色，那是一具雪白的骸骨端坐在深草之中。那時她大受震撼，在一片寂靜中撫摸自己的肢體，只覺得滑潤而冰涼，於是她體會到最純粹的恐怖，就如王安的老婆被鐵鍊鎖住脖子時。然後她又感到愛從恐懼中生化出來，就如綠草中的骸骨一樣雪白，像秋後的白樺樹幹，又滑又涼。」[註48]王安第一次見到老婆時用象徵著暴力的鐵鍊套住對方，從此將甜蜜混在鐵鍊引發的「恐懼」中愛下去；而王安第一次見到小女賊，看到的是「槐樹」與「槐蠶」，槐樹在春天生長，槐蠶在女孩腳下被踩碎，他看見「長著鳥的骨骼」的女孩站在槐樹下，「無數槐蠶落在地上，她把它們用腳踩碎，染了一腳的綠汁。」如此生機勃勃，又如此殘酷。王安與老婆間的凡人之愛是肉體忘記死亡的歡樂，是鬍子和乳房的碰撞；小女賊領悟的愛是自然中生命和死亡並置的自然之景，青草與骸骨並置後的震動成為小女賊愛的啟蒙。《舅舅情人》本質上討論的內容是生活中人與人之間「愛」的存在狀態，具體的「愛」背後還包含著對某種具體恐懼的感知。海德格爾在《存在與時間》中，將「死亡」作為生活的永恆朝向，同時選擇「恐懼」之處作為特別的助力，以存在論層次和總體的方式來

[註48] 王小波：《舅舅情人》，《夜行記》，北京十月文藝出版社2017年版，第11頁。

把握「存在」。他之所以選擇「恐懼」作為特別的助力，是因為「恐懼」把「存在」從其日常的沉淪中帶回來，並使存在者重新審視自我的存在狀態，並理解本真狀態與非本真狀態都是它存在的可能性。「存在」本身必須在它的整體性中被把握和考察，個人必須正視和把握我們本已注定的死亡。《舅舅情人》中海德格爾相信我們能做到這些，並不是說每個人能夠各自知道自己死亡的時間和本質，而是每個人都應該意識到自身向死而生的生存狀態。人應該理解生存的必死性。《舅舅情人》中，當小女賊在王安身上感受到「綠色的愛」，王安將「綠色的愛」給她時，她立刻消失於眼前；故事結尾，皇帝的手串回到了皇帝手中，皇帝在一串手串中感受著錫蘭遊方僧經歷過的世界，物是他的媒介，但他永遠不可能走出皇宮，他只能想像距離的縮短，作為皇帝也無法真正消除自己與奇觀世界之間的距離；最後，小女賊尋找的愛是「綠色的」，這種綠色的愛在王小波的筆下非常具體，是綠色的自然，是青苔和水塘，是一片生機中出現了雪白的骸骨，是在盛夏森林的綠茵中感受到物的生長和毀滅──伴隨著恐懼的愛從中生發：「就如綠草中的骸骨一樣雪白，像秋後的白樺樹幹，又滑又涼。」小女賊心中理想的「愛」就是這樣永恆的鴻溝──生與死之間，有情者與無情物之間，愛欲與恐懼之間，始終存在的距離和選擇。凝視世界的時候，個體驚恐又欣慰地意識到，沒有什麼是永恆的，這個世界並不屬於具有主觀意識的個體，但個體的存在卻依賴著這種失落。在日常生活中，死亡通常被遮蔽了。正如海德格爾所說，在大部分平庸的時刻，「我們」都消融在「人們」之中，從而逃避死亡，忽略恐懼，死亡是必然的又是不確定的。當存在本身向死亡打開，真理獲得了真實與自由的屬性。海德格爾寫道：「死，作為緣在的中介，是緣在最本己的可能性，它是無所關聯的、確知的，而作為其本身不確定的可能性則是不可逾越的。」〔註49〕我們的生活就是帶著「向死的自由」的生活。王小波筆下的小女賊在全城捉拿中隱身難尋，代表權力的公差找不到她，代表日常的生活遮蔽了她，唯有擔心妻子生死的王安發現了她，因為害怕死亡，從而發現了真的愛──恐懼源自對死亡本身的凝視，進而產生的情感也最終都落向了具體的物。

　　無論是黑色幽默，還是詩意與浪漫，都是王小波表達自己「富內斯」式記憶與體驗的一種方式，而對於文學史的敘事鏈條而言，黑色幽默下的歧義，

〔註49〕〔德〕馬丁・海德格爾：《存在與時間》，生活・讀書・新知三聯書店 2006 年版，第 258～259 頁。

詩意浪漫中私人領域的參差多態，是需要被提煉、昇華或尋找共性後歸約的。同樣，王小波面向的「自由」與「存在」都不是直接指向一種歷史進步層面的解放與啟蒙，他給予的啟示是間接的，帶來的感受也往往是侷限和私密的，王小波的作品無法被文學史拆解進某一共性建構，也因此始終在文學史的失蹤者位置。早期作品中的作品如此，晚期作品中對「歷史」的進一步拆解和挑戰，更是如此。

4.3　不允許「遊戲」的場合：《青銅時代》的文學史缺席

4.3.1　《青銅時代》的文學史遭遇

　　20 世紀 90 年代，當代文學的小說創作在「尋根」和先鋒、現代派的探索基礎上，出現了一批重寫歷史，或以歷史傳奇為基礎的小說，批評界提出了「新歷史小說」的命名，意在指出一種歷史書寫和反思路徑的轉變。余華的《活著》《許三觀賣血記》，蘇童的《米》《我的帝王生涯》，劉震雲的《故鄉天下黃花》等作品都成為其中討論的代表作，其中既有對古代生活的重新演繹和歷史想像，如《我的帝王生涯》，也有根據近現代歷史，在「傷痕反思」潮流中已經處理過的特殊時期題材再創作，如《活著》。「在這些小說中，不僅涉及 20 世紀 80 年代初期『傷痕文學』『反思小說』所描繪的『文革』和『反右』等 1949 年以來的歷史，更將筆墨伸展到整個 20 世紀。」〔註50〕同樣，這一類型的小說在陳思和的梳理中聯合正史、民間、演義傳說，認為其中的書寫往往以歷史為鏡，包含著普遍的「政治寓言」。洪子誠認為，這一系列作品中彌漫的滄桑感與對歷史暴力的刻畫，從「個人的經驗和命運」角度以一種「抒情詩」式的方式表現出來。1997 年，陳忠實的《白鹿原》獲得茅盾文學獎，這部以白鹿兩家半個世紀以來家族史衝突反映的近代中國歷史變遷的作品，被確認為文學史上新歷史小說的代表作。新歷史小說命名之下眾聲喧嘩，尋根、先鋒和新寫實等分支下，許多作家的作品都被納入，王小波的《黃金時代》也曾被納入其中脈絡。用新歷史主義的眼光看待《黃金時代》的確

〔註50〕陳思和：《當代文學與文化批評書系・陳思和卷》，北京師範大學出版社 2010
　　　年版，第 80 頁。

能夠理解洪子誠在其文學史中對《黃金時代》的歸納，《黃金時代》被放置在了90年代「文革」反思文學的歸類之下，視為前一反思時代的繼續，顯然符合「新歷史小說」在這一時期的「時代任務」：「當然，對當代歷史，包括『反右』『文革』等事件的反思性主題，在90年代的其他作品中也有繼續，如李銳的《無風之樹》《萬里無雲》，王朔的《動物兇猛》，王小波的《黃金時代》等。」〔註51〕

　　《黃金時代》不妨看作一個典型例子，其中包含的性話語與歷史的重寫角度，很大程度上與福柯的歷史觀念相呼應，也與新時期文學史所需要的對20世紀50～70年代文學觀念的反叛相契合。但《黃金時代》被作為新時代文學「反叛」的「證據」進入文學史後，被經典化成為王小波代表作的同時，也將王小波的歷史觀念掩蓋。文學史對於《黃金時代》的簡單化歸置所造成的影響，使得王小波最後的巔峰作品更難以進入評論界的主流。《黃金時代》與《青銅時代》同屬於王小波的「時代系列」，在創作的意圖上都吸收了新歷史主義的某些思想資源，但更重要的是王小波的目的並非彰顯這一理論，而是以一種方法探索小說本身。這一企圖與新時期文學史方向內在的「新啟蒙」主義精神之間保持著距離，而王小波徹底遊戲化的小說創作道路和文學史整體性的建設根本性上也有著不同方向。王小波更徹底地消解了歷史寫作的確定性，而這恰恰是文學史不斷重寫的潛在動力。王小波圍繞著「歷史」這一母題寫作的《青銅時代》顯示出了王小波小說創作的成熟和價值，文學史對此的失語，卻倒映出其建構過程中始終存在的隱憂。

　　新歷史小說的思想源自20世紀的以海登‧懷特、福柯等思想家主導的新歷史主義思潮，其觀點在於對傳統歷史話語的全面質疑，歷史作為逝去的時間，本質上不存在完全重現，「一切歷史都是當代史」被反覆強調，對歷史的闡釋、詩化演繹、文本的細讀與互相對話，成為新歷史主義探索歷史的重心。王小波小說中「歷史」的母題一直存在，並且有著重要的位置，王小波的獨特性在於他將新歷史主義的歷史觀念以遊戲化的方式呈現，小說不再是歷史的載體，不是歷史的新角度、新材料，小說成為反思歷敘事史本身的途徑。無論是「懷疑三部曲」中對「文革」往事的私人記憶，還是1989年由山東文藝出版社出版的《唐人秘傳故事》，包括《立新街甲一號與崑崙奴》《紅線盜盒》《紅拂夜奔》《夜行記》《舅舅情人》共五篇以唐朝為背景的短篇小說，都

─────────

〔註51〕洪子誠：《中國當代文學史》，北京大學出版社1999年版本，第390頁。

反映出王小波小說寫作緊逼歷史的意圖,而短篇小說中王小波小說先鋒性的結構與語言,正是以小說的方式重新闡釋歷史本身,從而尋找到回答不同問題的方式。《青銅時代》作為唐傳奇的第二次重寫,每一部都混合著當代生活元素和私人歷史記憶,當代生活與當代歷史被嵌套進唐傳奇故事的講述中。王小波對「歷史」的寫作,始終包含著對當下生活秩序的反思,當下生活中權力制度下人的困境與歷史中不斷重複出現的主題呼應。書寫歷史的初衷,在王小波看來並非揭示過去的某種真相或帶來新的看歷史的角度、立場,更不是「更新」歷史小說的寫法,他的目的在於更新對「歷史」本身的看法——歷史的建構過程是權力不斷更新重建的過程。王小波的《青銅時代》系列,將歷史徹底遊戲化,也正是這種遊戲化,完成了王小波想要完成的對當下困境的反思和對歷史權威話語的消解。在寫作上,王小波保持了相當大的野心,從《黃金時代》開始,他相繼創作的《白銀時代》《青銅時代》,以及未完成的《黑鐵時代》系列,都保持著內在呼應的結構和主題。《黃金時代》寫的是當代的私人記憶,「文革」成為故事的背景,「文革」中的壓抑和荒誕成為私情與友誼建立的襯托。《白銀時代》則將時間延伸到未來,以科幻的形式講述個體存在遭遇的箝動和壓抑。《青銅時代》的時間回到了唐朝,用三個唐傳奇故事串聯起當代生活的困境。而未完成的《黑鐵時代》則如同當代生活的平行時空,一方面伴隨著荒誕的體制設定,一方面又根植在當代場景中,從已完成的「黑鐵公寓」部分看,呈現一個和當下生活相似卻「魔幻」的世界。王小波的「時代系列」包含著他作為小說家對情景設定的野心,從過去到當下再到未來,「時代系列」中出現了大量20世紀90年代嚴肅文學中鮮有的科幻設定和時空交錯的寫法,顯示出他在突破已有的敘事方式、選材範圍上做出的努力。隨著作家的去世,文學史之於王小波來說是始終沒有踏進的圈子,也是他寫作獨特性得以樹立的對照。王小波之於文學史,則是一位被排除在主流的作家,文學史建構起來的合理性也因為王小波作品的排除在外而被撬動。

不斷對文學史的反思,也正是對理性秩序進行反思的一種體現,本身就是一種對待歷史敘事話語的態度。王小波小說中的層次分明的嵌套,形成了獨特且富有開創性的敘事方式與文本的開放狀態,使得王小波的歷史故事成了一個可以不斷重來的嚴肅遊戲。在王小波的小說遊戲中,每一次的敘事都包含著對已有敘事的重新審視和對已有歷史的再次質詢,對歷史敘事本身發出挑戰的過程是王小波在小說中追求「有趣」和「智慧」的過程。現代社會理

性存在的必要條件，便是對理性全面的反思，其中不僅包含著對理性的服從，同樣包含著與理性相關的抗爭。福柯在《瘋癲與文明》中將瘋人作為一種永恆的提醒，形而上學譜系中「真理」的概念下，兩種完全相反的主張都可能成立，歷史中「完全被證實的」主張可能最終在另一個歷史階段成為謬誤，「理性」的觀念同樣存在著「瘋癲」的警示，目前被視為合理的有可能某一天會被證實為非理性的。同樣因為小說的遊戲性，讀者被邀請進入小說，小說的完成包含著讀者的完成。王小波所認為的「思維可以給人帶來很大的樂趣」就包含著一種與遊戲相似的樂趣，這種智性的快樂需要讀者參與完成，所以王小波多次在自己的雜文和序跋中提及對讀者的期待，可視為一種將讀者邀請進入小說「遊戲」的表示。在《有關「給點氣氛」》中，王小波這樣說：「前不久有讀者給我打電話，說：你應該寫雜文，別寫小說了。我很認真地傾聽著。他又說：你的小說不夠正經——這話我就不愛聽了。誰說小說非得是正經的呢？不管怎麼說吧，我總把讀者當作友人，朋友之間是無話不說的：我必須聲明，在我的雜文裏也沒什麼正經。我所說的一切，無非是提醒後到達這個路口的人，那裡絕不是只有一條路，而是四通八達的，你可以做出選擇。」〔註52〕文學史的建制往往建立在對文學內在發展、外在環境的綜合評價之下，在歷史的不同時期，其中的「合理性」因素也不斷變化，合理性本身演變的歷史也同樣需要反思，王小波希望通過小說提醒讀者「那裡絕不是只有一條路，而是四通八達的。」正是這種反思，造成了閱讀王小波與認同文學史之間的距離。寫成的文學史將合理性固定在了主流秩序之中，對於「合理性」變化的歷史則缺少記錄與思考，王小波的遊戲化寫作打開了多種「合理性」的空間，但對於環環相扣的文學史而言無疑是一種挑戰。

4.3.2　文學的「嚴肅」與「遊戲」

　　王小波將自己的寫作稱為「嚴肅文學」，反而是因為其遊戲性。因為王小波小說所具有的遊戲性，王小波始終將作品向讀者展開，王小波沒有提供故事的結局，但提供了可供讀者隨時進入、闡釋的空間。在《懷疑三部曲》的後記中，他這樣寫道：「它們屬於嚴肅文學。我以為自己可以寫些嚴肅的東西，中國也可以有嚴肅文學……我以為嚴肅文學就是乍讀起來有點費勁兒的東

〔註52〕王小波：《有關「給點氣氛」》，《一隻特立獨行的豬》，北京十月文藝出版社2017年版，第29頁。

西。假如作者在按自己的思路解釋一些事，這種文章總會讓人感到費解，讀者往往不能原諒這一點。請相信，我自己原來也不準備原諒這一點。但經過反覆思量，發現不嚴肅有些東西就寫不出來，結果才走上了這條路。我認為，嚴肅文學的作者最終會被一些讀者原諒，因為他的書最終會給讀者帶來好的感覺;但也有些讀者始終不會原諒他們，因為費力地讀完全書後，沒有一丁點好的感覺。然而，只要有前一種讀者存在，嚴肅文學就是必要的。」〔註53〕王小波所說的「嚴肅文學」是「乍讀起來有點費勁兒的東西。」其中的「費勁兒」就在於王小波建立了自己小說的「遊戲規則」，閱讀與適應新的敘事規則本身構成對讀者的挑戰，而當讀者接受這一套敘事規則後，則意味著進入了王小波的敘事遊戲。王小波構築起的遊戲空間打碎重組了傳統線性時間的敘事，故事的講述方式不再被絕對權威的作者線性講述所侷限，而是通過重複、嵌套、插入，造成了時空的循環、翻轉和並置，使得小說中的線性時間空間化。正如王小波在自己的創作談中評價《萬壽寺》時所說:「《萬壽寺》則全然不關注故事，敘事本身成了一件抒情的事。」作為《青銅時代》的最後一部，《萬壽寺》在重寫「紅線盜盒」的故事時完全離開了原有的故事框架，結構上的錯綜複雜讓小說本身變成了一個如同迷宮般的裝置，在不斷地「故事重新開始」的啟動下，走向不同的分支，通往薛嵩、紅線、小妓女和老妓女不同的結局。《萬壽寺》中紛繁複雜的線頭，如同遊戲一般向讀者敞開，發出邀請，每一章節的進入都能得到一個相對完整的結局，遊戲式的體驗讓《萬壽寺》宛如一個遊戲，不同的結局指向了不同的遊戲路徑，而王小波在「時代系列」中堅持的「歷史傳奇—當代生活」的雙線結構，並非讓讀者侷限在文學的虛構性中，而是始終將當代生活引入小說的敘事，不斷穿插的目的在於將文學的遊戲性引入生活本身——對於王小波來說，文學作為一種藝術，藝術作為一種遊戲，遊戲之下的生活與權力之下的生活，也許有著相同之處。

　　這種雙方對於規則的確認和信任，是遊戲的存在基礎，也是嚴肅文學存在的基礎。作者和讀者都嚴肅地對待小說中呈現的情節、敘事謎團，遊戲的制定者和參與者都充分發揮思維的力量並且認為這種「費勁」是充滿樂趣的過程。即不存在討好讀者的目的，也沒有讀出小說之外價值的目的，雙方的愉悅都是建立在小說本身之上。這種共識便是王小波「嚴肅文學」的遊戲性

〔註53〕王小波:《〈懷疑三部曲〉後記》,《一隻特立獨行的豬》,北京十月文藝出版社
　　　2017年版，第44頁。

所在。王小波在雜文集的序言強調自己對於寫作的一份「懇切」：「在這本書裏，我的多數看法都是這樣的——沒有科學的證據，也沒有教條的支持。這些看法無非是作者的一些懇求。我對讀者要求的，只是希望他們不要忽略我的那一份懇切而已。」〔註54〕王小波這種隱藏在小說之下必須讀者參與後方可感受的「懇切」正是遊戲的樂趣所在。嚴肅文學和歷史主題之下，王小波迷宮般的敘事、嵌套多層次的結構，都指向了一種精心的遊戲經營，這種對待文學的方式，並沒有將文學作為歷史的注腳，相反的是王小波發掘出歷史內蘊的文學性，從而以遊戲的方式，將歷史作為了一件可以拆解重組的裝置，其中每一個歷史和傳奇，傳奇與遊戲之間互相連通轉換，而形成這一轉換通道的便是小說。

在《萬壽寺》中，小說筆下的歷史成為一種與遊戲相似的裝置，文學不為歷史提供另一種證據或另一種真相，而是如王小波在《萬壽寺》中所說：「希臘先哲曾說：上坡和下坡是同一條路，善惡同體；上坡路反過來就是下坡路，善反過來就是惡。薛嵩所擁有的，也是這樣一種智慧。」〔註55〕不斷更改的結局讓故事變成了迷宮。其中的薛嵩或是雄心壯志的邊疆征服者，或是醉心於審美欣賞的工匠，或是曾經將老妓女從長安高塔中救下的英雄，或是專心修築精美囚車心無旁騖準備迎娶紅線的情郎。而其中的女性，無論是小妓女、老妓女、紅線或者是女刺客，都在歷史中變動著自己的位置。「但作為講故事的人，也就是我，尚需加以解釋：這故事有一種特別的討厭之處，那就是它有了寓意。而故事就是故事，不該有寓意。坦白地說，我犯了一個錯誤，違背了我自己的本意。既然如此，就該談談我有何寓意。這很明顯，我是修歷史的。我的寓意只能是歷史。」〔註56〕王小波所說的寫歷史者的寓意只能是歷史，正是因為小說中的王二是一位歷史研究員，正如王二之於歷史，王小波之於小說，王小波的小說，寓意只能是小說——當小說被作為敘事最終的目的時候，歷史敘事成為一種與小說敘事並置的話語方式，「權力」成為話語世界中多樣性與可能性存在與否的關鍵。王小波隨後在《萬壽寺》中使用了一個比喻，比喻歷史中的權力悖論。故事情節是這樣的，老妓女命令薛

〔註54〕王小波：《自序》，《一隻特立獨行的豬》，北京十月文藝出版社2017年版，第4頁。
〔註55〕王小波：《萬壽寺》，北京十月文藝出版社2017年版，第107頁。
〔註56〕王小波：《萬壽寺》，北京十月文藝出版社2017年版，第120頁。

嵩製造一把自己打不開的鎖，此時薛嵩的身份是一位巧手鎖匠，他既可以打造完美的鎖，也可以打開自己造的鎖，但是薛嵩無法同時滿足老妓女的要求，因為：「實際上，聰明只有一種，用於開鎖，就是開鎖的聰明；用於造鎖，就是造鎖的聰明。薛嵩歎了一口氣，搖了搖頭，走開去做別的工作了。」〔註57〕最後，薛嵩想出了打造這把鎖的方案，造出的這把鎖：「他有了一個答案，但一直不想把它告訴老妓女。那就是：確實存在著一種鎖，他能把它造出來，又讓自己打不開，那就是實心的鐵疙瘩。這種鎖一旦鎖上了，就再不能打開。作為一個能工巧匠，我痛恨這種設計。作為一個愛智慧的人，我痛恨這種智慧。因為它脫離了設計和智慧的範疇，屬於另一個世界。」〔註58〕

結合前一章的論述，可以看見王小波對「黑色幽默」的推崇，便是希望以遊戲的形式保護著小說本身的價值，並以小說的方式保存追求「智慧」的精神，這種堅持便是在權力的激進化要求和外部環境的瘋狂下，小說家能夠堅持的方式。小說的虛構性和真實性的關係正如王二筆下歷史的虛構性和真實性的關係，造鎖與開鎖的隱喻中的「實心鎖」展現的正是文學被文學史收編後，看似完成了虛構性與真實性的統一，實際卻可能相反，鎖和鑰匙都失去了其本身的意義。小說和鎖匠終極「任務」的完成，卻使得一切工匠的精緻技藝無處可施，打造一把實心的鎖，兩種智慧互相壓抑住對方，獲勝的只有「權力結構」本身。當王小波將小說和歷史等量齊觀之時，再次確認遊戲的意義，遊戲的存在使得「小說」和「歷史」雙方反而都脫離了權力結構之下的互相壓抑，可能性和豐富性才有產生的可能，真的「智慧」才有了實現的前提。鎖匠的技藝在「造鎖的聰明」與「開鎖的聰明」兩種聰明並駕齊驅之時不斷精進，這種無盡的探索和可能性，正是遊戲帶來的快感所在。而小說帶來的真理，不是歷史的真相，也並非現實世界絕對正確的方案設想，而是正如伽達默爾所說的，是一種藝術的真理，一種遊戲的真理：「在遊戲裏，首先真理與藝術作品的感染作用形象地得到表現。真理不是某種死的東西，而是某種最『生生不息的』和最有激勵促進的東西。」「藝術作品的意義永遠不會終止，正如遊戲永遠沒有真正的結局。」〔註59〕理解了遊戲的重複性，也就理解了藝術的無限性。任何作品幾乎為每一個接受它的人讓出來一個他必須

〔註57〕王小波：《萬壽寺》，北京十月文藝出版社2017年版，第128頁。

〔註58〕王小波：《萬壽寺》，北京十月文藝出版社2017年版，第129頁。

〔註59〕伽達默爾：《真理與方法》，洪漢鼎譯，上海譯文出版社2004年版，第67頁。

去填充的遊戲空間。」王小波在《萬壽寺》中不斷製造著不同結局，所保護的正是這樣的空間，在《尋找無雙》中，眾說紛紜的空院子傳說，《紅拂夜奔》中那座沒有被創造出來的理想的長安城，都是小說中不斷被填充的空的空間。而王小波對這一空間的保留過程，正是他小說價值的體現。

　　一方面，小說中的故事不斷從頭開始，不斷尋找新的道路，根據某種固定的規則和線索重複、循環，同時一步一步逼近結局，在遊戲化的敘事中，人物的個人困境得到了暫時的解脫與延宕。在席勒的遊戲理論裏，人類的感性衝動與形式（理性）衝動始終在互相牽制。另一方面，理性原則是遊戲驚喜下去的必然條件，對於遊戲的沉迷往往會讓遊戲成為一種不斷重複，解放感性的活動。無論是《尋找無雙》《紅拂夜奔》還是《萬壽寺》，我們都可以看到王小波小說遊戲化的特徵。王小波的小說因為本身的開放性，構成了一種「誘惑」的姿態，一方面這種「誘惑」既是語言層面上的，王小波對於翻譯體的喜愛不僅僅存在於自己的自述中，還在於小說本身的不斷重寫中。德勒茲讚賞普魯斯特的那句話：「偉大的作品，都是以一種擬似外國語寫的。」同樣，王小波也在《關於文體》中說：「我認為最好的文體都是翻譯家創造出來的。傅雷先生的文體很好，汝龍先生的文體更好。查良錚先生的譯詩、王道乾先生翻譯的小說——這兩種文體是我終生學習的榜樣。」〔註60〕王小波在《萬壽寺》的自序《我的師承》中再次談到自己寫作語言的老師是兩位著名的翻譯家：王道乾和查良錚。《萬壽寺》作為王小波最巔峰的作品，本身也因為其開放性在寫成後依然是未完成的狀態，而這種狀態直到今天可能還向外打開。另一方面，王小波小說的「誘惑」在於他建構的小說遊戲包含著多種通俗小說的類型。「時代系列」三部曲中包含著偵探故事，《尋找無雙》中王仙客對於失蹤未婚妻下落的尋找，對於魚玄機之死的重新翻案。《紅拂夜奔》以浪漫愛情故事為前提，處於誤會的雙方一見鍾情，在家長權威勢力的干預之下私奔，而《萬壽寺》中則展現了冒險騎士故事的原型，薛嵩如英雄一般攻入高塔，營救老妓女，在鳳凰寨對紅線一見鍾情，為她修築囚車，甚至在被大眾誤認貼上色情文學標籤時，王小波也不避諱自己受到維多利亞時代色情文學影響。王小波一直在使用通俗文學的元素的同時，更保持著讓讀者參與思考的誘惑。這種誘惑是反對權威和唯一結局的，也是對第一種誘惑的呼應，在

〔註60〕王小波：《關於文體》，《一隻特立獨行的豬》，北京十月文藝出版社 2017 年版，第 115 頁。

王小波的小說中，王小波語言上的謙卑與開放，將通俗元素作為橋樑，最終都是希望讀者加入遊戲的行列，幫助作品真正的完成，而不是沉浸與臣服、止步於作者給予的結局。

　　王小波不斷對小說作者身份和小說讀者身份進行確認，正如確認進入遊戲前對遊戲規則和目的的確認——「小說會失去一些讀者，其中包括想受道德教育的讀者，想看政治暗喻的讀者，感到性壓抑、尋找發洩渠道的讀者，無所事事想要消磨時光的讀者；剩下一些真正讀小說的人。小說也會失去一些作者——有些人會去下海經商，或者搞影視劇本，最後只剩下一些真正寫小說的人。我以為這是一件好事。」〔註61〕遊戲確立之時，沉浸於遊戲之中成為其活動的意義。正如小說讀者和小說作者，並無讀小說和寫小說之外的目的，這種小說本身即是意義和目的的觀念，正是王小波在《萬壽寺》中說的:「而故事就是故事，不該有寓意。」「寓意」包含的往往是文學史中將文學與外部連接的抽象概括和主題昇華，王小波與文學史的難以兼容，由此顯露。

　　一旦以遊戲的方式審視歷史，那麼歷史的主體不再是歷史的締造者，作者也未必是文學史的真實性來源，歷史的闡釋者反而成為時刻變動著的中心，讀者成就文學的完整性。正如伽達默爾所認為的「遊戲的主體不是遊戲者，而遊戲只是通過遊戲者才得以表現。」就此而論，「其實，遊戲的原本意義乃是一種被動式而含有主動性的意義（der mediale sinn）。」〔註62〕遊戲之所以是被動式的，是因為遊戲本身要通過遊戲者來表現，遊戲是一種「被表現」的活動；遊戲之所以是主動性的，是因為遊戲相對於遊戲者的意識來說具有優先性，即遊戲是遊戲自身的真正主體。是故「對於語言來說，遊戲的真正主體顯然不是那個除其他活動外也進行遊戲的東西的主體性，而是遊戲本身。」〔註63〕當歷史被視為變化的敘事，隨著不同的記錄和旁觀角度，歷史本身也不斷變化，則人類中心的現代性歷史觀念將被一定程度地消解。伽達默爾說:「只有觀眾才實現了遊戲作為遊戲的東西……在這整個戲劇中，應出現的不是遊戲者，而是觀賞者。這就是在遊戲成為戲劇時遊戲之作為遊戲而發生的一種徹底的轉變。這種轉變使觀賞者處於遊戲者的地位。只是為觀賞者——而不是為遊戲者，只是在觀賞者中——而不是在遊戲者中，遊戲才起

〔註61〕王小波:《自序》,《萬壽寺》,北京十月文藝出版社 2017 年版,第 10 頁。
〔註62〕伽達默爾:《真理與方法》,洪漢鼎譯,上海譯文出版社 2004 年版,第 135 頁。
〔註63〕伽達默爾:《真理與方法》,洪漢鼎譯,上海譯文出版社 2004 年版,第 135 頁。

遊戲作用。」〔註64〕王小波的三部唐傳奇改編中，每一則故事都對應著以為當代生活中的閱讀者，他們是《尋找無雙》中聽表哥講述唐代傳奇的工廠員工，是《尋找無雙》中研究古代數學史，以證明古人智慧的數學學者，更是失憶後繼續在萬壽寺的辦公室裏寫《萬壽寺》這一小說的歷史研究員。於是，王小波構造的每一個古代的故事，都如同一個沙盤，在故事中便有著天然的觀眾。整體的嵌套結構再次出現，遊戲的建構也隨之展開。

在具體故事中，王小波不斷地推倒重來讓每一位其中、其外的「觀眾」更全面地瞭解這一「沙盤」，也不斷在接收著王小波通過遊戲規則所傳遞的小說意義。《尋找無雙》中，王仙客對無雙的尋找本身就是一種在規則下運行的重複，《尋找無雙》一共十章，除了第四章和第十章作為前後兩部分的過渡總結章節以外，每一章的開頭，都是重複的一個場景描述，即王仙客尋找無雙：

第一章：「建元年間，王仙客到長安城裏找無雙，據他自己說，無雙是這副模樣：矮矮的個子，圓圓的臉，穿著半截袖子的小褂子和半截褲管的半短褲，手腳都被太陽曬得黝黑，眉毛稀稀拉拉的。」

第二章：「王仙客到長安城去找無雙那一年，正好是二十五歲。人在二十五歲時，什麼事情都想幹，但是往往一事無成。」

第三章：「王仙客到長安城裏找無雙，長安城是這麼一個地方：從空中俯瞰，它是個四四方方的大院子。」

第五章：「王仙客到宣陽坊裏找無雙，無雙總是找不到。起初他想找到了無雙把她帶回去當老婆，後來這個目標就淡化了。後來他又急於知道是不是有一個無雙，後來這個目標又淡化了。」

第六章：「建元年間，王仙客和彩萍到宣陽坊裏找無雙，和單獨來時大不一樣。」

第七章：「王仙客和彩萍在宣陽坊裏找無雙，我認為宣陽坊是個古怪地方，這裡的事情誰都說不太準，就好像愛麗絲漫遊奇境，誰知走到下一步會出什麼事。」

第八章：「王仙客到宣陽坊來找無雙，宣陽坊是孫老闆住的地方。」

第九章：「王仙客在宣陽坊裏找無雙時，老看見房頂上一隻兔子。」

小說世界中的龐大景觀與細微事物正如德勒茲所說的「世界的複本」，「複本」的力量在於重複創造但絕不抹平差別。故事不斷回到了王仙客尋找無雙

〔註64〕伽達默爾：《真理與方法》，洪漢鼎譯，上海譯文出版社2004年版，第67頁。

這一個固定的開始,但每一次尋找都帶領王仙客聽到了不同的歷史敘事,找到了不同的歷史碎片。在一次又一次的重複中,王仙客最終拼湊出「尋找無雙」的目的地。同樣在《紅拂夜奔》中,遊戲化的敘事以不同人物的不同視角重複一遍,因為角色的角度不同,身在其中的人面對同一歷史情節,理解也就千差萬別。紅拂和李靖初次相遇的場景,王小波從各個人物的角度都記述了一遍。在紅拂看來,她只是因為在楊府中太過無聊,於是穿上了楊府中公用的衣服出去逛大街:「李靖初見紅拂時,她就是跑出去逛大街了。當時她穿那套衣服是楊府發的,上身是皮子的三角背心,下身是皮製的超短裙,腳下是六寸跟的高跟鞋。領導上還交代說,穿這套衣服時,要畫紫色的眼影,裝假睫毛,走路時要一扭一扭,這些要求像對今天的時裝模特兒的要求一樣。她們穿這套衣服給一個什麼官兒表演過一次,那個官兒幾乎當場笑死了,說道:楊兄,真虧你想得出來!和大街上的——一模一樣!」〔註65〕在紅拂看來,為了掩蓋自己的身份,她為自己穿上了和大街上女性一模一樣的衣服,殊不知楊府中的這套衣服是對街頭妓女的傚仿。於是在李靖的眼裏,紅拂不是一個逛大街的楊家歌妓,反而是一個站大街的古怪妓女:「在李靖看來,紅拂是很古怪的娼妓,不是 downtown 裏所有的。」於是,李靖放下了自己知識分子的架子,真正做一回流氓向紅拂收保護費:「李靖幡然悔悟,決定不再裝神弄鬼,要做個好流氓。出了衙門,見到第一個妓女,他就把眼睛瞪到銅鈴那麼大,走上前去,不談幾何,也不談音樂,伸手就要錢。而那個女人則瞪大了眼睛說道:錢?什麼錢?這個女人就是紅拂。」〔註66〕而除了紅拂和李靖,在街上的其他人看來,紅拂既不是楊府歌妓,也不是站街妓女,李靖既不是知識分子,也不是流氓,在街邊群眾眼中,這兩個不正常的人都並非看上去的身份,他倆都是「雷子」——也就是皇帝安排在民間的特務。因為在這些人眼中李靖「說話抑揚頓挫得很好聽,而洛陽的流氓說話含混不清,好像沒鼻子一樣。因為這些原因,那些人都說李靖是個『雷子』。」〔註67〕而紅拂古怪的行為同樣讓百姓認為她也是「雷子」,因為她對於李靖的流氓行為無動於衷,甚至有些好奇:「她只會瞪大了眼睛看著那些人。這是因為她也不是真正的娼妓,其實她是個歌妓。」於是在李靖、紅拂、群眾之間,每個人對發生的

〔註65〕王小波:《紅拂夜奔》,北京十月文藝出版社 2017 年版,第 33 頁。
〔註66〕王小波:《紅拂夜奔》,北京十月文藝出版社 2017 年版,第 34 頁。
〔註67〕王小波:《紅拂夜奔》,北京十月文藝出版社 2017 年版,第 36 頁。

同一件事情的理解都截然相反。同一個歷史情節，在每個人的記憶中都有了不同的版本，這是王小波對歷史的第一重反思。而王小波不斷重複性地讓故事回到原點，再以不同的路徑展示著歷史本身的重影與歧義。在打開歷史歧義和多重敘事的同時，故事中人物的行為都嚴格遵循著數理邏輯的推演，遵循著王小波設定的規則，在一次次的重複中，王小波以遊戲化的方式開始反思理性對歷史本身的影響。

4.3.3　兩種理性的困境

　　王小波在《青銅時代》中對歷史提出了兩個方面的反思，一種是基於傳統實用理性之下，歷史作為意識形態建構的文本，在不同敘事者之間改頭換面形成新的故事。另一種是基於科學數理邏輯之下對歷史的推理，數理推理不斷遭遇現實壁壘，歷史成為必須不斷從頭敘述的碎片。如何將這兩種思考同時在小說中展現，王小波選擇了遊戲式的小說結構。《尋找無雙》《紅拂夜奔》和《萬壽寺》都使用了豐富的現代敘事方法，無論是嵌套、插敘還是重複，王小波都在以一種嚴謹的、空間化的方式處理敘事本身。唐代傳奇與當代私人回憶在《青銅時代》三部小說中來回穿插。以《尋找無雙》為例，故事分為三個的嵌套，貫穿始終的故事線索，也就是第一層故事是二十五歲的王仙客前往長安宣陽坊，尋找多年沒有音信的未婚妻表妹無雙，在尋找無雙的過程中他來到了宣陽坊中那個空蕩的院子，卻被周圍的街坊鄰居侯老闆、孫老闆、羅老闆和王安老爹們欺騙，告知他院子的主人是二十年前的長安名妓魚玄機。第二層魚玄機的故事從而嵌套進了王仙客尋找無雙的故事中，王仙客弄清楚魚玄機死前的故事後，魚玄機部分的謎團也就解開了。此外，王仙客來到宣陽坊之後，為了清除屋頂上的雜草，於是在屋頂上養了許多兔子，隨後因為王仙客的暫時離開，宣陽坊兔子成災。這顯然是王小波虛構的歷史情節，但是王小波在轉述這一荒誕情節時，串聯起了現代生活中表哥的故事：表哥記得野史中長安兔子成災的史料。於是，在王仙客尋找無雙和二十年前魚玄機赴死這兩層故事之外，還嵌套了王二生活的現代時空中，表哥、李先生、小孫在現代生活的記憶碎片。成為《尋找無雙》的第三層嵌套。

　　《尋找無雙》作為王小波的第一篇長篇小說，在嵌套故事來回穿梭的過程中各個故事之間還有不完整的情況，而到了《紅拂夜奔》，同樣的古代歷史戲說故事層面和現代王二生活故事之間的嵌套越來越完整。《紅拂夜奔》中「歷

史」的部分寫的是經歷了隋唐兩個朝代的天才李靖李衛公，與紅拂女私奔後，受到唐太宗重用建立長安城的故事。而歷史故事之上嵌套的現代生活則是「我」王二，作為一家大學的數學研究員，一直在研究一個歷史上的數學問題和寫一篇小說，最終寫出了一篇證明歷史上的李衛公證明出費爾馬定理的論文。王小波在《紅拂夜奔》中，每一層面的嵌套都更加工整，古代世界，當李衛公設計出了精細無比的長安城時，也就從長安最聰明的人變成了最愚蠢的人——皇帝無法忍受聰明頭腦的存在，李靖開始裝瘋賣傻；現代世界的王二，在寫出了李靖證明費爾馬定理的論文後，被獎勵的同時也就被收編進入了體制，成為研究所的「人瑞」。古代層面，李衛公與紅拂女私奔，紅拂決定在李衛公死後，自殺殉夫，進入了無聊漫長卻豐富的「自殺」申報流程；現代生活中，我和小孫因為組織安排合居，非法發生男女關係後兩人從合居發展為同居，並始終不願結婚，拒絕進入婚姻的程序，參與各種荒謬的「申報」。古代故事中的荒謬、堅持，與現代生活中的荒謬、堅持互相對照，《紅拂夜奔》中的隋唐人物，面臨的是現代體制下的王二們依然在周旋的問題。

　　王小波的歷史觀念與他堅持的小說結構密不可分。以《尋找無雙》為例，王小波筆下的歷史故事以流暢的現代漢語進行講述，古代的事物陳設之外是與現代生活相似的氣氛。魯迅在《故事新編》中的敘事風格，在王小波的歷史小說上有了新的呼應。和魯迅的愈加曲折不同，王小波始終堅持將現代生活的部分與歷史故事互文並置，他筆下的「舊故事」更清晰，王小波讓敘事在現代生活與古代故事之間來回穿梭，即防止寫作走向了對於古代生活想像泛濫的「油滑」，又保持著一種宿命感的悲愴。其中歷史人物言辭的現代，困境的相似，超出借古諷今的範圍，而帶來了一種深深的「宿命感」——宿命感並非感傷人類某一群體、某些個人的遭遇，其背後是離開以人、以進化史觀為中心的洞見，正如王小波在《尋找無雙》的開頭所援引的邏輯學公理：「同時我想到的，還有邏輯學最基本的定理：A 等於 A，A 不等於非 A。」王小波將以邏輯學為中心的理解與看待歷史的角度引入了自己的小說寫作。所以對於他來說，《尋找無雙》中心的謎團——「無雙去哪兒？」並不是在為人的遭遇尋求另一種解釋，而是回到了邏輯學為中心的看待歷史的方法。王小波說：「這些話不是為我的小說而說，而是為智慧而說。在我看來，一種推理，一種關於事實的陳述，假如不是因為它本身的錯誤，或是相反的證據，就是對的。無論人的震怒，還是山崩地裂，無論善良還是邪惡，都不能使它

有所改變。唯其如此，才能得到思維的快樂。而思維的快樂則是人生樂趣中最重要的一種。本書就是一本關於智慧，更確切地說，關於智慧的遭遇的書。」〔註68〕結構上的互文與嵌套，旨在模糊小說中歷史與虛構之間的邊界，正如《尋找無雙》中王仙客與現代生活的「我」兩個故事銜接的部分，王仙客在屋頂上養兔子的荒誕行為，成為我表哥高考時為了強行點題「胡謅」出來的歷史論據：「有關長安城裏宣陽坊兔子成災的故事，還有很多可以補充的地方。我有個表哥，他比我大十幾歲，所以在『文革』前就參加了高考。我的表哥愛好文史，讀了不少古書，知道一千年前陝西西安一帶鬧過兔子，還有很多其他的知識。那一年他去考大學，見到作文題是『說不怕兔』，以為命題人讓說說這件事。他就此事寫了兩千字的論說文，力陳那種三瓣嘴短尾巴的動物並不可怕。但是那一年的考題並不是考古文，而是考時文。那一年有一位文豪寫了一篇有名的文章，叫作『不怕鬼說』，牽強附會地把帝國主義和一切反動分子比作了鬼，並說要不怕他們。」〔註69〕這一段的轉折，既是王小波小說結構上的嵌套方法，也是王小波對歷史態度的展現。歷史的真相是無法復原的對象，表哥高考落榜時寫出的「歷史」，和王小波在《尋找無雙》中虛構的「歷史」，無法比較誰的「真實」含量更高，而「說不怕兔」與「說不怕鬼」之間對歷史的闡釋與虛構，也無法比較得出誰的論述更為合理、更具有價值。因此，在非常時代形成的記憶、對此的闡釋，與新時期立場下寫出的記憶、對此的闡釋，同樣無法比較其歷史「真實」的含量與歷史的價值高低。

　　所以王小波的歷史小說，與其說在寫歷史的「可能」，不如說在寫歷史之「不可能」。因為當歷史的可能性被打開，歷史成了被權力話語不斷拉扯、加工的對象。在《尋找無雙》中，代表「智慧」的無雙，被人們遺忘，人人皆有一套說辭欺騙來尋找無雙的王仙客，她的下落在人們的記憶中徹底被掩蓋。王仙客第一次來到宣陽坊時，看見了空蕩廢棄的院子，宣陽坊中的鄰居們為了各自的安心或利益，一起欺騙王仙客那座院子是廢棄的尼姑庵。而對於各自的欺騙，沒有人感到異常，人們找出了必須這麼說的道理：「這不能怪大夥不說實話，只怪王仙客問話時態度太兇惡，簡直像個急色鬼。假如不把他馬上打發走，怕他會幹出什麼惡事來。所以就騙他說，那是個空尼庵，讓他早點絕了這個想頭。那院子空了這麼多年了，鬼才知道過去住了誰。但是大家

〔註68〕王小波：《尋找無雙》，北京十月文藝出版社2017年版，第12頁。
〔註69〕王小波：《尋找無雙》，北京十月文藝出版社2017年版，第40頁。

異口同辭地說是尼庵，可見英雄所見略同……以後再有人來問都說是尼庵，省了多少麻煩。」〔註70〕對於自己講述的歷史，各自深信不疑。為了保持這種信念，宣陽坊的三位互為鄰居的老闆開始互相添油加醋，編造想像中的王仙客的身世。他們聚在一起編起故事來：「這個王仙客，本是魚玄機的入室之賓，魚玄機死時，他不在長安城。過了二十年，他又找來了。這個頭兒是孫老闆起的，羅老闆開始添油加醋。大家都是讀書人，人家說起他來，也不是乾巴巴的，還帶有感情色彩：唉，這傢伙也夠癡情的了，咱們給他講了這麼多遍魚玄機已經死了，他就是不信，現在還變著法地找。」馬上就有人順杆兒爬了上來：「（侯老闆：）這傢伙真可憐。他假如知道魚玄機已經死了，要是不瘋才怪哪。所以他一露面，我就騙他說，這所空院子不是道觀，是個尼庵。」〔註71〕坊間流傳的歷史和書本上記載的歷史，都在服務當下生活安穩合理的前提，如果說羅老闆們代表著民間歷史的口述歷史的不可信，魚玄機的秘史則代表著文字歷史記錄歷史本身的不可能。

　　每個人都相信了自己講述的歷史，也紛紛加入了創作。尋找無雙的過程就這樣被越來越離譜的歷史敘事無限延宕，老闆們將王仙客引向歧路，每個都在編造自己的記憶，但每個人在自己的編製中都符合情理。他們並非不理性，而是在調動不同於邏輯理性的理性構建自己的歷史。在這樣的社會中，王仙客作為邏輯理性的外來者，如果無法內化成為接受這樣編造的一分子，就會不斷碰壁，甚至懷疑自己。在《尋找無雙》中，王仙客的第一次尋找以失敗告終：「我們知道，王仙客第一次到宣陽坊來找無雙是一無所獲。他說無雙是怎樣怎樣一個人，人家卻說沒見到……王仙客對這些現象一直是這麼解釋的：宣陽坊裏的人記性很壞，需要幫助……後來他忽然聽到了另一種解釋：記性很壞的原來是他，他需要幫助。他只是一個人，對方卻是一大群。所以王仙客就開始不敢相信自己了。」〔註72〕王小波引用了羅素的一段話來形容這一種「尋找」的困境：「羅素說，假如有個人說，我說的話全是假話，那你就不知拿他怎麼辦好了：假如你相信他這句話，就是把他當成好人，但他分明是個騙子。假如你不相信他的話，把他當騙子，但是哪有騙子說自己是騙子的？你又只好當他是好人了。羅素他老人家建議我們出門要帶手槍，見到

〔註70〕王小波：《尋找無雙》，北京十月文藝出版社 2017 年版，第 48 頁。
〔註71〕王小波：《尋找無雙》，北京十月文藝出版社 2017 年版，第 49 頁。
〔註72〕王小波：《尋找無雙》，北京十月文藝出版社 2017 年版，第 22 頁。

這種人就一槍打死他。」〔註73〕兩種理性的碰撞結果就是落入悖論。邏輯理性無法解釋的社會行為，社會行為無法遵循的邏輯法則，羅老闆們的「真話」形成的邏輯悖論讓王仙客無法靠近謎底，於是當王仙客第二次回到宣陽坊尋找無雙時，他準備好了他的「槍」，他需要用「槍」打破困境，王仙客拿出了一把大刀，當明晃晃的大刀架到羅老闆面前時，羅老闆終於說出了無雙的下落：「羅老闆見了明晃晃的大刀奔它去了，就嚇得魂飛天外，順嘴叫了出來：去了掖庭宮，去了掖庭宮！那掖庭宮是宮女習禮的地方。原來無雙是進宮去了。」〔註74〕

　　「宏大敘事」的廣泛存在讓中國當代的作品中很少有依靠純邏輯推動故事情節發展的小說，情節的推動往往是為了達成故事的完成——一種基於中國傳統實用理性下的故事發展，無論從民間出發，還是從政治出發，敘事背後是對某種穩定、崇高或合理性的極端推崇。「宏大敘事」的邏輯存在於《尋找無雙》中羅老闆們的思維中，這一思維未必是一種視野廣闊、高度抽象的敘事方式，它隱秘在於以經驗理性形成一套自我保護的機制，換得一種「合理」的慰藉——這種慰藉對於整個社會的運轉起到了穩定與潤滑的作用。正如王小波反覆提到的一個比喻：「人和豬一樣記吃不記打」，如果將「記吃不記打」視為一種精神上的自我保護，也就是在將自己的命運與一種經驗支撐的宏大敘事相融合。《尋找無雙》中王小波這樣描述這種「自我保護」的必然與危險：「任何動物記吃不記打都是逼出來的。當然，打到了記不住的程度，必定要打得很厲害。這就是說，在懲辦時，要記住適度的原則，以免過猶不及。但是中庸之道極難掌握，所以很容易打過了頭，故而很多人有很古怪的記性。」〔註75〕當代文學史的新歷史小說定義，長久以來並沒有離開「宏大敘事」這一企圖和框架，轉換了宏大敘事的立場，或者將某些未被納入宏大敘事編織的部分重新納入後，真正的「智慧」依然下落不明。「宏大敘事」所遵循的理性往往來自中國傳統理性的敘事方式，王小波的導師許倬雲在《中國文化與世界文化》中曾指出過中國傳統理性的特質，一種以知識分子為主題的保持理性態度的長久傳統，這種理性態度與古代官僚制度依附相生。「尋根文學」的潮流中回到傳統文化，態度或明或暗，所對照的則是西方文化的

〔註73〕王小波：《尋找無雙》，北京十月文藝出版社2017年版，第201頁。
〔註74〕王小波：《尋找無雙》，北京十月文藝出版社2017年版，第287頁。
〔註75〕王小波：《尋找無雙》，北京十月文藝出版社2017年版，第266頁。

全面進入中國,現代理性形式在當代的顯著與成功。從而在此基礎上的歷史書寫,中國的傳統理性態度往往被視為理性的對立面而非一種特殊形態。中國並非缺乏理性傳統,但理性模式長期被「傳統文化」等標籤所掩蓋。與文化尋根同時興起的是 90 年代的現代派與先鋒派,其哲學根源不難追溯為現代化過程中的個體困境。近現代西方強勢文明下的現代化過程,以科學理性為主導的一系列進程,則形成了另一種高度理論化的科學理性文明,其中最為核心的轉變就是「數學化」之後的科學哲學的崛起——而邏輯學無疑是其中重要的一個環節。

柯瓦雷在科學史著作《牛頓研究》中回顧科學─哲學從牛頓笛卡爾處開始的轉變,這樣感歎:「它把一個我們生活、相愛並且消亡在其中的質的可感世界,替換成了一個幾何學在其中具體化了的量的世界,在這個世界裏,每一個事物都有自己的位置,唯獨人失去了位置。」[註76]王小波將邏輯學引入小說,他筆下的荒誕未必是前現代非理性的落後造成的,而是兩種理性模式的衝突。當西方現代科學逐漸擺脫形而上學的限制,成為獨立解釋預測世界的科學,數學理性逐漸被視為更高的理性。王小波問題的永恆性,在於他看待世界的「歷史」「當下」和「未來」都保持著一種平等的視角,他超越現代性的部分正是還原了現代性理性之外的另一種理性的困境,人類的困境與體制的荒誕之處,並不是一個基於歷史時期的批判就能超越和解決的問題,而是平庸、均勻、持續地與人共存。政治性的閱讀讓王小波的問題簡單成為一種對歷史的影射,但王小波在嵌套互文結構中顯示的不是一時一代的矛盾和困境,《青銅時代》中的人物們,都在長久的理性困境中掙扎,而生活在當代的現代個體,也會繼續這一過程。王小波並不想還原歷史的另一種真實,更不想要通過自己的歷史書寫補充真相,用一種真相替換另一種真相。甚至,王小波也沒有歷史中心與邊緣,雅正與民間的區分。他更像是在展示著以人為中心的歷史和記憶本身就在不斷篡改真相,無論是歷史的記述還是私人的記憶,都包含著有意或無意的欺騙,看似莊嚴崇高的歷史本身只是話語的建構,任何一種想要挑戰現有歷史的挑戰者姿態本身也包含著一種排除其他可能性的遮蔽。當人們沉迷於歷史的建構話語時,無論歷史話語的立場、方向彼此有多少差異,對於這一建構過程本身的沉迷往往會帶來不同程度的荒誕

[註76] 亞歷山大·柯瓦雷:《牛頓研究》,張卜天譯,北京大學出版社 2003 年版,第 128 頁。

結果，甚至遠離生命本真的遺憾。而當擔任「騎士」的突圍者——王小波作品中的男主人公們，習得另一種基於話語邏輯的思維方式，想要在世界中尋求歷史的解釋，希望能夠獲得關於智慧的新的解答時，他們依然沒能逃出困境。基於數學科學的現代性理性在創造豐富和高光的同時，再次強調了「人」的中心位置後，亦不斷讓故事陷入循環，兩種理性之下的衝突永恆存在——這反而成了遊戲不斷開局重來的動力。王小波的故事中，「永恆的困境」比「歷史的困境」更接近人的存在本身。在《尋找無雙》結尾，王仙客知道無雙的下落後，決心繼續尋找，找到與否成為懸念，而小說的最後一句話是這樣的：「何況塵世囂囂，我們不管幹什麼，都是困難重重。所以我估計王仙客找不到無雙。」對於歷史，只有永恆尋找，一直尋找下去，才可能既是找不到「無雙」，也一直記住「無雙」存在過或應該存在。維特根斯坦說：「我走過的道路是這樣的：唯心論把人從單一存在的世界中分離出來，唯我論又把我單獨分離出來，最後我看到，我也屬於餘下的世界，因此一方面沒有餘下別的什麼，另一方面唯獨留下這個世界。」〔註77〕一層一層建構和篡改，在魚玄機的故事裏，在尋找無雙的過程中，王小波所說的智慧的遭遇，正是希望跳出宏大敘事建構的控制，並直面邏輯理性的社會性侷限，回到實事求是的層面理解人的永恆困境。

如果說《尋找無雙》中的王小波側重點依然在經驗理性層面，揭示歷史話語的建構屬性，邏輯理性的進入成為如騎士一般孤軍奮戰的闖關。那麼《紅拂夜奔》則更深入地討論在邏輯理性的主導下，社會的、經驗的、感性的理性依然主導著社會運行，人的困境在這樣的前提下難以逃離。《紅拂夜奔》的故事內核是兩次「出奔」，第一次是李靖與紅拂女私奔，逃離了洛陽城。第二次是紅拂在李靖死後想要逃離無趣的生活，決定自殺。王小波在小說的一開始，說：「這本書和他（李靖）這個人一樣不可信，但是包含了最大的真實性。……假如本書有怪誕的地方，則非作者有意為之，而是歷史的本來面貌。」〔註78〕這一次，代表著現代理性的角色不再是從外界闖入，而是在古老帝國內部出現，想要衝出包圍，想要建立更理想的城市。李靖是一個科學家，他一生最大的成就就是證明出了費爾馬定理，並發明了許多器具：李衛公發明

〔註77〕 維特根斯坦：《邏輯哲學論》，《維特根斯坦全集（第一卷）》，河北教育出版社 2002 年版，第 64 頁。

〔註78〕 王小波：《紅拂夜奔》，北京十月文藝出版社 2017 年版，第 5 頁。

過非常多的器具,這些器具證明了他的聰明。正是因為李靖的聰明,兩種理性支配下的衝突再次出現,人發明工具之後,就面臨著被工具支配的可能。最聰明的人面臨著變成最愚蠢者的危險。「作為一個中國人,不但必須有證明自己聰明的智慧,還得有證明自己傻的智慧,否則後患無窮。我把這件事寫了出來,很可能證明了自己在後一個方面有所欠缺,給自己種下了禍根。」〔註79〕「這件事的離奇處就在於,李衛公年輕時玩了命地證明自己是聰明人,老了又要裝傻,前後矛盾。但這也是做一個中國人最有趣的地方。」〔註80〕這些無關情節的荒誕描寫,體現著科學下的邏輯理性的極致便是以數學化的方式探究世界、理解世界,數學的真正獨特力量來自它的普遍性或普適性,人們在閱讀王小波時,常常會感受到他筆下人物浪漫的理想主義氣質,但很少有人將這種理想主義與數理化的邏輯學思維方式聯繫到一起。王小波所刻畫的知識分子形象之所以豐富,就在於他們接受著兩種理性的支配。一方面,王小波筆下的李衛公在社會交往層面顯示出他猥瑣、圓滑的一面,其背後是經驗層面的理性行為。《紅拂夜奔》中對此的描寫一針見血:「李靖在洛陽城裏當流氓,卻是流氓中最要不得的一種。這就是說,他想向市場上的小販要保護費,卻不好意思開口,也不好意思伸手,這就使問題複雜化了。假設你是洛陽市場上一個小販,見到一個穿黑衣服梳油頭的傢伙從你攤前過來過去,滿臉堆笑地和你打招呼,你也想不到他是要訛詐你吧。然而他來的次數多了,攤面上就會發生一些可怕的事:不是雪白的布面上用狗屎打了叉子,就是湯鍋裏煮上了死蛇。假如你對這些事情還能熟視無睹,就會有活生生的大蠍子跳到你攤上來。以上過程一直要重複到你在攤面上放了一疊銅錢,這疊銅錢無聲地滑到他的袖口裏為止。反正都是要錢,不明說的就更討厭。」〔註81〕這一層面上來看,李衛公與其說是知識分子,不如說是含蓄的流氓,「不直說」的知識分子成為流氓的原因就在於對邏輯效率的放棄,這種「不直說」中包含著區別於科學主義下邏輯理性的社會經驗下的實用理性。另一方面,李衛公依然是知識分子形象,他對工具理性和數學真理的執迷探究構成了他富有趣味的理想主義知識分子形象。這一理想主義的傾向與悲劇感表現在他相信數學的普遍效用,在一切現象下面都有必然的物理結構,這一結構經過數學

〔註79〕王小波:《紅拂夜奔》,北京十月文藝出版社2017年版,第84頁。

〔註80〕王小波:《紅拂夜奔》,北京十月文藝出版社2017年版,第38頁。

〔註81〕王小波:《紅拂夜奔》,北京十月文藝出版社2017年版,第24頁。

的檢驗一定可以完美最優地解釋世界運行的原理，遵循這一數理邏輯，就能夠獲得萬事萬物的正確安排——作為一個數學家、科學家的李衛公，遵循這一套數理邏輯，甚至希望將歷史也同樣數學化，李衛公想用了一套極複雜的術語把他的數學成就寫進大唐朝的曆書，比如使用兩個變量代指皇帝和皇后，用「萬歲」表示平方，萬萬歲是立方，萬壽無疆是常數。故而一個 x 的多項式——二倍的 x 平方加 x 立方加一個常數項就可以表達為「皇上萬歲萬歲萬萬歲萬壽無疆」。在現代的王二看來，這樣寫成的數學書觀賞性實用性齊備，中立客觀以至於不會有政治問題，但唯一的不便之處就是非常的難懂——這也是最為致命的。王二在其中表現得荒誕的軼事，再次體現了李衛公所崇拜的科學理性的迷人之處，正是現代的科學哲學思維的體現，讓李衛公顯示出了在小說中無比聰明的一面，然而另一方面，也體現出了它的無力——一種數理極端化後的難以實踐。這種無力就是在前一種需要實用理性的情境之下，面臨的重重困境，而實現之後，所帶來的也未必是美好。於是，在這個社會真實運行的過程中，李衛公發現他的「理想國」不可能實現。他所有通過數學計算製造出來的工具，都沒有帶來真正的理想效果，當李衛公發明了開平方機，卻毫無用處，想要賣給飯店老闆娘都慘遭退回，最終成為太宗皇帝的戰爭工具：「這個發明做好之後，立刻就被太宗皇帝買去了。這是因為在開平方的過程中，鐵連枷發揮得十分有力，不但打麥子綽綽有餘，人挨一下子也受不了。而且搖出的全是無理數，誰也不知怎麼躲。太宗皇帝管這機器叫衛公神機車，裝備了部隊，打死了好多人，有一些死在根號二下，有些死在根號三下。不管被根號幾打死，都是腦漿迸裂。」〔註82〕而在開始為皇帝建設城市時，保持了事無鉅細精確的結果，卻是使他禁錮其中。科學理性從形而上學傳統之中脫離出來後，同樣形成了一種理解、解釋並成功改造世界的方式，一種科學的邏輯語言。李衛公最終證明了費爾馬定理，發明了開平方機，並相信憑藉自己的聰明，能夠設計最完美的城市和城市運行的制度，這種理想主義並非共鳴於 20 世紀 80 年代朦朧詩潮流開始的新啟蒙知識分子所秉持的理想主義，而是一種超越時代的理性所面臨的困境。數學邏輯帶來的完美與無限可能性吸引著李衛公，現代性開啟了人的另一種想像，這種想像完成了人的中心的確立，而背後推動的動力正是以數理哲學為基礎的現代科技的發展。

正如笛卡爾在《談談方法》中說的：「幾何學家通常總是運用一長串十分

〔註82〕王小波：《紅拂夜奔》，北京十月文藝出版社 2017 年版，第 33 頁。

簡易的推理完成最艱難的證明。這些推理使我想像到,人所能認識到的東西也能是像這樣一個接著一個的,只要我們不把假的當成真的接受,並且一貫遵守由此推彼的必然次序,就絕不會有什麼東西遙遠到根本無法達到,隱藏到根本發現不了。」〔註83〕數學和邏輯演算帶來了一種語言,世界可以被分解為和這些邏輯步驟對應的東西,數學和邏輯語言掙脫了現實自然的束縛,以自己的法則,突破我們感性認識和常識的邊界,進入數學化所帶來的絕對真實和無限可能。因此,在李衛公的世界裏,萬事萬物都是可能被發明出來的,他也深信自己對於長安城完美的把握。在數理邏輯之中,感性內容被清洗掉了,而日常生活中的所謂理解,始終是包含著感覺的理解,可以說在經驗層面上越富有感覺,就理解得越深厚。數學固然可以在一個抽象的意義上描述物質的結構,並且得出正確的預言,但是我們卻不能通過數量來直接理解這個世界。數學解釋的優勢在於它們具有普遍性,但這一普遍性僅僅包含著「表現」「預測」的普遍性,並不包含「理解」的普遍性。而「理解」往往是直接的、感性的、基於最日常經驗的,通常來說,「理解」不是按照固定的數學法則演進,一步一步長程推理而來,而是伴隨著經驗與感覺。技術的提高增強了對世界的解釋,卻無助於對世界的理解,將「數學」作為一種語言推廣,也就使得數理理性與大眾之間、與社會經驗日常之間拉開了巨大鴻溝。但當「普遍性」無法被理解的時候,人的困境再次出現。《紅拂夜奔》中王小波在李衛公身上所投射的人的困境,與其說是時代啟蒙理性誇張表演的映像,不如說是一種被困於數理邏輯之下的知識分子處境,如果以啟蒙理性的角度理解李衛公,可以理解他的立場,卻無法理解他的痛苦,而《紅拂夜奔》中李衛公的痛苦的意義遠遠大於他在選擇立場時的意義。極致的理性和數理邏輯與主觀經驗理性一樣,都會帶來一種「理想國」的構想,「理想國」是一種「烏托邦」,王小波對於「烏托邦」有著充分的認識。他在《代價論》中談道:「不管哪種烏托邦,總是從一個人的頭腦裏想像出來的一個人類社會,包括一個虛擬的政治制度、意識形態、生活方式,而非自然形成的人類社會。假如它是本小說,那倒沒什麼說的。要讓後世的人都到其中去生活,就是一種極其猖狂的狂妄。」〔註84〕對於烏托邦和理想國的荒謬性,王小波通過李衛公的

〔註83〕〔法〕笛卡爾:《談談方法》,王太慶譯,商務印書館2000年版本,第22頁。
〔註84〕王小波:《〈代價論〉、烏托邦與聖賢》,《一隻特立獨行的豬》,北京十月文藝出版社2017年版,第111頁。

形象闡釋出來，李衛公脫離了主觀經驗理性的桎梏，擁抱數理邏輯，信仰數學和機械，但最終依然被困在自己修築的長安城中裝傻致死。

數理邏輯之下的數學思維，意味著遵循著嚴格的推理、演算，不再接受感性、直觀的約束，李衛公所有的發明中的每個步驟都是有目的的，都是為了最終發明的完成，但每一個步驟和整套話語，都成為普通人不可理解之物——如果數學語言感性的意義，它將失去它的根本長處，即可藉以進行長程的嚴格推理。因為它之所以能夠進行連貫的嚴密邏輯推理，就在於它的每一個步驟都不受彌散的感受性的束縛，《紅拂夜奔》中的李衛公和王二最終都完成了費爾馬定理的證明，但也都因此成了荒誕的中心：李衛公因為這種智慧成了皇帝提防的對象，從而只能裝瘋，而王二則因為寫出了李衛公證明了費爾馬定理的論文，成為學院中的「人瑞」，最複雜最不可理解的中心成為不可理解的「叵測」之物，這種「叵測」使得「知識」本身處於一種與大眾間相互隔閡的危險中。王小波寫道：「人們說知識分子有兩重性，我同意。在我看來這種性質是這樣的：一方面我們能證明費爾馬定理，這就是說，我們畢竟有些本領。另一方面，誰也看不透我們有無本領。」〔註85〕這種屏障是數理邏輯之下的科學理性不可避免的結果。數學與邏輯推演幫助他不斷完善自己的發明、證明和制度創造，沉迷於這種技術性的理解與創造為李衛公帶來了快感。但李衛公的困境，無疑也揭示著此種理性在現實中的困境。就像語言不能窮盡我們身處其中的世界的生動與豐富，數學語言成為一種呈現世界的擬像方式之後也成為一重屏障，最終隔絕了數學領域與日常事實之間的轉化，人類在多重語言之間生活，所面臨的不同困境也在不同符號的不同構建之下逐漸形成。數學可以就事物的可測量的維度加以述說，但數學的普遍性絕不是數學的普遍適用性，正如福柯所說：「對於探討科學的實際變化的歷史學家來說，數學是一個不良先例，一個無論如何都不能推廣的例子。」〔註86〕數學邏輯本身就是一種方法，這種方法對歷史學本身極具威脅，這種文學也正是後現代思潮在數學科學中習得的語言方法，重新取代了傳統歷史學的知識模式的表現。〔註87〕

〔註85〕王小波：王小波：《紅拂夜奔》，北京十月文藝出版社 2017 年版，第 37 頁。

〔註86〕〔法〕米歇爾·福柯：《知識考古學》馬月譯，生活·讀書·新知三聯書店 2003 年版，第 116 頁。

〔註87〕參見〔加〕弗拉第米爾·塔西奇：《後現代思想的數學根源》，汪宇譯，復旦大學出版社 2005 版。

20 世紀 80 年代新啟蒙浪潮影響下的「新歷史寫作」,並沒有對「歷史」生成機制提出懷疑,王小波的「時代系列」是文學史忽略的重要一環,真正的對歷史生成機制做出反映與反思的作品被排除在文學史之外,既是必然,也是例證。《青銅時代》消解的並不是一種立場,其意圖也不在帶來另一種歷史真相或野史「扶正」,王小波在對歷史與話語生成機制提出懷疑的同時,其寫作的內核始終是「權力」和「權力」之下被支配者的處境。文學史想要統一的「新歷史」與「舊歷史」,所隱匿的正是不可能調和的矛盾,這種矛盾長久存在於人類現代化背景下,人文精神的延續過程中。如果說對於在《尋找無雙》中,王小波對個人經驗理性所建構的歷史徹底顛覆與懷疑,對實用理性和經驗理性造成的困境進行了模擬呈現,那麼在《紅拂夜奔》中想揭示的則是數理邏輯以及其之後的整個現代性量化機制下歷史的荒謬和人存在的困境。王小波對於這一困境的復原也為他最終形成的遊戲化敘事奠定了基礎,因為只有在邏輯鏈條完整的理性建構之下,虛構的小說世界才有了運行的規則基礎,王小波最終想要探討的精神母題才可能在小說中重複試驗,以遊戲的方式模擬不同的故事結局,最終《萬壽寺》的徹底遊戲化突破才有了成型的可能。

4.3.4 《萬壽寺》中的歷史困境

王小波在文化界的流行,與他的雜誌專欄寫作密不可分。1995 年創刊的《三聯生活週刊》的主編朱偉,作為王小波曾經的小說編輯,也將王小波介紹到雜誌陣地開始專欄的雜文寫作。作為收入的主要來源之一,王小波的雜文風格,與 1990 年代創刊的《三聯生活週刊》的自由主義文化與中產基調構成了相輔相成的協調,以至於王小波在大眾文化中留下最廣泛的標籤之一就是中國第一個自由主義者。關於「自由主義者」這一標籤,無不包含著基於雜誌風格的人設塑造。不可否認王小波的小說中充滿隱喻,如果把這些隱喻與某段特殊的歷史緊緊綁在一起,將王小波筆下那些被批鬥的個體、氣急敗壞的幹部、跳樓的知識分子和壓抑的時代氣氛看作一種歷史或心靈的真實,將隱喻看作對歷史的簡單諷刺,從而將王小波嵌入「文革」傷痕反思、「知青」回憶或知識分子被迫害實錄,無疑將王小波作為主流文學史的一個不夠典型的補充。這種歸置王小波的方式,讓王小波筆下的歷史小說無法再被重新審視,王小波對小說藝術本身的野心和對理性本身的反思也被擱淺與掩蓋了。

　　王小波在雜文和小說經常引用羅素的思想和章句，羅素作為數學哲學的開創者之一，其「邏輯學派」的數學理論奠定了分析哲學的基礎，而王小波的寫作資源常常以邏輯數理為內核，其小說中數理邏輯的應用，使得王小波開創了一條和以往嚴肅文學不同的道路。張棗曾經對漢語的詩歌寫作有過以下判斷：「如果說西方現代詩人在寫作中面臨的困難是，如何使表達從『邏輯的暴政』下解放出來，漢語詩人的使命則主要在於改變屈從於『主觀的暴政』的局面。」〔註88〕借用其表述，王小波在小說中企圖解放和反思的正是兩種「暴政」同時存在的現代生活：無論是「主觀的暴政」的傳統，還是「邏輯的暴政」。僅僅將王小波看作是「自由主義者」的新啟蒙立場是不夠的，也正是因為這種簡單化的評價與單向度的二元邏輯，使得文學史無法安放王小波的大部分作品。如果以「新啟蒙」的立場看待他的小說寫作，會發現其中的自由主義基調並非作為啟蒙話語，對個人的主體性搖旗吶喊，反而是不斷地在對理性的反思中揭示著個體面臨的困境。因而在他的歷史小說中，不但建立新的歷史敘事，反而歷史敘事權威被不斷打破，故而無法被納入「新時期「的啟蒙主流。

　　王小波以遊戲的方式繼承了羅素的邏輯哲學思想。羅素作為源頭之一的邏輯實證哲學，其主導思想是一種科學主義思想，將數理邏輯方法運用於社會科學與人文領域，科學推理的滲透使得語言進入到現代科學的程式化之中。這也就是王小波小說中游戲性生成的必然要素，一套嚴格的邏輯學推演，保證了王小波在推進小說情節時所依靠的並非主觀因素，而是源於一種邏輯哲學影響下的理性推演。正如遊戲的趣味來源並非源自無序，而是來自嚴謹全面的規則，理性原則是支持遊戲進行下去的前提，對王小波來說，小說和歷史之間的交匯點，就是遊戲化的小說敘事空間──都在一定程度上遵循著理性原則，這種理性原則幫助人類邁向現代化過程，成為科學哲學話語的基礎，最終脫離遊戲，成為了破壞遊戲的因素。王小波對「邏輯暴力」做出的反思與維特根斯坦在《哲學研究》中確立的「語言遊戲論」有著異曲同工之處。現代人文領域在科學主義影響下的僵化和與實踐間的巨大鴻溝，推動了維特根斯坦對此的反思，通過語言遊戲論，維特根斯坦在哲學層面上將科學邏輯思維帶回到日常生活思維中，將語言由科學主義思潮帶回人本主義思潮中，王小波在小說中對「主觀暴政」和「邏輯暴政」的雙重突破，同樣回到了當代日

<hr>

〔註88〕張棗：《張棗隨筆選》顏煉軍選編，人民文學出版社 2012 年版，第 97 頁。

常生活的層面，《青銅時代》中每一個唐傳奇之下的當代生活場景都包含著對此的反思。《萬壽寺》中對「歷史」的反覆、嵌套書寫不只是形式上的敘事策略，其本身的存在更是王小波本身想要在其中探討的母題之一。《萬壽寺》中王二成為了歷史研究院的研究員，同樣，在小說中存在唐代薛嵩故事和王二此時此地的生活謎團，雙重嵌套之下，王小波的小說技巧更進一步，在處理薛嵩的部分時，王小波設計了六種結局，不斷在敘事的迷宮中回到原點，再抵達不同的終點；在王二的現代生活部分，則採取的是與莫迪亞諾《暗店街》互文的偵探小說的寫法，王二一步一步找回自己的記憶，最終拼起了整個生活的馬賽克，知道了自己車禍的起因和與白衣女人的戀愛婚姻故事。在王小波筆下，「歷史」脫離了宏大敘事，不再具有進步發展的線性特徵，但這並不代表歷史中的個人就獲得解放。即使脫離了宏大敘事，更微觀的權力運作依然作用在個人記憶和歷史敘事之上，無論是晚唐傳奇中薛嵩的邊陲秘史還是當代生活中因車禍失去記憶的個人，「歷史」在小說的遊戲空間下遭遇了多種境遇，呈現了其自身在敘事中走向壓抑的過程。

　　「歷史」之於生活已經化身成為多種形式與話語，其中壓抑的力量同樣來自多方面。在《萬壽寺》的開頭，王二雖然失去了記憶，卻記得自己的職業與歷史相關，而自己工作單位萬壽寺周圍的河流正是連接北京市內與頤和園的水道，慈禧路經此地去頤和園消夏。王小波在小說的開頭部分寫慈禧：「她之所以尊貴，是因為過去有一天有個男人，也就是皇帝本人，拖著一條射過精、疲軟的雞巴從她身上爬開。我們所說的就是歷史，這根疲軟的雞巴，就是歷史的臍帶。」〔註89〕處在自己工作的地方，周圍的一起都讓王二「想起了老佛爺，想到了歷史那條疲軟了的臍帶。誠然，這條河有過剛剛疏濬完畢的時刻，這座寺院有過煥然一新的時刻，老佛爺也有過青春年少的時刻，那根臍帶有過直愣愣、緊繃繃的時刻。但這些時刻都不是歷史。歷史疲憊、癱軟，而且面色焦黃，黃得就像那些陳舊的紙張一樣。」〔註90〕歷史從堅挺的「雞巴」逐漸變成疲軟的「臍帶」，這一比喻貫穿了《萬壽寺》中薛嵩和王二的故事。

　　《萬壽寺》中，失憶的我比擁有記憶的我更快樂：「我對別的喪失記憶的人有種強烈的願望，想讓他們也倒點黴——喪失了記憶又不自知，那才是人

〔註89〕王小波：《萬壽寺》，北京十月文藝出版社 2017 年版，第 28 頁。
〔註90〕王小波：《萬壽寺》，北京十月文藝出版社 2017 年版，第 28 頁。

生最快樂的時光……」〔註91〕當王二說出「這世界上之所以會有無主的東西，就是因為有人失去了記憶。」之時，他所指的正是一種身份的逃離，此時的王小波筆下的「歷史」早已脫離了宏大敘事，但反思卻遠遠沒有停止，歷史不再以絕對權威壓制著每個人的理解，但每個人的記憶都將自己的生活牢牢囚禁在庸俗之中，於是才有了《萬壽寺》最終揭示出的王二找回記憶後的生活真相，王二從醫院出來一週後就逐漸恢復了記憶，但對他來說，日子卻就此重新暗淡下去：」我有一個好消息：我的記憶正在恢復中，每時每刻都有新的信息闖進我的腦海。但也有很多壞消息，這是因為這些記憶都不那麼受我的歡迎。比方說這一則：我不是歷史學家。我已經四十八歲了，還是研究實習員，沒有中級職稱。」〔註92〕於是，他失憶狀態下寫作的手稿才讓他感到新的激動：「我總覺得，失掉記憶以後，我的才能在突飛猛進，可以從前後寫出的手稿中比較出來。」〔註93〕而和莫迪阿諾在《暗店街》中千辛萬苦尋找記憶相反，王二希望失憶的時間更久一點，記憶成了壓抑的來源：「我和莫迪阿諾的見解很不一樣。他把記憶當作正面的東西，讓主人公苦苦追尋它；我把記憶當成可厭的東西，像服苦藥一樣接受著，我的記憶尚未完全恢復，但我已經覺得夠夠的，恨不得忘掉一些。」〔註94〕

　　王小波的歷史小說完成於 1990 年代，但其寫作的邏輯學核心在《黃金時代》中就已經顯露。代表作以結晶的方式，展示著作家必然被記住的各種原因，《黃金時代》作為王小波的代表作，凝練地展示出了王小波的多重特質和寫作方法，也延續著王小波寫作的中心問題。《黃金時代》幫助王小波完成了對語言、對歷史、對個人精神自由、對記憶等諸多邊界的探索。它既是作者的心事，也是時代的背面，王小波完成《黃金時代》花費了二十餘年，從構思到出版，時代的變換幫助王小波完善了其中與永恆相聯繫的部分，《黃金時代》中就出現遊戲性，貫穿了王小波最後的創作。《黃金時代》被寫入文學史的同時是個體差異從「無名」到「共名」再到「失踪」的過程，與此同時文學史想要建立的是從「共名」到「無名」的敘事框架，這一敘事框架本身包含著對作品的「共名」歸置，從而使得個體差異的失踪結果。現代人在政治、經濟等社

〔註91〕王小波：《萬壽寺》，北京十月文藝出版社 2017 年版，第 288 頁。
〔註92〕王小波：《萬壽寺》，北京十月文藝出版社 2017 年版，第 291 頁。
〔註93〕王小波：《萬壽寺》，北京十月文藝出版社 2017 年版，第 291 頁。
〔註94〕王小波：《萬壽寺》，北京十月文藝出版社 2017 年版，第 291 頁。

會層面不斷確認自我的位置,而又在生活和精神層面追隨大眾意識、大眾文化取消了個性的位置,這一悖論相當於使個人在主權上獲得獨立性的同時又使之在價值上變得虛無,使個人獲得唯一的自我的同時又使之成為無面目的群眾。當人被納入一個巨大的集體、一種共識的潮流中,無論這一集體和共識是崇尚集權主義或個人主義,融入其中似乎是敘事和記憶的唯一方式。王小波的作品長期以來在被大眾接受的過程中,都被貼上了「自由主義理性」的標籤,讀者對於王小波,常常因為其雜文中的「直露」抱有西方式的、強邏輯的思考者的印象。在這一印象下,王小波在文學史上的誤解似乎也「順理成章」,很容易在二元對立的思維下,因為其強邏輯的寫作指向被辨識為反對中國傳統文化哲學中的暴力,而忽略王小波本身對於科學哲學主導的現代文明的困惑和懷疑。西方現代派作家在 20 世紀開始探索的方向,常常是基於科學哲學主導下「強邏輯」文明建構後人的困境與工具化,中國作為後發現代性國家,一方面承擔著中國文化哲學主導的「文明負擔」,另一方面也受到了類似西方現代化過程中的科學化困境。《青銅時代》三部曲中對於中國人的現代困境,有著對內對外全面的表現,而其寫作之於文學史的遭遇則再次反映出文學史在追求「無名」與「多元」的方向中,不可能取消的命名機制,以及其中必然的裂隙。

4.3.5 王小波筆下的「死亡」:「新時期」的遊戲化逃逸

福柯唯一的一本文學研究作品是《雷蒙·魯塞爾》,然而魯塞爾一直到逝世,都是法國文學中相當邊緣的作家,而他在作品中先鋒、無固定身份式的寫作與福柯在《知識考古學》中提倡的「利用寫作來擺脫自我面孔」不謀而合。「生活和工作中最大的樂趣在於成為別人,成為你起初不是的那個人。」〔註95〕福柯對死亡的關注反映在其作品中對自我的喪失的關注,這種喪失以死亡的形式出現,即體現在現代權力體系之下個人的困境中,也反映在福柯研究對象的寫作和瘋癲史、醫學史的梳理中。對死亡的討論是一種對生命可能性的討論:「一種生命本質意義上的可能性」〔註96〕,正是這一可能性(通過病理解剖術對人體的肢解)為我們那些關於生命的科學知識提供了根本依

〔註95〕〔法〕米歇爾·福柯:《知識考古學》馬月譯,生活·讀書·新知三聯書店 2003 年版,第 17 頁。

〔註96〕〔法〕米歇爾·福柯:《臨床醫學的誕生》劉北成譯,譯林出版社 2001 年版,第 166 頁。

據。福柯總結說：「死亡離開了古老的悲情天堂，成為人的抒情內核：人隱形的真實，人可見的私密。」〔註97〕王小波的作品中也充滿了以死亡為中心的事件，死亡作為不可直接凝視的中心，成了王小波面對無孔不入的權力結構和人的困境中頗為荒誕的一種逃逸路徑，死亡成為王小波《青銅時代》中最複雜的遊戲。

柏拉圖在《法篇》中對遊戲的描述是「無利害」「無真理」「無效用」：「那麼以快樂為我們判斷的唯一標準只有在下列情況下才是正確的，一種表演既不能給我們提供有用性，又不是真理，又不具有相同的性質，當然，它也一定不能給我們帶來什麼壞處，而僅僅是一種完全著眼於其伴隨性的魅力而實施的活動……當它既無害又無益，不值得加以嚴肅考慮的時候，我對它也使用『遊戲』這個名字。」〔註98〕當死亡成為一種遊戲，王小波與時代主流之間的鴻溝也越來越大。即使他的小說有著強烈的時代氣氛，但因為作家寫作態度的非主流，小說本身很難從正面融入清算歷史的潮流後擁有另一種社會效應，他所堅持的小說新意與技法，反而成為他無法融入主流的障礙。對於王小波來說，文學中游戲化的死亡，成了一種積極的逃逸與解放方式，然而20世紀80年代濃厚的政治氛圍，各種話語鬥爭之下歷史苦難不斷被清算，所以「死亡」很難被看作遊戲而被主流批評界所接受。伽達默爾寫道：「遊戲的概念是尤為重要的。我們必須首先弄明白的就是，遊戲乃是人類生活的一種基本職能，因而人類文化要是沒有遊戲因素是完全不可想像的。」〔註99〕因此，「把人類的遊戲的要素上的給定性及其結構形象勾勒出來，從而使得藝術的遊戲因素不再僅僅是消極地擺脫目的的束縛，而且成為自由的衝動，這是值得一做的事」〔註100〕。對王小波來說，小說中的死亡成為遊戲的一個元素，無論是謀殺、自殺還是意外死亡、以死亡威脅，死亡本身和遊戲一樣，包含著一種「自由的衝動」，甚至在書寫「文革」時期的死亡時，王小波筆下的死亡依然包含著對可能性的追求。

《尋找無雙》中，魚玄機的故事其實只包含一個事件，就是她在殺了侍

〔註97〕〔法〕米歇爾·福柯：《臨床醫學的誕生》劉北成譯，譯林出版社2001年版，第172頁。

〔註98〕〔希〕柏拉圖：《柏拉圖全集》（第三卷），王曉朝譯，人民出版社，2003年版本，第418頁。

〔註99〕伽達默爾：《真理與方法》，洪漢鼎譯，上海譯文出版社2004年版，第67頁。

〔註100〕伽達默爾：《真理與方法》，洪漢鼎譯，上海譯文出版社2004年版，第67頁。

女彩萍後,認罪伏法,即將被處以極刑。在等待被斬首的這段過程中,她需要經歷一段等待的時間。這段時間在王仙客的尋找過程中不斷被重複講述、以夢境的形式插入,而這段時間中魚玄機的態度、行為與應對,讓死亡成為一種遊戲,這一段等待死亡的時間進入了停滯但無恐懼的狀態。時間通過遊戲化開始具有了審美價值,康德在《實用人類學》中曾這樣描述過時間停滯的感受:「凡是直接(即通過感官)驅使我離開(從中走出)我的狀態的就是使我不快的,就使我痛苦;同樣,凡是驅使我維持(留在)我的狀態的,就是使我快適的,就給我以快樂。」〔註101〕當主體樂於停滯在這一段時間中時,遊戲化的效果也就逐漸顯現,在《尋找無雙》中,魚玄機在等待自己死亡的過程中懷著喜悅的心情,而這種喜悅正是在於這一段時間的重點是死亡,對於魚玄機來說,死亡是遊戲最終的饋贈:「別的犯人到了這時,就愁眉苦臉,需要安慰:東家,就這麼一會兒工夫了,您還愁什麼?喝口酒罷。但是魚玄機卻興高采烈,說道:再過一會兒就要死了。可真不容易呀。還說,活在世界上當一個人,實在倒楣得很。」〔註102〕同樣,魚玄機之所以謀殺被判入獄,同樣源於「遊戲」:「但是同一夜裏他也夢見了魚玄機,披枷戴鎖,細聲細氣地告訴他說,她並沒有故意打死那個使女,當時她們正在玩著一種荒唐的遊戲,她一失手就把她勒死了。雖然如此,她也不抱怨別人把她絞死了。因為她是甘心情願地給彩萍抵命。」〔註103〕於是,在王小波筆下,死亡所具有的威懾性被消解,反而成為心甘情願的一種選擇,一種逃逸方式。

　　權力之下歷史、秩序話語的建立,往往通過把遊戲中的樂趣和不確定抽離,形成唯一的嚴肅權威。正如在《紅拂夜奔》中,王小波借王二之口說出的「公理」:「我以為應該給發明避孕套的人發一枚獎章,因為他避免了私生子的出生,把一件很要命的事變成了遊戲。但是獎章一般只發給把遊戲變得很要命的人。李靖要是早明白這一點,年輕時也不會這麼窮。」〔註104〕李衛公的所有數學證明與發明創造,都是無用而使自己享受有趣的事情,在這些鍛鍊自己智慧的遊戲中,李衛公無法成功。他成功之時,則是將自己的智慧用於幫助皇上修建城池、製造禦敵機器之時,而此時他已經將遊戲變得「很要

〔註101〕〔德〕伊曼努爾·康德:《實用人類學》鄧曉芒譯,上海人民出版社2005年版,第222頁。
〔註102〕王小波:《尋找無雙》,北京十月文藝出版社2017年版,第119頁。
〔註103〕王小波:《尋找無雙》,北京十月文藝出版社2017年版,第119頁。
〔註104〕王小波:《紅拂夜奔》,北京十月文藝出版社2017年版,第77頁。

命」。把「要命的」事情還原成遊戲，是王小波在小說中賦予死亡的價值。王小波的「有趣」始終是他寫作和人生重要的標籤之一，「有趣」本身和人格緊密聯繫，而主流常常是枯燥的。這種人格和作品，對主流而言就是一種挑戰。枯燥背後的崇高、嚴肅、深刻，往往是學習的榜樣，而深深根植於個人的趣味，卻難以模仿複製——有趣本身包含著多樣性，也就是王小波說的，有趣中包含著惡意，這種惡意其實不妨看作一種對權力的逃逸——把要命的東西還原成為遊戲，權力在這樣的瞬間失效。

因而王小波小說中的死亡並非一個結果，一個謎底，而是一個前提，構成了遊戲的一部分。《尋找無雙》中王仙客在尋找無雙的過程中，被羅老闆們引入瞭解魚玄機之死的歧途。魚玄機的案件在歷史中撲朔迷離，大家紛紛告訴王仙客魚玄機故事的開頭和結尾，但人們對中段的過程各執一詞。魚玄機在監獄中的生活似乎成了一個謎團，而造成這種謎團的原因，就在於魚玄機在他人看來，將死亡看得如同兒戲，或者說，她沒有表現出應該有的悲壯和艱辛，從而一切都變成了反常的舉動，而對於魚玄機來說，她的死亡是她與彩萍 SM 遊戲的完成，她必須為彩萍赴死，其中包含著以生命完成遊戲的快樂。魚玄機的死並不是痛苦的，而是充滿了期待，對於開始的赴死之旅，魚玄機對死亡的態度讓周圍人詫異，而最終她從認罪伏法到刑場上開「操你媽」先河的歷史，也因為太出乎意料而無法被歷史記錄。歷史是難以書寫和記錄荒誕的，無論是有意的荒誕，還是無意的荒誕，歷史似乎只能排除其他可能，以嚴肅的權威口吻，記錄一切。王小波對於「文革」的感受，和對於「文革」歷史的質詢，同樣來源於此：「我自己也記得一些鬧一級的事，比方說，五八年在學校操場上大鬧煉鋼鐵。煉出的鋼錠像牛屎，由鋒利的碎鍋片子黏合而成。我被鋼錠劃了一下，留下一個大傷疤。像這樣的事歷史上不記載，只存在於過來人的腦子中，屬於個人的收藏品。等到我們都死了，這件事也就不存在了。」〔註105〕《紅拂夜奔》中，紅拂在李靖死後決定自殺殉夫，陷入了「漫長」的體制內自殺過程。其中依然充滿遊戲的「享受」，死亡對於紅拂而言，是一種自我選擇，是再一次「私奔」，而這一次「私奔」的準備和過程，正如當初跟李靖私奔一樣充滿趣味，紅拂對於世界保持的遊戲態度，貫穿了整本小說。作為刺客的虯髯公在追殺紅拂李靖時，面對生命威脅，紅拂與李靖私奔的原因並非為了逃離死亡，對李靖的一見鍾情，「李靖和紅拂私奔的事就

〔註105〕王小波：《紅拂夜奔》，北京十月文藝出版社 2017 年版，第 179 頁。

是這樣。他們倆奔出來以後，他還傻頭傻腦地問紅拂道：你為什麼和我私奔？她老老實實地答道：我也不知為什麼。」〔註106〕在後半生的回憶中，紅拂的私奔再次被解釋：「有關這件事，紅拂後來是這麼說的：我從楊府裏跑出來找衛公，本來是想找點有意思的事幹幹，誰知一見了面他就用那個肉棍子扎我——這件事有什麼意思呀！這段話說明紅拂對性生活的態度始終不積極，她私奔的理由只是追求有趣。」〔註107〕於是，在《紅拂夜奔》中，一開始死亡就如同遊戲的一部分，自由與樂趣本身超越了死亡，死亡的權威感消失、恐怖感也被解脫的快樂所代替，便徹底顛覆原本的懲罰意義變成了遊戲最終的「通關」獎賞。於是到了《萬壽寺》中，死亡一直作為陰影籠罩著整個小說，但並不造成恐懼，更像一個關卡，每一條故事線路都會在不同的位置遭遇死亡的堵截，人物又在不斷重寫中復活，再次面臨死亡的挑戰。一方面，在鳳凰寨的故事中，王小波不斷更改結局，死亡在每個人身上交替發生。另一方面，我在一開始就遭遇了過去的「死亡」，因為遭遇車禍而記憶丟失。故事的最後，薛嵩回到了永恆的長安城，「我」的記憶被找回，過去復現，可能性卻走向了收束，死亡的陰影消失了，而一切卻不可避免地走向庸俗。死亡如果代表遊戲的通關，那麼通關之後回歸現實的失落是王小波小說中比死亡本身更恐怖的存在。

遊戲是一種除了達到主體自身自由外，別無其他目的的活動形式，其必然具有的無用性反而成了一種推動人類想像力、審美發展的力量，正如康德所說的遊戲狀態「是審美主體在呈現對象的形式時的主體心靈技能活動的狀態」〔註108〕。《青銅時代》的歷史框架之下，是王小波通過小說的形式以遊戲表達自由的嘗試，在這樣的框架下，歷史中的苦難成了遊戲的一部分，不同於新啟蒙思潮的另一種自由觀念在小說中被展現。這一設定正如同遊戲在理性規則下必然的開場，又在重複中釋放著本能的衝動。「凡有生命的東西都在自身中具有運動的動力，都是自己運動。遊戲也是一種自行運動，它並不通過運動來謀求目的和目標，而是作為運動的運動，它可以說是一種精力過剩的現象，亦即生命存在的自我表現。……這種過剩精力迫切地要求把自身生氣勃勃地表現出來。」〔註109〕如果將文本看作王小波的遊戲，那麼遊戲確

〔註106〕王小波：《紅拂夜奔》，北京十月文藝出版社 2017 年版，第 119 頁。

〔註107〕王小波：《紅拂夜奔》，北京十月文藝出版社 2017 年版，第 119 頁。

〔註108〕〔德〕伊曼努爾‧康德：《實用人類學》鄧曉芒譯，上海人民出版社 2005 年版，第 70 頁。

〔註109〕伽達默爾：《真理與方法》，洪漢鼎譯，上海譯文出版社 2004 年版，第 67 頁。

實讓他獲得了一種與矛盾暫時和解的能力。另一方面，遊戲並非只是一種被人利用和達到主體自由的活動，自由與遊戲一旦互為目的，反而會彼此意義消解。通過遊戲而獲得的自由狀態，與自由帶來的遊戲空間，成為一種永恆的追尋，也構成了王小波作品悲劇性的底色。正如伽達默爾所說：「遊戲以其遊戲活動自身的展開和完成為目標，如果說能夠使主體達到自由的境界，那也只是副產品，並不是遊戲有意為之。」〔註110〕「如果我們就與藝術經驗的關係而談論遊戲，那麼遊戲並不指態度，甚或不指創造活動或鑒賞活動的情緒狀態，更不是指在遊戲活動中所實現的某種主體性的自由，而是指藝術作品本身的存在方式。」〔註111〕遊戲視角下的荒誕既不歸屬主流立場，也無法歸屬反主流的立場。無論是《紅拂夜奔》中魚玄機和侍女因 SM 而被判死刑的荒誕，還是大煉鋼鐵過程中群體性的荒誕，都難以進入歷史的敘事，無論以哪種立場回顧，王小波遊戲化寫作的前提就是取消立場的預設，每個人都可能扮演某一方的角色，遇到同樣的困境。

　　《尋找無雙》中，魚玄機的行刑過程包含兩個部分，一個部分是在監獄中接受監獄長的折磨，監獄從身體上馴服魚玄機：「魚玄機在牢裏三木纏身，被牢頭拿驢雞巴棍趕到刑房裏服勞役。她跪在地上，要把地板、刑床和牆上的污跡清洗乾淨……魚玄機在地上跪著，雙手按著刷子，一伸一屈，就像尺蠖一樣。那個牢頭還說，讓你服勞役，並不是我們少了人手，主要是給你個機會改造思想。想想看，披枷帶鎖在地上刷大糞，還需要什麼思想。這種話聽起來實在肉麻。」〔註112〕另一部分則是精神和語言上的訓誡，魚玄機必須在死之前，想出在刑場上要說的認罪伏法的話：「那個牢頭還說，再有四天，你就要伏法了。你有什麼話要說嗎？魚玄機在心裏對王仙客說，你替我想想，我有什麼話，幹嘛要告訴他？但是不和他說話，他就要拿驢雞巴棒打我屁股了。於是魚玄機對牢頭說：報告大叔，沒什麼話講。牢頭就說，豈有此理，怎麼沒有話講。魚玄機只好說：報告大叔，是我罪有應得。」〔註113〕

　　對於不同的規訓和懲罰方式，魚玄機都以死亡作為遊戲的結束應對，從而以自己的方式解放了自己。對於前一種折磨，魚玄機選擇了享受這種在監

〔註110〕伽達默爾：《真理與方法》，洪漢鼎譯，上海譯文出版社 2004 年版，第 67 頁。
〔註111〕伽達默爾：《真理與方法》，洪漢鼎譯，上海譯文出版社 2004 年版，第 67 頁。
〔註112〕王小波：《尋找無雙》，北京十月文藝出版社 2017 年版，第 266 頁。
〔註113〕王小波：《尋找無雙》，北京十月文藝出版社 2017 年版，第 267 頁。

獄中肉體上難以忍受的痛苦，並以此為樂。這並非一種忍耐，而是出自完全的愛心——她想到自己是為彩萍而死，便毫無怨言。對於在監獄中受到的侮辱虐待也毫無知覺，即不接受也不拒絕，內心的篤定讓一切外部評價失效。當王仙客在夢裏探索魚玄機的牢獄真相，魚玄機的狀態是如此平靜：「忽然之間，王仙客就變成了那個牢頭（也就是說，身上像屎一樣臭的原來是他），繞到魚玄機的背後去，把她強姦了。與此同時，魚玄機狀似渾然無所知，還在擦地板。幹完了這件事，王仙客一面繫褲子，一面說道：「幹完了活，自己回牢去吧。」而魚玄機卻像什麼都沒發生那樣答道：「知道了，大叔。」〔註114〕而之後，王仙客在酉陽坊知道了魚玄機死前牢房的場景，則更是平靜：「據說魚玄機臨死那天晚上表現得就很反常，除了要穿一身白，想死得好看，還有很多不對的地方，但是獄官比較魯鈍，沒看出來。比方說，頭天夜裏到號子裏去提她，獄官對她說，魚玄機，你大喜！這娘們就答道：同喜，同喜。這話叫人聽了打個愣怔。像這樣貧嘴聊舌，就該戴上嚼子反省。獄官圖省事，沒有那麼幹，就下命令把她的鎖全打開了。一般的犯人聽了這話，一定會像篩糠一樣抖成一團，但是她連抖都沒抖一下。一般的犯人開了鎖就該馬上捆起來，但是也沒有捆她，只是派了兩個人擰住了胳臂，把她架到刑訊室去了。走到了走廊裏，別的犯人有哭鼻子掉眼淚的，她卻說，哭啥，不就是那麼回事嘛。這就是說，沒有一點認罪伏法的嚴肅勁。到了刑訊室裏，人家告訴她，明兒早八點，三絞斃命。她說，好啊。人家怕她沒聽明白，加了一句：你啊！她就說：不是我，還是你嗎？人家又說，三絞斃命就是把你勒死。她說，這個我懂。為了表示她懂，還翻了一下白眼。人家沒話可講，只好說，脫了衣服，上床待著去。她就把衣服脫光，爬上了刑床。嘴裏還說，二十八個人，夠我一嗆。」〔註115〕在直接暴力的刑法面前，魚玄機依然將侮辱和酷刑視為與彩萍性虐遊戲的延續，是她必須為彩萍之死付出的代價，於是，當死亡的過程本身成了遊戲，規訓和懲罰的暴力力量也隨之消解，成了遊戲規則的一部分，魚玄機的平靜成了一種正常的表現。而對於另一種訓誡——「認罪伏法的話」，魚玄機被寄予厚，她被評選為模範犯人，因為她是女詩人，人們都盼望著她能說出些不一樣的認罪伏法的話——比如歷史上所記載的，魚玄機臨死前所吟誦的詩句：「易求無價寶，難得有情郎。」而真實的歷史卻是魚玄機在行刑

〔註114〕王小波：《尋找無雙》，北京十月文藝出版社 2017 年版，第 117 頁。
〔註115〕王小波：《尋找無雙》，北京十月文藝出版社 2017 年版，第 118 頁。

場上開了「操你媽」之先河，「魚玄機把原來執行死刑時那種莊嚴肅穆而又生氣勃勃的氣氛完全敗壞了。」在真的面對死亡時，本能發出的聲音蓋過了意識形態上的教育和訓導，當魚玄機喊出「操你媽」之後她馬上就要死去：「結果她就講出一句發自內心的『操你媽』來。而且還說：我真是後悔死了，以前怎麼早沒罵。講完了這話，她就死掉了。」〔註116〕

　　福柯在《規訓與懲罰》中，記載了法國路易十五時期，四十二歲的達米安因為襲擊國王被判處死刑後被行刑的場面。處決是公開進行的，場面殘忍，吸引了大量的圍觀者。福柯引用目擊者的記述，記錄了行刑殘酷的過程，與之對照的則是另一份與監獄有關的文件，一份 1837 年巴黎少年犯監管所的規章。該規章寫道：「犯人的作息日冬天從早上六點開始，夏天從早上五點開始。終年每天勞動九小時，學習兩小時。作息日冬天至晚上九點結束，夏天至晚上八點結束。」〔註117〕福柯說：「我們看到了一次公開行刑和一份作息時間表。」〔註118〕這兩種訓誡和懲罰方式依然廣泛且並置於當代中國。一種是直接的暴力，另一種則是隱形的暴力，正如福柯所說「懲罰的權力從本質上來說與治療和教育的權力無異。」王小波在《尋找無雙》和《紅拂夜奔》中對於死亡的書寫，重新演繹了人類在現代生活面臨的規訓現狀。

　　王小波筆下的死亡一方面不失為一種特殊的反抗方式，另一方面則充滿了不可預測的宿命感。死亡成為一種反抗方式在於當個體在現代社會中無所皈依又無處可逃，最終只能面向自身，對自己身體發起最終的靈魂「逃逸」。另一方面，死亡代表著的不可抗拒的災禍或意外，則反映著現代社會的傳統困境，新的壓抑在襲來的同時，舊的暴力並未減輕。《萬壽寺》中的死亡意味有很多層面，其中之一就在於，我們是否能夠在他人的死亡中體會自我的死亡，從而反推感受本身存在與他者的關聯。基於「傷痕反思」邏輯的文革書寫中，不乏死亡，死亡或者作為一種歷史錯誤的證據，或作為一種時代隱喻的極端化體現，成為新時代區別與舊時代的生死界限，死亡之上的意義使得文革時期的權力與瘋狂始終以直接的暴力形式顯現，又以散播恐懼的方式加強權力作用於人們的日常生活。對於王小波來說，遊戲化地看待死亡，將諸

〔註116〕王小波：《尋找無雙》，北京十月文藝出版社 2017 年版，第 118 頁。

〔註117〕〔法〕米歇爾‧福柯：《規訓與懲罰》劉北成／楊遠嬰譯，生活‧讀書‧新知三聯書店 2003 年版，第 6 頁。

〔註118〕〔法〕米歇爾‧福柯：《規訓與懲罰》劉北成／楊遠嬰譯，生活‧讀書‧新知三聯書店 2003 年版，第 7 頁。

種歷史的、人性的、災難性的意義從死亡上鬆綁，也就減輕了死亡威脅之下權力運行的力量，突破了某種規訓狀態，恢復了個體的自由與詩意。

到了《萬壽寺》，鳳凰寨的故事一步一步被改寫，王二的記憶一步一步恢復，對王小波來說，閱讀包括參與感，包含著一遍又一遍閱讀的發現過程，也包含著一步一步展示的過程。《萬壽寺》以事件的方式在一開頭引起了你的注意，不斷在製造新的路徑，看似離題的意象，其實都是抵達終點的方式。《萬壽寺》最後展示了作為「兇手」的自己，如何想要殺死「庸俗」，如何使用詭計的過程。而最後謎底揭曉，發現更大的兇手早已在重點等候，偵探故事一般的尋找之旅，變成了宿命的洄游。王小波的作品如特修斯之船，所有元素都可能被替換，但最終都走向同一片結局。《萬壽寺》中的遊戲帶有悲劇性，一個不斷重來的迷宮，在無數種選擇中發現結局已經覆蓋了全部故事。艾柯曾說：「悲劇作品的魅力，是讓我們感到書中英雄有逃脫其命運的可能，但卻未能如願。」在王小波的小說中，「現實主義」（Realism）、「現實」（Reality）和「實在」（The Real）一直彼此糾纏，小說家的寫作便是發明一種現實，所以羅蘭巴特曾說：所有文學都從根本上是現實主義的，而現實主義所面臨的威脅，正是現代生活本身對它的質疑。「實在」作為王小波小說中，不斷更換面目，作為永恆存在的創傷，不斷衍生出故事的分身和分支。米歇爾‧萊里斯（Michel Leiris）曾經在《把文學想像成斗牛》（Literature Considered as a Bull-fight）中如此比喻文學和實在的關係。他請讀者在頭腦中想像一場斗牛表演，但把牛省去，只剩下斗牛士的舞蹈動作，危險沒有了，場景變得很荒誕和不可信，於是斗牛士的那些招式和身姿再瀟灑，也失去了意義。「牛的尖角」是生活中始終被隱藏的實在界，也正是王小波小說中丟失的記憶——王小波獨特的意義在於，對他來說實在界的可怕不僅在於意外、暴力或者某種絕對的危險，實在界最危險的地方還在因為現實生活、符號界對「危險」的躲避，於是無可避免地將表面的生活推向「庸俗」。在文學中，實在界可能以「斗牛」的方式存在——「斗牛」過程中必然存在的危險，同時也伴隨著斗牛而建立起的手勢符號，不斷創造具有意義、力量、氣勢的新姿態，文學史中文學與歷史的建構正是斗牛表演的成功招式，看似面對危險，但並無接觸，死亡作為警告，不會真正降臨在成功的斗牛士身上，但始終依靠死亡危險的存在支撐著表演的意義。王小波的突破在於他在一個洋蔥一般的結構中，揭示出在這樣的場合，死亡本身具有的「遊戲」性質，並將死亡的遊戲作為小說的前

提，不同於文學史中文學和歷史的關係，王小波說出了文學斗牛中死亡的本質——其中包含的遊戲性質，必然是文學的一部分。

《萬壽寺》中，不斷的失憶和找回記憶的遊戲，遊戲化程度越深，最終的收束時刻也就越貼近現實。小說展現無所不能之處時，最終也就證明了故事本身的無能為力，故事的「爽感」來源於一種仿真，讀者跟隨同一種可能不斷深入，進行下去，最終收穫一個好或壞的結局。王小波通過了無數條通往結局的路徑，讓讀者清醒地意識到小說本身就是一種建構文本。博爾赫斯講過，我們有兩種看時間大河的方式，一種是時間從過去，不知不覺穿行過此刻的我們，向未來流去；另一種比較刺激，它迎面而來，從未來，你眼睜睜看著它越過我們，消失於過去。〔註119〕無聊，厭煩，沮喪，厭倦，這種感受在傳統革命和啟蒙的話語中是難以編織進入的，既不屬於贊成派，也不屬於反對派，但基於這一種人類情緒的寫作，無疑抓住了現代人情緒的重要特徵。

王小波用小說紛繁複雜的結構和故事線寫不斷死亡的故事，表達了一個永恆的道理：「事情比想像中複雜」，很多時候未必是事情的曲折離奇，而是因為庸俗生活下想像的單向度，讓我們無法看見生活的複雜，更難以感受世界的豐富。如歌德所說世界上並沒有只出現過一次的東西，也正是米蘭昆德拉在不可承受之輕中說的那句德國諺語「只發生過一次的事情，就是沒有發生。」文學和哲學一樣並不是要預知什麼，而是讓世界和生活變得可理解，小說家把同一個故事反覆寫的過程，其實就是幫助人們建立新的理解思路，小說如同遊戲，遊戲的意義在無目的中顯現，小說也同樣如此。寫作本身就是思考的過程，《萬壽寺》不斷在散落的小說稿紙中復原小說寫作的過程，也就是在展示著作者思考的過程。王小波小說中唯一真實的死亡，是可能性的死亡。在此意義上，歷史成為權力的屍骸，無比沉重，理性成為從古至今必然存在而又必然帶來壓抑的法則，對可能性死亡的哀悼，讓王小波的小說具有詩意，也使得他對歷史的態度如此戲謔。

4.3.6 遊戲的「性」：無法遊戲的文學史

「死亡」之外，「性」在王小波小說中的重要性同樣不可忽視。王小波小說的遊戲性讓語言成為一種指向自身的創造和探索，因而在王小波的小說中，

〔註119〕〔阿根廷〕豪·路·博爾赫斯：《博爾赫斯談話錄》，廣西師範大學出版社2014年版，第120頁。

「性」的必然在場,就在於「性」成為遊戲,性和語言、小說、遊戲一樣,成為向內的無限探索。在《萬壽寺》的最後一章中,我與白衣女人之間的身份之謎終於被解開,原來我的失憶是一種我和白衣女人之間經常進行的遊戲,只有失去了記憶,愛情的新鮮感才能復蘇。而我和白衣女人玩的遊戲——一起扮演「袋鼠媽媽」成為我們之間愛情與愛欲真正釋放的時刻。最後一章,失憶的我在腦海中想起來「袋鼠媽媽」這個詞語,詞語如同一把鑰匙,開啟了最後的謎團。這把鑰匙也打開了我與白衣女人之間性愛的記憶。「白衣女人迅速地爬上我的脖子,用腿夾住它,雙手抱住我的頭,說道:好呀,連袋鼠媽媽你都知道了!這還得了嗎?⋯⋯我終於栽倒在床上了。然後,她就把我剝得精光,把衣服鞋襪都摔到牆角去,說道:這麼熱的天穿這麼多,你真是有病了⋯⋯起初,這種狂暴的襲擊使我心驚膽戰;但忽然想起,她經常這樣襲擊我。只要我有什麼舉動或者什麼話使她高興,就會遭到她的襲擊。這並不可怕,她不會真的傷害我。」〔註120〕「袋鼠媽媽」是「我」王二當初與她相愛的方式。「文革」中,「我」在工廠裏工作認識了一位工廠女孩,記憶中的工廠女孩跟現在面前的白衣女人有些相似,又彷彿不同,我們在一次刨床修理的過程中相識,修完刨床後看見她又用腳踢壞掉的刨床,「我從那裡經過,看到這個景象,順嘴說道:狗撒尿。然後她就追了出來,用腳來踹我。」〔註121〕這樣的相遇之後,我們互相用只有彼此懂得的暗號確認了對方,她送了我一包指甲,而我馬上領悟:「我像所羅門一樣猜到了這禮物的寓意:指甲也是身體的一部分。她把自己裹在紙裏送給我,這當然是說,她愛我。下次見到她時,我說,指甲的事我知道了。本來我該把耳朵割下來作為回禮。但是我怕疼,就算了吧。這話使她處於癲狂的狀態,說道:連指甲的秘密你都知道了,這還得了嗎?馬上就來搶這隻耳朵。等到搶到手裏時又變了主意,決定不把它割下來,讓它繼續長著。」〔註122〕

　　這就是「我」和白衣女人愛情故事最開始的時候,在最初的交往中,白衣女人是工廠女孩。隨後因為一件呢子大衣的存在,我和工廠女孩,也就是未來的白衣女人,開始了在東單公園的約會。那是一件足以裝下兩個人的呢子大衣,而東單公園是一座死氣沉沉夜裏鮮有人經過的公園,1975年的深夜

〔註120〕 王小波:《萬壽寺》,北京十月文藝出版社 2017 年版,第 299 頁。
〔註121〕 王小波:《萬壽寺》,北京十月文藝出版社 2017 年版,第 297 頁。
〔註122〕 王小波:《萬壽寺》,北京十月文藝出版社 2017 年版,第 299 頁。

兩人赤身裸體裹在同一件大衣，在東單公園路邊長凳上。王小波寫道：「想要理解七五年的冬夜，必須理解那種灰色的雪，那是一種像味精一樣的晶體，它不很涼，但非常的髒。還必須理解慘白的路燈，它把天空壓低，你必須理解地上的塵土和紛飛的紙屑。你必須理解午夜時的騎車人，他老遠就按動車鈴，發出咳嗽聲，大概是覺得這個僻靜地方坐著一個人有點嚇人。無論如何，你不能理解我為什麼獨自坐在這裡。我也不希望你能理解。午夜十二點的時候，有一輛破舊的卡車開過。在車廂後面的木板上，站了三個穿光板皮襖、頭戴著日本兵式戰鬥帽的人。如果你不曾在夜裏出來，就不會知道北京的垃圾工人曾是這樣一種裝束。離此不遠，有一處垃圾堆，或者叫作渣土堆，因為它的成分基本上是燒過的蜂窩煤。在夜裏，汽車的聲音很大，人說話的聲音也很大。汽車停住以後，那些人跳了下來，用板鍬撮垃圾，又響起了刺耳的金屬摩擦聲。說夜裏寂靜是一句空話——一種聲音消失了，另一種聲音就出來替代，寂靜根本就不存在。」〔註123〕在夜裏，我和她在大衣之下肌膚相親，紅袖章用手電筒晃我，垃圾工人路過，巡夜的士兵在我們面前經過交談，北京城守夜的人在我們面前走過⋯⋯在很多這樣的長夜，「我」像是孕婦一樣度過，「原來，袋鼠媽媽就是我啊。」

在大衣下，他們感受到自己在發光的珊瑚海中，工廠女孩為我口交的時候，如同海狗潛入海底，而我如一隻鰩魚在海底穿過。兩個人的愛情遊戲只發生在「袋鼠媽媽」之中，「袋鼠媽媽」如同一個秘密領域，包住了兩個人，形成了一個與現實生活全然不同的世界，當兩人被那件巨大的呢子大衣裹住，若無其事坐在公園馬路邊的長凳上，兩個人在其中嬉戲，成為最親密夥伴。與此同時，截然不同的是「袋鼠媽媽」之外的世界，工廠女孩一旦鑽出了「袋鼠媽媽」，就不再認識我。當她從大衣裏出來：「她用一條長長的絨圍巾把頭裹了起來，只把臉露在外面⋯⋯戴上毛線手套，從樹叢裏推出一輛自行車，說道：廠裏見。就騎走了。我影影綽綽地記得，在廠裏時，她並不認識我。她看我的神情像條死帶魚。在街上見面時她也不認識我，至多側過頭來，帶著嫌惡的神情看上一眼。晚上，在公園裏見面時，她也不認識我，頂多公事公辦地說一句：在老地方等我。只有在那件大衣的裏面她才認識我，給我無限的熱情和溫存。」〔註124〕這樣的時刻是超越倫理本身的，但關乎幸福。按照

〔註123〕王小波：《萬壽寺》，北京十月文藝出版社 2017 年版，第 299 頁。
〔註124〕王小波：《萬壽寺》，北京十月文藝出版社 2017 年版，第 299 頁。

趙汀陽閱讀海德格爾的說法,「存在直接要求善在。」就是很「完善」的「在」
——海德格爾定義下「善在」就是幸福,藝術必須要思考幸福問題;幸福問
題不能簡單地化約為一個倫理學問題。它可能是倫理學的最高問題,但它不
僅僅是一個倫理學問題。「袋鼠媽媽」如此突兀地存在在東單公園的街頭,讓
「袋鼠媽媽」內部徹底相對於現實成為一個解放的自由空間。而兩人日常生
活中毫不熟悉的狀態,使得在袋鼠媽媽內部的親昵與赤裸成為一種藝術化的
遊戲方式——和生活的現實相比,袋鼠媽媽內部的活動成了遊戲。但卻是被
最為嚴肅對待的時刻,這種鄭重中包含著豐富。伽達默爾說道:「誰不嚴肅地
對待遊戲,誰就是遊戲的破壞者。遊戲的存在方式不允許遊戲者像對待一個
對象那樣去對待遊戲。」〔註125〕正是這種嚴肅的態度,包含著對於一個「非
法」活動的鄭重,也包含著對愛情的鄭重,而這些都以一種遊戲的方式頗為
另類的被表現出來。直到有一天,兩人被發現了,倉皇逃離後,在小胡同裏
工廠女孩說:「既然如此,那就結婚吧。」

　　當故事走向結婚的部分時,一切都走向了無聊的生活,甚至婚禮都是如
此俗不可耐。我因為失憶但又始終和妻子—白衣女人—工廠小妹睡在一起時,
無意間進入了遊戲的領域。我在失落的記憶中尋找,最終回憶起了一切,對
現實而言是正常秩序的開始,卻是無限可能的性愛遊戲的結束。當失去記憶
的我跟「白衣女人」做愛時,她可能是任何人,我也可能是任何人,於是我再
次感到性的喜悅,感受到生活背面因為失憶而獲得的某種開放的、不確定的、
遊戲的樂趣。正如福柯所揭示的寫作的意義:「然而,身為作者,此人擔負了
各種不同的角色,從而對應了各式各樣的自我身份:「作者功能的效用就在於
分散這些……同時存在的自我。」〔註126〕王小波在《萬壽寺》中塑造的失憶
的主人公,本身逃離了身份的確定性,一遍又一遍重寫自己小說的手稿也並
非為了追回記憶,而是越發如墮霧中,福柯在《論語言》一文中認為語言能
夠而且必須帶著我們突破主體的甚至多主體的表達模式,因而與其說語言是
來表達自我,不如說是用語言來消弭自我。《萬壽寺》中的我通過語言、寫作
所想要不斷拖延的正是對自我身份的確認,在愉快的「性愛」過程中,掙脫

〔註125〕 〔德〕伽達默爾:《真理與方法》,洪漢鼎譯,上海譯文出版社2004年版,
　　　　　第309頁。
〔註126〕 米歇爾·福柯:《什麼是作者》,《後現代主義的突破:外國後現代主義理論》
　　　　　〔M〕,蘭州:敦煌文藝出版社,1996:270～292。

了身份和自我的束縛，是性愛作為遊戲最令人愉悅的部分。在《萬壽寺》的最後一章，「我」終於想起自己的過去，原來從新婚之夜開始，「我」就不斷在玩假裝失憶的遊戲，在第一次洞房時：「她朝我皺起了眉頭，說道：咱們要幹什麼來的？我搖搖頭說：我也不記得。看來，我失去記憶不是頭一次了……後來，還是她先想了起來：噢！今天咱們結婚！當然，這不是認真忘了又想起來，是賣弄她的鎮定從容。我那次也不是認真失去了記憶，而是要和她比賽健忘。無怪乎本章開始的時候，我告訴她自己失去了記憶時，她笑得那麼厲害——她以為我在拾新婚之夜的牙慧——但我覺得自己還不至於那麼沒出息……」〔註127〕這也就是小說結尾，為什麼白衣女人愉快地接受我的解釋，並認為這是我再次開玩笑的原因。王小波在小說的最後，將所有的故事收束進入當下的現實。這樣一個充滿了荒誕、奇思迷宮一般的嵌套結構，最終淪為一個極端普通的夫妻生活畫面。白衣女人是我的老婆，而故事裏的紅線、老妓女、小妓女、工廠女孩和白衣女人逐漸融會貫通，性愛互相指認的唯一性包含著最為微小的權力結構，王小波不斷讓身處其中的人變換身份，同時每一次性的遊戲都是對社會權力結構的逃離，正如福柯所說的：「做現代人就不能接受自己在流逝的時間之流中的身份；而應該把自己視作一個複雜、艱難的闡述對象……就波德萊爾而言，現代人不是去發現自我、發現關於自己的秘密和隱秘真相的人；現代人是那個努力創造自己的人。」〔註128〕在《萬壽寺》的最後，小說或者說遊戲中的不同「身份」一一消失，回到當代生活後，讓人無可奈何的「庸俗」結局正是所有人，都被固定在自己唯一的身份中：「你已經看到這個故事是怎麼結束的：我和過去的我融會貫通，變成了一個人。白衣女人和過去的女孩融會貫通，變成了一個人。我又和她融會貫通，這樣就越變越少了。所謂真實，就是這樣令人無可奈何的庸俗。」〔註129〕於是「我」的記憶恢復了，薛嵩和紅線的故事也被體制馴服得停止寫作，所有的可能性，失憶帶來的分叉和想像，都在記憶恢復的瞬間消失殆盡。而也就是在這樣的結尾，王小波提出了小說抑或是文學的意義，如同遊戲一樣無盡、重複、本身即真理的意義：「雖然記憶已經恢復，我有了一個屬於自己的故事，但我還想回到長安城裏——這已經成為一種積習。一個人只擁有此生此世是

〔註127〕王小波：《萬壽寺》，北京十月文藝出版社 2017 年版，第 300 頁。

〔註128〕Michel Foucault: Robert Hurley, The Essential Works of Foucault 1954-1984, Vol.3, The New Press. 2001. page311.

〔註129〕王小波：《萬壽寺》，北京十月文藝出版社 2017 年版，第 309 頁。

不夠的,他還應該擁有詩意的世界。」〔註130〕當他看見黑暗中的稿紙,「紙
張中間是我的鋪蓋卷。我沒有點燈,也沒有打開鋪蓋,就在雜亂之中躺下,
眼睛絕望地看著黑暗。這是因為,明天早上,我就要走上前往湘西鳳凰寨的
不歸路。薛嵩要到那裡和紅線會合,我要回到萬壽寺和白衣女人會合。長安
城裏的一切已經結束。一切都在無可挽回地走向庸俗。」〔註131〕王小波希望
通過小說藝術拯救的,正是庸俗的暴力地如此隱形且廣泛地存在於日常生活
本身,對日常生活的反思構成了王小波對權力體系逃逸和尋找個體自由的重
要方向。

　　「性」所起到的作用,正是在日常生活的範圍內以語言的越界造成對日
常生活內部的突圍。王小波曾經將維多利亞時期的色情小說與文革時期的手
抄本作類比,「任何年代都有些不爭氣的傢伙寫些丫丫烏的黃色東西,但是真
正有分量的色情文學都是出在「格調最高」的時代。這是因為食色性也,只
要還沒把小命根一刀割掉,格調不可能完全高。」〔註132〕所以色情文學格調
的高低在於當時的時代環境對於個人壓抑的程度,日常生活空間越發壓抑的
時代,色情文學反而成為一種反擊。「要使一個社會中一流的作者去寫色情文
學,必須有極嚴酷的社會環境和最不正常的性心理。在這種情況下,色情文
學是對假正經的反擊。」〔註133〕喬治·巴塔耶的色情小說在福柯眼中就是一
種越界行為,在福柯的《寫在越界之前》中,巴塔耶筆下暴力性愛成為越界
進行的區域,有此引發的來自日常經驗又超越日常經驗的極限體驗為個人營
造了尋求暫時性自由的空間,因為它關乎我們所有的極限體驗,而極限體驗
所引起的便是我們對於歷史主流塑造下的秩序、禮節約束等等的反思。一方
面,正如王小波所認識的色情文學作為壓抑時代的單純發洩時,往往會淪為
陳詞濫調,本身走向一種反擊立場的俗套,激發起的性慾本身並無新的思考。
另一方面,王小波小說中性遊戲,其意義更靠近巴塔耶色情小說的部分在於
通過「性」,王小波強調了「性」所發生的周圍環境、時空、人物關係的可能
性,其中包含的讓人不安與感動的部分是王小波通過「性」所打開的生存的

〔註130〕王小波:《萬壽寺》,北京十月文藝出版社 2017 年版,第 309 頁。

〔註131〕王小波:《萬壽寺》,北京十月文藝出版社 2017 年版,第 309 頁。

〔註132〕王小波:《關於格調》,《沉默的大多數》,北京十月文藝出版社 2017 年版,
　　　　第 111 頁。

〔註133〕王小波:《關於格調》,《沉默的大多數》,北京十月文藝出版社 2017 年版,
　　　　第 111 頁。

可能性。無論是如巴塔耶色情小說讓人反胃，還是王小波在小說中的性描寫讓人感到純真乾淨，都是在將色情與性，一種日常經驗中不可剔除的部分作為一種越界的方式，色情與性的描寫並非激發人的性慾，而是讓人重新看到日常的限制的邊界，當自我突破這一邊界之時，可能會走向瘋狂，也可能回歸純真。王小波筆下大膽而乾淨的性描寫，往往是通向了後者。王小波筆下的性伴隨著死亡、角色扮演、SM 遊戲和私奔殉葬，性的越界，並非對日常經驗的強調，而是對日常的反叛。因此，王小波的小說中充滿了「性」，但找不到任何帶來性衝動的性描寫，他的性常常帶給人以「乾淨」「頑童」「純真」的感覺，其根源便是與日常經驗的背離。「性」作為一種源自日常經驗的私人活動，被王小波改造為了一種極致的遊戲。遊戲的愉悅之處一方面在於一種「放大」，這種放大使得快感脫離了「性」，成為生活愉悅的本身。正如福柯所說：「那些構成日常生活的不大不小的快感……對我來說毫無意義……愉悅必須驚人地強烈才能稱之為快感。」〔註 134〕

梳理王小波的創作過程，我們能夠看到他的探索從語言、到小說結構再到主題，最終回到了日常本身。維特根斯坦在《哲學研究》中強調語用意義時引入了「語言遊戲」概念，即「我也將把由語言和行動（指與語言交織在一起的那些行動）所組成的整體叫作『語言遊戲』。」〔註 135〕從而將「語言」從形而上學的建構中解放，「我們所做的乃是把詞從形而上學的使用帶回到日常的使用上來。」〔註 136〕重新確認語言作為一種人類的活動，是「一種生活形式的一部分。」〔註 137〕，「當我討論語言（詞、語句等）時，我必須說日常的語言。」〔註 138〕《夜行記》中，兩個和尚吹牛皮，兩個人在夜行途中胡侃一晚上，每一次較量，是兩人在故事情節上力量的較量，也是語言本身修辭的較量。同樣類型的探索體現遊戲化視野下王小波對於景色描寫的沉迷。在《萬壽寺》的一開始，薛嵩所抵達的湘西紅土山坡宛如世界的盡頭，在王小波筆下成為王小波沉迷於環境描寫，寫得極其美麗——無論是如一口碗的紅土地，還是白雪黑磚的長安城，這些本身就是小說的中心。景物在視覺上帶來的萬

〔註 134〕Michel Foucault: Robert Hurley, The Essential Works of Foucault 1954-1984, Vol.1, The New Press. 1998. page129.

〔註 135〕維特根斯坦：《哲學研究》李步樓譯，商務印書館 1996 年版，第 7 頁。

〔註 136〕維特根斯坦：《哲學研究》李步樓譯，商務印書館 1996 年版，第 73 頁。

〔註 137〕維特根斯坦：《哲學研究》李步樓譯，商務印書館 1996 年版，第 17 頁。

〔註 138〕維特根斯坦：《哲學研究》李步樓譯，商務印書館 1996 年版，第 73 頁。

物平等揭示出最平凡的真理——「天地不仁，以萬物為芻狗」。主觀的修辭是無法撼動環境、自然作為客觀存在的絕對性的，自然與環境描寫的出現，讓歷史中人的形象變得和萬物平等起來，這一層悲觀的底子也就被前進了環境描寫之中。

兩性之間的私密幽閉的特質與愛欲的無限性，體現著王小波作品中的權力觀念，王小波對於「性」的重視，不僅將之視為一種非主流對主流的對抗，更重要的是他通過「性」的可能性在討論權力作用於個體，以及個體與權力如何共存的狀態。性中包含著主體在面對自我、自由和權力過程中不斷想像和實踐的可能性，宏大敘事的權力話語借由性關係與行為表現，更直接地表現了權力、隱形的暴力以怎樣的形式滲透進我們的生活，權力話語本身帶來了知識生產、開拓者自由的界限，同時知識生產和主體自由無法逃離權力關係的影響。遊戲為系統性的暴力提供了新的闡釋方法，個人對權力體制的重新闡釋本身就是一種自由的嘗試。正如福柯對於尼采權力觀念的重新闡釋，就使用了「遊戲」這一說法:「對規則體系的暴力地或秘密地徵用……其目的在於為其強加一個方向，使它服從於一個新的意志，強迫它加入一個新的遊戲」〔註139〕。

在《萬壽寺》的最後一章，王小波讓薛嵩的視野重新回到了千里之外長安城，長安城並非歷史的長安，正因為其存在於小說的想像中，王小波對環境描寫的沉迷在於空間的構築，長安城的氛圍、環境以虛構的方式呈現出了強烈的真實感:

「千年之前的長安城是一座美麗的城市。在它的城內，縱橫著低矮精緻的城牆;整個城市是一座城牆分割成的迷宮。這些城牆是用磨過的灰磚砌成，用石膏勾縫，與其說是城牆，不如說是裝飾品。在城牆的外面，爬著常青的藤蘿，在隆冬季節也不凋零。

冬天，長安城裏經常下雪。這是真正的鵝毛大雪，雪片大如松鼠尾巴，散發著茉莉花的香氣。雪下得越久，花香也就越濃。那些鬆散、潮濕的雪片從天上軟軟地墜落，落到城牆上，落到精緻的樓閣上，落到隨處可見的亭榭上，也落到縱橫的河渠裏，成為多孔的浮冰。不管雪落了多久，地上總是只有薄薄的一層。有人走過時留下積滿水的腳印——好像一個個小巧的池塘。

〔註139〕Michel Foucault: Robert Hurley, The Essential Works of Foucault 1954-1984, Vol.2, The New Press. 1999. page378.

積雪好像漂浮在水上。漫天漫地彌散著白霧……整座長安城裏，除城牆之外，全是小巧精緻的建築和交織的水路。有人說，長安城存在的理由，就是等待冬天的雪……」〔註140〕

「長安城是一座真正的園林：它用碎石鋪成的小徑，架在水道上的石拱橋，以及橋下清澈的流水——這些水因為清澈，所以是黑色的。水好像正不停地從地下冒出來。水下的鵝卵石因此也變成黃色的了。每一座小橋上都有一座水樹，水樹上裝有黃楊木的窗櫺。除此之外，還有渠邊的果樹，在枝頭上不分節令地長著黃色的枇杷，和著綠葉低垂下來。劃一葉獨木舟可以遊遍全城，但你必須熟悉長安複雜的水道；還要有在湍急的水流中操舟的技巧，才能穿過橋洞下翻滾的渦流。一年四季，城裏的大河上都有弄潮兒。尤其是黑白兩色的冬季，更是弄潮的最佳季節；此時河上佳麗如雲……那些長髮披肩的美人在畫舫上，脫下白色的褻袍，輕巧地躍入水中。此後，黑色的水面下映出她們白色的身體。然後她們就在水下無聲無息地滑動著，就如夢裏天空中的雲……這座城市是屬於我的，散發著冷冽的香氣。在這座城中，一切人名、地名都不重要。重要的是實質。」〔註141〕

王小波的描述和評價中經常會出現「詩意」的標籤。正如上一章中討論過的王小波從黑色幽默中生發出的詩意，在這些段落中，詩意不是誕生於區分抽象善惡的過程，更不是誕生於幽閉，但區隔與幽閉常常是「詩」所挑戰的對象。王小波在小說中經常會出現「圍城」的意象，無論是《紅拂夜奔》中的洛陽城，「石頭城」，長安城，還是《尋找無雙》裏面，長安一間間封閉的市坊，或是《萬壽寺》中迷宮一般的鳳凰寨，王小波在看似封閉的空間中，始終在打開幽閉，創造一種交流。無論是他者建築的困境，還是自造自設的困境，是時代困局，還是永恆困局，王小波將「幽閉」內化為交流的前提，幽閉性無時無刻地存在於現代生活之中，王小波筆下人物的尋找、奔逃和建功立業，在面對充滿著幽閉性的現代生活時，試圖尋找交流對象的過程，在交流中，獲得個體的自由時刻，正如張棗所說的詩意的誕生來源於一種關係，而對於詩意的尋找，「才是人類最高興的事。」因此，在這個意義上也就能理解環境的真實感對遊戲的重要性，對環境的重視，是王小波遊戲化敘事中不可或缺的方面。「任何作品幾乎為每一個接受它的人讓出來一個他必須去填充的遊戲

〔註140〕王小波：《萬壽寺》，北京十月文藝出版社2017年版，第378頁。
〔註141〕王小波：《萬壽寺》，北京十月文藝出版社2017年版，第378頁。

空間。」〔註142〕正是這種遊戲空間,一種等待著不斷被填充的「空的空間」,藝術的作用「意味著讓現實生活不再囿於自身的現實性,而是走向可能性」。所以,作品的意義「它始終就是『同戲者』用真實的感受,使得經驗充實著藝術作品」的結果,以遊戲方式存在並生成的結果。「由於自然在它的構成活動中留下了可以塑造的東西,留下了一個造型的空的空間,讓人的精神去充實,藝術才是『可能的』。」〔註143〕藝術作品在其創作之中也是如此,故而解釋者對藝術作品的解釋才可以是相當自由的,而且也是相當豐富的,甚至可以說是不可窮盡的。這個不可窮盡的豐富可能性,就是藝術作品自身及結構留給解釋者及進行解釋遊戲的空間和場域。

王爾德曾說:「一本沒有理想國存在的地圖集是不值一顧的。」在王小波筆下,總是有一個未能真正建成或踏進的「理想國」存在,《尋找無雙》中無雙所在的掖庭宮,王仙客游蕩的宣陽坊、酉陽坊。《紅拂夜奔》中紅拂來時的石頭城,和李靖心中完美的長安城,《萬壽寺》中,始終在修建的鳳凰寨和記憶中的黑白長安,這些空間存在於王小波的虛構敘述中,包含著他對理想世界的思索和當下生活的反思。正如福柯希望用瘋人院和瘋癲史來質疑理性世界秩序的建構,王小波用小說中的歷史世界,用其中的一座座「圍城」,圍成了一個個遊戲空間。對王小波而言,與其說他在恢復遊戲的正當性,不如說他始終在借用小說的形式,以虛構的故事發生的空間,完整和補充現代社會中缺失、壓抑的部分——遊戲作為一種區別於主流話語秩序、具有固定結局和故事結構的宏大敘事和的敘事方式,王小波用遊戲證明秩序的存在,以荒誕的小說寫作不斷追問理性究竟是什麼。

主流話語對於「遊戲」的排斥,正是使得秩序變得越來越僵化壓抑的原因,王小波筆下的女性人物所代表的非理性及其遭遇,不斷反映出現代性下將個體入理性反面的過程,正是理性本身。正如福柯希望通過闡釋寫作和寫作本身來反思啟蒙,遊戲世界和遊戲之外的嚴肅世界,在王小波筆下有著同樣的結構,福柯發現曾經作為解放力量的理性,反而成為新的主宰和規則,我們被理性、科學所建構的社會限制和主宰著。福柯在瘋癲與文明中,用諷

〔註142〕〔德〕伽達默爾:《真理與方法》,洪漢鼎譯,上海譯文出版社2004年版,第42頁。

〔註143〕〔德〕伽達默爾:《真理與方法》,洪漢鼎譯,上海譯文出版社2004年版,第19頁。

刺的修辭方式攻擊著理性本身的脆弱和虛妄，瘋子成了視角的中心，包含了各種非理性的、越界的經驗，形成了不同於理性的替代社會體系。瘋人院在《瘋癲與文明》中「不是觀察、診斷與治療的自由王國，而是人受到控告、審理、定罪的審判場所」。瘋癲者在此脫去了鎖鏈，卻又被「囚禁於道德世界」〔註144〕。這裡存在著「強有力的道德禁錮」，福柯譏諷道，「我們已經習慣稱之為──無疑是相反意義上的──瘋人的解放。」〔註145〕

宏大敘事滲入我們的日常，其中包含的權力暴力，便是王小波所說的「庸俗」──這種庸俗既是生活模式化的循環進行，也是人們對歷史認識的固定解釋途徑，更是私人生活趨於虛空、個人存在面目模糊的狀況。在王小波的小說中，「性」是一場遊戲，小說是一種新的闡釋，為遊戲提供規則。當當代生活和古代故事被納入遊戲場域，其中的權力關係得到了新的闡釋，從而獲得了暫時的突破。而王小波不斷在小說中追求的智慧、數學的真理，其實也就是在尋找抵禦庸俗的武器。「庸俗」作為現代性生活之下生活最常見的表徵，影響著話語與知識的生產，幫助暴力以隱形的方式構成統治系統，對宏大歷史的建構和人的異化而言，同樣互為表裏。正如福柯所說：人類的歷程並不是通過一次次對抗逐漸實現普遍互惠，從而用法的規則來最終取代戰爭；人們將其暴力置入一個規則體系，藉此從壓制走向另一種壓制。遊戲和藝術相通之處，是在現實世界之外突破規則，建立規則，但不斷變化但並非機械地重複。

成長於「文革」動亂和動盪大環境裏的身體暴力和語言暴力的薰陶，以反文明反文化為文明和文化的學校教育和社會教育，會產生什麼樣的記憶和心靈？和「傷痕」「反思」「班主任」式樣的答案不同，王小波其實給出了答案的另一面。王小波經歷了極致暴力的時代，他中篇小說中，經常出現的暴力或意外死亡事件，出現被摧殘的人物和荒謬的暴力，但其中人物的橫死、單位粗暴無理的上司等等，構成了王小波在「文革」時期記憶的背景音，目睹過身體被暴力摧殘，經歷語言的暴力薰陶，當文明以反文明的方式成為一種風尚後，王小波反而走向了一種極致的溫柔──以極端的「似水柔情」去面

〔註144〕 〔法〕米歇爾·福柯：《瘋癲與文明》劉北成譯，生活·讀書·新知三聯書店 2003 年版，第 269 頁。
〔註145〕 〔法〕米歇爾·福柯：《瘋癲與文明》劉北成譯，生活·讀書·新知三聯書店 2003 年版，第 278 頁。

對可能降臨的暴虐——王小波與汪曾祺、阿城之間的關聯，也正是如此，最終轉向了一種苦難的享受。越發艱難的環境，越是孕育出王小波深厚的溫柔。正如馬雅可夫斯基的一句詩：「假如你們願意——我可以變成我可指謫的溫情的人，不是男人，而是穿褲子的雲。」王小波的短篇小說《似水柔情》，後被改編成為電影《東宮·西宮》，所展現的正是在不可突破的權力或暴力機器的代表面前，「非暴力」共存方式——沒有勝利可言，挺住意味著一切。「溫柔」同樣可以稱為一種與「權力」周旋，與暴力制衡的東西，下定決心的極端溫柔獲得了權力關係中的另一極的位置，從而有了平衡雙方的可能。

　　文學史對於《黃金時代》的解讀遵循著新時代對舊時代的否定與反思邏輯，王二和陳清揚的反抗被納入了對那一段歷史的清算之中，正如陳清揚被作為破鞋被批鬥的場景一樣，《黃金時代》似乎也成了對那一歷史時期的「批鬥場景」——這無疑掩蓋了王小波寫作的意義，其中性與愛欲的欣快，個人命運的遊戲化的視角，都沒有被視為文學自身的突破與探索，王小波「野路子」的身份讓他小說的先鋒性長期被掩蓋，甚至面臨被誤解的危險——《黃金時代》中的情色描寫與私情自白成了出版領域的販售標籤。如果說文學史在「新歷史小說」的命名之下提出了一種對待歷史的增補方式，王小波的排除和消失，反證出了這一方式的失效。詩人張棗曾說過：「漢語是世界上最甜美的語言。」〔註146〕與其說人類詩意的來源發自諷刺、批判和控訴，更可能的是源於讚歎、慈悲與喜樂。王小波小說中的情慾所顯示出來的「詩意」，根植於非常時代下私人記憶裏的甜蜜，富有生命力的「樂」源於「苦」中，王小波的小說無意中繼承了中國傳統文學中讚美的而非諷刺的傳統——讚美並非是讚美權力，而在於一種權力傾軋下弱者的自我欣賞和苦中作樂。正如汪曾祺在自己創作生涯後期所說的「隨遇而安」，阿城在與父親的對話中強調的必須自我肯定與自己決定自己的價值，王朔在《你不是一個俗人》中於觀一夥人磨練不求回報只求人舒服的「捧」人工夫。這種作品底色中的甜蜜與讚美，成就了《黃金時代》中「性」的純潔，也是一種遊戲化的底色帶來的純潔——王小波的著眼點不是對權力的諷刺和批判，而是對於自身存在的欣賞，所以陳清揚和王二之間的風流性事再離經叛道也讓人感到美好，既是被扣上搞破鞋的名號，被批鬥寫檢查，也依然生動，正在於王小波的寫作中充滿了自我肯定的信念感，這種信念感不會因為「文革」時期的外界價值混亂與整肅運

〔註146〕張棗：《張棗隨筆選》顏煉軍選編，人民文學出版社 2012 年版，第 97 頁。

動而變得滄桑壓抑，越是苦澀、蒼白、乏味的知青生活，王二和陳清揚之間的「友誼」越是「甜蜜」。與文學史主流的知識分子普遍壓抑、遭遇創傷後的不滿與反思，諷刺與苦難相比，王小波筆下人物不具有這種「苦」的部分，而他筆下人物的有趣，則為作品帶來了一絲甜味，這種不同於主流反思話語的「甜蜜」，正如阿城在《笑聲》中所呈現的笑的意味往往比哭更複雜，人物身上呈現出的「甜」比艱難滄桑的「苦」更豐富，作品的若有似無的甜度，他的苦中作樂，以及始終伴隨的「有趣」，都讓作品一方面保持著一種不做英雄的低調，同時處於一種「可能包含惡意」的開放之下，這兩點都讓王小波與80年代開始的「苦澀」「理想主義」的具有啟蒙立場的文學史主旋律格格不入。

正如福柯在未完成的《性史》中，依然遵循系譜學的方法，通過「性」在人類中的經驗歷史中逐漸走向壓抑，和性有關的話語變成權力作用於個人的內化過程，從而顯示社會權力結構和權力結構之下的話語、知識建構一樣，不斷與自我解放相衝突。王小波以遊戲的方式演繹歷史，同樣是為了對當代生活中新的權力形式做出反思。福柯在《性史》第一卷中表明自我創造的虛幻性。在福柯眼中現代的自由就像現代的性解放一樣，只是的另一種運行形勢，權力帶來的約束和支配被個人內在化。從《尋找無雙》到《萬壽寺》，王小波在小說中不斷設置日常的境況，同時將境況推向某種極致，當作家在小說中把生活的一種境況逼到角落，越界的行為即將發生，沒有退路的現實和充滿可能的文學同時展現在了讀者面前——王小波筆下的「性愛遊戲」就是這樣的通道。福柯不斷回到古代，正是希望能夠在古希臘社會的生活方式中，看到另一種權力關係。現代的權力關係來自每個人身份的自我確認，正如福柯極力反感任何固定身份，不斷將邊緣人納入討論範圍，衝擊秩序所賦予的「正常」身份，王小波則以「失憶」的方式拒絕身份的固定。而在遊戲化的寫作中，人物的身份擺脫了絕對的固定。王小波的歷史小說也有著同樣的探索，在《萬壽寺》的結尾，他反覆說：「一個人只擁有此生此世是不夠的，他還應該擁有詩意的世界。」王小波筆下「歷史的」目的並非在於呈現歷史本身，而是討論現代理性下人的存在困境，以及歷史話語之下權力與秩序的生產。

王小波對寫小說抱有很大的野心，對他而言寫小說是一種個人職業，而非一種社會事業。當代文學史中的文學在各種命名的編織下，文學的精英姿態與寫作的世俗性之間的不斷拉開距離，文學中的小說家是成為文學現代化的推動者，文學作品編織起文學史上文化與思想潮流的更替進步。當王小波

將自己的文學探索僅僅劃歸為一種職業內在的習得後，會發現他的「小說家」自稱具備堂吉訶德式人物的內涵，包含著主觀遊戲的特性的同時客觀上也在以詼諧對抗正統，把小說從社會意義的高位解放而獲得小說家的職業感。與王小波的寫作開放和對歷史的徹底消解不同的是，文學史的選擇所要求的是符合歷史主流的最典型作品，是將文學的時代創作與外部歷史時間互為說明後得出主流邏輯，環環相扣之中包含著對可能性的取消和對歷史的塑造。新時代下當文學史不再以政治為中心，從而迫切需要以「去政治」的方式建立新的歷史邏輯，文學內在的「遊戲性」依然無緣主流，將文學繼續看作嚴肅寫作的同時，將嚴肅視為文學遊戲規則而非文學目的的王小波自然無緣文學史主流，他的文學世界也因為不承擔文學史的使命而卸下了歷史的沉屙，變得格外豐富。

第五章 失蹤於「先鋒」與「大眾」：
回歸表象的王朔

　　細數 20 世紀 90 年代內地的大眾文化現象和文化人物，王朔一定是涉獵面最廣也最廣為人知的一位，在《陽光燦爛的日子》中客串小壞蛋，一句「四海之內皆兄弟，五洲震盪和為貴」點出了他在 1990 年代風頭之上的姿態。90年代開始的大眾文化，伴隨著電影、電視等多種媒介形式在大陸的迅速崛起，文學開始和影視在市場化的潮流中共同沉浮，而王朔作為兩方面的先鋒，「承擔」起帶領時代中人共同探索的角色。1990 年代的影視人尖兒，基本都與王朔相關聯。無論是姜文、馮小剛、張元等一眾遊走在藝術片與商業片之間的導演，還是葛優、王志文、徐靜蕾等演員的養成，都伴隨著王朔的推舉與指導，在分享他的文學成果的同時，共享著他代表的「時代精神」。而與王朔在大眾文化上的「教父」姿態相去甚遠的是他在文學史上尷尬的處境。

　　王朔早期《頑主》系列的寫作，因具有明顯的挑戰權威、解構崇高的因素，在很多當時的文學史學者和評論家眼中都被歸屬於「先鋒文學」。《頑主》等作品中對社會體制、人情世故、文學藝術等多種對象的嘲弄，與劉索拉《你別無選擇》中對藝術、學院、愛情等對象的神聖化解構一樣。甚至有很多評論家，將先鋒文學史同時期的眾多作品同時出現的現象，歸因為王朔的影響，並認為構成了「王朔現象」：「1980 年代末期，出現了一批與王朔小說同構的作品，先有張欣辛、徐星、劉索拉、劉西鴻，後有陳村和徐坤，他們無一例外都質疑權威、不滿現狀，表現了一種叛逆的心理，對過去的傳統觀念無情嘲弄、諷刺，形成了一股社會藝瀆思潮，共同組成了『王朔現

象』。」〔註1〕程光煒在 2009 年《當代作家評論》第 2 期上發表的《如何理解「先鋒小說」》中，將王朔與馬原、扎西達娃、孫甘露、余華等作家都歸於「先鋒作家」〔註2〕。王朔小說中人物的游離感，對信仰、崇高、體制的嘲弄顯然成為了先於大眾的「突破」代表，筆下眾多痞子式的「方言」成為反英雄的「英雄」後，順其自然地進入了先鋒文學的領域。之後程光煒《中國當代文學發展史（修訂版）》中說：「儘管作者（王蒙）為王朔小說的公開辯護引起了廣泛爭議，但它表明大眾文學不再是一個受『歧視』的文學類別，它對文學的『殿堂』已經可以登堂入室了。」〔註3〕顯然又將王朔從「先鋒」放到了「大眾文化」內。與此同時，在董健、丁帆和王彬彬於 2011 年主編的《中國當代文學史新稿》中，在市場化的信號下，王朔「歸屬」於大眾文學再次在他們的著作中得到確認：「如果說在 80 年代，文學的市場化仍然遭遇了相當一致的牴觸，90 年代文學的市場化卻形成了一個鮮明的趨勢。80 年代王朔的小說，由於對以往政治理想的尖刻調侃和嘲弄，一度具有對傳統意識形態的顛覆和反抗的意義。但在 90 年代濃郁的市場經濟背景下，以及對商業性成功毫不掩飾的嚮往中，其作品很快脫落了叛逆的色彩並把嘲弄的矛頭指向了知識分子價值立場與人文傳統。」〔註4〕然而伴隨著王朔 90 年代的寫作與活動，他的身份變得異常複雜，隨後的文學史、文學界評價又讓王朔很難被視為「大眾文化」中的通俗作家。正如洪子誠所言：「（王朔小說）有意識地與那種『高於生活』的文學、教師和志士的文學或紳士與淑女的文學拉開距離，但也不願意將距離拉得過大，真正進入『大眾』或『通俗』文學的領域。」〔註5〕同樣，陶東風也從身份歸屬層面判斷王朔難容於大眾「道德審美」的原因：「這樣放浪形骸、刺激無比的生活也許是大院子弟的『本真』生活，卻不可能是底層百姓的『本真』生活（當然也不是知識分子的『本真』生活）。」〔註6〕同樣，李佳坤也在其王朔的研

〔註1〕程光煒：《新時期以來重要文學現象及其文化基因論》，131 頁。
〔註2〕程光煒：《如何理解「先鋒小說」》，《當代作家評論》2009 年第 2 期。
〔註3〕孟繁華、程光煒主編：《中國當代文學發展史（修訂版）》，北京大學出版社 2011 年版，第 335 頁。
〔註4〕董健、丁帆、王彬彬主編：《中國當代文學史新稿（第 2 版）》，北京師範大學出版社，2011 年版，第 314 頁。
〔註5〕洪子誠：《中國當代文學史（修訂版）》，北京大學出版社，2007 年版，第 352 頁。
〔註6〕陶東風：《王朔研究資料》，葛紅兵、朱立冬主編，天津人民出版社，2005 年版，第 59 頁。

究中認同的這一觀點：「因為王朔筆下的『痞子』是如此敢於離經叛道，因此他們才不是一般的平民，王朔小說的文化價值觀也不是大眾文學的價值觀。」〔註7〕

正如陳曉明所指出的，王朔身上的複雜性包含著多種「新時期」發聲的身份，無論是先鋒派還是流氓、痞子，亦或是商人、挑戰者、變革者⋯⋯「他的反抗性與他的調和性奇怪地混合在一起。」〔註8〕王朔成為了一個多方攻擊和對話的靶子，在知識分子想要回歸視野中心之時，王朔的出現讓這一過程變得不那麼「順滑」，甚至多了不少造成討論的「引戰」話題。王朔和文學史之間似乎總是呈現一種對抗性，這種對抗源自什麼？回答這一問題可能正是理解王朔意義的基礎，也只有在解釋清楚這一對抗性的來源後，我們方能理解文學史本身存在的諸種問題。

回到文學史我們會發現，在「新市民文學」「新北京文學」等標籤下，文學史對王朔較為統一的接受方式，是將他的先鋒性和通俗性作為時代現象進行討論，最後將其中篇小說《動物兇猛》納入了文學史的經典範圍，《動物兇猛》承載了王朔與文學史之間「經典化」連接的作用。文學史對於《動物兇猛》所看重的正是其故事發生的時空——「文革」中北京大院兒少年的青春記憶，成為了「新時期」文學對於「文革」反思文學不斷深化過程中的新的歷史證據。而王朔在《動物兇猛》中塑造的馬小軍的形象，既區別於上山下鄉的「知青」，又落後於「文革」前期轟轟烈烈的「紅衛兵」運動——馬小軍似乎是「文革」激進化主體的一員，但我們很快又發現他並非「文革」最主流的代表，甚至是那群大院兒小孩中頗為邊緣的存在——這一形象正是王朔的身份徘徊於先鋒、大眾之間的鏡象顯影。當「文革」記憶成為王朔寫作最易辨認，從而被經典化的標籤，文學史所採擷的，正是王朔成長時代下的「特異性」——不是將「特異性」作為發現王朔寫作意義的切口，而是將這一「特異性」作為「文革」眾生相的補充——王朔在其成長小說中企圖突破的「歷史真實」本身，迅速在歷史話語的闡釋中被抹平、吸收並被歸納為另一種「歷史真實」，並將其「成長狀態」視為「歷史狀態」的一部分，以私人記憶為時代作箋。對文學史而言，從「先鋒」或「大眾」的風格與立場層面辨認王朔也許是困難的，但從題材主題上歸納王朔確是簡單的——王朔憑藉一篇《動物

〔註7〕李佳坤：《無可歸屬：當代文學史中的王朔》《文藝爭鳴》2017年第5期。
〔註8〕陳曉明：《中國當代文學主潮》，北京大學出版社2009年版，第376頁。

兇猛》被納入「文革」記憶的90年代回憶反思性寫作潮流，但王朔與文學史之間的「交鋒回合」遠遠超過了圍繞這篇小說展開的闡釋。以文學史的宏大敘事收編後的《動物兇猛》失去了「兇猛」，當文學史將《動物兇猛》中「動物」般的不成熟狀態歸因於時代的瘋狂時，王朔對於歷史、記憶發出的「懷疑」，寫作中希望以個人成長、私人記憶撬動歷史統一話語的努力，也被掩蓋和忽略了。王朔身上與文學史處理記憶、歷史真實相對抗的方式，正是王朔在《動物兇猛》中展現出的對記憶的徹底懷疑與顛覆，這一更為根本性的「對抗」歷史的姿態顯然與文學史的編織相衝突。但文學史無法忽略王朔，無論是作為先鋒、大眾現象的王朔，還是作為寫作「文革」往事的作家王朔，文學史都必須以現有的方式「包容」《動物兇猛》，進而證明自身環環相扣中對「多元」的容納能力——哪怕前提是對《動物兇猛》最核心力量的消解。

5.1 回到歷史的表象：從《看上去很美》到 《動物兇猛》

如果將1989年的《一點正經沒有》看做王朔「頑主」寫作的收束，《動物兇猛》則可被看做新的開始。王朔初入文壇時頗具心機地選擇題材和寫法，隨後及時踩上了「先鋒」文學的尾巴，通過「荒誕調侃」「淺俗灑脫」的《頑主》系列，以被「誤解」的方式近乎觸到了文學史的主流，之後則是文學史將有關王朔的討論「打包」進入「現象」，王朔的作品逐漸離開了文學史的主流視野。王朔的90年代的寫作回到了童年與少年，其中既有私人回憶錄式的散文化小說，也有通俗化的知識分子家庭喜劇。其眾多作品中唯有《動物兇猛》被文學史接受，但其實無論是從文學的先鋒層面還是通俗化的大眾接受層面，文學史中的《動物兇猛》都不足以解釋王朔的位置。1990年代，王朔在寫完《動物兇猛》後，還完成了以知識分子家庭關係為寫作對象的《我是你爸爸》，以及同樣屬於私人回憶領域的《看上去很美》，回憶「文革」中的童年故事。這兩部作品同樣被改編為電影，同樣海外獲獎，卻始終難以被視為王朔的成功之作。《我是你爸爸》被視為王朔與馮小剛分道揚鑣的起點，《看上去很美》則被評論界視為王朔進入文學史主流的失敗嘗試。對於王朔來說，未來的道路既不是進入文學藝術先鋒性的主流，也難以再與曾經大眾電影上的夥伴同路，此時的王朔確實同時溢出了「先鋒」與「大眾」的範疇，甚至在文學與影

視關聯的層面，他作為中介本身就包含著比文本更複雜的意涵，也面臨更難以定義的困境。王朔在 90 年代的多部在私人歷史基礎上自我暴露與回憶式寫作的作品，讓文學史從歷史的維度更難以確定王朔的立場。

如前所述，「王朔現象」作為「政治—經濟」轉型時期的產物，本身就具有複雜和變化的特質。文學面臨的環境從政治主導轉化為經濟主導，這一過程中，歷史的遺產與影響依然發揮著作用，王朔的寫作正是以此為前提來進行的。2 世紀 80 年代末，不少作家為脫離作品單一的政治化解讀，從創作上作出了多種嘗試。當代文學中的「文革書寫」無法逃脫被政治化解讀的程式，正如曾經作品在寫作時被政治所要求和規定一樣，政治在直接干涉文藝後，「文革」後的作品也伴隨著反思與去政治的解讀期待。直接干涉與制約的消失，文藝「去政治化」的出現，從一個側面推動了文學形式的先鋒化，但也造成了對「政治」迴避與拒絕的潮流。文學想要擺脫政治，如同想要拔起自己的頭髮脫離地球一樣不可能，但這種努力正是文藝形式和內容更替的動因。一方面，是現代派和先鋒派，再次亮起為「藝術而藝術」的姿態後，以「新」的形式完成對歷史階段、特定時間的某種「迴避」，在這一條道路上，「政治」經常被作為可以迴避的「空洞」，反而以不在場的在場宣示著主權。另一方面，是同時期興起的「尋根」思潮，傳統文化熱扛起了新的旗幟，將反思的視野擴展至更廣闊的時間、更豐富的地域空間。1990 年代藝術與文化的雙重複興之下，同時開始的是文學市場化的進程——這一進程本質上依然來自政治的主導，王朔的特殊性在於他的前期商業化印象與懷舊文本高度意象化寫作頗為矛盾，私人記憶的復現和作品的成功影視化，讓文學史不得不接受一種矛盾體：政治與文學的關係，是否只存在各自作為中心的表述。當政治成為社會文化建構的中心時，文學的表達是匱乏的，大眾所感受到的文藝是單調的，而純文學成為一種趨勢，政治的空場只能以空白他者與批判對象的方式在文學周圍游蕩，也同樣會帶來單調、狹窄的文學發展趨勢。王朔的獨特之處在於，在 1990 年代初的市場化潮流中，他的兩部關於童年與少年私人記憶的作品，都在毫無保留地復現曾經的政治年代的氣氛，當大眾對他的印象停留在男女愛情通俗小說和改編時，他似乎回到了某種不該懷舊的「懷舊」之中。王朔再度重合了文學與政治，政治作為王朔的私人記憶，附著在他的文學意象之中。王朔退出文學中心的過程，與其說是因為他商業化後的道路和起點與純文學南轅北轍，與大眾文藝漸行漸遠，不如從政治話語的境遇角度去理解文學

商品化的動力——市場化背後是不可迴避的政治方向轉變，王朔1990年代寫作中對此的領悟已然超越了「頑主」時期迴避的姿態，他不合時宜地懷舊，毫不避諱地使用曾經的政治時代中的意象，是文學史難以說破的內核——政治從未離場，先鋒、市場化和大眾文化成為這一核心的表面——王朔在文學史的進進出出，恰恰是因為他不斷回到表面，獲得了與「核心」共振的節奏。

　　王朔之於文學史的進與出，不妨看做王朔被納入「去政治化」潮流後，重新揚起市場中心的旗幟時，與主流政治形成了一種暗合，同時與私人記憶中的復古性政治話語形成了一種內外呼應，最終被放逐出了文學領域。王朔的「尷尬」顯示出一種「新時期」文學的新的「激進化」，文革記憶可以納入政治反思的主題，政治被模式化為某種激進化記憶，王朔無意間喚起了文學之外政治的不可迴避，市場化本身是政治轉向的表徵，但文學自身的主體性、知識分子的精英立場如何確立？文學又如何較為自由地談論政治？文學史看似給出答案的背後其實依然走向了一種固化的知識建制，王朔在先鋒與大眾追尋答案的潮流中，都曾被指涉，也都被吸納，最終排除的結果反而反映出文學史的內在邏輯走向另一種窄化。從當代文學起點開始，無論是十七年文學還是文革文學，文革與政治的緊密結合，使得文學長期處於社會文化生活的中心，也奠定了文學在當代社會文化開始時的先鋒地位。在這一時期，文學的先鋒性與政治的激進化運動不斷互相映照，在政治的文學化與文學的政治上彼此糾纏。與此同時，大眾與文學之間的距離，達到了一種從未如此一致的貼近。政治話語通過文學形成了對大眾的宣傳，文學成為一種類似信仰的載體。「文革」的話語模式，本身處於一種文字和口語之間的狀態，在大字報與口號之間，王朔在這些「話語」中成長，他的童年想像、少年幻象都通過這種「話語」進行建構。對王朔而言，「文革」的話語是他的用時代「方言」講述的「民間」——在特殊的年代「民間」被壓縮和折疊進入了官方話語，王朔的大院兒身份，他在其中聽到的關於成長、未來、世界的傳說，很難在另一個時空通過純「文字」的方式被重現和記錄，一旦失去當時的政治語境，這些「話」就飄蕩在空中，每一次被轉化為文字時都面臨著「失真」，把「話」落到文字上，就成為一種虛假做作。王朔小說中的「新北京話」，其現實根源並非「語言」而是語言與文字的混合——是當代史的文字成果，文字成為小說中人物的語言，在小說中被二次灌注生命。在廣播、口號式的時代聲音中，這些文字話語已經有自身的思維和紮實的記憶，語言依靠文字重生的時刻，

也帶來了歷史的氣氛，這種氣氛在 1990 年代的氛圍中，是一種不同於商業也不同於文學的氣氛，但這種氣氛長期潛伏在中國當代歷史之下，在商業化不斷蔓延的今天，王朔童年記憶的時代，成為了一種歷史的民間。在那個時期，全民共享的語言記憶，形成了王朔語言的源頭，巴赫金說民間世界常常具有狂歡化的特徵，而王朔所分享的歷史的「民間」也正是一種分享某種共同儀式，具有自身記憶和思維成果的歷史資源場域。跟「失語的南方」〔註9〕相比，王朔的作品，更多的呈現出一種語言上的「喧囂」，這種喧囂來自過去的養分，對他來說，「歷史」就是他的「民間」，就是新時期被作為話語素材的「一段歲月」。對於王朔來說，「文革」記憶更像是俯首即是的民間素材。王朔在與同時代作家被進行比較時，他是語言風格極為突出的一位。王朔同時代的作家中，不少作家來自南方，王安憶在其中普遍感受到了一種空間上的失語，北方的小說家用語言書寫，上海之南的臺灣小說家則用文字書寫，上海錯落在北京與臺灣的南北中點交壤之地，作為上海人的王安憶在小說的寫作上，無法全然接受語言的直露，也難以進入完全書面典雅的文字系統，在語言和文字之間，形成了「失語」的困擾。王朔以「新北京話」為途徑的自我表達，本身也處於這樣的「兩難」中。但和王安憶表達的「失語」憂慮不同的是，王安憶夾在空間上的「南」「北」兩極，而王朔處於時代新舊的「失語」之間，王安憶在空間中難以找到歸屬，王朔卻在一種話語的消退和新時代的喧囂即將到來的時代夾縫中，選擇在語言上「另開一桌」〔註10〕，王朔「貧嘴」的頑

〔註9〕 參見王安憶：《漂泊的語言》，作家出版社，1996 版。「我們南方的作者，若要表現南方的生活及文化，在北方語為書面閱讀的情況下，便失去了語言……直接呈現的語言來造就環境與場面的氣氛，然而結果是北方人看不懂，南方人看了也懷疑。因為這些話只是在口頭說，從沒見過它成為文字的模樣，須在心中一一翻譯，終究達不到身臨其境的效果」。

〔註10〕 阿城：《八十年代訪談錄》，查建英主編，三聯書店出版 2006 年版：「我覺得做得有聲有色的是顛覆。我比較看重王朔。王朔是真的有顛覆性。八十年代後期出了一批先鋒作家，像殘雪、余華等等，可我覺得相對於正統的語言，先鋒作家是另開一桌，顛覆不了這邊這個大桌。只有王朔，是在原來的這個大桌上，讓大家夾起粉條一嘗：這不是粉條原來的味兒啊，這是粉條嗎？咱們坐錯桌兒了吧？這就是顛覆。王朔的語言裏頭，有毛澤東語錄，有政治流行語，聽著熟，可這好像不是紅燒肉啊！由王朔的作品開始，整個正統的語言發生了變化。包括央視的主持人都開始用這種語氣說話，這個顛覆的力量太厲害。但是沒有一個主持人會說殘雪的話。這就等於沒有顛覆，反而沒有起到先鋒，那個 avant-garde 的意義。只有王朔做了。」

主氣質，也以與空間上「失語」的相反特徵，顯示著時代的縫隙。共和國的曲折歷史，如果作為小說的寫作材料，材料的獨特正如歷史有待清理的部分一樣是巨量的，但如果新時期某一種寫作宗旨提前被確立，這些材料在「直寫」時就變得容易被耗盡，而歷史本身也變得缺乏更多維度的解釋與記錄。素材本身面臨著枯竭的問題，但在枯竭之前，王朔語言的活力顯然讓他的書寫變得有「聲音」。以方言為民間資源和語言來源的南方系作家，在當代文學的領域中把語言轉化為文字的同時，就面臨著失語的窘迫。反而是王朔以時間為空間，形成了自己面向私人記憶與獨特歷史時期的語言體系與寫作風格。

　　《看上去很美》出版後，批評界對王朔的不接受依然圍繞著「文學史」本身，文學史和文學評論對《看上去很美》依然在強調王朔與文學中心的距離：「這意味著，已經成為資深作家的王朔反而失去了他的批判立場和文化英雄的位置，或者說，當王朔以『黑馬』形象在文壇上殺出一條路來以後，他不得不慢慢開始做『白馬』了，因為他的『黑馬』意義已經被充分肯定，這種肯定甚至超出了他本人及其作品的意義。」〔註11〕王朔想要進入文學史中心的失敗，似乎在於以一種「平淡」的童年回憶的方式再現了那一段非常時期，這樣為自己寫作的平靜與外界的期待相去甚遠。王朔的寫作和這種期待之間的「誤解」似乎從《動物兇猛》進入文學史開始，《動物兇猛》回憶文革的方式對於當時的「反思」主流來說著實是一股清流，而王朔對文革的回憶意圖被文學史收編為反思「文革」主題之下，歷史創傷的某種狂歡化表現之後，似乎也將他在 1990 年代開始的對自身私人記憶的書寫放置在了一種歷史承擔意識之下，希望他出現「一種直逼靈魂的激情」。從《動物兇猛》到《看上去很美》，文學史導致的認識慣性使得王朔寫作的特異性只能徘徊在文學史之外。對於文學史來說王朔的回憶究竟是「反思」還是「懷舊」，成為如何接納他進入文學史的首要問題，而真正認清楚其中的「新」與「舊」後，王朔也許更難以被寫入文學史——王朔身上並無展現新舊交替的野心，他記憶中的「新」與「舊」更不存在價值的劃分，因而評論界想要從其中看到對「舊」的批判，對「舊」的反思，顯然是困難的。王朔曾說自己寫《動物兇猛》是想跟同輩的朋友們「打個招呼」，「招呼」作為一個手勢上的確認，並不是對過去進行一場深刻的「交談」，王朔不斷在寫作中回歸表面，而在表面中，歷史的

〔註11〕梁鴻：《王朔：從「黑馬」到「白馬」的嬗變》北京社會科學，2002（04）：
　　　　61～65。

「舊」可能成為王朔寫作的「新」。於是找不到「新、舊」交替中的進步之處也成為了王朔難以融入文學史主流，且難以與大眾文化想像重合的雙重矛盾。在再談王朔的《動物兇猛》之前，我們不妨從《看上去很美》的童年入手，理解王朔的歷史立場與私人記憶態度之間究竟呈現怎樣的關聯。

　　《看上去很美》作為王朔的童年回憶錄，其中的人名正是王朔之前小說中不斷出現的那幾位，方槍槍作為「方言」的童年版本，承擔了王朔小說中觀察世界的責任，而其中人稱與視角的不斷變化，從方言到方槍槍，再從方槍槍到「我」，《看上去很美》中人稱的不斷轉化讓讀者看到了一個時代兒童成長過程中對自我的迷惑、與周圍世界衝突後的妥協。「我」與「方槍槍」的來回切換，揭示著文學和童年相似的本質：視角、視點不同所帶來的世界變化與萬千想像。小說中的敘述者不斷變化，在用「我」的時候，顯示出一個頑劣的惡作劇小孩形象，而在使用「方槍槍」時，顯示出一個想要融入幼兒園秩序的渴望懂事的男孩。王朔所使用的寫法不是將這種自我成長過程中的分裂內化，而是將自我內在的分裂徹底外化成為兩種敘事人稱，時而是「我」，時而是「他」。同樣，兒童視角下的「看」，本身就是一種對外在的投入觀賞，而非深入內部尋求一種秩序、解釋和反思。戴阿寶的《超然與入世》一文評價王朔。在他看來王朔小說超然之處在於一種「玩」：「在王朔眼裏，『玩』是一種虛偽人格的毀滅，『玩』是一種返璞歸真的解脫，因為惟有『玩』才能蔑視人世間的一切價值評判，一切道德律令，惟有在『玩』中才能令人世間的真假、善惡、美醜統統地煙消雲散。」〔註12〕王朔在《看上去很美》中記錄了很多方槍槍童年對文革的記憶：「比如在文化大革命初期，學院組織學生去警衛室禮堂聽會。這個會是宣揚文化大革命的，方槍槍在那個年齡哪裏懂得何謂真正的文化大革命，他只是這樣想：「文化大革命——好哇，聽上去像是一場別開生面的文藝大匯演。文化——那不就是歌舞表演嘛；大——就是全體、都來；革命——就是新、頭一遭，老的、舊的不要。」〔註13〕王朔選擇孩子的中立視角，描述著孩子眼中沒有深度的表象世界，但這些或熱鬧或生動的表象組成了那一代孩子成長的本質——對他們來說，生活是具體的，那一段歷史也是具體的，在被不斷挖掘深度、本質的探究歷史的過程中，在幼

〔註12〕戴阿寶：《超然與入世——王朔小說的遠點透視》《文藝理論與批評》，1993
　　　　（01）：68〜71。
〔註13〕王朔：《看上去很美》，北京十月文藝出版社2015年版，第244頁。

兒園孩子的視角下，文革對他們來說就是具體的幼兒園的集體生活，其中包含著的美感、快樂苦痛、生活習慣……「童年無忌」的內在邏輯是這一視角下看到的場景，兒童並無評價，無視規則，從而可以無所忌諱地講出自己的所見所聞與所感，以童年視角記錄非常歷史對王朔來說，未必是換一種方式批判、反思。在方槍槍眼中「看上去很美」的重點未必是「看上去」，對他來說分辨「看上去」與「實際上」，追尋一個歷史的本質真相是不重要的，對他而言「看上去很美」中的「美」才是他生活的重心，甚至成為決定方槍槍一生的底色。在方槍槍眼中，這種美未必隱藏著罪惡或暴力，對那場運動不帶諷刺、批判的描述，讓他體會到：「這些虛張聲勢的大型歌舞加深了我對浮誇事物的愛好。以大為美，濃豔為美，一切皆達致趕盡殺絕為美。一種火鍋式的口味，貪它熱乎、東西多、色兒重、味兒雜、一道靚湯裏什麼都煮了。」〔註14〕樣板戲和樣板戲演員們「寓教於樂，給我的童年帶來了無窮的歡樂」。在兒童眼中，看見的是「喜劇演員」的精彩，是「無窮歡樂」的結局。在孩子眼中，樣板戲並不是一種超現實的荒誕，它就是方槍槍童年中快樂的現實。

王朔借由兒童視角寫「文革」的風景，強調的是表象本身，其不斷尋找、挖掘表面之下本質、深意的過程，正是不斷透明化個體、追求心靈純度的過程，這一過程中對表面的取消，也使得那個時代的瘋狂更加不受控制。王朔對於「表象」的強調，把想像與現實放在童年與少年，絕不是想借孩子之口如何巧妙的去批判反諷歷史和其中的運動，而是以「看上去」本身作為自己記憶的基石，王朔的真誠在於他直面歷史和私人記憶中的「誘惑」，並沒有指望自己的敘事能夠找出真相、克服誘惑。方槍槍真情實感地感覺到童年「無窮的歡樂」，在方槍槍眼中，「文革」中的遊街、貼大字報，都是戲劇化生活的一部分，包含著孩子熱烈期待的嬉鬧遊戲。當文學史的評價必須要在「童言無忌」和兒童視角中找到歷史恐怖的證明時，便與王朔的立場背道而馳，評論中諸如：「王朔在小說《看上去很美》中……利用『童言無忌』這一特點將作者自己對於中國文革時期存在的社會現象和問題的看法直率、大膽地表達出來……對於現實社會存在的各種現狀和問題進行調侃和反諷向來是王朔文學作品中極為突出的藝術特徵。」〔註15〕或者進行全面隱喻式的解讀：「幼兒

〔註14〕王朔：《看上去很美》，北京十月文藝出版社2015年版，第244頁。
〔註15〕李彬：《小說〈看上去很美〉中的題材選擇和視角選擇》〔J〕，大眾文藝，2014（18）：41。

園裏，李老師正和小朋友一起表演大灰狼和小羊的遊戲，大灰狼在這裡是強者和權力的符號，小羊代表弱者和被征服者。事實上，遊戲也是現代性教育扼殺個體自由的隱喻，作為狼的化身的幼兒園是吞滅幼兒自由天性的教育權力系統的有機組成部分。」〔註16〕這類評論反而成為了王朔最為不屑的「不真誠」。文學史上對王朔的解讀通常會將他視為反對崇高這一路徑下的反本質主義者，在《看上去很美》中，與其說他在挑戰主流話語對文革記憶的本質化概括，不如說他徹底將文革表面化，他對於文革歷史深度的取消，讓「看上去很美」的表面成為了他寫作的中心。王朔並非要通過童年，通過隱喻的生產來揭示文革表面之下的沉痛，他的私人記憶不斷把深度的、抽象的「文革」本質，拉回表象——充滿細節的童年日常，荒誕無聊的人群活動，真正理解王朔的反本質，絕不是通過《看上去很美》中的幼兒園視角，再次看到歷史真相的佐證、得出深刻的歷史反思，而是尊重一個孩子的視野，承認其中不辨善惡、充滿政治符號話語卻無政治含義映像的童年記憶，回到記憶的表面恰恰是尊重記憶的重要步驟，只有在對真實的尊重而非對真實的概括的基礎上，之後的反思才是有效力的。

　　文字在被書寫的時刻，就超越了作者本身，《看上去很美》中的背叛，正是書寫的背叛。被文字所記錄下來的歷史，本身對人來說就是一種背叛——人的社會化過程，正如同記憶和語言被文字化的過程。王朔內在的矛盾就在於此，王朔與時代的矛盾也在於此。對他而言，傳統是兩方面的，一方面是他順應時代的藝術解放潮流而衝破的「文革」語體，以小說的調侃與語言的狂歡，形成了先鋒的姿態，進入了文學史；另一方面是時代急於告別的「革命傳統」，而王朔個人語言的狂歡化色彩內核的來源之一是「文革」的語體與氣氛。他對於幼兒園氛圍的記憶包含著多種矛盾。王朔的話語體系經常被作為新北京話的一個範例，而滋養著「新」話語產生的土壤，依然是上一箇舊時代，如此纏繞，其語言背後的「三觀」相關聯的依然是「文革」那一套美學觀念下的「夢想」，未必是進步，甚至是懷舊的，懷舊未必是好的，但對於王朔來說是美的。在幼兒園中，阿姨們的管理方式正是如此的人群「放牧」。傳統與現代兩種控制力量，表現在幼兒園的演練場中，既有懲罰的暴力、權威的恐怖，也有獎勵的誘惑、規訓的操作，這樣一個空間偏偏不是隱喻，而正

〔註16〕王小平：《規訓與監控：現代性牢籠中的身體——電影〈看上去很美〉的危機焦慮》魯東大學學報（哲學社會科學版），2007（01）：83～86。

是看上去很美的「美」的部分，是表面的誘惑。波德里亞在《論誘惑》中論述過「表面的深淵」這一概念，他所反對的現代批評理論常常忽略的正是表面本身所具有的意義：「話語所要對抗的東西倒不是某個無意識的秘密，而是話語本身的、外表的、表面的深淵。」〔註17〕深淵就在表面，「如果要戰勝某樣東西，那倒不是意義或反義的幻影和沉重幻覺，而應該是無意義的光輝表面，還有該表面使之可能的遊戲」〔註18〕。誘惑的內核是我們無法直面的恐怖、虛空，它必然和某種遮掩裝飾相伴隨，這樣我們作為主體才能夠接受。所以真實的部分恰恰是表面的，是掩蓋誘惑的表面，而現代文學批評渴望不斷突破表面，企圖抵達「深淵」的「壯舉」和新的建構，其實都是在以深淵之名行修繕表面之實。在波德里亞看來，被揭示出來的「真相」必須掩蓋真實的虛空，這也正是拉康對弗洛伊德的修正。王朔的《看上去很美》中私人記憶的誘惑和恐怖，正是在於它「看上去」的「美」，波德里亞在論述誘惑時說：「誘惑那些符號本身要比凸顯任何真相還要重要得多——而闡釋正在追尋一個隱藏意義的過程中，要忽視和摧毀的正是如此。」〔註19〕對文革的回憶和歷史的追溯，本身包含著「真相」的誘惑，而「誘惑」本身無法被直視，「任何闡釋話語都是最無誘惑力的東西」〔註20〕。王朔在《看上去很美》中營造的恐怖與誘惑共存的感受，正是這樣一種回到表面後個人對歷史、對記憶最大限度的誠實。

1980年代以來，「啟蒙革命」的雙重變奏甚至可以改變一種講述方式，當代文學的寫作圍繞著「啟蒙——造神」交錯進行。王朔在童年所得到的傷害與教訓，是在反映這一過程中成長的痛苦，體驗打碎「神話」時的迷惘：「頑主」的出現，展示了一群「不相信」的人對這個世界的疑問。王朔不是一個好的回答者，他逃避崇高，也就是在逃避通過寫作提供回答。王朔的「不相信」與北島的「我不相信」相比，前者的姿態是卑微的，後者的姿態是昂揚的——北島作為朦朧詩運動的肇始代表，在《我不相信》也就是之後廣為人熟知

〔註17〕〔法〕讓·波德里亞：《論誘惑》，張新木譯注，南京大學出版社，2011年版，第123頁。

〔註18〕〔法〕讓·波德里亞：《論誘惑》，張新木譯注，南京大學出版社，2011年版，第112頁。

〔註19〕〔法〕讓·波德里亞：《論誘惑》，張新木譯注，南京大學出版社，2011年版，第112頁。

〔註20〕〔法〕讓·波德里亞：《論誘惑》，張新木譯注，南京大學出版社，2011年版，第123頁。

的《回答》一詩中，每一句「不相信」都包含著反問與反抗：縱使你腳下有一千名挑戰者，那就把我算作第一千零一名。北島在挑戰與質疑舊秩序和舊正義時，把自己也放在了挑戰者的位置——挑戰者的身份暗合了時代的情感結構。另一位朦朧詩詩潮的代表詩人舒婷，在回應的《請相信》中，進一步顯示出了 1980 年代「啟蒙」精神的復蘇形式：「也許你已經意冷心灰，也許你已經懷疑一切，可我還是要這樣對你說：請相信。」無論是北島的「挑戰者」身份，還是舒婷的「勸導者」語調，都包含了一種主人翁的精神力量和進入時代後改變時代的「野心」。王朔「不相信」背後的溫情，在於他對於這類身份的逃避。朦朧詩所造成的文學熱潮，更像是造神年代餘溫尚未退卻的回潮，在朦朧詩中尋求答案的年輕人們，看見了詩人的「新英雄」形象。若將「文革」視為蒙昧，則無平反之力量、無控訴之傷痛。若將「文革」視為壓迫，則回到了革命邏輯，在二元建制中不斷反覆。這既是「新啟蒙」的悖論，也是知識分子的困境。商業和文學對立與否，高雅與世俗對立與否，先鋒與大眾對立與否，都可以在王朔身上看到超越選擇本身的回答。王朔的雜糅反映著他的不徹底，悲劇被包裹成喜劇之後，本身成為了不徹底的產物，在文學史的書寫中難容喜劇的原因，往往在於其笑聲背後的不可測，喜劇所具有的崇高意涵與滑稽表象截然相反又如此接近，其寫作巨大張力背後的意圖很難被定性，無法定性就無從進入文學史的講述。同樣，正如之前談到的王小波的遊戲化一樣，「沒有笑聲的文學史」也意味著一種對「遊戲」的禁止——這就是王朔「不正經」的來源，一方面，他積極參與時代的書寫，要「得分」，也要「贏」，「玩」得積極與入世讓王朔以作家的身份進入文學界；另一方面，「玩」對於絕對權威和價值意義的消解也正是王朔「不正經」的來源——遊戲的目的可以是遊戲本身，也可以是任何遊戲之外的東西，唯一確定的是每個人遊戲目的的不同——正是這種個人差異的虛實交錯，構成了遊戲的愉悅。王朔深諳「遊戲」的精神，與其說他在反叛，不如說他始終將自己放在遊戲者而非遊戲規則制定者的位置，他所嘲弄的那些假大空與崇高權威，則帶著「立法者」的虛偽。

1993 年的人文精神大討論中，王蒙在《躲避崇高》中高度評價王朔，讓關於王朔的爭論進一步升級。他說：「我們的政治運動一次又一次地與多麼神聖的東西——主義、忠誠、黨籍、稱號直到生命——開了玩笑……是他們先殘酷地『玩』了起來的！其次才有王朔。」〔註21〕王蒙所說的「殘酷地玩」

〔註21〕王蒙：《躲避崇高》，讀書，1993（01）：10～17。

正是文革時期將概念不斷本質化，不斷追求表面之下純正、純粹的本質，最終走向瘋狂的「殘酷地玩」，荒誕卻殘酷。王朔對於表象的拯救，在於將歷史從沉重、混沌、痛苦的集體性中拉到躁動、具體、欣悅的個人青春視野中。表面同樣重要，對表面的忽略將會導致瘋狂的產生。表面的存在本身是一種克制，而無限度的對於歷史真實的追求、意義的追問、真相的反思，反而可能成為了一種極端的偏執。2019 年一檔辯論綜藝節目中出現了這樣一道辯題：「當美術館著火時，一幅名畫和一隻貓只能救一個，你救畫還是救貓？」在這一期節目中，詩人、脫口秀演員李誕選擇了救貓。在最後的論點陳述中，李誕陳述了對於綜藝節目中有關「辯論」的理解，節目論題的背後往往是抽象的觀念在搏鬥，為了贏得辯論而不斷被「編造」「改變」的抽象的論點往往會被忘記，但作為大眾文化產品被觀眾記住的往往是真人秀中活生生的個人特質——這種個人特質正是一種私人記憶的敞開，也正是王朔在 1990 年代的寫作中突出的部分。李誕代表的「救貓」方未必提供了新的哲學角度，但確實展現出了新的表達，我們不難發現，當下娛樂節目令人共鳴的煽動性背後是互聯網時代脫口秀主持人以段子的方式重繹了王朔在 1990 年代就已經亮出的精神底色。

文學從社會生活的中心走向「邊緣」，堅持著向更深處去的秩序建構方式，不斷修復著表面之下的秩序和邏輯，王朔的寫作從頑主的蜚聲開始，到 1991 年《動物兇猛》改編的口碑、觀眾雙豐收，再到世紀末《看上去很美》出版後的遇冷，在網絡時代和青年文化興起的今天不斷回魂。王朔回到表面，又在表面讀出深淵的道路，讓他在「先鋒」與「大眾」中間徘徊。文學史所追求的表面之下的歷史秩序，注定使得王朔的出現形式成為一道長久的陰影，影響與輻射著新舊往來。王朔的「徘徊」狀態，讓王朔成為從 20 世紀末開始就一直保持著剩餘價值被討論的當代作家，並且遠遠超出了文學圈而走向文學化的生活本身。

5.2　回歸青春的表象：真實之下的「懸疑」

5.2.1　反「經典」的《動物兇猛》

細數中國當代影史上的青春電影，《陽光燦爛的日子》一定是不可忽略的一部。然而其經典化位置的基礎並非「青春」本身，而在於獨特歷史時期青

春視角下青年的非正常狀態──其獲獎的意義對於主流而言在於展現了文革的側面，以青春記憶的方式補充了某種歷史需要囊括的情緒線索，記錄了特殊年代中特殊群體的青春。王朔筆下《動物兇猛》的懷舊部分，很難被納入與「青春」同主題的主流敘事。無論是「十七年」文學中少年英雄式的人物，還是新時期中或迷惘或悔恨或反抗叛逆的青春期形象，都形成了前後呼應的少年形象經典化。然而《動物兇猛》中的「我」既沒有崇高的形象與行為，又並非新時期有著自由主義理想的迷惘少年，在「我」的青春記憶中，「我」一方面懦弱、猥瑣，一方面又時常陷入一種英雄式的豪情。《動物兇猛》中無序的青春本身必須放置在歷史座標軸上才能被文學史所解釋，其中的學校、老師、家長等缺席的因素，都被看做是非常時期的非正常狀態和錯誤所帶來的缺失，青春的反秩序在歷史的混亂下成為暫時性的「非常態」，文學史無法直接面對作品中青春的失序。但在王朔的立場中，青春的無序狀態是必然的，其中最為明顯的表徵便是記憶的混亂，個人記憶的捏造和剪輯貫穿了我的青春期，這種主觀上的混亂記憶使得《動物兇猛》中的善惡界限變得模糊，文學史對於它的容納能力也十分有限。然而，馬小軍的形象難以被經典化的原因與《動物兇猛》中的青春立場再無回應的原因，正是王朔的意義所在。王朔的道路並非大眾文化的精英化，也不是先鋒陣營找到了正確的群眾化道路，在先鋒和大眾之間，王朔不屬於任何一方，王朔小說作品的電影改編過程中表現出的成功與失落，不妨看做他與文學史定義下先鋒、大眾間關係的症候。電影改編可看做王朔被大眾接受和理解的一種途徑，改編後被承認的維度和作家寫作的維度之間始終存在著必然的差距。對王朔來說電影是他的作品大眾化的標誌，他的文學創作一方面在不斷成就影視作品，一方面也在電影中反映出王朔寫作在先鋒與大眾之間的夾縫狀態。

　　中國文學和電影發展到了 21 世紀的今天，青春文本中的少年形象經典化的道路並沒有延續王朔當年的突破，而是遵循著將王朔不斷排除出主流的邏輯，在規訓的擴大和暴力的隱形化中，一方面將少年的英雄美感塑造成電影高光，另一方面將迷惘、叛逆和反抗作為少年的外表，包裹著在秩序之下獲得成長教訓的故事。由《動物兇猛》改編的電影《陽光燦爛的日子》中的馬小軍，青春期的種種情緒、混亂的狀況在他身上都有表現，但他卻無法成為「少年」形象的代表，無論是之後的青春寫作還是青春電影，都無傳承。正如王朔在《一點正經沒有》中取消了「文學」一樣，他用一篇《動物兇猛》取消了

「少年」，少年的諸種特質並不能形成完整的形象，少年是反形象的。在青春記憶的懸疑始終存在和回到表象的過程中，王朔在大眾和先鋒之間成為不斷被討論的經典作家之時，他筆下關於青春的敘事則包含著其作品中拒絕形成經典化形象的部分，也顯示出了他的道路異於文學史敘事的特質。這種差異進一步體現在評論界對電影中少年形象的期待上，王朔與大眾文化之間的差距同樣可以在這兩部作品的呈現中看出來。

2019 年由玖月晞的網絡小說改編、曾國祥導演的電影《少年的你》在上映後票房、口碑雙豐收，被視為 2019 年年度青春片絕不為過。影評人將其視為中國青春電影從低谷回歸水準的里程碑之作〔註 22〕，並認為大陸電影終於憑藉小北這一角色在內地電影的近代史上貢獻了「第一個有魅力的、經典的少年人物形象」〔註 23〕（水木丁）。對於少年來說，進入秩序是完成個人記憶的必然步驟，個人在社會秩序的規訓下長大成人，內化的權力體系下的是非觀念使得《少年的你》中少年的形象完整、不再破碎，從而成為了被主流影評人所接受的少年形象。其中權力秩序的暴力以「非正常事件」的方式轉移著觀眾的視線，青春內蘊的無序正在被隱形的訓誡——糾正。不同於《動物兇猛》中展現的青春本身的惡與暴力，《少年的你》所講述的是一個關於校園霸凌的故事，故事中的善惡是清晰的，暴力本身受到譴責與規訓。故事講述的是高考前的兩個月，高三的好學生陳念因為遭遇欺凌，陰差陽錯與街頭混混小北形成了被保護與保護的關係，因為反抗霸凌，兩人希望通過共謀與犧牲來隱藏陳念過失殺人的真相，最終雙雙獲得救贖。在《少年的你》中，暴力通過霸凌與校園自殺案件展現，其角度展現的更像是青春所面臨的威脅，並將這一暴力的來源解釋為現代社會中家長、學校各方壓抑導致的結果，參與霸凌的「壞學生」，坐視不管的老師，高考之下全員壓抑的校園生活，都是最終導致少年心理問題、產生暴力的原因。在陳念的轉變中，她最終的反抗其實是放棄了高考——陳念放棄了足夠考上北大的成績，最終選擇和小北一起承擔誤殺的後果。而之前她被霸凌後選擇的隱忍、沉默和逃避，是因為她在努力遵守現代社會的「叢林法則」，正如陳念媽媽所說的：「只要熬過高考就

〔註 22〕 張慧瑜、楊悅言：《〈少年的你〉受害者的內在視角與校園欺凌的背後》，群言，2020（01）：29～31。

〔註 23〕 水丁木：https://weibo.com/p/1005051440021635/homefrom=page_100505 _profile&wvr=6&mod=data&is_all=1#place

好了。」只有當個體對規則足夠順從，並在規則的壓抑中逐漸向上爬升，似乎才能有較為光明的理想與未來，這樣的道路與其說是在反抗，不如說是在遵守規則的前提下忍受以交換更進步的明天。而徹底反抗這一規則，必須拋棄社會價值體系所賦予的枷鎖和誘惑，對大眾文化產品來說，這顯然是不可能的。於是《少年的你》中的「霸凌」成為了一種社會秩序的意外狀況，是等待被社會秩序與正義及時撫平的皺褶。而《動物兇猛》中的「我」卻經歷著相反的過程，能夠欺負別人代表著「我」的被承認，而秩序中的孩子卻象徵著某種被權力控制的服從，王朔寫道：「我感激我所處的那個年代，在那個年代學生獲得了空前的解放，不必學習那些後來注定要忘掉的無用的知識。我很同情現在的學生，他們即便認識到他們是在浪費青春也無計可施。我至今堅持認為人們之所以強迫年輕人讀書並以光明的前途誘惑他們，僅僅是為了不讓他們到街頭鬧事。」〔註24〕所以「我」在其中，彷彿唯有以暴力的勝利來證明自己在群體中的位置、獲得少年人渴望的「榮譽」。馬小軍用磚頭拍另一個孩子頭時顯示出的殘忍和勇敢，是一種身份的確認：「高洋鬆開手，那孩子貼著牆根癱倒在地。我不聲不響地用手中的磚頭在他身上一通亂砸，直到大家都散開跑走，仍沒歇手，最後把那塊已經黏上血腥的磚頭垂直拍在他的後腦勺上，才跑開。」〔註25〕而最終將我按進泳池，讓我痛苦哭泣的正是曾經被我欺凌的那群孩子，這種少年時期在個人之間不斷傳播的暴力，成為「我」青春記憶不可迴避的一部分。

　　和《少年的你》中權力的秩序化相比，《陽光燦爛的日子》中這群孩子的失序狀態、權力真空帶來的暴力鬥毆常常發生，但不受規訓的快樂也異常鮮明：「那段時間，是我一生中縱情大笑次數最多的時候，『我』這張臉上的一些皺紋就是那時候笑出來的。」〔註26〕和《少年的你》誕生的時代相比，王朔所經歷的時代暴力話語更多，甚至成為他話語體系的一部分，顯性暴力之下，是民間秩序的鬆動。王朔的記憶代表著一種真正的「寬鬆」，少年作為尚未被秩序規訓和壓抑的群體，其勇氣是敢於不正確的勇敢，並非北島詩歌中高尚者與卑鄙者永久的分野，而是每個個體的成長都包含著動物的激情和兇猛下的卑怯。《動物兇猛》中的「我」是人群中沒有魅力、不起眼的那個裝大

〔註24〕王朔：《動物兇猛》，北京十月文藝出版社，2015年版，第88頁。
〔註25〕王朔：《動物兇猛》，北京十月文藝出版社，2015年版，第69頁。
〔註26〕王朔：《動物兇猛》，北京十月文藝出版社，2015年版，第88頁。

人樣的小孩，種種祛魅的心理活動和行為被王朔記錄下來，這並非主流能夠喜愛的形象，但包含著每一個個體成長中必然熟悉的心理動盪，王朔的經典與反經典便是這種錯位，他把表象視為本質之後，「內在的破碎」成為人物形象本身，「我」的記憶不斷被篡改，無法形成經典化的少年形象。與此相對照，《少年的你》中的混混小北被視為少女的保護者，我們可以在他身上看到草根的英雄主義，在社會的叢林，他遵守規則、講究義氣、自食其力，邪念閃爍的細節被處理成小幽默，無論是陳念睡在床上時小北掩飾自己的黃色笑話，還是要陳念寫下欠自己一次的含蓄，都不再指向一種對自我的懷疑，而是一種遵守禮貌的交往「曖昧」。故事的最後小北成為了在秩序中獲得認同的人，所保護的是同樣在進步、完善的社會體系中想要獲得更好未來的乖孩子。《少年的你》中，借主角之口，說出了在這個世界「要麼被人欺負，要麼欺負別人」的規則，而想要對抗這個世界的規則，所形成的正是兩人的同盟與共謀，從一開始反抗霸凌的方式開始，陳念選擇了讓混混小北在遠處陪著她上下學，而不是與警察保持聯絡，到劇情白熱化階段，陳念誤殺魏萊後，始終要堅持高考，校園內依然異常平靜。新時期以來，現代的規訓方式已經從戰爭狀態下大環境的對立、王朔們熟悉的戰時話語，轉變為學校、考試、競爭、生存之下的隱形壓抑。《少年的你》中最初製造的校園霸凌的動機，是青春莫名的衝動。而反抗校園霸凌的過程，則需要借助學校體系之外在社會上混事的少年小北來打破學校內在循環的權力結構——作為「好學生」形象的陳念，永遠有一個不反抗的理由——高考，只要考上了好的大學，一切就不一樣了。顯然陳念作為學生，在少年時期已經全然接受了現代社會階層固化與流動的規則，在這種壓抑下，暴力不再以直接的方式支配個人，而是以未來的前程、進步的碩果或是階級飛躍作為誘惑。暴力不再是暴力本身，而是轉化為一種全面的權力建構。而在王朔的世界中，青春暴力的魅力正是在於暴力本身，並沒有建立起一個內在的秩序，甚至不斷將內在的部分翻到表面，呈現的是「我」在這樣一段時間中的記憶，記憶的偏差和記憶的善惡無法共存於公共書寫中，公共歷史要求基於真實的善惡判斷，而在王朔的私人書寫中「真實」本身就是破碎的，是無法追溯的。記憶既包容了偏差，也不會對自身作出善惡評判，從而形成了他回歸表象的記憶：駁雜、矛盾，不接受某一深層邏輯的組織和秩序化。對於王朔來說，青春的表象就是青春的本質，那一段記憶的意義也正是如此。

　　王朔作品的豐富性並非來自對深度內在或崇高本質的追求，而是不斷將視野拉回表象，「取消深度」成為王朔「誤入」先鋒現代派與大眾通俗小說的原因，但與王朔對深度的取消相對應的，是對表象的強調。《陽光燦爛的日子》中，馬小軍未能成為中國當代電影少年形象的經典，而米蘭的形象卻異常經典化——米蘭形象的經典之處是電影所賦予的生動，構成了表象的、視覺層面的經典。電影賦予小說中這一形象光輝的基礎正是因為米蘭之於馬小軍，本身就是存在於表象之中。「我」——馬小軍成為米蘭形象生成的敘事者，關於米蘭的記憶，「我」始終只能擁有其表象。《動物兇猛》中對記憶的不信任，源於王朔對歷史、本質追問過程的不信任，於是在《動物兇猛》的講述中，記憶不斷和虛構糾纏在一起，唯一能夠確認的只有表象，表象帶來了王朔的青春觀念：表象即本質。最初「米蘭」只是一個名字，在他羨慕的男生口中來回被談論，在挑逗他的女生口中不斷被說出，「米蘭」比他身邊的女孩更遙遠、更神秘，於是更加具有供自己幻象的空間。在「我」的想像中，她代表著成熟、性感、難以接近又頗有姐姐風範，使得「我」在將米蘭介紹進圈子時，似乎握住了一張富有身份的名片。「我」把米蘭稱為「圈子」，為了顯示自己的老練，米蘭本身也成為了一種「成熟」的符號。無論是「我」在院門口等米蘭被人看見，還是將米蘭介紹給別人，虛榮心都得到了極大的滿足。而打破幻想的正是一切回到了表象，米蘭的象徵意味被取消，回歸了現實最無深度的表面後，「我」發現米蘭只是一個跟我始終不熟的女孩。此後，再無想像的深度，也就只能從表象的層面觀察她，「我」對米蘭的印象也就隨著表面細節的逐漸清晰而敗壞了。當「我」打破幻想的空間重新審視她時，她的形象瞬間跌入了谷底：「她在我眼裏再也沒有當初那種光彩照人的風姿。『我』發現了她臉上的斑點、皺紋、痣疣和一些濃重的汗毛。她的顴側有一個甘草片大小的凹坑，唇角有一道小疤痕；她的額頭很窄，凹凸不平地鼓出像一個猩猩的額頭，這窄額頭與她肥厚的下巴恰成對比，使她看上去臉像貓一樣短。……」〔註27〕「我」到故事的結尾都沒有真實地與米蘭接觸，米蘭真實的性格我一無所知，也就是說其實「我」根本不認識米蘭。對「我」來說，當米蘭作為一種想像時，她是無限的，「我」不斷在想像其表象之下的魅力，不斷在深入豐富表象。然而，「我」最終回到了表象，當米蘭擺脫了我的幻想回到表象之時，也就是米蘭形象祛魅的時刻，表象之下的誘惑是無限的，而回到表象，捨棄

〔註27〕王朔：《動物兇猛》，北京十月文藝出版社，2015 年版，第 88 頁。

表面之外之下的幻象、揣測、象徵意義則包含著青春期最大的痛苦。於是，作為少年，「我」的勇敢並不是獲得了女神的芳心，更不是因為某種崇高、深刻的行為、思想卓爾不群，恰恰相反，「我」的勇敢正是「我」的猥瑣，當少年在尋求意義和崇高而訴諸於象徵與寄託時，「我」取消了深度和美好的豐富，勇敢地回到表面，直面青春期的衝動與破碎。

因此，馬小軍的形象一方面無法融入大眾期待的少年序列，另一方面也與先鋒中的對抗相背離，他不具備富有深度的反抗力量，也拒絕讓文學史和評論進入他的想像世界，他緊握住的「表象」本身，卻成為了任何人不可動搖的根基。馬小軍是一個「無力」的角色，在王朔的筆下，青春狀態並非不可實現理想的短暫寄託，更不是具有對抗性的反英雄的英雄，甚至其對立面才是大眾印象中的「青春」和「少年」，「馬小軍」作為孤立在青春影史不遠處的一尊界碑，一直在界限之外。今天在影評人和觀眾接受《少年的你》中小北的同時，馬小軍的少年形象愈發成為一個模糊的影子。王朔在《動物兇猛》中自我暴露的少年心性，與 1990 年代以來商業氛圍下「政治正確」「大眾喜愛」、以「少年感」取勝的青春書寫截然相反，馬小軍與《少年的你》中的小北之間出現的無法並置的差異，顯示出了王朔被文學主流與主流文學共同放逐的原因。少年形象的差別，並非善惡對立、性格不同，抑或樣貌、階級等身體、身份的差異，其最基本的不同在於面對不可反抗之物時，少年的兩條心理路徑以及時代對於這兩種心態包容的差別。新時代商業市場期待的少年角色伴隨著的正是一種反差，有人將這種反差稱為人物魅力的「反差萌」，也就是表面和實質的差異，在底層混混式的少年外表之下，是講究義氣的、遵守原則的謀生者，吊兒郎當的外表下是對待承諾的責任感，雖然不再接受教育卻具生活智慧與靈活聰明，打架鬥毆的傷痕之下是超出年齡的冷靜和擔當……小混混與少年之間存在的表面與內在的反差，使得觀眾能夠順暢地接受一個完全犧牲自己、保護他人的少年英雄形象。而對於觀眾欣賞的反差萌的落腳點，一定在於高尚的、英雄的、浪漫的、道德的、先鋒的本質部分，外表和表象的部分某種程度上成為一層鋪墊、一種對照，最終托舉閃光的依然是內核，是遵循著主流價值觀的典型建構。這種邏輯其實在「十七年」文學與「文革」文學中同樣可以看到，一方面是以敵特偽裝造成的前後反差，另一方面是強調表面與實質的契合，而實質本身決定了人物的高度與正確性。前者如《智取威虎山》中楊子榮形象的偽裝與實質、樣板戲《沙家浜》中阿慶

嫂江湖習氣之下的凌然正氣。後者更為常見，內外如一、不斷成長的青年榜樣如《青春之歌》中的江華、《白毛女》中的大春⋯⋯無論哪一種，都在要求一種內在、本質的高尚和浪漫，這種本質越純然，形象也就越高大與正義。王朔的路徑卻恰恰相反，他不斷強調的正是表象的重要，表象本身就包含著善惡，他打碎了人們在不同表象下尋求善惡、獲得判斷的快感。在《動物兇猛》的一開始，是關於故鄉的一段感慨：「我羨慕那些來自鄉村的孩子，他們的記憶裏總有一個回味無窮的故鄉，儘管這故鄉其實可能是個貧困凋敝毫無詩意的僻壤，但只要他們樂意，便可以盡情地遐想自己丟失殆盡的某些東西仍可靠地寄存在那個一無所知的故鄉，從而自我原宥和自我慰藉。」〔註 28〕所謂「故鄉」不妨理解為空間的原點，有故鄉的人讓人羨慕之處在於他們擁有對故鄉本質化的想像──在面對異鄉時都存在的對原鄉的想念，越是「一無所知」，越是「回味無窮」，越是能提供「自我原宥和自我慰藉」，其中所包含的正是人們對於「本質」孜孜不倦追尋的隱喻。沒有故鄉的人則無法回顧原鄉本身，他們只能停留在異鄉、停留在此地，正如王朔在面對表象時被表象誘惑一樣，他選擇記錄、探索豐富的表象，而不是不斷突破表象，追問本質是什麼、在哪裏。

　　《動物兇猛》中馬小軍的形象，無法成為在當下的「少年感」標籤下「性情」真實的代表，但他卻有著大眾理想的真實之下更「真實」的部分──形象本身抹除了「內」與「外」的反差，真實之下可能是是難以分辨的混沌，這種混沌便是《動物兇猛》中始終存在的「懸疑」。「懸疑」元素之於青春書寫似乎是一劑增加衝突的「良藥」，在情節的激烈程度與結局的高潮強度上都大有增益。然而「懸疑」在《動物兇猛》中取代了「真實」成為記憶的支撐，成為王朔對青春表象的回憶動力，也成為其回憶破碎的原因。與之相比，《少年的你》則延續了青春寫作中對懸疑的使用手法，其中懸疑的部分是關於校園暴力和殺人案件的兇手之謎，魏萊之死的謎底反覆反轉，成為故事高潮的助推。懸疑的使用是為了延遲謎底揭曉的過程，最終推動故事結局的高潮，在《少年的你》中，這一謎底是好學生陳念竟然誤殺了同學魏萊，「懸疑」被作為一種手法，在電影中成為一種爽點。《陽光燦爛的日子》中並無「懸疑」，只是以浪漫化的方式呈現了「我」的想像與真實之間巨大的差別。但王朔在《動物兇猛》中卻提醒著「殘忍事實」的存在，甚至對於王朔的青春書寫來說，其意

〔註 28〕王朔：《動物兇猛》，北京十月文藝出版社，2015 年版，第 88 頁。

義就在於掩蓋和修改青春記憶中最為不堪的部分。如果說《少年的你》代表了大眾主流對「懸疑」的「爽」點運用，在《動物兇猛》中，「懸疑」本身就是生活的表面──一種記憶幫助主體掩蓋成長中不堪的主動選擇與主動遺忘的方式，「懸疑」的恐怖並不帶來「爽」感，不帶來明確的真相，而是長久伴隨在人生之中的對主體記憶的懷疑──這種懷疑既包括對周圍秩序的懷疑，也包括對主體如何成為此刻自我的懷疑──於是，「懸疑」不再是爽點，反而成為一種痛點。其恐怖之處在於文本的建構可能都如同幫兇，在幫助作者掩蓋遺忘記憶中的真實，而「真實」變得不可尋回。王朔在《動物兇猛》中不斷懷疑記憶本身，甚至將小說的「虛構」視為對記憶的拯救：「我像一個有潔癖的女人情不自禁地把一切擦得錚亮，當我依賴小說這種形式想說點真話時，我便犯了一個根本性的錯誤：我想說真話的願望有多強烈，我所受到文字干擾便有多大。我悲哀地發現，從技術上我就無法還原真實……我從來沒見過像文字這麼喜愛自我表現和撒謊成性的東西！」〔註29〕對文字、對敘事的質疑，將故事的懸疑帶向了一個沒有定論的狀態，王朔在《動物兇猛》的結尾處寫自己在泳池中不斷被報復的同學摁在水中灌水的場景，泳池不妨看做王朔包含著無數懸疑的青春記憶，他奮力想要回到表面──只有回到表面，他才能從永恆的懸疑狀態的「真實」中掙脫，重新呼吸。而正如一開始「我」跳下水感覺到的：「水浪以有力的衝擊撲打著我，在我全身一朵朵炸開，一股股刀子般鋒利的水柱刺入我的鼻腔、耳郭和柔軟的腹部，如遭凌遲，頃刻徹底吞沒了我，用刺骨的冰涼和無邊的柔情接納了我、擁抱了我。我在清澈透明的池底翻滾、爬行，驚恐地揮臂蹬腿，想摸著、踩著什麼堅硬結實的東西，可手足所到之處，皆是一片溫情脈脈的空虛……」〔註30〕個人歷史、私人記憶的本質真如這些包圍住「我」的水一樣，既溫柔，又無情，永遠難以分條縷析擁有形狀。而讓「我」無法靠岸而在泳池中沉浮上下，在記憶中找不到上岸的機會，正是王朔在《動物兇猛》中最大的懸疑元素──他青春期最想要篡改的記憶、最不願面對的被自己傷害過的人。這種溺水的恐怖源自越撲騰越下沉的狀況，正如記憶與真實的關係，越希望得到真實，卻越可能走向虛構，真實最終呈現的形態只能是一種敘事上的真實，敘事本身包含了最大的懸疑，於是王朔不斷在《動物兇猛》中反思自己的敘事的真實性：「現在我的頭腦像

〔註29〕王朔：《動物兇猛》，北京十月文藝出版社，2015 年版，第 88 頁。
〔註30〕王朔：《動物兇猛》，北京十月文藝出版社，2015 年版，第 98 頁。

皎潔的月亮一樣清醒，我發現我又在虛構了。開篇時我曾發誓要老實地述說這個故事，還其以真相。我一直以為我是遵循記憶點滴如實地描述，甚至捨棄了一些不可靠的印象，不管它們對情節的連貫和事件的轉折有多麼大的作用。」〔註31〕

《動物兇猛》中的懸疑是對「懸疑」本身的敘事，或者說是敘事必然存在的「懸疑」，當《動物兇猛》被改編成為《陽光燦爛的日子》後，電影的結尾是「我」和當年的狐朋狗友們坐著敞篷轎車跑在長安街上，畫面從彩色變成了黑白，電影徹底拔除的是小說中作者自我對記憶不斷懷疑的潛在恐怖，轉而將米蘭和我的故事處理成一場「幻想」，一次性地否定了記憶中的無數次分岔、虛構和捉摸不定。最終黑白色的結尾，也以色彩的單一將青春期記憶的「懸疑」定格為個人歷史的一段狂飆。最終電影面對大眾的形式使得這一故事中的「痛點」依然被轉化為某種「爽點」——混亂青春之後，馬小軍幾人在生意場上意氣風發、在轎車中歡呼的鏡頭，成為了某種終點。即使這一「爽點」背後包含著「黑白」的感傷，但無論如何它都掩蓋了《動物兇猛》這一故事中青春「懸疑」的部分——人對自身記憶的無主權，而以人為主體的歷史，也在「懸疑」的視角下動搖了其真實性的根基。《動物兇猛》與《少年的你》中「懸疑」位置的差異，是王朔和大眾之間難以和解的部分。《動物兇猛》中的「懸疑」屬於敘事者，「我」時刻懷疑敘事的真實與否，「懸疑」成為和故事發展必然相伴的「提醒」，小說中既包含著對歷史記憶的瓦解，也強調著虛構對於歷史記憶的必然性。《少年的你》之中的「懸疑」是必須在結尾得出真相的裝置，「懸疑」外在於人物，人物內心對於秩序、歷史、規則和代表正義權力的服從一步一步將「懸疑」消除，在《少年的你》中，少年們內心的掙扎最終依託著懸疑的消除，結局是清楚的，人的歷史和歷史的意外最終都被納入了「教訓」的範圍，而習得這一「教訓」成為少年成長的標誌。看似長大成人的結局其實並非真實的長大成人，而更像是對於意外事件進行處理後回歸了正常秩序。而《動物兇猛》中的懸疑將永恆存在於個人內心，本身就是王朔對「記憶」和「歷史」的總結。前者最終成為歷史的部分，而後者抵抗著歷史本身。另一方面，《動物兇猛》與《陽光燦爛的日子》中「懸疑」的存無，則反映著王朔和先鋒之間漸行漸遠的必然。《陽光燦爛的日子》作為開青春電影「先河」之作，其作用是補足了王朔在《動物兇猛》中被打碎的記憶，電影中

〔註31〕王朔：《動物兇猛》，北京十月文藝出版社，2015年版，第88頁。

馬小軍與米蘭的交往被完整地呈現，反而使得記憶成為了一種充滿誘惑的敘事，於是《動物兇猛》中對青春記憶的懷疑也被取消了——米蘭和我之間成為了一段夏日瘋狂的意淫，《陽光燦爛的日子》將「我」對記憶本身的懷疑恐懼轉化成為一次個人臆想的破碎，強調了青春永恆的騷動和時代的顛倒後，「我」沒有在撲騰不上來的水池中糾纏著混沌不清的記憶而結束，而是以象徵的姿態在黑白畫面中馳騁。長大成人中的絕望被取消了，而王朔在作品中表現的是對寫作本身的不信任，以及這種不信任之下對歷史、主體、敘事本身的衝擊。

5.2.2　拒絕表象的文學史：「頑主」無後

　　洪子誠的《當代文學史》中，王朔出現在對文學影視化與 1990 年代出版暢銷現象的描述中：「在 80 年代末和 90 年代初，小說的另一熱點是王朔的寫作。由於他的不少作品被改編為影視作品，本人也參與這種改編，他的影響在一個時期裏迅速擴大，而被各個不同的階層所閱讀（觀賞）。他的小說的『意義』主要是表達了這一時期微妙的文化心理矛盾：對『世俗』生活願望的認同和排拒，對政治、知識『權力』的消解性調侃和依戀，在文學的『雅』『俗』之間的猶疑徘徊，……他企圖對這些矛盾加以調適，在改變了的社會情勢下獲得新的身份和位置。他的寫作所體現的『文化立場』，為一些作家、批評家所理解或喝彩，也受到固守文學『精英』立場的另一些人的抨擊：後者稱他的小說是『痞子文學』。」〔註32〕對於王朔寫作上的直接評價，文學史常常呈現一種幽靈狀態，文學史直接討論過的作品幾乎沒有，但其寫作的啟示和影響卻常常以一道陰影的形式存在。在洪子誠的《當代文學史》中，王朔的作品除了《動物兇猛》被提及以外（與王小波的《黃金時代》並列），沒有任何具體的關於其作品的討論和評價。而在討論 1990 年代的作家何頓的寫作時，給予何頓的評價中提及了王朔：「（何頓）擅長於寫以『個體戶』為主的城市小市民，表現這些由『體制內』走向『體制外』的人群的生活經歷，義無反顧地走進了金錢、暴力、迷人的誘惑所構成的另一世界。他發展了王朔小說表現的市民生活內容，具體地展示人物對金錢和欲望的追逐，把這些編製進一個生動可讀的故事中。」〔註33〕同樣，在描述作家朱文時，也有文學史研究

〔註32〕洪子誠：《中國當代文學史》，北京大學出版社，1999 年版，第 390 頁。
〔註33〕洪子誠：《中國當代文學史》，北京大學出版社，1999 年版，第 375 頁。

者認為朱文是王朔的延續。王朔作為一種風格標籤被賦予了後來者，而對於他本身作品的討論卻很難被寫入文學史。王朔的「難寫」是多方面的，一方面源於作家本身寫作風格在不同時期的變化，其早期創作以城市純愛故事開始，中期的《頑主》系列成為痞子文學最集中的體現，1990年代後期開始的「衰變」階段則回歸懷鄉式的傷感與私人的抒懷，與作品風格迥異的三個時期相對應的是王朔的重心也從文學轉向了文學之外。王朔可以作為一種風格和現象存在，但對於現象和風格背後是什麼，文學史很難給出答案。不難看出，文學史對於王朔的接受過程中依然包含著「政治」或者說「權力」這一內核的呼應，而王朔不斷將自己的寫作回歸表象，以「表象」打破權力對「意義」「價值」的深入控制。無論是作為「文革」回憶被提及，還是作為市場化、商業化寫作被討論，都包含著透過「王朔」這一表象看待歷史中威權的在場或缺席，而中國社會政治權力的時代轉型本身也造成了看似「去政治化」的「市場化」「商業化」以及1990年代的大眾文化熱潮，文學史對於王朔的接受始終是在他寫作的表象之下尋找著更深刻的共性。一方面私人記憶必然以公共歷史材料的方式被閱讀，另一方面，王朔從私人角度對世俗生活的感受也被塑造成為一種必然與「雅」相對應的「俗」，而從知識分子的角度出發，政治中心逐漸退場後，對「商業」「金錢」的批判成為了再次確認自身啟蒙資格的方式。

　　當代文學史中，劉索拉的《你別無選擇》成為現代派興起的代表作，不再是直接的歷史傷痛與反思，青年人迷惘的情緒成為代表，一批1980年代中期出現的新生代作家都被歸為此類，王朔也搭便車一般夾帶進一篇《頑主》。然而，和劉索拉的單「篇」匹馬穩穩進入文學史相對應的是王朔的尷尬，劉索拉進入文學史更像是無心插柳的試水與弄潮，王朔文學生涯的開始則顯然苦心孤詣得多。在期刊把持著文學資格審查的時代，如何進入文學圈對於王朔來說是一個不小的困難。王朔摸索著寫什麼是容易發表的，知道如何「討好」期刊和審查，因而王朔初期的寫作有著一種「怯懦的聰明」。與寫作上「怯懦的聰明」相對應的「堅定的無知」，在文學上往往是對文學本體的崇拜，寫作者在「聰明的怯懦」和「無知的堅定」的雙重加持之下獲得作家資格似乎成為文學圈中必然的規則。然而，成功進入文學圈後，王朔毫不避諱地自白自己「討巧」「討好」的過程，所顯示的就不再是對文學圈內秩序的服膺了，而是在「出賣」自己的同時，也動搖了文學圈的規則。如果將之比作一種意

識形態，則這一意識形態在被識別並利用的同時，在王朔身上也就失效了。然而，正如王朔說出自己「聰明」的秘密一樣，王朔的「堅定」也並非源於文學，並非來自對文學的敬畏與崇拜。王朔的「怯懦」來自於對文字、記憶也就是對自己寫作本身的不信任，他的「堅定」則源自他將文學堅定地看做不那麼中心的部分——持續的頑主習氣與溫情主義，都在展示著王朔始終如一的文學看法——文學不是中心，更龐大、複雜需要迎合的趣味大大存在於文學之外。看出王朔「聰明的怯懦」是容易的，當他被放置於「靈魂的虛無」和「動物性泥沼」（丁帆）的批評靶心時，批評者看出了王朔以「頑主」的方式面對主流秩序時的「聰明」，也指出了他「怯懦」的表象。然而分辨王朔作為作家的信念感來源、認識他的「無知的堅定」卻是困難的，因為王朔「堅定」的是文學信念感的反面——對於文學、文字、記憶等中心敘事的不信任，於是王朔的怯懦包含在青春期的「兇猛」之中，既包含了《看上去很美》的表象，也包含著《我是你爸爸》中對權力的悲觀。當王朔熟識文學發表規則並加以利用成功躋身文學圈後，文學圈內的意識形態裂縫也隨之顯現——王朔對「文學」本身的懷疑從一開始就顯露在《頑主》系列的寫作中，《頑主》所呈現的現代性與後現代性僅有一線之隔，於是當批評界將王朔寫作中與權威的疏離視為他先鋒性的來源時，王朔的消解進一步逼近了文學本身——在無論是在《看上去很美》還是《動物兇猛》中，王朔從私人角度進行的文學寫作都是一種碎片化的「考古」，這種考古很難提供構建歷史共性的材料，反而可能展示出文學史所描述歷史的層層裂隙。

對王朔來說，作家並不具備更高人一等的身份與視野，在《一點正經沒有》裏，王朔繼續著「頑主」的人物故事，但把話題從社會引入了文學內部，《一點正經沒有》中對於文學的討論、調侃到了極點的文學觀念，未嘗不是一種「關於小說的小說」，這樣的小說某種維度上也具備「元小說」的意義。1990 年代討論「元小說」時，很少有人將個人寫作的姿態本身放入對元小說的討論，而「meta」的本意正在於與本身相關的寫作，關於本身的寫作，不僅是從小說文本的外部插入作者的出現，打破虛構的完整，還包括從小說的內部完成對小說本身的套路與突破。元小說是關於小說寫作本身的小說，寫作的過程可以看做顯示小說作者姿態、心態和方法觀念的過程，從這一角度看，王朔的調侃不僅是一種人生態度的時代顯露，更是關於小說本身的解說，至於解說後的效果，未必是幫助文學重回啟蒙中心，更可能是將文學的內在裂

隙展露給公眾──文學史顯然無法接受這樣的知識消解。1989 年的《一點正經沒有》作為《頑主》的最終篇，與其說是在調侃文學、褻瀆文學，不如說是將文學和寫作與諸多目的和意識形態剝離，正如小說中所表述的：「『敢情這跟文學沒什麼關係。』『文學？什麼文學？野生的還是人工栽培的？多少錢一斤？』『連文學都不知道。你不是要當作家嗎？』『我是要當作家，當作家和文學有什麼相干？你真該好好學習了。』『我又不當作家我學那幹嗎？』」〔註34〕「安佳站起來，走回扣子身邊，繼續給她餵已經涼了的粥，『不管你了，你愛怎麼寫就怎麼寫吧。』『這個問題不弄清我沒法寫。』我終於給自己找了充足的理由離開書桌，一邊看著扣子吃飯一邊逗她，認真對安佳說：『糊裏糊塗地動筆，費勁不說，一不留神搞成文學那才後悔莫及。』」〔註35〕方言看似褻瀆文學的言論，未嘗不是一種對文學的保護和豐富。寫作不被主流文學的意義或目的束縛的時候，寫作就不需要背負文學的使命、擔上當作家的前途。寫作本身的解放，將會反向解放文學，或者卸下一部分文學的「不可承受之重」。王朔寫作時媒介革命已經開始，寫作的權利也逐漸從集中走向分散，寫作本身得到解放。而之後，方言為首的寫作團體將文學分門別類的過程，正如同將物品分門別類歸置，寫作回到了手藝的層面，當寫作回到了手藝層面，也就不再是屬於特定階層、身份、權力知識擁有者的專項事務，而是所有想要以此為業、以此為消磨的人都能夠進入的領域──王朔尚且只能在小說中模擬這種「手藝」的寫作、模擬這一門手藝帶來的自娛自樂、模擬這門手藝帶來的經濟收益和事業進展，以調侃的對話呈現出「手藝」本身的豐富性，這種豐富性帶來的魅力反而從內部呼應《頑主》系列人物的工作的「無用之用」。在《一點正經沒有》中以「寫作」代替「打麻將」消磨時間的青年身上，文學被拉下了神壇，王朔則迅速轉身，進入了 1990 年代的個人回憶中，頗有「大隱隱於市」的意味。

　　王朔在談及自己的人生理想時，始終有著成為一個「不那麼重要」的人的理想──做大堂副總──這種吊兒郎當的、躲避責任與榜樣的職業理想，反映在其文學寫作中便是一系列從兒童到少年再到青年的形象塑造。而他的

〔註34〕王朔：《一點正經沒有》《動物兇猛》，北京十月文藝出版社，2015 年版，第66 頁。

〔註35〕王朔：《一點正經沒有》《動物兇猛》，北京十月文藝出版社，2015 年版，第66 頁。

這種「邊緣人」理想和文學的邊緣狀態互為鏡象，邊緣的位置反而成就了王朔的多樣與活力。張棗在為北島的詩集《開鎖》寫的序言中談到漢語的現代性探索時說：「白話漢語的成熟生成了並承擔了流亡話語，……先鋒，就是流亡。而流亡就是對話語權力的環扣磁場的游離。流亡或多或少是自我放逐，是一種帶專業考慮的選擇，它的美學目的是去追蹤對話、虛無、陌生、開闊和孤獨並使之內化成文學質量。」〔註36〕蒲寧在回憶契訶夫的文章中回憶契訶夫最後的夢想，契訶夫在最後的日子裏常常幻想，甚至說出聲來：「做一個流浪漢、漂泊者，去朝拜聖地，移居林中湖邊的修道院裏，夏天的晚上坐在修道院大門口的一張凳上……這樣有多好啊！」文學從中心走向邊緣，從視野內走向視野外的遠方，不失為一種擁抱生命的方式——最終漫遊的遠方是死亡，從重要的、中心的、喧鬧的文學發聲處，走向平凡的、邊緣的、沉默的生命體悟之地，王朔從這一角度來看無疑是懷抱並接近文學理想的，他在成為中心後走向邊緣，在踏足先鋒後回歸群眾又不再被大眾理解，最終回歸到自己的記憶。

「王朔現象」引起了中國思想界和文化界的激烈爭論，蔡翔等評論家認為這一現象之下「顯示出中國正經歷著一場嚴峻的文化危機」，而文學界應對這場危機的方式依然是「傳統」的「向深處去」。「這種痞子式的破壞在文化史上的反覆使用，似乎昭示了這樣一個悖論語境：文化批判如果轉化為痞子式的破壞，同時亦導致了文化的墮落，墮落的文化實際又消解了批判的意義。」「王朔的侷限性也正在於此，他只在某一階段具有特殊意義，此一歷史背景過去，屬於他的時代也即過去。」〔註37〕於是王朔的「表象」被認為是一種淺薄與墮落，成為與深刻、嚴肅的實質相背離的批判對象。當王朔進一步「冒犯」，把自己從文學內部認定的「先鋒」中「摘」了出去之後，他與大眾之間的甜蜜期也面臨著轉折，在策劃、編劇了多部影視作品的1990年代，王朔的寫作逐漸從人群中退出，回到了個人記憶的深處。「頑主」的柔軟之處在於他並非朝向未來，如同批判者所說的那樣擁抱市場、沉淪墮落，他的柔軟之處正是在個人的現代性經驗與後現代反思的疊加樣態之下回到個人的往日記憶尋求療愈。王朔的悲憫之處在於他退縮回記憶深處的選擇其實是相當保守的，

〔註36〕張棗：《張棗隨筆選》，顏煉軍選編，人民文學出版社，2012年版，第97頁。
〔註37〕蔡翔：《舊時王謝堂前燕——關於王朔及王朔現象》，小說評論，1994（01）：18～24。

而王朔印象中的激進與先鋒姿態更多地來自文學史對其的解讀和王朔的真實。王朔並不想以痞子式的姿態去破壞「知識分子的思想解放運動」〔註38〕，從而導致「當代文學中的頹廢文化心理」〔註39〕，當王朔以《看上去很美》在1990年代末復出時，批評界對王朔的認識依然停留在一種文學史中心的認識，王朔想要「另開一桌」〔註40〕（阿城）的意圖被評論界忽視或曲解了，王朔的《頑主》系列被認為是一匹「黑馬」、一種當時文壇必然的例外狀況，「代表當代中國某一階段精神史，是一種典型的政治——經濟轉型時期的產物」〔註41〕。評論者或將《頑主》系列看做一波調侃與反諷的鬧劇，或將王朔前期的作品看做迎合市場，為商業化而「墮落」的故事寫作。這兩種主流觀點都將文學史作為一個潛在的中心，王朔的「黑馬」姿態也好，對主流秩序的調侃也好，對大眾市場的迎合也好，都包含著一種前在於王朔的正統批評、啟蒙話語，一種上升的而非墮落的、揭露醜惡而非展示的最終目的。王朔筆下荒誕的人物、故事表象如果被解讀為表象之下具有「批判」深意、調侃之下內在依然皈依和服從這個潛在中心，則無法動搖的「文學傳統」只能將王朔接受為一種現象。但王朔始終堅持的正是他強調的「表象即本質」的保守姿態，王朔身份認同的形成中包含著對知識的懷疑，這種脫離了知識中心的思維反而放大了他的視域和想像範圍。正如馬爾克斯所說：「我們是由整個世界的殘渣構成的，所以我們的視野比他們寬廣得多，我們的接受能力也

〔註38〕蔡翔：《舊時王謝堂前燕——關於王朔及王朔現象》，小說評論，1994（01）：18～24。

〔註39〕陳思和：《黑色的頹廢——讀王朔小說箚記》，當代作家評論，1989（05）：33～40。

〔註40〕阿城：《八十年代訪談錄》，查建英主編，三聯書店出版2006年版本，第230頁：「我覺得做得有聲有色的是顛覆。我比較看重王朔。王朔是真的有顛覆性。八十年代後期出了一批先鋒作家，像殘雪、余華等等，可我覺得相對於正統的語言，先鋒作家是另開一桌，顛覆不了這邊這個大桌。只有王朔，是在原來的這個大桌上，讓大家夾起粉條一嘗：這不是粉條原來的味兒啊，這是粉條嗎？咱們坐錯桌兒了吧？這就是顛覆。王朔的語言裏頭，有毛澤東語錄，有政治流行語，聽著熟，可這好像不是紅燒肉啊！由王朔的作品開始，整個正統的語言發生了變化。包括央視的主持人都開始用這種語氣說話，這個顛覆的力量太厲害。但是沒有一個主持人會說殘雪的話。這就等於沒有顛覆，反而沒有起到先鋒，那個 avant-garde 的意義。只有王朔做了。」

〔註41〕梁鴻：《王朔：從「黑馬」到「白馬」的嬗變》，北京社會科學，2002（04）：61～65。

寬廣得多。」〔註42〕王朔創作的跨度源自他視野的從上到下，接受了非知識分子的、流氓習氣的自我組成，也就讓自己的創作視域真的放寬了底線和上限。他所表現出的並非更激進、更先鋒的，或者更大眾、更通俗地成為某一大眾文化的真實教父——頑主真正成為頑主的條件在於他是無後的，他的保守在於他在可以朝某種現代性未來和深意大跨步邁進的時刻選擇了回到自身的表面，正如王朔所說的一句話：「從漂亮看出美好，不是發現。」如果將王朔視為一種現象，繼而要去挖掘當代人文精神表面之下的危機，就無法理解王朔「回到表象」的邏輯，當評論家認為王朔是暫時的、現象的、症兆的，不斷挖掘內在的王朔之外的文學發展趨勢，則錯過了王朔本身。王朔實際已經在其反覆書寫中體現了「表象即本質」的立場，表面表象和深度詮釋一樣，都是歷史和個人的組成。

納博科夫在《優秀讀者與優秀作家》中說過一段話：「我們可以從三個方面來看待一個作家：他是講故事的人、教育家和魔法師。」〔註43〕作家應該先是講故事的人，是在世間不斷游蕩傳播故事的遊吟者，是中立的工具人或被附身的傳聲筒；同時，文學的社會性與接受過程決定了文學「教育家」的可能與必然，各類文學中高尚的部分，被主流歷史、意識形態所肯定、收編的話語，都能作為非暴力的規訓手段，成為「教育家」；魔術師則是一種在中立與崇高之外的存在，包含著驚喜、低俗、感官層面的激動……從「教育者」的維度理解文學史對於文學作品價值的捕捉，也就能理解王朔作品的難以安放，而從另外兩個維度閱讀王朔，則會發現王朔始終將文學作為回歸表面與本質的方式，文學故事的講述與文學魅力的生成都包含在王朔「頑主」的前史之中。將王朔與童年、青春相關的小說看做成長小說，其中顯著的部分並非一種與時俱進的成長，而是王朔在成長小說框架下試圖提煉的一種沒有成長的人格。他希望記錄的部分，被放在了 1990 年代的懷舊之作中——最終，「頑主」們並不是一種成長的結果，而是一種抵禦成長的結果，與其說是在迎合這個商業時代，不如說是在表達一種對於舊時代的徹底失落和感傷。王朔用顛倒的寫作順序，用成長小說的框架結構，甚至用連貫的主角人物，讓

〔註42〕加·馬爾克斯：《我的作品來源於形象》，傅郁辰譯，《世界電影》，1984（02）：20～27。

〔註43〕〔美〕弗拉基米爾·納博科夫：《文學講稿》，申慧輝譯，上海譯文出版社，2018 年版，第 18 頁。

人誤以為這是一系列的人物在時代更替中變化的故事。但他的底色恰恰相反，心懷慈悲之處在於拒絕成長後的超越善惡——哪怕被誤解為商業化、消費大眾的部分——當然，商業同樣存在著超越善惡的結構。頑主的「無後」在於王朔拒絕將自己放入父權的位置，也不願追求深度的劃分從而定義現代性的成長與進步。對王朔來說，「思想是發現，是抗拒」〔註44〕。然而，文學史是意識形態的亂鬥後需要得出的「主次二元」，旗幟鮮明之下的是將作品的元素提煉、拆解、混雜、調和後成為建構文學史的「磚瓦」，最終形成的權力結構呈現的並非某種符合私人趣味的「美好」，而是一種推而廣之的「美好」標準——這是王朔與私人記憶有關的寫作所拒絕的，文學史也因此拒絕了他。

〔註44〕王朔：《知道分子》，北京十月文藝出版社，2015年版，第127頁。

餘論　文學史外的「大多數」

　　在以往的印象中，「文學史」所追求的理想，是站在中立的位置，處理多元的作家、作品材料。然而，伴隨著「文學史」制度的不斷發展，其中的裂隙不斷顯現，我們逐漸發現，「文學史」追求的「中立」更像是一種史觀的「固定」，歷史的書寫者並不會將自身的位置隨著作品轉移，而是始終站在一個高位進行某一方向的梳理，在歷史書寫的過程中進一步確認自身的權威；而「多元」的材料文本在經過「文學史」的挑選後，往往是在「多元」中尋找出「統一」之處進行歷史層面的總結，能夠進入被總結的前提往往是對其異質性的忽略。這與其說是文學史的「不完美」，不如說是「文學史」這一文學知識生產裝置的「特質」。「文學」學科的現代化發展將知識生產的權力賦予「文學史」，使得「文學」學科得以建立，在眾多歷史觀念中確立了對某一階段「文學」的共識。

　　但是當我們回到今天的當代文學現場，會猛然發現，「文學史」敘事的功能很難與當下文學作品不斷變化的狀況相匹配。文學史自身的敘事在不斷重寫中被加強著的共識，在看似豐富的整體化過程中越來越趨於乏味。而在面對溢出「文學史」概括能力的作品文本時，「文學史」不但無法成為幫助解讀的裝置，反而成為了一種將之排除出「文學史」討論視野的標準化機制。

　　與此同時，正如筆者在寫作時感到的困惑，文學史的整體性論述與作家、作品特異性的發掘之間如何平衡？這似乎是文學研究者始終面臨的「大哉問」。每每深入作品，細讀作品文本或試圖圍繞著作品展開論述時，常常會擔心陷入「作家作品論」的侷限和武斷，「作品論」似乎成為了和「文學史研究」難以相容的另一問題。而這一感受的背後正是以往以「文學史」為中心處理

作家、作品的習慣性模式，作家、作品論的背後依然籠罩著「文學史」式判斷的陰影——彷彿對作品的細讀和分析最終都要指向一種本質化的定論。這顯然是「文學史」這一知識生產方式遺留下來的「魔怔」。

當我們遵循著「透過作家、作品」的「超越性」思路，以獲得某種「文學史建構」或反思整體的「文學史建制」時，便再次落入了「文學」學科知識生產的「傲慢」。擺脫「本質化」思維的方式不是避免談論作家作品，從而避免「本質化」某一作品的論述，擺脫「本質化」的前提是將作品從「文學史」中解放出來，正視文本，打破高低價值判斷的習慣，不斷自我質詢某種觀念的由來，從而發現文本作為表象折射出的世界萬象。

隨著1990年代互聯網與現代媒介進一步的興起和繁榮，當代文學的存在形式也早已從文學期刊內部走了出來。當代文學學科面臨著極其豐富並不斷更新的時代文本，卻很難找到一種方式進入這些文本內部，用全新的角度閱讀它們。「文學史」的嚴謹讓當代文化政治的邏輯鏈條進一步完整和融洽，但其包容性卻一再收縮，隨著當代文學的發展，越來越多的寫作者、文本無法被適當地放進「文學史」建構的學科領域內進行討論。對文學史制度的徹底反思在於回到作品本身，唯有回到了作品本身，那些無法安放的「作家、作品」才不會被視為特例或異數，其存在本身就是對文學多樣性的成就，而非在主流內外分隔後，難以獲得某種「文學史」權力「頒發」的討論資格。本文從「當代文學史」上不同層面的「失踪者」出發，最終選擇以汪曾祺、阿城、王小波和王朔作為具體討論對象，目的在於打開「文學史」本身的侷限，一旦離開「文學史」的邏輯，我們將會看到一個更加豐富多彩的「文學」世界。

以當代文學中「科幻文學」的興起為例，文學史在科幻類作品面前表現出的失語反映出的正是科幻類作品中所蘊含的歷史、世界觀念與文學史敘事邏輯相牴觸的狀況。這種觀念之上的碰撞中，不斷生長的一方顯然屬於「科幻文學」，而非「文學史」這一知識生產裝置。中國當代科幻小說的影響是巨大的，不論是從傳統獲獎狀況、讀者廣泛程度，還是作品本身的延展性，都成為當代文學中不可忽視的存在。以劉慈欣為代表的科幻寫作，在新時期貢獻了非常多的有影響力的作品。科幻小說從科學主義與現代性探索中來，因其通俗化的敘事方式，往往外在於文學「正統」之外，因為這種外在性，使得科幻作品中對人類中心主義的現代性話語更早地有了旁觀者的視角和反思。科幻作品包含著政治寓言，更包含著人類在時空中面臨的外在於人類政治、

文化的挑戰，在這一層面上，文學史以人類為中心的對於科幻類作品「1984」政治症候式的閱讀無疑使得許多優秀的作品難以進入討論——科幻和歷史都不應該侷限於此。當福柯提出「人之死」這一哲學判斷之時，從文學史的角度來看，是否也意味著一種以「人」為中心的歷史敘事的消亡？

對「文學史」而言，去除的「中心」不僅在於以人類為中心的視角，還在於各種「文學史」內部的知識建制，從題材到文類，從流派到技法，「文學史」形成了一套有序且有限的劃分方法，「人」的中心衍生出的「文學」的中心形成了一套內在於學院、學科體制的話語體系，因而，對「文學史」的反思帶來的是對評論話語的再次反省。大部分無法進入「文學史」的作品並非無法被大眾看見，只是這種關注並不在「文學史」釐定的學術圈內展開。在「文學史」之外的公共場域，讀者對這些作品的討論正如火如荼。

本文選擇《少年的你》與《動物兇猛》中的少年形象與懸疑因素作對比，原因就在於《少年的你》作為當下網絡文學領域生產的文本，本身顯示出了諸多特徵，相應地也對傳統的「文學史」提出許多難以回答的問題。在《少年的你》上映之時，電影的原著網絡小說《少年的你，如此美麗》被指責「融梗」，從而掀起了一大波關於網絡文學中「抄襲」與「融梗」之間界限與界定的討論。同時，與指責小說「融梗」、認為小說侵犯了東野圭吾《白夜行》等作品原創權益因而抱團抵制的觀眾相對應的，是電影主演帶來的粉絲「控場」。在網絡文化如此興盛的今天，粉絲群體擁有著極大的對作品二次闡釋的熱情，這種熱情的附著物常常就是活生生的偶像本身。2020 年《少年的你》一舉拿下金馬獎最佳影片，而在此之前《少年的你》已經橫掃八個獎項，但商業電影早已不再是依靠「獲獎」證明價值的時代，粉絲文化之下的粉絲經濟、粉絲政治成為電影價值的依託。不斷分散的中心與不斷細分的圈層，讓「文學史」的權力很難如前般滲透並發揮效力。

文學史權力的失效在更廣闊的空間顯現。離開文學史的話語圈，卸下權威的「文學」本身，寫作自然而然進入了遊戲化的多重空間，文本從作者到讀者、從觀眾到粉絲，經歷一次次「重寫」與「改變」，文本的意義從文本的呈現轉為寫作的過程——中國網絡文學中基於原型、歷史、經典的類型化創作，其佳作皆帶有遊戲文學的元素，當網絡化的遊戲空間成為舞臺之後，穿越、番外、同人都不再有明顯的界限。以歷史同人文為例，其源自開放的文本和遊戲化的寫作觀念，一切以歷史素材為基礎的小說皆是同人作品，「寫作」

的定義也隨之被顛覆。

「新時期」開始，「聲光電影」崛起的潮流已然來到，或者說已經蔚然成風。本文討論的四位作家都曾經或正在從事著編劇工作，「文學」不再是某種表達的終點，也不再擁有閉合的、絕對的、作者權威之下的「結局」。也許回歸表象後的發展路徑將會超越文本，走向更加超現實、擬像化的世界——對於生活表面化的分享和以生活為「直播」對象的非虛構寫作也包含著如此趨勢。

以新疆作家李娟為例，從「非虛構」專欄到散文作者，李娟使用了不同於「精英啟蒙」的形式來袪除生活中的遮蔽，這種源於生活的寫作因為其真實性而備受「貶低」。當李娟顯示出她語言上的天賦、生活經驗的獨特構築起她寫作的天與地時，評論界對其文學技巧的擔憂也不斷出現。為李娟寫作的「單薄」所擔憂的聲音，正表現出知識評論界長久以來對非虛構生活表象的某種不明說的偏見。而這種「偏見」在汪曾祺復出後作品的文體論爭中以更溫和的形式表現了出來——汪曾祺所堅持的文體逐漸遠離了文學史印象中典型的小說、散文文體的邊界，走向了一種自由的雜糅。而李娟背後的以無加工或少加工的「生活直播」為來源的寫作者很多，他們以微博、豆瓣等 SNS平臺為陣地，他們的存在與寫作也引發了新時期關於「非虛構寫作」相關文體的討論，文體形式討論的背後，更是暴露出「寫作」權力在虛構、非虛構領域的效力問題。

從以上種種中可以看到，在當代文學的領域中，文學史提供的座標反而映襯出了座標之外的大多數。伴隨著現代化過程中新的載體、平臺、形式、傳播和接受方式的出現，當代文學的寫作類型也日趨多樣化，當我們面對當代文學日益豐富、複雜的作品呈現時，使用「文學史」透鏡不再是唯一有效的方法，新的視野應該被打開，也只有打開了新的視野，當代文學寫作與研究之間的活力與對話才能真正開啟。

參考文獻

一、專著

1. 陳曉明：《中國當代文學主潮》〔M〕，北京：北京大學出版社，2009。

2. 洪子誠：《重返八十年代》〔M〕，北京：北京大學出版社，2009。

3. 洪子誠：《中國當代文學史》〔M〕，北京：北京大學出版社，1999。

4. 洪子誠、孟繁華：《當代文學關鍵詞》〔M〕，北京：廣西師範大學出版社，2002。

5. 溫儒敏、李憲瑜、賀桂梅等：《中國現當代文學學科概要》〔M〕，北京：北京大學出版社，2005。

6. 賀桂梅：《「新啟蒙」知識檔案》〔M〕，北京：北京大學出版社，2010。

7. 孟繁華、程光煒：《中國當代文學發展史》〔M〕，中國人民大學出版社，2009。

8. 李楊：《文學史寫作中的現代性問題》〔M〕，北京大學出版社，2018。

9. 趙雷：《體系·體例·體制：1949～1984 年中國現代文學史著研究》〔M〕，四川大學出版社，2005。

10. 程光煒：《當代文學的「史化」》〔M〕，北京大學出版社，2011。

11. 葛紅兵、溫潘亞：《文學史形態學》〔M〕，上海大學出版社，2001。

12. 陳國球：《文學史書寫形態與文化政治》〔M〕，北京大學出版社，2004。

10. 戴燕：《文學史的權力》〔M〕，北京大學出版社，2002。

11. 林繼中：《文學史新視野》〔M〕，北京大學出版社，2000。

12. 黃子平：《「灰闌」中的敘述》〔M〕，上海文藝出版社，2001。

13. 賀桂梅：《人文學的想像力》〔M〕，河南大學出版社，2006。

14. 唐弢：《中國現代文學史簡編》〔M〕，復旦大學出版社，2008。

15. 田中陽、趙樹勤：《中國當代文學史》〔M〕，南海出版公司，2006。

16. 陳其光：《中國當代文學史》〔M〕，暨南大學出版社，2001。

17. 王慶生：《中國當代文學史》〔M〕，高等教育出版社，2003。

18. 陳思和：《中國當代文學史教程》〔M〕，復旦大學出版社，1999。

19. 陳平：《作為學科的文學史》〔M〕，北京大學出版社，2011。

20. 汪民安：《福柯的界線》〔M〕，南京大學出版社，2008。

21. 劉北成：《福柯思想肖像》〔M〕，中國人民大學出版社，2012。

22. 李銀河：《福柯與性》〔M〕，山東人民出版社，2001。

23. 德勒茲：《德勒茲論福柯》〔M〕，南京：江蘇教育出版社，2006。

24. 米歇爾·福柯：《主體解釋學》〔M〕，上海人民出版社，2005。

25. 米歇爾·福柯：《瘋狂與文明》〔M〕，浙江人民出版社，1992。

26. 陳啟偉：《現代西方哲學論著選讀》〔M〕，北京大學出版社，1992。

27. 劉超：《歷史是怎樣煉成的：海德格爾對黑格爾歷史哲學觀的改造與當代
    歷史哲學方法》〔M〕，重慶大學出版社，2009。

28. 阿爾帕德·紹科爾采：《反思性歷史社會學》〔M〕，上海人民出版社，2008。

29. 金松林：《悲劇與超越：海子詩學新論》〔M〕，廣西師範大學出版社，2010。

30. 張京媛：《新歷史主義與文學批評》〔M〕，北京大學出版社，1993。

31. 劉北成、陳新：《史學理論讀本》〔M〕，北京大學出版社，2006。

32. 貝斯特、凱爾納：《後現代理論批判性的質疑》〔M〕，中央編譯出版社，
    1999。

33. 理查德·舒斯特曼：《哲學實踐》〔M〕，北京大學出版社，2002。

34. 弗郎索瓦·多斯：《從結構到解構》〔M〕，中央編譯出版社，2004。

35. 陳曉明、楊鵬：《結構主義與後結構主義在中國》〔M〕，首都師範大學出
    版社，2002。

36. 布勞耶爾、洛伊施、默施：《法意哲學家圓桌》〔M〕，華夏出版社，2003。

37. 黃瑞祺：《社會理論與社會世界》〔M〕，北京大學出版社，2005。

38. 戴維·R·肯迪斯、安德烈亞·方坦納：《後現代主義與社會研究》，重慶

出版集團・重慶出版社，2006。

39. 季廣茂：《意識形態》〔M〕，廣西師範大學出版社，2005。

40. 陶東風、和磊：《文化研究》〔M〕，廣西師範大學出版社，2006。

41. 汪民安、陳永國、張雲鵬：《現代性基本讀本》〔M〕，河南大學出版社，2005。

42. 傑姆遜：《後現代主義與文化理論》〔M〕，北京大學出版社，1997。

43. 許紀霖：《帝國、都市與現代性》〔M〕，江蘇人民出版社，2006。

44. 約瑟夫・勞斯：《知識與權力》〔M〕，北京大學出版社，2004。

45. 湯因比：《歷史的話語》〔M〕，廣西師範大學出版社，2002。

46. 讓・鮑德里亞：《論誘惑》〔M〕，南京大學出版社，2011。

47. 趙汀陽：《觀念圖志》〔M〕，廣西師範大學出版社，2004。

48. 蔡仲：《後現代相對主義與反科學思潮》〔M〕，南京大學出版社，2004。

49. 安德魯・芬伯格：《技術批判理論》〔M〕，北京大學出版社，2005。

50. 鄧曉芒：《西方哲學漫步》〔M〕，黑龍江人民出版社，2004。

51. 趙敦華：《現代西方哲學新編》〔M〕，北京大學出版社，2001。

52. 麥永雄：《德勒茲與當代性：西方後結構主義思潮研究》〔M〕，廣西師範大學出版社，2007。

53. 阿雷恩・鮑爾德溫等：《文化研究導論》〔M〕，高等教育出版社，2004。

54. 葛紅兵、朱立冬：《王朔研究資料》〔M〕，天津人民出版社，2005。

55. 張頤武：《跨世紀的中國想像》〔M〕，北京大學出版社，2015。

56. 溫儒敏、趙祖謨：《中國現當代文學專題研究》〔M〕，北京大學出版社，2002。

57. 王一川：《中國現代學引論：現代文學的文化維度》〔M〕，北京大學出版社，2009。

58. 張清華：《存在之鏡與智慧之燈：中國當代小說敘事及美學研究》〔M〕，福建教育出版社，2010。

59. 姚曉雷：《世紀末的文學精神》〔M〕，廣西師範大學出版社，2004。

60. 李潔非：《中國當代小說文體史論》〔M〕，陝西人民教育出版社，2002。

61. 鄧曉芒：《文學與文化三論》〔M〕，湖北人民出版社，2005。

62. 陳曉明：《表意的焦慮》〔M〕，中央編譯出版社，2002。

63. 程光煒：《文學講稿：「八十年代」作為方法》〔M〕，北京大學出版社，2009。

64. 韓袁紅：《王小波研究資料》〔G〕，天津人民出版社，2009。

65. 許紀霖：《大時代中的知識人》〔M〕，中華書局，2007。

66. 林賢治、肖建國：《黃金時代》〔M〕，花城出版社，2008。

67. 林賢治、肖建國：《廣場上的白頭巾》〔M〕，花城出版社，2008。

68. 葛紅兵：《橫眼豎看》〔M〕，花城出版社，2003。

69. 孫郁：《遠去的群落》〔M〕，安徽教育出版社，2007。

70. 首都師範大學文學院，《轉型期的文化觀念與藝術難題》〔M〕，社會科學文獻出版社，2009。

71. 陶東風：《知識分子與社會轉型》〔M〕，河南大學出版社，2004。

72. 呂智敏：《話語轉型與價值重構：世紀之交的北京文學》〔M〕，北京出版社，2002。

73. 張麗軍：《對話與爭鳴：新世紀文學文化熱點問題研究》〔M〕，上海大學出版社，2009。

74. 張頤武：《一個人的閱讀史》〔M〕，遼寧人民出版社，2008。

75. 曾軍、許鵬：《民間詼諧文化與中國當代文學》〔M〕，上海大學出版社，2011。

76. 孔範今、施戰軍：《中國新時期文學思潮研究資料（下）》〔G〕，山東文藝出版社，2006。

77. 王德威：《如此繁華》〔M〕，上海書店出版社，2006。

78. 李潔非：《中國當代小說文體史論》〔M〕，陝西人民教育出版社，2002。

79. 吳義勤：《中國新時期小說研究資料 中冊》，山東文藝出版社，2006。

80. 趙園：《地之子》〔M〕，北京大學出版社，2007。

81. 何言宏：《中國書寫：當代知識分子寫作與現代性研究》〔M〕，中央編譯出版社，2002。

82. 丁帆等：《中國鄉土小說史》〔M〕，北京大學出版社，2007。

83. 王蒙：《王蒙讀書》〔M〕，復旦大學出版社，2005。

84. 崔志遠：《現實主義的當代中國命運》〔M〕，人民文學出版社，2005。

85. 劉忠：《20世紀中國文學主題研究》〔M〕，社會科學文獻出版社，2006。

86. 邰宇：《汪曾祺研究》〔M〕，花城出版社，2008。

87. 盧軍：《汪曾祺小說創作論》〔M〕，社會科學文獻出版社，2007。

88. 程紹國：《林斤瀾說》〔M〕，人民文學出版社，2006。

89. 魯樞元：《心中的曠野：關於生態與精神的散記》〔M〕，學林出版社，2007。

90. 馮暉：《京派小說與道家之因緣》〔M〕，暨南大學出版社，2012。

91. 王彬彬：《當知識遇上信念》〔M〕，復旦大學出版社，2012。

92. 陳昭明：《中國鄉土小說論稿》〔M〕，大眾文藝出版社，2007。

93. 孫之俊：《思想‧手跡‧足跡》〔M〕，人民文學出版社，2008。

94. 盧軍：《救贖與超越：中國現當代作家直面苦難精神解讀》〔M〕，齊魯書社，2007。

95. 任桂娟：《中國現當代文學概論》〔M〕，黑龍江教育出版社，2011。

96. 呂智敏：《話語轉型與價值重構：世紀之交的北京文學》〔M〕，北京出版社，2002。

97. 丁帆、朱曉進：《中國現當代文學》〔M〕，南京大學出版社，2000。

二、學位論文

1. 王紫玉：《「五味」中國》〔D〕，青島大學，2019。

2. 許淑霞：《阿城與80年代文學話語場域》〔D〕，青島大學，2019。

3. 徐俐文：《阿城筆記小說文體探析》〔D〕，廣西師範大學，2019。

4. 沈佳：《「十七年文學」經驗與汪曾祺的小說創作》〔D〕，華東師範大學，2019。

5. 鍾師慧：《汪曾祺的舊作改寫研究》〔D〕，安徽師範大學，2019。

6. 張明英：《汪曾祺小說中的「匠人」形象研究》〔D〕，四川師範大學，2019。

7. 李佳坤：《王朔論》〔D〕，吉林大學，2018。

8. 王德威、陳國球、陳曉明：《再論「啟蒙」，「革命」——與「抒情」——北京大學座談會》〔J〕，文藝爭鳴，2018（10）：89～106。

9. 李文菊：《從文化到世俗》〔D〕，深圳大學，2018。

10. 沈傑云：《汪曾祺文論研究》〔D〕，福建師範大學，2018。

11. 田曉菁：《承續與變異》〔D〕，陝西師範大學，2018。

12. 劉康燕：《論汪曾祺小說中的器物世界》〔D〕，浙江師範大學，2018。

13. 閆昊：《汪曾祺小說的風景話語研究》〔D〕，遼寧大學，2018。

14. 劉婉秋：《文化建構的記憶之場》〔D〕，遼寧師範大學，2018。

15. 余珍妮：《汪曾祺小說的「風俗體」研究》〔D〕，西北師範大學，2018。

16. 楊亞楠：《論汪曾祺小說的風俗畫特點》〔D〕，青島大學，2017。

17. 杜作金：《生態批評視域下汪曾祺的創作研究》〔D〕，浙江大學，2017。

18. 胡雪：《汪曾祺小說中的生活美》〔D〕，東北師範大學，2017。

19. 劉琳：《「文革」時期的汪曾祺與「樣板戲」》〔D〕，吉林大學，2017。

20. 宮超：《論汪曾祺小說的散文化》〔D〕，山東理工大學，2017。

21. 陳秋麗：《作為遊戲的小說──王小波小說藝術論》〔D〕，吉林大學，2016。

22. 陳思：《論王小波《時代三部曲》中的「黑色幽默」》〔D〕，東北師範大學，2015。

23. 劉立新：《在逃離中尋找 在尋找中逃離》〔D〕，河北師範大學，2014。

24. 周芊泛：《汪曾祺小說「改寫」現象研究》〔D〕，河南師範大學，2014。

25. 柳眉：《「反崇高」的流變》〔D〕，西南大學，2014。

26. 霍九倉：《汪曾祺小說文藝民俗審美研究》〔D〕，華東師範大學，2014。

27. 孫連五：《敘事的遊戲》〔D〕，吉林大學，2013。

28. 崔輝：《王朔、王小波：當代文壇的兩種遊戲書寫》〔D〕，海南師範大學，2013。

29. 王媛：《論汪曾祺小說的異質性》〔D〕，西北大學，2012。

30. 吉沁：《汪曾祺行業小說研究》〔D〕，陝西師範大學，2012。

31. 王德威，王宇譯：《雷峰塔下的張愛玲：《雷峰塔》、《易經》，與「迴旋」和「衍生」的美學》〔J〕，現代中文學刊，2010（06）：74～87。

32. 景銀輝：《「文革」後中國小說中的創傷性童年書寫》〔D〕，上海大學，2010。

33. 陳發明：《歷史洪流中的卑微人形》〔D〕，蘇州大學，2010。

34. 黃文虎：《王小波的「崇智論」與羅素哲學》〔D〕，中南大學，2010。

35. 李冰：《論王小波的邊緣性》〔D〕，河北師範大學，2010。

36. 蔣喬華：《頑童想像與權力遊戲》〔D〕，廣西師範大學，2010。

37. 張舟子：《在傳統和現代之間》〔D〕，河南大學，2009。

38. 李佳坤：《具有先鋒性的大眾文學》〔D〕，吉林大學，2009。

39. 楊開浪：《艱難時世裏的青春之歌》〔D〕，雲南師範大學，2008。

40. 馬冰霜：《視覺文化語境中的王朔小說創作》〔D〕，四川師範大學，2008。

41. 朱小燕：《後知青文學論》〔D〕，揚州大學，2007。

42. 胡婷婷：《小說和電影的成功聯姻》〔D〕，吉林大學，2007。

43. 黃平：《拆解二元對立》〔D〕，吉林大學，2006。

44. 肖佩華：《市井意識與現代中國市民小說》〔D〕，河南大學，2006。

45. 趙新：《《時代三部曲》敘事學初探》〔D〕，福建師範大學，2006。

46. 常凌：《知青文學視野中的王小波小說》〔D〕，廣西師範大學，2005。

47. 房偉：《從強者的突圍到頑童的遊戲》〔D〕，山東師範大學，2005。

48. 盧軍：《影響與重構——汪曾祺小說創作論》〔D〕，山東大學，2005。

49. 洪濤：《汪曾祺小說文體簡論》〔D〕，華中師範大學，2004。

50. 王東霞：《王小波的接受史和流傳史》〔D〕，吉林大學，2004。

51. 胡遲：《迷惘·沉溺·昇華》〔D〕，安徽大學，2003。

52. 鄢莉：《新時期歷史小說創作類型論》〔D〕，華中師範大學，2002。

53. 徐彥利：《九十年代新歷史敘事範型》〔D〕，河北師範大學，2002。

三、期刊

1. 洪子誠：《當代文學的「一體化」》〔J〕，中國現代文學研究叢刊，2000（03）：132～145。

2. 陳徒手：《汪曾祺的文革十年》〔J〕，讀書，1998（11）：54～63。

3. 黃子平、陳平原、錢理群：《論「二十世紀中國文學」》〔J〕，文學評論，1985（05）：3～14。

4. 趙勇：《從知識分子文化到知道分子文化——大眾媒介在文化轉型中的作用》〔J〕，當代文壇，2009（02）：8～17。

5. 程光煒：《王安憶與文學史》〔J〕，當代作家評論，2007（03）：4～15。

6. 張頤武：《和時代拔河 十年後再思王小波的價值》〔J〕，中關村，2007（05）：98～103。

7. 王一川、石川、邊靜、劉書亮、張衛、張頤武、楊遠嬰、陸弘石、陳曉雲、陳墨、周星、周湧、鄭洞天、胡克、饒曙光、轟偉、梁明、黃丹：《眾說馮小剛》〔J〕，當代電影，2006（06）：35～41。

8. 吳迎君：《汪曾祺的現代主義面孔》〔J〕，當代文壇，2006（06）：59～62。

9. 錢振文：《「另類」姿態和「另類」效應——以汪曾祺小說《受戒》為中心》〔J〕。當代作家評論，2006（02）：30～37。

10. 崔衛平：《海子、王小波與現代性》〔J〕，當代作家評論，2006（02）：38～45。

11. 陶東風：《文學的袪魅》〔J〕。文藝爭鳴，2006（01）：6～22。

12. 楊紅莉：《汪曾祺小說「改寫」的意義》〔J〕，文學評論，2005（06）：68～77。

13. 王福湘：《複調小說——王小波的一種解讀》〔J〕，貴州大學學報（社會科學版），2005（01）：86～90。

14. 房偉：《遊戲：投向無趣人生的智慧之矛——論王小波小說中的遊戲精神》〔J〕，當代作家評論，2005（01）：111～115。

15. 王堯：《1985 年「小說革命」前後的時空——以「先鋒」與「尋根」等文學話語的纏繞為線索》〔J〕，當代作家評論，2004（01）：102～112+132。

16. 余華、王堯：《一個人的記憶決定了他的寫作方向》〔J〕，當代作家評論，2002（04）：19～30。

17. 姚新勇：《「黃金時代」的重寫與敞開——王小波的寫作與現代新理性的重建》〔J〕，鄭州大學學報（哲學社會科學版），2002（02）：116～120+133。

18. 摩羅：《喜劇姿態與悲劇精神——從王朔、劉震雲、王小波談起》〔J〕，社會科學論壇，2002（01）：58～66。

19. 易暉：《曠野上的漫遊——讀王小波》〔J〕，北京社會科學，1998（04）：86～91。

20. 陳徒手：《汪曾祺的文革十年》〔J〕，讀書，1998（11）：54～63。

21. 張伯存：《軀體　刑罰　權力　性——王小波小說一解》〔J〕，小說評論，1998（05）：66～69。

22. 戴錦華：《智者戲謔——閱讀王小波》〔J〕，當代作家評論，1998（02）：21～34。

23. 王堯：《「最後一個中國古典抒情詩人」——再論汪曾祺散文》〔J〕，蘇州大學學報，1998（01）：80～84。

24. 摩羅：《末世的溫馨——汪曾祺創作論》〔J〕，當代作家評論，1996（05）：

33～44。

25. 楊劍龍:《戀鄉的歌者——沈從文和汪曾祺小說之比較》〔J〕,小說評論,1996（02）:53～57+47。

26. 李潔非:《尋根文學:更新的開始（1944～1985）》〔J〕,當代作家評論,1995（04）:101～113。

27. 張新穎:《中國當代文化反抗的流變:從北島到崔健到王朔》〔J〕,文藝爭鳴,1995（03）:32～39。

28. 羅強烈:《汪曾祺的民間意義》〔J〕,當代作家評論,1993（01）:4～9。

29. 胡河清:《汪曾祺論》〔J〕,當代作家評論,1993（01）:10～16。

30. 王朔:《王朔自白——摘自一篇未發表的王朔訪談錄》〔J〕,文藝爭鳴,1993（01）:65～67。

31. 夏逸陶:《憂鬱空靈與明朗瀟脫——沈從文、汪曾祺小說文體比較》〔J〕,中國文學研究,1990（04）:75～80～112。

32. 季紅真:《文化「尋根」與當代文學》〔J〕,文藝研究,1989（02）:69～74。

33. 李慶西:《尋根:回到事物本身》〔J〕,文學評論,1988（04）:14～23。

34. 施叔青:《與《棋王》作者阿城的對話》〔J〕,文藝理論研究,1987（02）:49～55。

35. 蘇丁、仲呈祥:《《棋王》與道家美學》〔J〕,當代作家評論,1985（03）:20～26。